"내 학점에 F는 없다. 하지만 비타민F는 있다"
국어 종합 비타민F

대학생 선배들에게 성적을 물으면 "권총 찼다"라는 말을 흔히들 하죠. F 학점 받았을 때를 재밌게 표현한 말인데요. 우리 중학생 여러분들은 대학생이 되어 권총 차면 안 되겠죠? 그러기 위해선 지금부터라도 열심히 공부해서 지식과 교양을 차근차근 쌓아야 한답니다. 기초공사를 튼튼하게 하면 건물이든 교량이든 몇백년이 흘러도 건재하듯이 우리 중학생 여러분도 기초공사에 노력을 기울여야 하겠죠. 「국어 종합 비타민 F」와 함께 국어 공부를 알차고 유익하게 즐겨보세요. 그리고 나중에 당당하게 말하자구요. "내 학점에 F는 없다. 하지만 내 가방 속엔 비타민F가 있다."

중학생을 위한 국어 종합 비타민 **F**

중학생을 위한 **국어 종합 비타민** Ⓕ

펴낸날 | 2005년 2월 5일 초판 1쇄

엮은이 | 서종택
펴낸이 | 이태권
펴낸곳 | 소담출판사
　　　　서울시 성북구 성북동 178-2 (우)136-020
　　　　전화 | 745-8566　팩스 | 747-3238
　　　　E-mail | sodam@dreamsodam.co.kr
　　　　등록번호 | 제2-42호(1979년 11월 14일)
기획·편집 | 이장선 가정실 구경진 마현숙 김세희
미　　술 | 이성희 김지혜
본부장 | 홍순형
영　　업 | 박종천 장순찬 이도림
관　　리 | 이영욱 안찬숙 장명자

북디자인 | 박준철

© 소담, 2005
ISBN 89-7381-825-2　44810

● 책 가격은 뒤표지에 있습니다.

중학생을 위한 국어 종합 비타민 **F**

서종택 엮음 및 해설

소담출판사

책을 펴내며

　『중학생을 위한 국어 종합 비타민』(해외 대표 단편소설선)은 오늘을 살아가는 우리들에게 삶의 지혜와 용기를 주는 것들로 묶은 외국문학의 주옥편이라 할 수 있습니다. 여기에 실린 작품들은 다양한 형식과 내용을 갖추고 있으며, 시대적 의미나 문학적 가치까지 고루 갖춘 것들입니다. 특히 2003년 『중학생을 위한 국어 종합 비타민』이 한국문학의 주옥편들로 묶여졌다면 이 책은 그 후속 작업으로 독서의 범위를 외국문학까지 넓혔다는 데 의의를 둘 수 있겠습니다.

　우리가 문학작품을 읽는 즐거움이란 우선 읽는 재미와 생각할 수 있는 시간을 한꺼번에 맛볼 수 있다는 점에 있습니다. 소설은 이야기로 꾸며져 있고, 그 이야기는 작가의 뛰어난 상상력을 밑받침으로 하고 있다는 점에서 논설문이나 설명문의 글과는 다르다 할 수 있을 것입니다. 그럴 듯한 이야기, 있음직한 이야기, 꾸며낸 이야기를 읽을 때 우리가 느끼는 재미와 감동은 과연 어디에서 오는 것일까요? 소설은 꾸며낸 이야기지만 거기에는 우리가 수긍할 수밖에 없는 세상의 아름다움과 삶의 진실이 담겨 있습니다. 있었던 사실을 기록한 역사보다 없었던 이야기를 꾸며낸 소설이 더 보편적인 삶의 모습을 담고 있는 이유가 여기에 있는 것입니다.

　우리가 소설을 읽는 것은 이러한 삶의 지혜와 용기를 얻을 뿐만 아니라 주인공들이 살았던 시대의 사회 모습이나 풍속도 공부할 수 있기 때문입니다. 또한 그 주인공들의 행위를 통해 자신이 살아가야 할 세상을 그려보고 마음속으로 준비할 수도 있습니다. 이것이 독서의 진정한 효험이겠지요. 그리고 작가들의 뛰어난 표현이나 문장을 감상하고 익히는 것 또한 문학작품을 읽는 학생들이 놓쳐서는 안 될 소중한 가치입니다.

　따라서 이번에 펴낸 『중학생을 위한 국어 종합 비타민』(해외 대표 단편소설선)은 세계의 사회, 역사, 문화에 대한 이해를 넓히고 논리적 사고력과 표현력을 기르는 데 도움을 줄 것으로 기대합니다. 특히 책의 내용 중 'Open Book Test' 부분은 기존의 책들에서 나타나는 문제점들, 예를 들면 문제와 해답을 동시에 보여줌으로 해서 사고의 길라잡이를 한정시킨 점이나 단답식 위주의 해설을 지양하고, 다양한 방향의 사고적 접근을 가능하게 했다는 점에서 주목할 만하다고 할 수 있겠습니다. 이상의 방법들을 통해 진정한 문학의 가치가 어디에 있는가를 깨닫게 되는, 이른바 다목적적이고 종합 비타민 같은 정신의 영양소 역할을 이 책이 하게 될 것이라 믿습니다.

2005년, 엮은이

이 책의 특징

사람 몸에 비타민이 하나라도 부족하면 몸에 이상이 생기듯, 중학생들이 공부하는 국어에도 비타민이 필요합니다. 중학생들의 국어 공부에 꼭 필요한 『중학생을 위한 국어 종합 비타민』은 중학생들에게 부족한 국어 비타민을 채워줍니다.

『중학생을 위한 국어 종합 비타민』은 이렇게 다릅니다.

하나, 국어가 재미있어집니다. 선생님과 함께 대화를 나누는 것 같은 친절한 설명은 공부를 하고 싶은 기분이 저절로 들게 합니다.

둘, 억지로 머리에 지식을 주입시키려 하지 않습니다. 술술 읽다 보면 어느새 지식이 꽉 차 있음을 깨닫게 됩니다.

셋, 스스로 생각의 힘을 키울 수 있도록 도와줍니다. 정확한 답을 알려주지 않고, 여러 가지 경우의 수를 제시함으로써 사고력을 키울 수 있도록 하였습니다.

넷, 내신성적과 글쓰기 능력을 향상시켜 줍니다. 문학성이 뛰어난 글을 반복해서 읽고 이해하다 보면 글을 볼 줄 아는 능력이 길러집니다.

다섯, 수준 높은 중학생이 되기 위한 지식과 세상을 넓게 볼 수 있는 지혜가 담겨 있습니다.

| 읽기 전에 생각하기 | 잠깐! 작품을 읽기 전에 어떤 점에 주의하면서 읽어야 하는지, 어느 부분을 깊이 생각하고 이해해야 하는지 친절하게 설명되어 있습니다. 그럼 이제부터 작품을 감상해 볼까요?

| 작가 소개 | 단순한 작가 생애 나열이 아닙니다. 한 나라의 역사를 파악하듯 작가의 생애를 자세하게 서술하였습니다. 작가의 인생관이나 세계관을 알고 나면 작품을 이해하기가 훨씬 쉬워집니다. 그리고 작가와 작품이 갖는 문학사적 위치와 의미를 함께 알 수 있답니다.

| 작품 해설 | 작품을 잘 읽어 보았나요? 그럼 이제부터 작품의 줄거리는 물론 작품을 읽다가 이해가 안 되는 부분에 대해 선생님께서 친절하게 설명해주신 해설을 읽어봅시다. 하지만 선생님의 글만 읽고 그냥 지나치지 말고 여러분 스스로도 줄거리와 해설을 직접 써보세요. 글쓰기 능력과 이해력이 점점 좋아지는 걸 느낄 수 있을 거예요. 어때요, 국어 공부 어렵지 않죠? 조금만 노력하고 실천하세요.

| 더 알아 두기 | 본문의 내용과 연관되거나 작품을 이해하는 데 꼭 필요한 단어나 문장을 설명해 줍니다. 어휘력을 기르는 데도 도움이 되겠죠?

| Open Book Test | 서두르지 말고 자유롭게 자신의 생각을 말해 봅시다. 내용이 생각나지 않는다고요? 그럼 찬찬히 작품을 다시 읽어 보세요.

| 작품의 마지막 점검 | 이제 작품을 완전히 이해했나요? 스스로가 불충분하다고 생각된다면 마지막으로 점검해 볼 필요가 있겠죠? 글을 쓴 작가가 아닌 이상 작품을 완벽하게 이해할 수는 없지만 작품을 알고 작가를 이해하기 위한 마지막 관문입니다.

차례
CONTENTS

중학생을 위한 **국어 종합 비타민** F

목걸이

✽ **읽기 전에 생각하기**

- -

 모파상을 '자연주의의 완성자'라고 평가하는데, 그럼 자연주의란 무엇일까요? 자연주의는

프랑스를 주축으로 하여 19세기 사실주의를 이어받아 세기말에 활발했던 문학사조입니다.

유럽에서 시작된 자연주의의 기본정신은 인간의 생태를 자연현상으로 보려는 사고방식입니다. 따라서

작가의 태도도 자연 과학자와 같아야 하는 것이 자연주의의 이상입니다. 자연현상으로 본 인간은 당연히

본능이나 생리의 필연성에 강력하게 지배된 것으로 그려집니다. 외부로부터 그려지기 때문에 내면적으

로는 빈약하고 단순할 수밖에 없습니다. 이 사조의 창시자인 프랑스의 소설가 에밀 졸라는 자신의 실험

을 위하여 과학적 방법을 쓸 필요를 느끼고 당시 주목의 대상이었던 유전학설에 착안하기도 했습니다.

'메당파'라고 불리며 졸라의 산하에 모였던, 당시의 젊은 작가들, 모파상, 위스망 등이 자연주의를 따랐

습니다.

Maupassant, Guy de

● 기 드 모파상

「비곗덩어리」를 발표하며 프랑스 문단에 혜성처럼 등장한 작가. 간결하면서도 명쾌한 문장과 예리한 관찰로써 프랑스 자연주의를 완성하였다. (1850~1893)

　모파상은 1850년 8월 5일 노르망디 지방인 디에프 근처의 미로메닐 성에서 태어났다고 호적에 적혀 있으나 그의 출생지에 대해서는 의문을 갖는 사람이 많습니다. 그의 아버지는 로랜 지방 출신의 귀족으로 할아버지 때부터 루앙에서 살게 되었고, 어머니는 노르망디 토착의 부유한 부르주아였습니다. 하지만 모파상이 12세 되었을 때 그의 부모는 별거를 시작합니다.

　그 이후, 모파상은 어머니를 따라 동생과 함께 에트르타 해변의 별장으로 이사하게 되는데 그 곳에서 그는 고삐 풀린 망아지처럼 자유 분방하고 즐거운 유년기를 보냅니다. 이브토 신학교와 루앙의 고등학교를 다니면서 모파상은 루이 부이에와 『보바리 부인』의 작가 귀스타프 플로베르를 스승으로 섬기며 장차의 작가 생활에 대한 초석을 다지게 되는데요, 특히 루이 부이에의 아버지와 같은 자상한 충고는 모파상의 시적 재능과 독창성의 발현을 북돋아 주었답니다. 또 노르망디 사람인 플로베르는 모파상 어머니의 어릴 적 친구였던 관계로 모파상을 제자로 받아들였습니다.

　일찍이 모파상의 탁월한 문학적 재능을 알아본 어머니의 각별한 애정과 교육 방침, 노르망디의 풍요로운 자연 환경, 또한 주위의 훌륭한 스승의 가르침을 통해, 모파상의 재능은 자연스럽게 문학에 접목되었습니다. 특히 플로베르로부터는 문학 이론과 그 미학적 근거를 배울 수 있었는데, 모파상은 후에 스승을 능가할 정도로 철두철미한 자연주의 작가의 길을 걷게 됩니다.

　1870년 프로이센·프랑스전쟁이 발발하자 모파상은 에트르타에서의 자유로운 생활과 문학수업을 중단하고 유격대 일원으로 참전합니다. 이때의 체험은 그에게 인간과 사회에 대한 면밀한 탐구와 풍부한 문학적 소재가 되었고 바로 여기에서 그의 출세작인 「비곗덩어리 Boule de suif」가 탄생되었습니다.

    1871년에 전쟁이 끝나고 파리로 돌아온 모파상은 플로베르를 통해서 에밀 졸라, 공쿠르 형제, 알퐁스 도데, 투르게네프 등과 폭넓은 교우관계를 맺습니다.

    1880년 2월에 모파상은 「벽」과 「물가에서」를 《근대 자연주의 평론》에 내놓으면서 문단에 데뷔합니다. 그 해 3월 단편소설 「비곗덩어리」를 졸라가 주최한 《메당의 저녁 Les Soires de Mdan》에 발표했을 때, 플로베르로부터 공식적인 찬사를 받으며 모파상은 일약 문단의 샛별로 등장하게 되었습니다. 《메당의 저녁》은 자연주의 작가들의 동인지로서 1875년경 폴 알렉시, 앙리 세아르, 레옹 알리크, 위스망스, 그리고 모파상이 모여 졸라를 중심으로 활동하던 무대였습니다.

    메당은 졸라의 저택이 있는 곳인데 이곳에서 저녁에 모임을 열었고, 프로이센·프랑스전쟁을 소재로 한 작품을 한 편씩 발표하게 되었습니다. '졸라의 꼬리' 라는 야유도 받았지만 이것은 일종의 '자연주의 선언서' 의 역할을 했습니다. 어쨌든 이때부터 모파상은 자연주의 그룹에 확고한 자리를 차지하면서 이후 10년간 300여 편의 단편, 장편소설과 기행문, 평론, 희곡, 시 등을 썼습니다. 그리하여 모파상의 생애에는 아무런 사건도 없었고 오직 창작이라는 작업과 그 작업의 과로로 인한 아픔만이 있었을 뿐이죠.

    모파상은 명성을 얻으면서부터 과로에 시달렸고 그 때문에 얻게 된 두통과 안질, 우울증이 점점 악화되어 끝내는 광증으로까지 발전하게 되었습니다. 여러 가지 마취제와 마약을 복용하여 광증을 안정시키려고 노력해 보았으나 눈과 신경계의 질환은 더욱 악화되어 갔습니다. 그러나 모파상은 자신의 이러한 건강 상태를 문학적인 소재로 삼으려는 듯, 세심하게 관찰하고 탐구할 정도로 냉혹한 작가였고, 결국 그 냉철함은 그의 병을 점점 더 불치의 병으로 몰고 갔습니다. 급기야 1892년에는 자살을 기도했다가 미수에 그치자, 하는 수 없이 파리로 돌아와 지내다가 1년 후인 1893년 7월 6일 파리 교외의 정신병원에서 43세의 나이로 숨을 거두었습니다. 모파상의 시신은 몽파르나스의 묘지에 묻혔습니다.

그녀는 아름답고 매력적
이었지만, 운명의 장난인
지 서민층 가정에서 태어났다. 지참금도 없고 유산 받은 것도 없어, 돈 많고
기품 있는 남자에게 자신을 알리고 그들에게 이해받고 사랑받고 그들과 결혼
하게 될 어떤 조건도 갖추질 못했다. 그래서 그녀는 어쩔 수 없이 국민교육성
에 다니는 하급 공무원과 결혼했다.

　몸치장을 할 여유가 없어서 수수할 수밖에 없는 그녀는, 사회 밑바닥으로
떨어진 것 같은 생각에 비참하기만 했다. 여자들이란 계급이나 혈통과는 상
관없이 단지 아름다움과 우아함 그리고 매력만이 그들의 출신과 가문을 말해
주기 때문이다. 천부적인 섬세함, 본능적인 우아함, 유연한 마음씨가 그들의
유일한 계급이었고, 또한 서민층 처녀들이 고귀한 부인들과 어깨를 겨룰 수
있게 해주는 것이었다.

그녀는, 자기는 온갖 우아함과 사치를 누리기 위해 태어났다는 생각이 들면 무척 괴로웠다. 자신의 초라한 집과 곤궁한 벽, 망가진 의자들과 보기 흉한 천 때문에 고통을 느꼈다. 자기와 같은 계급의 다른 여자들은 느끼지 못할 이런 모든 것들이 그녀를 괴롭히고 화나게 했다. 초라한 자신의 살림살이를 정리하고 있는 브르타뉴 태생의 여자를 보고 있으면, 마음속에서 서글픈 미련과 격렬한 몽상이 되살아나곤 했다.

그녀는 고급스런 벽지를 바르고 높다란 청동 촛대로 불을 밝힌 우아한 대기실을 떠올렸고, 또 난방이 잘되어 후텁지근한 열기로 졸음이 온 나머지 큼직한 안락의자에 기대어 잠을 자고 있는, 짧은 바지를 입은 두 명의 키 큰 하인들을 그려보았다. 옛날 비단이 깔려 있는 화려한 응접실과 값을 매길 수 없을 만큼 진귀한 골동품들이 놓여 있는 값비싼 가구들을 생각했고, 또 가장 친한 친구들을 비롯한 모든 여자들이 샘을 내고 관심을 끌려고 애쓰는, 저명하고 인기 있는 남자들과 오후 5시의 한가로움을 즐기기 위해 만들어 놓은 아담하고 향기로운 작은 살롱을 상상해 보았다.

저녁 식사를 하기 위해, 사흘씩이나 식탁보를 갈지 않은 둥근 식탁 앞에 앉았을 때, 마주 앉은 남편이 수프 그릇의 뚜껑을 열면서 무척 기쁜 표정으로, "아, 맛있는 수프로군! 이보다 더 맛있는 수프는 없을 거야." 하고 말할 때면, 그녀는 고급스러운 만찬과 반짝거리는 은그릇, 그리고 요정의 숲 속에 있는 진귀한 새들이나 옛날 인물들로 벽을 가득 채우고 있는 장식 융단을 떠올리는 것이었다. 또 희한한 접시에 차려진 산해진미와, 송어의 장밋빛 살이나 꿩의 날개를 먹으면서 스핑크스와 같은 미소를 띠고 속삭이며 귀 기울여 듣는 품위 있는 행동들을 상상했다.

그녀는 좋은 옷이나 보석은 물론 그 어떤 것도 가진 것이 없었다. 그런데도 그런 것들만 좋아했다. 자신은 그런 것들을 위해 태어난 것 같은 생각이 들었다. 그녀는 너무나 사랑받고 싶어했으며, 매혹적이고 싶었고, 그래서 어디서나 인기를 얻고 싶어했다.

그녀에게는 부자인 친구가 한 명 있었다. 수녀원 부속 여학교 동창인데, 이제는 그 친구를 만나고 싶지 않았다. 만나고 나면 너무도 마음이 아팠기 때문이다. 그녀는 며칠이고 슬픔과 후회와 절망과 비탄에 빠지곤 했다.

그런데 어느 날 저녁, 남편이 즐거운 표정으로 손에 누런 봉투를 들고 돌아와서는 기쁨에 들뜬 목소리로 말했다.

"자, 이 안에 당신을 위한 것이 들어 있소."

그녀는 서둘러 봉투를 찢고, 다음과 같은 말이 인쇄된 카드 한 장을 꺼냈다.

국민교육성 장관과 조르주 랑포노 여사가 1월 18일 월요일 장관 관저에서 야회를 열 예정이니, 루아젤 부부께서 참석해 주시면 영광이겠습니다.

남편은 그녀가 몹시 좋아할 거라고 기대했는데, 뜻밖에도 그녀는 버럭 화를 내며 초대장을 탁자 위에 집어던지고는 투덜거렸다.

"이걸 도대체 어떻게 하라는 말이에요?"

"아니 여보, 난 당신이 좋아할 거라고 생각했는데……. 당신은 별로 외출할 기회가 없으니 좋은 기회가 아니오? 아주 좋은 기회란 말이에요. 이 초대장을 얻으려고 얼마나 고생을 했다고. 사람들이 모두 원했거든. 아주 인기가 많았지. 근데 직원들에겐 조금밖에 돌아가지 않았어요. 당신이 그곳에 가면 관리들을 모두 볼 수 있을 거요."

그녀는 화가 난 얼굴로 남편을 쳐다보다가, 참을 수가 없어서 울먹이는 목소리로 소리를 질렀다.

"대체 뭘 입고 거길 가란 말예요?"

그는 그런 것까지 생각하진 못했다. 그는 더듬거리면서 말했다.

"극장에 갈 때 입는 옷이 있지 않소. 꽤 좋아 보이던데……."

그는 울고 있는 아내를 보자 영문을 몰라 어쩔 줄을 모르면서 입을 다물었다. 두 방울의 굵은 눈물이 천천히 입가로 흘러내렸다. 그는 입 속으로 중얼거렸다.

'왜 그러지? 도대체 왜 그러는 거야?'

잠시 후 그녀는 겨우 마음을 진정시키고 축축한 두 뺨을 닦으면서 차분한 목소리로 말했다.

"아무것도 아니에요. 다만 입고 갈 옷이 없어서 그 모임에는 도저히 갈 수가 없네요. 초대장은, 나보다 옷이 많은 부인이 있는 동료한테 주세요."

그는 난처했다.

"이봐요 마틸드, 괜찮은 옷은 얼마면 살 수 있을까? 다른 때도 입을 수 있는 아주 비싸지 않은 것으로 말이야."

그녀는 잠시 생각에 잠겨 계산을 해보았다. 이 검소한 공무원이 깜짝 놀라 소리 지르면서 단번에 거절하지 않을 만한 금액을 열심히 생각해 보았다.

마침내 그녀는 주저하며 이렇게 대답했다.

"글쎄 잘 모르겠지만, 4백 프랑 정도면 살 수 있을 것 같아요." 그는 깜짝 놀랐다. 자기가 바로 그 금액만큼 저축을 해두었기 때문이다. 그는 그 돈으로

총을 사서, 일요일마다 낭테르 평원으로 종달새를 잡으러 가는 친구 몇 명과 함께 올여름에 사냥을 가기로 했던 것이다. 그러나 그는 말했다.

"좋아, 4백 프랑을 주지. 예쁜 옷으로 사도록 해요."

마침내 연회의 날이 가까워졌다. 그런데 무엇 때문인지 루아젤 부인은 침울하고 불안해 보이고 근심에 가득 차 있는 것 같았다. 그 사이 옷은 준비가 되었다. 어느 날 저녁, 남편이 물었다.

"왜 그래요? 사흘 전부터 당신 아주 이상하군."

그러자 그녀가 대답했다.

"몸에 지닐 거라고는 보석은커녕 돌 하나도 없어요. 난 정말 비참하게 보일 거예요. 차라리 그 연회에 가지 않는 게 좋겠어요."

"보석 대신 생화를 달구려. 이런 계절에는 그게 아주 멋있어 보일 거야. 10 프랑이면 화사한 장미꽃 두세 송이는 살 수 있겠지."

그녀는 전혀 설득당하지 않았다.

"싫어요. 돈 많은 여자들 틈에서 초라한 모습을 하고 있는 것처럼 수치스러운 일은 없을 거야."

그러자 남편이 외쳤다.

"당신도 참! 당신 친구 포레스티에 부인한테 보석을 좀 빌려 달라고 해요. 그런 부탁쯤은 들어 줄 정도로 당신과 가깝지 않소."

그녀는 기뻐 소리쳤다.

"정말 그렇네! 그 생각은 전혀 못했어요."

이튿날 그녀는 친구 집에 가서 자기의 딱한 사정을 이야기했다. 포레스티에 부인은 거울이 달린 장롱 안에서 큼직한 보석 상자를 꺼내 뚜껑을 열어놓은 뒤 말했다.

"여기서 골라봐."

그녀는 먼저 팔찌들을 보았고, 그 다음에는 진주 목걸이들을, 그리고 금과 보석으로 된, 세공 솜씨가 뛰어난 베네치아제 십자가를 보았다. 그녀는 거울 앞에 서서 장신구들을 달아보면서 그것들을 돌려줄 마음이 생기지 않았다. 그녀는 계속해서 이렇게 물었다.

"다른 건 없어?"

"다른 거? 있고말고. 잘 찾아봐. 어떤 게 네 마음에 들지 모르겠구나."

갑자기 까만 공단 상자 속에서 눈이 부시도록 아름다운 다이아몬드 목걸이가 눈에 띄었다. 그녀의 심장이 걷잡을 수 없이 뛰기 시작했다. 그것을 집어 드는 손이 떨렸다. 그녀는 깃을 세운 옷 위로 그 목걸이를 걸고는 자기 모습에 반해 버린 듯 넋을 잃고 있었다. 그러다가 망설이면서 몹시 조심스럽게 물었다.

"이거 빌려줄 수 있어? 이게 좋은데······."

"그럼, 빌려줄게."

그녀는 친구의 목에 달려들어 열렬하게 키스를 했다. 그러고는 그 목걸이를 들고 도망치듯 나왔다.

연회의 날이 되었다. 루아젤 부인은 몹시 만족스러웠다. 그녀는 누구보다도 아름다웠을 뿐만 아니라 우아하고 맵시가 있었으며, 미소를 짓고 기쁨에 들떠 있었다. 모든 남자들이 그녀를 쳐다보았고, 이름을 물었으며, 소개를 받고 싶어했다. 비서실의 수행원들은 모두 그녀와 왈츠를 추길 원했다. 장관도 그녀를 눈여겨보았다.

그녀는 기쁨에 들떠 취한 듯이 황홀하게 춤을 추었다. 자신의 미모의 승리, 성공의 영광, 경이와 찬사, 잠에서 깨어난 그 모든 욕망, 한없이 감미로운 승리로 이루어진 행복의 구름 속에서 더 이상 아무것도 생각하지 않았다.

그녀는 새벽 4시경 그곳을 나왔다. 남편은 자정부터 세 명의 다른 남자들과 함께 서늘한 작은 응접실에서 잠을 자고 있었다. 그는 외출할 때 걸치도록 가져온 옷을 그녀의 어깨에 걸쳐주었다. 그것은 평소에 입는 수수한 옷으로 화려한 야회복과는 전혀 어울리지 않았다. 그녀는 값비싼 모피로 몸을 감싼 다른 부인들에게 들킬까봐 얼른 그 자리를 도망쳐 나오려 했다. 루아젤이 그녀를 붙잡았다.

"기다려요. 이대로 밖에 나가면 감기에 걸려요. 내가 마차를 불러올게."

그러나 그녀는 재빨리 계단을 내려갔다. 루아젤이 뒤따라 밖으로 나왔을 때 마차는 한 대도 없었다. 그들은 멀리 지나가는 마부를 향해 소리쳤지만 마차를 잡지 못했다. 그들은 포기하고 추위에 떨면서 센 강 쪽으로 걸어갔다. 드디어 부둣가에서, 밤에만 다니는 낡은 마차 한 대를 잡았다. 그것은, 낮에는 자신의 비참한 모습이 부끄러운 듯 밤이 되어야만 파리 거리를 돌아다니는 것이었다. 그들은 그 마차를 타고 마르틸 가에 있는 집까지 갔다. 그들은 쓸쓸히 집 안으로 들어갔다. 그녀에게는 모든 것이 끝났다. 그리고 남편은 10시까지 출근해야 한다는 것을 생각하고 있었다.

그녀는 화려한 자신의 모습을 한 번 더 보기 위해 거울 앞으로 가서 어깨에 걸치고 있던 옷을 벗었다. 순간 그녀는 비명을 질렀다. 그녀의 목에 목걸이가 없지 않은가! 이미 반쯤 옷을 벗고 있던 남편이 물었다.

"왜 그래요?"

그녀가 더듬거리며 말했다.

"저…… 저…… 목걸이가 없어졌어요."

그가 놀라며 구부렸던 몸을 일으켰다.

"뭐라고? 어떻게 됐다고? 그럴 리가 없어!"

그들은 옷 주름 속과 주머니 속 여기저기 모든 곳을 샅샅이 살펴보았다. 그러나 목걸이는 어디에도 없었다.

"무도회장을 나올 때는 분명히 있었소?"

"네, 국민교육성 현관에서 만져봤거든요."

"길에서 잃어버렸다면 떨어지는 소리를 들었을 텐데. 마차 안에 떨어진 게 틀림없어."

"아마 그럴 거예요. 마차 번호 알아요?"

"몰라. 당신도 번호를 보지 않았소?"

"네, 못 봤어요."

그들은 실망하여 서로 쳐다보았다. 루아젤은 재빨리 다시 옷을 입었다.

"우리가 왔던 길을 다시 되돌아가며 찾아보겠소."

그는 이렇게 말하고는 밖으로 나갔다. 그녀는 야회복을 입은 채 침대에 누울 기력도 없이 의자 위에 쓰러져 있었다. 루아젤은 경찰서와 신문사를 찾아가 현상 광고를 내고, 마차 협회에도 가보았다. 희망의 실마리가 보이는 곳은 전부 찾아갔다. 그러나 그는 아무것도 발견하지 못했다.

그녀는 이 끔찍한 실수 앞에서 안절부절못하며 그가 오기만을 기다렸다. 루아젤은 늦은 저녁이 되어서 움푹 들어간 눈에 창백한 얼굴로 돌아왔다. 목걸이를 찾지 못했던 것이다.

"당신이 친구에게 목걸이 고리가 부러져서 그것을 고치고 있다고 편지를 써야겠소. 그러면 다시 찾아볼 시간 여유가 있으니까."

그녀는 남편이 부르는 대로 편지를 썼다.

일주일이 지나자, 그들은 모든 희망을 잃어버렸다. 5년이나 늙어버린 것 같은 루아젤이 분명하게 말했다.

"그 목걸이를 다른 것으로 바꿔놓아야겠어."

다음날 그들은 목걸이가 들어 있던 상자 안에 이름이 적혀 있는 보석상으로 갔다. 보석 상인은 장부를 들춰보았다.

"저는 이 목걸이를 팔지 않았는데요. 아마 보석 상자만 팔았나 봅니다."

그들은 보석상 여기저기를 찾아다니며 기억을 떠올려 그와 비슷한 목걸이를 찾느라 애쓰다 슬픔과 고민으로 병에 걸렸다. 그때 팔레 루아얄의 한 상점에서 그들이 찾던 것과 너무도 비슷한 다이아몬드 목걸이를 하나 발견했다. 그 값은 4만 프랑이었다. 그러나 보석 상인은 3만 6천 프랑에 팔겠다고 했다. 그들은 사흘 안에 그것을 팔지 말라고 보석 상인에게 사정했다. 그리고 만일 2월 말 이전에 잃어버린 목걸이를 다시 찾게 된다면, 그것을 3만 4천 프랑에 도로 물러 달라는 조건도 붙였다.

루아젤에게는 아버지한테 물려받은 돈 1만 8천 프랑이 있었다. 나머지는 빚을 얻었다. 그는 이리저리 돈을 빌렸는데, 한 사람에게 1천 프랑, 또 다른 사람에게 5백 프랑, 여기서 5루이루이 13세 시대에 만든 20프랑짜리 금화, 저기서 3루이를 구했다. 그는 어음을 발행했고, 파산을 초래할 수도 있는 저당을 잡혔으며, 고리대금업자를 비롯한 모든 종류의 대금주貸金主들과 거래를 했다. 그는 자기 인생의 종말을 극히 위험한 일에 끌어들였고, 이행할 수 있을는지도 모르면서 함부로 서약서에 도장을 찍었다.

그러고는 장래에 대한 번민과 앞으로 자신에게 닥칠 암담한 현실, 소소한 물질적인 궁핍과 온갖 정신적 고통에 대한 생각으로 무서워졌다. 그러나 그는 새 목걸이를 사기 위해 보석상으로 가서 3만 6천 프랑을 계산대 위에 내놓았다.

루아젤 부인이 친구 포레스티에 부인에게 목걸이를 가져가자, 그녀는 언짢은 표정으로 말했다.

"좀더 일찍 갖다 줘야지. 내가 필요할 수도 있잖아."

그녀는 보석 상자를 열어보지 않았다. 루아젤 부인은 친구가 상자를 열어볼까 봐 두려웠다. 만일 물건이 바뀌었다는 걸 알게 된다면 어떻게 생각할까? 뭐라고 말할까? 자기를 도둑으로 생각하지는 않을까?

루아젤 부인은 궁핍한 생활의 끔찍함을 알게 되었다. 그녀는 곧 비장한 결심을 했다. 이 끔찍한 빚을 갚아야만 한다. 내가 갚을 것이다! 그녀는 하녀를 내보내고 집도 옮겼다. 지붕 밑의 고미다락에 세를 들었다.

그녀는 힘든 가사와 지겨운 부엌일을 알게 되었다. 설거지를 하고 기름때가 낀 사기 그릇과 냄비 밑바닥을 닦느라 분홍빛 손톱이 다 닳았다. 더러운 속옷과 셔츠, 걸레를 비누로 빨아서 줄에다 말렸다. 그리고 매일 아침 쓰레기를 가지고 한길로 내려갔다. 물을 들고 계단을 올라갈 때는 숨이 차서 계단참마다 쉬곤 했다. 그녀는 서민층 여자처럼 옷을 입고 바구니를 팔에 걸고서 채소 가게와 식료품 가게, 푸줏간에 갔는데, 값을 너무 깎아서 욕을 얻어먹으면서도 푼돈을 절약해 나갔다.

매달 어음을 지불해야 했고, 다른 것들은 갱신을 하고 기한을 연기해야 했다. 남편은 매일 저녁 어떤 상인의 장부를 정서해 주는 일을 했고, 때때로 밤에는 한 페이지에 얼마간의 돈을 받고 서류를 작성해 주기도 했다.

이런 생활이 10년 동안 계속되었다. 10년이 지나자 그들은 모든 빚을 다 갚을 수 있었다. 고리대금 이자와 쌓이고 쌓인 이자까지 모두 갚은 것이다. 이제 루아젤 부인은 늙어 보였다. 그녀는 궁핍한 살림 때문에 튼튼하고, 억세고, 거친 여자가 되었다. 머리 손질도 잘 하지 않고, 치마는 비뚤어지게 입고, 손은 빨개지고, 큰 소리로 말하곤 했다. 그러나 이따금 남편이 출근하고 없을 때면 창가에 앉아 예전의 그 야회를, 그녀가 그토록 아름답고 인기가 있었던 그 무도회를 상기해 보는 것이었다.

만일 그 목걸이를 잃어버리지 않았다면 어떻게 되었을까? 인생이란 참으로 이상하고 얼마나 변화무쌍한 것인가! 아주 사소한 일이 사람을 파멸시키기도 하고 구원하기도 하지 않는가!

어느 날, 그녀가 한 주일 동안의 피로를 풀려고 샹젤리제 거리를 산책하고 있을 때, 언뜻 어린아이 하나를 데리고 산보하는 한 여자를 보았다. 포레스티에 부인이었다. 그녀는 전과 다름없이 젊고 아름다웠으며 매력적이었다. 루아젤 부인은 가슴이 두근거렸다. 그녀에게 말을 걸까? 물론 그래야지. 이제는 빚을 다 갚았으니까 모든 것을 털어놓으리라. 말하지 못할 이유가 없지 않은가.

그녀가 친구에게 다가갔다.

"안녕, 잔!"

상대방은 그녀를 전혀 알아보지 못하고, 이런 서민층 여자가 그처럼 정답게 부르는 데에 놀랐다.

"그런데…… 부인. 난 모르겠는데……. 잘못 보신 것 같군요."

"나야, 나! 마틸드 루아젤이야."

"어머나! 가엾은 마틸드…… 어쩌면 이렇게 변했니?"

"그래, 너와 헤어진 뒤 정말 힘들었어. 아주 비참했어……. 모두가 너 때문이야!"

"나 때문이라니…… 그게 무슨 소리야?"

"전에 내가 국민교육성에서 열렸던 야회에 갈 때 네게 빌렸던 그 다이아몬드 목걸이 생각날 거야."

"응, 그런데?"

"그걸 내가 잃어버렸었어."

"뭐라고! 그거 나한테 다시 돌려줬잖아!"

"아주 비슷한 걸로 사서 너한테 갖다준 거야. 그리고 우리가 그걸 갚는 데 10년이 걸렸어. 가진 게 없는 우리로선 쉬운 일이 아니었다는 걸 너도 알 거야. 이제야 드디어 끝났어. 그래서 매우 기쁘단다."

포레스티에 부인이 발걸음을 멈추었다.

"내 목걸이를 잃어버려서 다이아몬드 목걸이를 샀단 말이니?"

"그래. 넌 그걸 몰랐을 거야, 그렇지? 아주 비슷했으니까."

그러고는 자랑스럽고도 순진한 표정으로 기쁜 미소를 지었다.

포레스티에 부인은 너무도 감동하고 어이가 없어 그녀의 두 손을 꼭 잡았다.

"아, 가엾은 마틸드! 그 목걸이는 가짜였어. 겨우 5백 프랑밖에 안 하는 거였는데……."

모파상의 「목걸이」는 극적 반전이라는 충격적인 결말 때문에 많은 독자들에게 깊은 인상을 남긴 작품입니다. 루와젤 부인은 매우 아름답고 매력적인 용모를 가졌지만 서민층 가정에서 태어났습니다. 그녀는 '지참금도 없고 유산 받은 것'도 없고 '돈 많고 기품 있는 남자에게 자신을 알리고 그들에게 이해받고 사랑받고 그들과 결혼하게 될 어떤 조건'도 없었기 때문에 하급 공무원과 결혼을 합니다.

결혼 후에도 그녀는 미련을 버리지 못합니다. 자신이 미모와 애교 그리고 매력을 가졌을 뿐만 아니라 섬세한 성품과 우아한 몸가짐, 부드러운 마음씨를 갖추었음에도 태생과 가문을 제대로 만나지 못했기 때문에 누추한 집에서 살고 있다고 생각하며, 쾌락과 사치를 동경하고 남성들을 매혹해 구애를 받고 싶어합니다.

누구나 소유하지 못한 것을 얻고 싶어하는 욕망을 가질 수 있습니다. 하지만 인간의 욕망이란 무한한 것이어서 적절한 자기 통제가 반드시 필요합니다. 하지만 루와젤 부인은 자신의 욕망을 억제하려 하지 않기 때문에 자신이 처한 현실에 만족하지 못합니다. 그녀는 남편이 장관의 집에서 열리는 파티의 티켓을 얻어 왔는데도 기뻐하지 않고 옷이 없다는 이유로 낙심합니다. 어렵게 옷을 구입하고 나서는 보석이 없다고 또 근심하지요. 이러한 루와젤 부인의 모습은 만족할 줄 모르고, 끝없이 뻗어가는 욕망을 가진 인간의 속성을 보여 줍니다.

루와젤 부인은 목걸이를 잃어버렸다는 것을 알아차리기 전까지 계속해서 자신의 욕망에 사로잡혀 있습니다. 그렇기 때문에 '평소에 입던 검소한 옷'을 거부하려고 하지요. 그리고는 끝까지 자신의 초라한 모습을 남에게 보이지 않으려고 밤길을 뛰어갑니다. 그런데 그녀의 앞에 선 마차는 어떤가요. 초라하기 그지없는, 낮에는 부끄러워 돌아다니지 못하는 밤에만 볼 수 있는 마차입니다. 어쩐지 루와젤 부인의 모습은 이 마차의 모습과 닮아 있지 않은가요?

자신의 초라한 모습이 부끄러워 어둠 속에서만 나타나는 마차처럼 그녀도 자신의 처지를 한탄하며 불만으로 가득한 나날을 보내고 있습니다. 파티가 끝나고 집으로 돌아온 루와젤 부인이 '쓸쓸하게' 느끼는 것 역시 더 이상 발산할 수 없는 욕망에 대한 서글픔 때문입니다. 화려한 그 밤이 지나고 나면 그녀는 다시 예전의 초라한 모습으로 돌아와야만 합니다.

반면에 루와젤 씨는 어떤가요. 그는 아내의 마음속에 있는 욕망을 알고 억제된 욕망을 조금이라고 해소시켜 주기 위해 하급 공무원으로서는 타내기 어

더 알아두기

「목걸이」는 결말의 반전으로 유명한 작품이라고 이미 이야기했었죠. 그런데 이렇게 반전의 성격이 강한 소설이나 영화의 결말을 미리 유포함으로써 재미를 떨어뜨리는 사람들이 있습니다. 그들을 일컬어 흔히 '스포일러spoiler'라고 부르며, 일종의 '방해꾼'이라고 해석할 수 있겠습니다. 반전이 강한 작품일수록 사람들은 그 결과에 대해 기대하게 마련입니다. 그런데 스포일러들 때문에 그 기대가 깨지면 안 되겠지요. 자신이 받은 감동을 다른 사람들도 누릴 수 있도록 배려하는 마음이 필요한 것입니다. 이런 태도는 반전의 내용을 폭로하는 경우뿐 아니라 모든 예술작품을 감상하는 데 요구되는 자세라고 할 수 있습니다. 「목걸이」의 경우 결말의 반전을 알고 읽더라도 인간의 허망한 욕심에 대한 깨달음을 느낄 수 있겠지만, 결말을 염두에 두고 소설을 읽기 시작한다면 결말 부분의 충격이 아무래도 반감되겠지요.

려운 티켓을 얻어 옵니다. 그리고 엽총을 사기 위해 오랫동안 모아 두었던 돈을 아내의 옷을 사는 데 선뜻 내어놓습니다. 그는 자신의 욕망을 포기하면서까지 아내를 위합니다. 또 아내가 비싼 목걸이를 잃어버리자 목걸이를 돌려주기 위해 빚을 내고 그 빚을 갚기 위해서 고생을 감수합니다.

결과적으로 루와젤 부인은 하룻밤 파티에서 아름답게 보이기 위해 십 년이라는 시간을 들인 셈입니다. 이 시간은 자신의 욕망을 절제하지 못한 대가라고 할 수 있습니다. 하고 싶은 대로 모든 것을 이룬 것은 단 하룻밤뿐이지요. 루와젤 부인은 그 다음 날부터 십 년 동안 모진 고생을 합니다. 남편까지도 함께 말이지요. 궁핍한 세월 끝에 많이 늙어 버린 루와젤 부인은 십 년이 지난 후에 목걸이를 빌렸던 친구 포레스티에 부인을 만나게 됩니다. 포레스티에 부인은 친구인 루와젤 부인을 알아보지 못합니다. 그녀가 너무나 많이 변해 있었기 때문이지요.

목걸이를 잃어버리고 빚을 지기 전에 루와젤 부인은 불행한 사람이었습니다. 하지만 목걸이를 잃어버리고 빚을 갚고 나서 그녀는 친구에게 후련한 마음으로 기쁘다고 이야기합니다. 행복이란 반드시 가진 것이 많다고 해서 생기는 것이 아닙니다. 인간은 물질이 아니라 마음이 만족스러울 때도 행복을 느끼지요. 아무리 돈이 많은 사람이라도 그것이 부족하다고 느낀다면 그 사람은 행복할 수 없습니다. 하지만 가진 것은 많지 않더라도 그것에 만족한다면 그 사람의 마음은 행복하겠지요. 이처럼 가치를 어디에 두고 사느냐에 따라 행복의 기준도 달라집니다. 처음에 루와젤 부인은 물질적인 가치에 따라 행복이 생긴다고 생각했지만 빚을 지고 갚는 과정을 겪으면서 마음이 편안한 것만으로도 행복을 느끼게 되지요.

| 모파상 | Maupassant |

「목걸이」는 이렇게 인간의 내면적인 욕망에 대한 한 단면을 포착해 그것을 생생한 상황으로 연결시킨 작품입니다. 작가는 인간의 욕망과 삶이라는 것이 얼마나 부질없고 하찮은 것인지를 한 여인을 통해 극적으로 드러내고 있습니다. 모파상이 즐겨 다루었던 주제는 남녀간의 애정 이야기, 전쟁, 살인, 자살, 복수 등의 잔인한 이야기, 돈 물욕에 관한 이야기 등이었는데, 그는 독특한 사실주의적 수법으로 현실을 잘 집약하고 재구성하여 인생의 단면을 재현하는 데 뛰어난 역량을 보여 주었습니다. 짧은 이야기 속에 인생의 한 부분을 집약적으로 드러낸다는 점에서, 모파상의 소설을 흔히 '단편소설의 교과서'라 부르기도 합니다.

● 루와젤 부인이 파티에서 춤을 추며 즐기고 있을 때 그의 남편은 무엇을 하고 있습니까?

● 루와젤 부인이 목걸이를 잃어버린 것은 어느 때였습니까?

● 빚을 갚기 위해 루와젤 부인과 그녀의 남편은 어떤 일들을 하게 됩니까?

● 루와젤 부인이 행복하다는 말을 하는 것은 언제입니까?

구성	발단	허영심 많은 루와젤 부인 소개.
	전개	장관 무도회에 초대를 받은 루와젤 부인은 부유한 친구에게 목걸이를 빌림.
	위기	무도회에서 돌아오는 길에 루와젤 부인이 목걸이를 잃어버림.
	절정	친구에게 진짜 목걸이를 사서 돌려 주고 빚을 갚기 위해 10년 동안 고생함.
	결말	우연히 만난 친구에게서 잃어버렸던 목걸이가 가짜임을 알게 됨.
핵심정리	갈래	단편소설, 자연주의 소설.
	주제	인간의 어리석은 욕망이 가져 온 비극.
	배경	19세기 후반 프랑스의 도시.
	시점	전지적 작가 시점
	구성	극적 반전의 구성.
	문체	간결체
	성격	교훈적, 비판적, 묘사적, 사실적.
작중 인물의 성격	루와젤 부인	허영심과 과시욕이 많고 자존심이 강해, 현실에 대해 강한 불만을 가짐.
	남편	현실에 만족하고 아내를 사랑하면서 평범하게 살아가는 공무원.
	포레스티에	너그럽고 여유 있는 루와젤 부인의 친구.

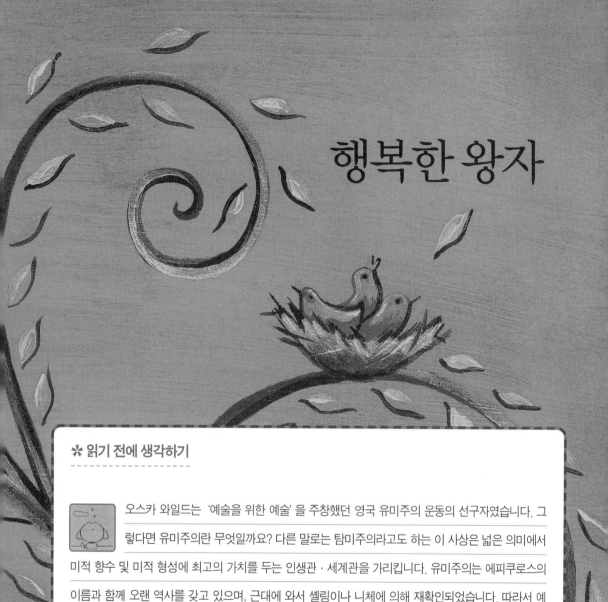

행복한 왕자

✽ 읽기 전에 생각하기

오스카 와일드는 '예술을 위한 예술'을 주창했던 영국 유미주의 운동의 선구자였습니다. 그렇다면 유미주의란 무엇일까요? 다른 말로는 탐미주의라고도 하는 이 사상은 넓은 의미에서 미적 향수 및 미적 형성에 최고의 가치를 두는 인생관ㆍ세계관을 가리킵니다. 유미주의는 에피쿠로스의 이름과 함께 오랜 역사를 갖고 있으며, 근대에 와서 셸링이나 니체에 의해 재확인되었습니다. 따라서 예술사조로서의 유미주의는 예술지상주의의 한 지류로서 19세기 후반에 대두되었습니다.

프랑스에서 이 사조는 E.A.포우의 영향을 받은 보들레르에 의해 구현되었고, 영국에서는 페이터로부터 시작되어 라파엘 전파를 거쳐 와일드에 이르러 전성기를 이루었습니다. 이들의 주장이 반드시 일치하는 것은 아니지만, 정신보다는 감각을, 내용보다는 형식을, 현실보다는 공상을 중시하고, 미를 진과 선 위에 두며, 때로는 악에서까지 미를 발견하는 점 등에서는 공통적인 사상을 보였습니다.

Wilde, Oscar

● 오스카 와일드

영국의 시인이자 소설가. 화려한 문체로 탐미파의 거장이 되어 미의 추구를 실생활
에까지 실천한 작가이다. (1854~1900)

오스카 와일드는 1854년 10월 16일, 아일랜드의 더블린에서 윌리엄 와일드와 제인 프란체스카 엘지이의 차남으로 태어났습니다. 부친은 더블린 외과대학에서 교수를 지낸 유명한 의사였으며, 모친은 '스페란자'라는 필명으로 시도 쓰고 본명으로 정치논문도 쓰는 여류명사였습니다.

와일드는 1864년에 포토라 로얄 스쿨에, 1871년에는 더블린의 트리니티 칼리지에 입학하고, 1874년에는 옥스퍼드의 모들린 칼리지에 입학했습니다. 와일드는 학업성적이 우수했을 뿐만 아니라, 고도의 교양도 쌓아서 플라톤이나 아리스토텔레스의 저작과 친숙했을 뿐만 아니라 스피노자, 괴테, 헤겔, 르낭, 매슈 이아놀드, 보들레르의 저작에도 통달하였다고 합니다.

당시의 옥스퍼드에서는 소위 유미주의 운동이 싹트고 있었습니다. 와일드는 스스로를 유미주의 운동의 실천자로 여겼는데, 그에게 유미주의 사상의 상징은 공작 깃털, 해바라기, 청자기, 장발, 비로드 바지 등이었습니다. 이런 특유의 복장으로 세인의 주목을 끌었던 와일드는 재치 있는 좌담으로도 사교계의 인사들을 매혹시켰습니다.

1881년에 상연되었던, 유미주의자 오스카 와일드를 조롱하는 희극《페이션스》는 유명세를 탔고, 미국에서도 와일드를 초대하게 되었습니다. 1882년 1월 2일 뉴욕에 도착한 와일드는 거의 1년을 미국에 머물면서 유미주의 강연을 했습니다. 《페이션스》를 관람한 미국의 관객들은 희극적 인물을 만나 한껏 비웃어 주려고 했지만, 막상 와일드의 비상한 재주와 교양을 접하고는 도리어 와일드를 존경하게 되었다고 합니다.

1884년 5월 29일에 와일드는 더블린의 부유한 왕실 변호사의 딸 콘스탄스 로이드와 결혼해 런던의 예술 구역인 첼시에 살림을 차렸고 1885년에는 장남

시릴을 다음 해에는 차남 비비안을 낳았습니다. 와일드는 1886년부터 2년간 《여성세계》지의 편집장을 지내면서 대표적 단편 「아더 새빌 경의 범죄」와 「캔터베리관의 유령」, 1888년에 동화집 『행복한 왕자』, 1889년에 논문 《허언의 쇠퇴》와 《W.H씨의 초상》을 발표합니다.

오스카 와일드의 생애 중 그의 전성기를 어느 한 해에 고정시킨다면 아마도 그건 1891년일 것입니다. 이때 오스카 와일드는 처자를 거느린 가장으로서 직장을 지키면서 창작에 열중했습니다. 4월에 『도리언 그레이의 초상』이 단행본으로 출간되었고 7월에는 단편집 『아더 새빌 경의 범죄』, 11월에는 제2동화집 『석류의 집』이 출간되었습니다.

한편으로 와일드는 1891년에 퀸즈베리 후작의 아들이요, 옥스퍼드 출신에 미모의 청년 시인인 앨프레드 더글러스 Alfred Douglas 경을 만나 동성연애 관계를 맺습니다. 그들은 고급 호텔을 드나들며 돈을 물 쓰듯 썼기에 더 많은 돈이 필요했고, 와일드는 손쉽게 돈을 벌기 위해서 희곡을 쓰게 됩니다. 그렇게 시작된 그의 척 극작 《윈더미어 경 부인의 부채》는 대성공이었지요. 영국의 사교계를 그린 이 풍속 희극은 위트와 유머로 가득 찬 작품입니다.

극작가로서 명성을 떨친 와일드는 단막 비극 《살로메》를 쓰지만 성경에서 소재를 취했다는 이유로 상연을 금지 당했습니다. 《살로메》가 파리에서 처음으로 공연된 것은 와일드가 레딩 감옥에서 옥고를 치르고 있을 때였습니다. 이어서 와일드는 1893년에 《하찮은 여자》, 1895년에는 《이상적 남편》과 《착실함이 중요》를 발표합니다. 《착실함이 중요》는 희극이라기보다는 소극인데, 그의 희극 네 편 중에서도 특히 이 작품은 와일드의 희극 작가로서의 본령이 여지없이 나타납니다. 와일드의 유미주의 작품을 보고서 이마를 찌푸렸던 대중들은 와일드의 희극을 보고서 웃음을 터뜨리지 않을 수가 없었습니다.

연극으로 돈을 벌어들인 와일드는 더글러스와 함께 이집트, 알제리 등을 여행합니다. 그러다 1895년 2월에 더글러스의 부친 퀸즈베리 후작에게 〈남색한을 자처하는 오스카 와일드에게〉라는 쪽지를 받습니다. 이 쪽지를 보고 격노한 와일드는 퀸즈베리 후작을 고발합니다. 그러나 그의 고발은 패소했을 뿐만 아니라 도리어 와일드가 체포되기에 이릅니다. 1회 재판에서는 보석으로 풀려났으나 2회 재판에서는 유죄판결을 받아 징역 2년의 선고를 받은 와일드는 파산하게 되고 처자까지 잃게 됩니다.

1898년 3월경에 와일드는 더글러스에게 보내는 편지 형식의 옥중기를 쓰기 시작합니다. 이 옥중기는 친구 로버트 로스가 편집하여《데 프로훈디스 De Profundis》라는 제목으로 일반인에게 유포되었습니다. 감옥에서 나온 와일드는 수도원에 들어가기를 원했으나 거절당하고 결국 프랑스로 떠납니다. 그 후 더글러스와 다시 만나 나폴리에서 동거생활을 시작하지만 더이상 돈도 없고 명성도 없는 와일드에게서 더글러스는 떠나버립니다. 1898년에 와일드는 『레딩 감옥의 노래 The Ballad of Reading Gaol』를 출판하는데 이 시에서 그는 비애와 연민의 세계, 눈물과 고뇌와 죽음의 세계를 간소한 시형으로 노래합니다.

와일드는 그 후 1900년 2월까지 약 3년 동안 몇몇 친구들의 도움으로 간신히 파리의 하숙집에서 연명하다가 19세기가 끝나기 한 달 전인 1900년 11월 30일 뇌막염으로 고단한 일생의 막을 내렸습니다.

늦가을의 스산한 공기가 가득 찬 어느 쓸쓸한 도시의 광장, 그 곳에 행복한 왕자의 동상이 서 있었다. 높이 솟은 원기둥 위에서 도시를 내려다보고 있는 왕자의 모습은 사람들의 시선을 한 몸에 받기에 충분했다. 그의 몸은 온통 순금의 얇은 금박으로 덮여 있었고, 두 눈에는 푸른 사파이어가 눈부시게 빛나고 있었으며, 그가 들고 있는 칼자루에는 커다란 루비가 붉게 빛나고 있었다.

행복한 왕자는 사람들로부터 많은 칭송을 받았다.

"행복한 왕자의 모습은 풍향계_{과거 유럽에서는 풍향계에 아름다운 문양이나 가문의 문장을 새겨 넣어, 조각 예술로서의 가치가 높았다.} 만큼이나 아름답지 않은가요?"

예술적인 감각이 높다는 이야기를 듣고 싶었던 어느 시의원이 말했다. 말을 마친 그는 혹시 자신이 현실적이지 못한 사람으로 보이지는 않을까 싶은

생각이 들었는지, "그다지 유용하지 못하다는 게 흠이긴 하지만……." 하고
는 곧바로 말을 얼버무렸다.

"너는 왜 행복한 왕자를 닮지 못하는 거니?"

당치도 않은 일에 억지를 부리는 어린 아들 탓에 한껏 민감해져 있는 한 어
머니가 울고 있는 아들에게 말했다. 그녀는, "행복한 왕자는 어떤 일이 있어
도 울며 떼쓰지 않는단 말이다."라고 말하며 아들을 야단쳤다.

"이 세상에 진실로 행복한 누군가가 있다는 것은 그래도 기쁜 일이지……
기쁜 일이고 말고."

아름다운 동상을 쳐다보며 이렇게 중얼거리는 사람도 있었다. 그는 깊은
실의에 빠져 삶의 의욕을 찾지 못하던 사람이었다.

"왕자님은 정말 천사 같아요."

진홍색 외투에 깨끗한 흰색 치마를 입은 고아원의 아이들이 성당에서 나오
며 이렇게 말했다. 이 말을 들은 수학 선생님은, "그걸 너희가 어떻게 아니?
너희들은 한 번도 천사를 본 적이 없을 텐데."라고 말하며 아이들을 향해 쏘
아 붙였다. 그러자 아이들은, "아! 그렇지만 우리는 꿈 속에서 천사를 본 적이
있어요."라고 대답했다. 이 수학 선생님은 아이들이 꿈 속에서 천사를 보았다
는 것을 인정할 수 없었다. 그는 얼굴을 찌푸리며 매우 엄한 눈으로 아이들을
내려다보았다.

그러던 어느 날 밤, 도시의 파란 하늘 위로 작은 제비 한 마리가 힘겹게 날
아가고 있었다. 같은 무리의 제비들은 이미 6주 전에 이집트로 날아갔지만,
이 제비는 너무나 아름다운 갈대에 홀려 그만 뒤처지고 말았던 것이다.

봄볕이 아직 설익은 지난 이른 봄날이었다. 노란 빛깔의 커다란 나방을 쫓아 강가로 날아갔던 제비는 그 곳에서 그 아름다운 갈대를 만나게 되었다. 하늘거리는 갈대의 고운 자태에 매료된 제비는 갈대에게 말을 건네지 않을 수 없었다.

"당신을 사랑해도 될까요?"

제비는 갈대에게 곧바로 자신의 진심을 말했다. 제비의 말을 들은 갈대는 살며시 고개를 숙였고, 제비는 물 위에 날개를 스쳐 은빛 물결을 일으키며 갈대 주위를 빙빙 돌았다.

갈대를 향한 제비의 사랑은 이렇게 시작되어 여름 내내 계속되었다.

"이런 어리석은 사랑을 하다니! 갈대는 가난한 데다가 식구들도 저렇게 많은데 말이야."

제비의 친구들은 이렇게 숙덕거렸다. 강가에는 온통 갈대의 가족들로 가득한 게 사실이었다.

그 후 가을이 되자 제비들은 무리를 지어 모두 날아가 버렸다.

친구들이 모두 떠난 뒤 홀로 남은 제비는 몹시 외로워졌다. 그리고 그의 갈대 연인에게도 점점 지쳐 가기 시작했다.

"그녀는 도무지 내게 말이 없어. 그런데 바람만 불어오면 항상 시시덕거리니, 어쩜 바람둥이일지도 몰라."

바람이 불어올 때마다 확실히 갈대는 무릎을 굽혀 가며 우아하게 인사를 하곤 했다.

"그녀가 가정적이라는 건 나도 인정하지. 하지만 나는 여행을 좋아하니까 결국 내 아내가 될 여인이라면 역시 여행을 좋아해야 하지 않겠어?"

제비는 마지막으로 갈대에게 물었다.

"나와 함께 떠나지 않을래요?"

그러자 갈대는 고개를 가로저었다. 집에 대한 애착이 강했던 갈대는 지금 살고 있는 곳을 떠나고 싶지 않았다.

"지금껏 나는 당신에게 하찮은 존재였군요."

제비는 소리쳤다.

"나는 이제 피라미드가 있는 곳으로 떠날 겁니다. 그럼, 안녕!"

이렇게 말한 제비는 갈대 곁을 떠나 멀리 날아가 버렸다.

하루 종일 날고 또 날았던 제비가 이 도시에 도착한 것은 어둑어둑 해가 질 무렵이었다.

"어디에서 묵어야 하지? 이 도시에서 떠날 채비를 갖추었으면 좋겠는데 말이야……."

그 순간, 원기둥 위에 서 있는 동상의 모습이 제비의 눈에 들어왔다. 제비는 기쁜 마음에 큰 소리로 이렇게 말했다.

"그래, 저기서 묵으면 좋겠군. 맑은 공기가 가득한, 아주 훌륭한 장소야!"

이렇게 해서 제비는 행복한 왕자의 발 아래에 내려앉게 되었다.

"황금 침실을 얻었는걸!"

제비는 주위를 둘러보며 이렇게 혼잣말을 하고는 곧 잠들 준비를 했다.

그 때였다. 제비가 날개 밑으로 머리를 집어 넣는 순간, 큰 물방울 하나가 깃털 위로 툭 떨어지는 게 아닌가!

"참 이상한 일이네? 하늘엔 구름 한 점 없고, 별도 초롱초롱 빛나는데 비가 오다니. 북유럽의 날씨는 정말 지독한걸. 하긴 갈대 아가씨는 비가 올 때마다 좋아했지. 그건 순전히 자기만 생각하는 행동이었어."

그 때 물방울 하나가 또 떨어졌다.

"아니, 동상 아래에서 비를 피할 수 없다면 무슨 소용이람? 차라리 안전한 굴뚝 구멍을 찾아보는 게 낫겠군."

제비는 이렇게 말하면서 빨리 이 곳을 떠나야겠다고 마음먹었다.

하지만 제비가 날개를 펼치기도 전에 세 번째 물방울이 또 떨어졌고, 멈칫한 제비는 위를 올려다보게 되었다. 그리고 제비는……, 아! 제비는 과연 무엇을 본 것일까?

그것은 바로 동상이 흘리는 눈물이었다. 행복한 왕자의 두 눈에는 눈물이 가득 고여 있었고, 그 눈물이 황금빛 양 볼을 타고 흘러내리고 있었다.

달빛을 받은 왕자의 얼굴은 너무나 아름다웠다. 작은 제비의 가슴에 동정의 마음이 밀려 들어왔다.

"당신은 누구시죠?"

제비가 물었다.

"나는 행복한 왕자란다."

"그런데 왜 눈물을 흘리는 거죠? 당신 때문에 내가 젖었잖아요."

"내가 인간의 심장을 가지고 살아 있었을 때……."

행복한 왕자는 슬픈 목소리로 이야기를 시작했다.

"나는 눈물이 무엇인지 몰랐단다. 슬픔이란 것은 조금도 들어올 수 없는 안락한 궁전에서 살았기 때문이지. 낮에는 정원에서 친구들과 놀았고, 밤이면 큰 홀에서 춤을 추었어. 정원 둘레에는 아주 높은 성벽이 둘러싸여 있었는데,

그 성벽 너머로 어떤 세상이 펼쳐지는지 나는 절대로 알고 싶지 않았단다. 나를 둘러싼 모든 것들이 너무나 아름다웠거든. 신하들은 나를 행복한 왕자님이라고 불렀고, 나는 정말로 행복했어. 만약 그런 쾌락이 진정한 행복이었다면 말이지. 그렇게 살다가 나는 죽었단다. 내가 죽자 신하들은 도시의 추함과 비참함이 모두 내려다보이는 이 높은 곳에 나를 세워 놓았지. 그러니 비록 내 가슴이 납으로 만들어졌다고 해도, 나는 울지 않을 수가 없는 거란다."

"뭐라고? 왕자님이 순금으로 만들어진 게 아니라고?"

제비는 혼잣말로 중얼거렸다. 그런 말을 큰 소리로 내뱉을 만큼 예의가 없는 것은 아니었다.

"저기, 저 멀리에……."

왕자는 노래하는 듯한 낮은 목소리로 말을 이었다.

"저 멀리 좁은 거리에 말이다. 아주 가난한 집 한 채가 있단다. 그 집에는 창문이 하나 열려 있는데, 그 사이로 한 여인이 식탁에 앉아 있는 것을 볼 수 있어. 얼굴이 아주 야위고 피곤해 보이는 여인이지. 손은 바늘에 찔린 상처 때문에 온통 피투성이로 거칠어져 있고 말이야. 재봉사인 이 여인은 지금, 지위가 아주 높은 궁녀가 무도회에서 입을 공단 옷에 시계풀꽃 문양을 수놓고 있는 중이란다. 그런데 방 한쪽 구석 침대에 그녀의 어린 아들이 앓아 누워 있어. 열에 들뜬 아이는 오렌지를 먹고 싶다고 보채는데, 강에서 떠 온 물밖에 먹일 것이 없으니 아이가 저렇게 울고 있구나. 제비야, 제비야, 작은 제비야. 네가 내 칼자루에서 루비를 뽑아다가 저 여인에게 좀 가져다 주지 않겠니? 나는 발이 붙어 있어서 움직일 수가 없거든."

"이집트에서 친구들이 저를 기다리고 있는데 어쩌지요?"

제비는 계속해서 말했다.

"제 친구들은 나일 강 주변을 날아다니거나 큰 연꽃에게 말을 걸고 있을 거예요. 친구들은 곧 위대한 왕의 무덤에도 갈 텐데, 그 왕은 색칠된 관 속에 들어 있답니다. 왕은 노란 리넨 천에 싸여 있고요, 향료로 보존되어서 썩지 않아요. 또, 왕의 목에는 연녹색의 비취 목걸이가 걸려 있고, 양 손은 시든 잎사귀 같답니다."

"제비야, 제비야, 작은 제비야."

왕자가 또다시 말했다.

"하룻밤만이라도 나와 함께 있으면서 내 심부름을 해 줄 수는 없겠니? 아이가 저렇게 목말라 하니 어머니가 얼마나 슬프겠니."

"저는 아이들을 좋아하지 않아요. 지난 여름 강가에서 살고 있을 때도, 방앗간 집의 버릇없는 사내 녀석 둘이 나한테 돌을 던졌어요. 물론 우리 제비들은 워낙 잘 나니까, 그따위 돌에 맞지는 않지요. 게다가 저는 민첩하기로 소문난 집안에서 태어났거든요. 그렇지만 어쨌든 돌을 던지는 것은 아주 무례한 짓이에요."

그러나 제비는 조금 미안한 생각이 들었다. 왕자의 표정이 너무나 슬퍼 보였기 때문이다.

"여긴 몹시 춥네요. 하지만…… 하룻밤만 왕자님과 지내면서 심부름을 해 드릴게요."

"고맙구나, 작은 제비야."

작은 부리로 왕자의 칼자루에서 커다란 루비를 뽑아 입에 문 제비는 도시의 지붕 위로 날아갔다.

제비는 하얀 대리석 천사가 조각된 성당의 탑 위를 지나 계속 날아갔다. 그리고 궁전 위를 지나쳐 갈 무렵, 어디선가 흥겨운 음악 소리가 들려 왔다. 그곳에는 작은 발코니가 있었고, 아름다운 아가씨와 그의 연인이 다정하게 서 있었다. 남자는 아가씨를 바라보며 말했다.

"아! 별들은 너무나 아름답고, 우리의 사랑은 너무나 강렬하군요."

그러자 아가씨는 이렇게 대답했다.

"다음 파티 때까지는 새 드레스가 완성되었으면 좋겠는데, 재봉사가 너무 게으르지 뭐예요? 드레스에 시계풀꽃 문양을 수놓아 달라고 말했는데……."

제비는 계속 날아갔다. 돛대에 작은 등불이 매달려 있는 배를 지나쳐 강을 건넜고, 늙은이들이 서로 가격을 흥정하고 돈을 나누는 모습이 보이는 유대인 거리를 지나가기도 했다.

마침내 제비는 왕자가 말했던 가난한 집에 도착했다. 방 안을 들여다보니, 열이 심하게 오른 아이는 침대에서 몸을 뒤척이고 있었고, 아이의 어머니는 몹시 지친 모습으로 잠들어 있었다. 제비는 살며시 날아 들어가 테이블 위의 골무 옆에 큰 루비를 살짝 내려놓았다. 그러고는 조용히 침대 주변을 날아다니면서 날개로 아이의 이마를 부채질해 주었다.

"아, 시원하다. 이제 아픈 게 나을 모양이야."

아이는 중얼거리면서 달콤한 잠 속으로 빠져들었다.

행복한 왕자 곁으로 다시 돌아온 제비는 자기가 하고 온 일에 대해 종알종알 지저귀며 말했다.

"정말 신기했어요. 이렇게 날씨가 추운 데도 아주 따뜻한 느낌이 들었다니까요?"

왕자는 미소를 지으며 말했다.

"그건 네가 착한 일을 했기 때문이란다."

작은 제비는 오늘 한 일을 다시 한 번 마음 속으로 되새기면서 곤히 잠이 들었다. 뭔가를 깊이 생각하다 보니 어느 새 자기도 모르게 잠에 빠져 버렸던 것이다.

날이 밝자 제비는 강으로 내려가 몸을 씻었다.

"이런! 이거 아주 놀라운 일인데? 겨울에 제비라니!"

다리를 건너가던 한 조류학자가 제비를 보고 놀라워하며 말했다.

조류학자는 그 지방의 신문에 제비에 관한 긴 글을 써서 보냈다. 그의 글을 본 사람들은 '어쩌면 이렇게 이해할 수 없는 말로 꽉 차 있을까' 하는 생각을 했지만, 그래도 여기저기서 그의 글을 인용했다.

"저, 오늘 밤에 이집트로 떠나요."

한껏 기대에 부푼 목소리로 제비는 말했다. 그리고 나서 공공 기념물을 하나하나 돌아보고, 교회의 뾰족탑 위에도 오랫동안 앉아 있었다. 어디를 가든 참새들이 짹짹거리며, "어머, 귀한 손님이네!" 하고는 저희들끼리 재잘거렸다. 제비는 기분이 꽤 좋아졌다.

달이 떠오르자 제비는 다시 행복한 왕자에게로 돌아왔다.

"이집트에 전할 말씀은 없으세요?"

왕자가 아무 대답도 하지 않자 제비는 버럭 소리를 질렀다.

"저, 이제 떠날 거란 말이에요!"

그제야 행복한 왕자는 제비를 바라보며 나지막이 속삭였다.

"제비야, 제비야, 작은 제비야."

왕자가 말했다.

"하룻밤만 더 나와 함께 지낼 수 없겠니?"

"친구들이 이집트에서 저를 기다리고 있어요. 내일이면 친구들은 나일 강에서 두 번째로 큰 폭포까지 올라갈 거예요. 그 곳 갈대숲 속에는 하마가 누워서 쉬고 있고요, 큰 화강암 위에는 멤논 신이 앉아 있답니다. 그 신은 밤새도록 별을 바라보고 있는데요, 그러다가 새벽 별이 비치면 기쁜 탄성을 한 마디 지르고 나서는 이내 침묵한대요. 그리고 정오가 되면 누런 사자들이 물을 마시러 물가로 내려오지요. 사자의 눈은 마치 에메랄드처럼 파랗고, 울부짖는 목소리는 폭포수 소리보다도 더 크답니다."

"제비야, 제비야, 작은 제비야."

왕자는 계속 말을 이었다.

"이 도시 건너편에 보면, 저 쪽 먼 곳에 다락방이 하나 있는데 그 곳에 한 젊은이가 살고 있단다. 그는 지금 온통 종이 뭉치로 뒤덮인 책상 위에 엎드려 있고, 그 옆에는 다 시들어 버린 제비꽃 한 다발이 컵에 꽂혀 있어. 그는 곱실거리는 갈색 머리에 석류 알처럼 붉은 입술을 가졌지. 그리고 큰 눈은 마치 꿈을 꾸고 있는 듯하고……. 이 젊은이는 극장 연출가에게 줄 희곡을 완성하려고 애쓰고 있는데, 그만 너무 추워서 글을 못 쓰고 있단다. 벽난로의 불씨는 꺼진 지 오래고, 한동안 아무것도 먹지 못해 금방이라도 쓰러져 버릴 것만 같구나."

마음씨 착한 제비는 왕자의 부탁을 한 번 더 들어 주어야겠다고 생각했다.

"그래요, 왕자님. 오늘 하룻밤만 더 왕자님 곁에 머물게요. 그 사람에게 또

다른 루비를 갖다 줘야 하나요?"

"아! 이런, 난 이제 루비가 없단다."

왕자가 말했다.

"내게 남은 건 두 눈뿐이야. 내 눈은 천 년 전에 인도에서 가져온 아주 귀한 사파이어란다. 그 중 하나를 뽑아서 그 젊은이에게 갖다 주렴. 보석상에게 이 사파이어를 팔면 장작도 살 수 있고, 먹을 것도 살 수 있을 거야. 그럼 곧 희곡을 완성할 수 있겠지."

"사랑하는 왕자님, 저는 그렇게 할 수 없어요."

작은 제비는 이렇게 말하고 나서 울음을 터뜨렸다.

"제비야, 제비야, 작은 제비야."

왕자가 다시 말했다.

"제발 내가 시키는 대로 해 주렴."

왕자의 간곡한 부탁에 제비는 결국 그의 눈을 뽑을 수밖에 없었다. 왕자의 사파이어 눈을 부리에 문 제비는 젊은이의 다락방을 향해 날아갔다.

다락방에 도착해 주위를 둘러보니 지붕 위에 구멍이 하나 뚫려 있는 것이 제비의 눈에 들어왔다. 제비는 재빨리 구멍을 통해 안으로 날아 들어갔다. 양손에 얼굴을 묻고 있던 젊은이는 쏜살같이 들어왔다가 나가는 제비의 날갯짓 소리를 미처 듣지 못했다. 그가 얼굴에서 손을 떼고 고개를 들었을 때, 이미 제비는 날아가고 없었다. 고개를 들어 눈을 뜬 젊은이는 시든 제비꽃 앞에 놓인 아름다운 사파이어를 발견하고 놀라지 않을 수 없었다. 젊은이는 흥분된 목소리로 외쳤다.

"이 사파이어는 내 글을 예찬하는 사람이 보낸 게 틀림없어. 이제야 사람들이 내 글을 인정하기 시작한 거야!"

다음 날, 제비는 항구로 날아갔다.

제비는 큰 돛대 위에 앉아서 이곳 저곳을 구경했다. 한쪽에서 한 무리의 선원들이 "영차, 영차, 좀 더 힘을 내!" 하며 소리를 치는 모습이 제비의 눈에 들어왔다. 그들은 갑판 아래 창고에 있는 큰 궤짝을 들어 올리기 위해 궤짝에 묶은 밧줄을 잡아당기고 있었다. 고함을 치며 밧줄을 잡아당기는 선원들의 모습이 기운 차 보였다.

"나는 곧 이집트로 갈 거예요."

제비는 크게 소리쳤지만, 그 소리를 듣는 사람은 아무도 없었다.

달이 떠오르자 또다시 제비는 행복한 왕자 곁으로 돌아왔다. 제비는 왕자를 보며 말했다.

"왕자님께 작별 인사를 하려고 왔어요."

"제비야, 제비야, 작은 제비야."

왕자가 말했다.

"하룻밤만, 하룻밤만 더 나와 함께 있어 주면 안 되겠니?"

"이제 정말 겨울이에요, 왕자님. 얼마 안 있으면 이 곳에 차가운 눈이 내릴 거라고요. 이집트에서는 따뜻한 태양이 푸른 야자나무를 비추고, 악어들은 진흙탕 속에 엎드려 나른하게 주위를 둘러보고 있을 텐데……. 친구들은 벌써 안락한 사원에 둥지를 틀었을 테고, 분홍빛과 흰빛의 예쁜 비둘기들이 우리들을 보며 구구거릴 거예요. 사랑하는 왕자님, 저는 떠나야만 해요. 하지만 절대로 왕자님을 잊지 않을게요. 그리고 내년 봄에는 왕자님이 사람들에게 나눠 주신 보석 대신 아름다운 보석 두 개를 가지고 꼭 다시 찾아올게요. 장미보다도 더 빨간 루비와 깊은 바다만큼 파란 사파이어를 드릴게요."

그러나 행복한 왕자는 또다시 슬픈 표정을 지으며 말했다.

"저 아래 광장에……, 어린 성냥팔이 소녀가 울면서 서 있단다. 그 소녀는 그만 성냥을 도랑에 빠뜨리고 말았어. 그 바람에 성냥을 모두 못 쓰게 되었지. 돈을 벌어 가지 못하면 소녀는 아버지에게 매를 맞게 돼. 그래서 저렇게 울고 있는 거란다. 소녀는 신발은커녕 양말도 신지 못했고, 작은 머리에는 아무것도 쓰지 않았어. 제비야, 내 눈 한쪽을 마저 뽑아다가 저 소녀에게 갖다 주지 않겠니? 그러면 저 소녀는 아버지에게 맞지 않아도 될 거야."

"왕자님! 왕자님과 하룻밤 더 머물기는 하겠어요."

제비는 울먹이며 말했다.

"하지만 저는 왕자님의 눈을 뽑을 수가 없어요. 그렇게 한다면 왕자님은 완전히 장님이 될 것 아니에요."

"제비야, 제비야, 작은 제비야."

왕자가 말했다.

"제발 내가 시키는 대로 해다오. 제발……."

제비는 왕자의 간절한 부탁을 거절할 수 없었다. 어쩔 수 없이 왕자의 남은 한쪽 눈을 뽑아 문 제비는 쏜살같이 날아 내려갔다. 성냥팔이 소녀 옆으로 빠르게 날아 내려간 제비는 소녀의 차가운 손바닥에 푸른 사파이어를 살짝 떨어뜨렸다.

"어머, 너무 예쁜 유리 구슬이다!"

큰 소리로 외친 소녀는 밝게 웃으며 집으로 뛰어갔다.

잠시 후 제비는 다시 왕자에게로 돌아왔다.

"왕자님, 왕자님은 이제 영원히 앞을 보지 못하게 되셨어요."

제비의 목소리는 슬픔에 젖어 있었다.

"그래서 말인데요. 저, 이제부터 왕자님과 계속 함께 있으려고 해요. 언제까지나 말이에요……."

가엾은 왕자는 제비의 말을 듣자 걱정스러운 표정으로 말했다.

"안 돼, 작은 제비야. 너는 이집트로 가야만 해!"

"아니에요. 왕자님! 저는 늘 왕자님 곁에 있을래요."

이렇게 말한 제비는 왕자의 발 옆에서 스르르 잠이 들었다.

다음 날, 제비는 왕자의 어깨 위에 앉아서 하루 종일 지지배배 울어 댔다. 제비는 그 동안 낯선 나라를 다니며 보았던 많은 것들을 왕자에게 이야기해 주었다.

나일 강 강둑에 죽 늘어선 빨간 따오기들이 기다란 주둥이로 물고기를 잡아 먹는 이야기며, 이 세상 나이만큼이나 오랫동안 사막에서 살아온 스핑크스는 모든 일을 다 알고 있다는 이야기, 그리고 낙타 옆에서 천천히 걸어가는 장사꾼은 손에 항상 호박 목걸이를 들고 있다는 이야기…….

또, 흑단같이 새까만 달의 왕은 커다란 수정을 숭배하고, 야자나무 위에 사는 크고 푸른 뱀은 스무 명의 신부들이 꿀 과자를 먹여 키우고 있으며, 크고 널따란 나뭇잎을 타고 넓은 호수를 돌아다니는 난쟁이는 너무나 작은 탓에 늘 나비와 사투를 벌인다는 이야기 등등을 제비는 왕자에게 재미나게 들려 주었다.

"사랑스런 작은 제비야."

왕자가 말했다.

"너는 내게 참으로 놀라운 이야기를 많이 들려 주는구나. 하지만 무엇보다도 놀라운 일은 인간이 끊임없이 고통받으며 살고 있다는 사실이 아닌가 싶다. 불행보다 더 불가사의한 일은 없는 것 같아. 작은 제비야, 이 도시를 날아다니며 사람들이 사는 모습을 보고 와서 내게 들려 주지 않겠니?"

그 후 제비는 도시의 구석구석을 날아다니기 시작했다.

부자들은 따뜻하고 아름다운 집에서 너무나 즐겁게 지내고 있었고, 그런 부잣집의 문 앞에는 추위와 굶주림에 지친 거지들이 힘없이 앉아 있었다. 어두운 골목길로 들어서면 창백한 얼굴로 맥 없이 거리를 내다보는 어린아이들의 모습이 보였다. 아치 모양의 둥근 다리 아래에서는 어린 두 소년이 서로 부둥켜안은 채 누워 있었다. 그들은 너무나도 추워 보였다.

"아! 너무 배고파……."

덜덜 떨던 한 소년이 겨우 한 마디 했을 때 경비원의 차가운 목소리가 들려왔다.

"여기서 자면 안 돼! 어서 썩 나오지 못해!"

어느 새 도시에는 겨울비가 추적추적 내리고 있었다. 아이들은 다리 밑에서 나와 빗속을 헤매기 시작했다.

제비는 왕자에게 돌아와 자기가 본 것들을 모두 이야기했다.

"제비야, 내 몸이 금으로 덮여 있는 걸 알지?"

왕자의 목소리는 슬픔에 젖어 있었다.

"금을 한 조각 한 조각 떼어다가 가난한 사람들에게 나누어 주도록 해라.

사람들은 황금을 가지고 있으면 행복해지니까, 힘을 얻을 수 있을 거야."

그 때부터 제비는 행복한 왕자의 몸에서 순금을 한 조각씩 떼어 내 가난한 사람들에게 물어다 주었다. 제비가 금 조각을 떼어 낼 때마다 왕자의 몸은 점점 흐릿한 회색이 되어 갔고, 왕자의 모습이 흉측해질수록 사람들은 행복해져 갔다. 아이들의 창백했던 얼굴은 서서히 장밋빛으로 물들었다. 웃음을 가득 머금은 아이들은 "우리도 이제 빵을 먹을 수 있어!" 하고 외치며 즐겁게 뛰어 놀았다.

마침내 눈이 내렸고, 모든 것이 얼어붙을 듯한 추위가 닥쳐 왔다.

거리는 마치 은으로 만들어진 것처럼 차갑고 밝게 빛났다. 수정으로 만든 단검 같은 투명한 고드름이 집집마다 처마 끝에 매달렸고, 사람들은 모두 털옷을 입기 시작했다. 어린 사내아이들은 주홍색 모자를 쓰고 얼음판 위에서 스케이트를 탔다.

추위는 점점 더 강해졌지만 가련한 작은 제비는 여전히 왕자 곁에 머물고 있었다. 왕자를 너무나 사랑하게 된 제비는 그만 남겨 둔 채 떠날 수가 없었던 것이다. 제비는 빵집 문 밖에 숨어 있다가, 주인이 보지 않는 틈을 타서 빵 부스러기를 쪼아 먹으며 허기진 배를 채웠다. 그리고 힘 없는 날개를 퍼덕여 얼어붙는 몸을 녹이며 몇 날 며칠을 버티었다.

그러나 제비는 결국 자신이 죽게 될 것이라는 것을 잘 알고 있었다. 이제 제비는 왕자의 어깨 위에 딱 한 번 더 날아오를 힘밖에 남지 않았다.

"안녕히 계세요. 사랑하는 왕자님!"

제비가 힘 없이 말했다.

"왕자님, 마지막으로 왕자님께 입을 맞출 수 있게 해 주세요."

"이제 드디어 이집트로 떠나는구나, 작은 제비야. 정말 기쁘다."

왕자는 기쁜 목소리로 말했다.

"그 동안 너는 여기서 너무 오랫동안 머물렀어. 그러니 내 입술에 입을 맞추고 어서 빨리 떠나거라. 나는 너를 정말로 사랑한단다."

그러자 제비는 쓸쓸하게 말했다.

"왕자님, 제가 가는 곳은 이집트가 아니에요. 저는…… 죽음의 세상으로 가는 거예요. 왕자님, 죽음은 잠과 한형제지요, 그렇죠?"

간신히 말을 마친 제비는 마지막 힘을 다해 행복한 왕자의 입술에 입을 맞추었다. 그러고 나서 곧바로 왕자의 발 옆에 툭 떨어져 죽고 말았다.

그 순간, 왕자의 몸 속에서 뭔가 깨지는 듯한 이상한 소리가 났다. 납으로 만들어진 왕자의 심장이 두 조각으로 쪼개졌던 것이다.

그 날은 너무나도 모질고 끔찍하게 추운 날이었다.

다음 날, 이른 아침부터 시장과 시의원들이 광장을 지나가고 있었다. 광장 한가운데의 동상 앞에 선 시장은 행복한 왕자를 올려다보며 말했다.

"저런, 행복한 왕자가 어쩌다가 저렇게 흉하게 변했지?"

"그러게요. 정말 흉한데요."

시장의 말이라면 뭐든지 옳다고 말하는 시의원들 역시 동상에 대해 너도 나도 한 마디씩 했다. 그들은 곧 왕자의 모습을 자세히 보기 위해 동상 위로 올라갔다.

"칼자루에 박혔던 루비도 빠졌고, 눈에 박혔던 사파이어도 사라졌고, 온몸의 금박도 벗겨져 버렸는걸. 이제 보니 왕자는 거지보다도 나을 게 없군."

동상을 바라보며 시장이 말하자, 한 시의원이 그의 말에 맞장구를 쳤다.

"정말 거지보다 나을 게 없습니다."

또다시 시장이 말했다.

"발 옆에 새까지 한 마리 죽어 있네그려. 새들이 여기서 죽어서는 안 된다고 포고를 내려야겠어."

옆에 서 있던 서기는 이 말을 기록했다.

결국 사람들은 행복한 왕자의 동상을 끌어내리기 시작했다. 사람들 틈에서 "맞습니다. 흉물스런 동상은 더 이상 쓸모가 없습니다."라고 외치는 시의원의 목소리가 들려 왔다. 그는 얼마 전까지만 해도 풍향계에 빗대어 행복한 왕자의 아름다움을 칭송하던 사람이었지만, 그것을 기억하는 사람은 아무도 없었다.

사람들은 끌어내린 왕자의 동상을 용광로에 넣고 녹여 버렸다. 그리고 시장은 녹인 쇳물로 무엇을 할지 결정하기 위해 시의회를 소집했다.

"당연히 다른 동상을 만들어야 하지 않겠소? 내 생각에는……, 나의 동상을 만들었으면 싶은데……."

시장이 먼저 말을 꺼냈다. 그러자 시의원들은 저마다 이유를 들어가면서 자신의 모습을 동상으로 만들어야 한다고 주장하기 시작했다. 그들은 끝없이 다투었다. 마지막으로 그들의 소식을 들었을 때도 아직까지 여전히 다투고 있다는 말이 전해졌다.

한편, 쇳물을 녹이던 주물 공장의 기술자들에게는 이해할 수 없는 일이 일어났다.

"참 이상한 일도 다 있지. 이 쪼개진 납 심장은 용광로 속에서도 전혀 녹지를 않는단 말이야."

한 기술자가 이렇게 말하면서 고개를 갸우뚱했다. 그는 곧 "이건 그냥 버려야겠어."라고 말하고는 결국 죽은 제비가 버려진 쓰레기 더미 위에 왕자의 납 심장을 버려 버렸다.

어느 날 하느님께서 천사들에게 말씀하셨다.

"저 도시에서 가장 귀한 것 두 가지를 가져 오너라."

천사들이 하느님께 가져다 바친 것은 납으로 된 심장과 죽은 새였다.

"잘 찾아왔구나."

하느님께서 말씀하셨다.

"작은 제비는 내 천국의 동산에서 영원히 노래할 것이며, 행복한 왕자는 내 황금의 도시에서 나를 찬양하게 될 것이니라."

작품 해설

전 세계 어린이들에게 이미 너무도 잘 알려진 작가 오스카 와일드의 동화는 크게 세 가지 유형으로 나누어집니다. 첫 번째 유형은 이 세상에는 가난하고 불쌍한 사람들이 많다는 것을 알게 되어 자기가 가진 것을 아낌없이 나누어 줌으로써 하느님의 축복을 받는 기독교적인 이야기입니다. 두 번째는 아주 이기한 어떤 인물이 진정한 우정을 나눌 수 있는 친구를 만나게 되어 아름다운 우정을 나누는 이야기입니다. 마지막 유형은 이국적인 아름다움을 풍기는 동화들입니다. 「행복한 왕자」는 첫 번째 유형에 해당되겠지요. 오스카 와일드는 아름다움을 추구하는 탐미주의 작가인 만큼 그의 동화도 격조 높은 예술 동화라는 평을 받고 있고, 문장도 무척 아름답고 섬세하다고 알려져 있습니다. 「행복한 왕자」 역시 간결한 문체로 아름다운 이야기를 전달하고 있습니다.

「행복한 왕자」는 어느 도시 한복판에 서 있는 동상입니다. 동상은 온몸이 순금으로 입혀져 있었고, 두 눈에는 사파이어가 박혀 있으며, 칼자루에는 크고 빨간 루비가 박혀 있다고 묘사되어 있습니다. 사람들은 이 동상을 '행복한 왕자' 라고 부르며 칭송하였습니다. 하지만 '행복한 왕자' 동상에 대한 여러 가지 다른 평가들도 있습니다.

예술적인 취향의 소유자라는 말을 듣고 싶어하는 한 현실적인 시의원은 '아름답지' 만 '유용하지는 못하다' 는 지적을 하지요. 그리고 떼를 쓰며 우는 어린 아들을 달래는 엄마는 "너는 왜 행복한 왕자를 닮지 못해." 하며 아들을 혼냅니다.

실의에 빠진 어떤 남자는 "이 세상에 진짜로 행복한 누군가가 있다는 것은 그래도 기쁜 일이지."라고 말함으로써 아름다운 왕자의 동상이 꼭 유용한 것이 아니라도 가치가 있다는 것을 나타냅니다. 마지막으로 고아원 아이들은 왕자의 모습을 천사에 비유합니다. 아이들은 꿈 속에서 천사를 보지만 그 꿈을 어른들은 믿지 않습니다. 아름다움도 이와 같지 않을까요. 순수하고 진정한 눈으로 보고자 할 때는 보이지만 그것을 믿지 않으면 보이지 않겠지요.

「행복한 왕자」의 제비와 왕자는 선행을 베풀지만 사람들은 그것을 알지 못합니다. 이 작품에 나타나는 왕자의 아름다운 마음은 누구에게 보여 주려는 의도적인 것이 아닙니다. 그것은 보려고 노력하는 사람의 눈에만 보이는 마음이지요. 왕자의 조력자가 되는 '특별한' 제비는 왕자의 마음을 알아보았기 때문에 왕자의 선행에 동참할 수 있었던 것입니다.

친구들은 벌써 모두 따뜻한 남쪽 나라로 날아가 버렸는데, 이 제비는 갈대 아가씨와 사랑에 빠지는 바람에 뒤처지게 되었습니다. 이른 봄 나방을 쫓아 강을 따라 내려오다가 갈대 아가씨의 '하늘거리는 고운 자태'에 매료되어 버리지요. 제비가 아름다움을 알아볼 수 있는 존재임을 이로써 다시 한 번 확인할 수 있습니다. 친구 제비들은 이 제비를 어처구니없어 합니다. 왜냐하면 갈대는 돈도 없고 일가친척도 너무 많기 때문입니다. 하지만 이런 현실적인 조건들은 아름다운 대상을 사랑하는 데 장애가 되지 않습니다. 오히려 말대꾸를 하지 않거나 바람과 시시덕거리는 것에 질투가 나서 고민이지요. 결국 갈대 아가씨로부터 떠나온 제비는 우연히 행복한 왕자의 동상 발밑에 앉아 쉬게 됩니다.

제비가 잠들려던 무렵, 제비의 머리 위로 차가운 빗방울이 떨어졌습니다. 그 빗방울은 왕자의 눈물이었지요. 제비가 왕자에게 왜 울고 있는지 묻자, 그는 제비에게 도시에서 일어나는 슬프고 무서운 일에 대해 들려 줍니다. 그리고 왕자의 이야기를 들으면서 왕자와 제비는 서로 사이좋은 친구가 되지요. 그들은 가난하고 불쌍한 사람들을 위해 좋은 일을 합니다. 왕자는 제비에게 자기 몸의 황금과 보석을 떼어 내 불쌍한 자들에게 조금씩 나누어 주게 하였던 것이지요. 그러다가 결국 왕자는 보기 흉한 잿빛의 고철덩어리가 되고 맙니다. 제비는 보석이 빠져나가 두 눈이 멀어 버린 왕자 곁을 떠나지 못하고 보살피지만 날씨가 추워지자 더이상 추위를 견디지 못한 제비는 왕자에게 작별인사를 합니다. 제비가 간 곳은 따뜻한 남쪽 나라가 아닌 죽음의 나라였죠. 제비가 죽자 왕자의 심장도 터져버려 왕자 역시 운명을 달리합니다. 자신의 아름다운 마음을 알아봐 주고 불쌍한 사람들을 돕는 일에 전령이 되어 주었던 제비의 죽음은 왕자의 존재가치 또한 잃게 했던 것입니다.

다음 날 사람들은 보석이 모두 떨어져 보기 흉해진 왕자의 동상을 불 속에 넣고 태워 버립니다. 그들은 아름답지 않은 행복한 왕자의 동상은 쓸모가 없다고 생각합니다. 왕자의 아름다운 겉모습만 보고 아름다운 마음은 보지 못

 더 알아두기

「행복한 왕자」에 등장하는 제비는 어떤 동물일까요? 제비는 따뜻한 계절을 따라 이동하는 철새입니다. 작품의 배경인 영국에서는 남아프리카 지역으로 이동했다가 다시 돌아옵니다. 보통 갈대밭에 잠자리를 마련하며 수천 마리에서 수만 마리씩 떼를 지어 다닙니다. 우리나라에서 제비는 감각과 신경이 예민하고 총명하여 길조吉鳥로 여기고 집에 제비가 들어와 보금자리를 트는 것은 좋은 일이 생길 조짐으로 믿었답니다. 지붕 아래 안쪽으로 들어와 둥지를 지을수록 좋다고 본 것은 그만큼 사람들이 제비에게서 친밀감을 느꼈기 때문이겠죠. 또 제비가 새끼를 많이 치면 그해 농사는 풍년이 든다고 믿었답니다.

한 것이지요. 하지만 납으로 된 왕자의 심장은 용광로 속에서도 녹지 않고 남아 제비의 시체와 함께 쓰레기장에 버려집니다. 이는 진정한 아름다움이 쓰레기가 되어 버리는 현실에 대한 비판이라고 할 수 있습니다.

「행복한 왕자」의 마지막 부분에 하나님은 천사에게 세상에서 가장 귀한 것을 두 개만 갖고 오라고 명합니다. 인간 세상에 내려온 천사는 왕자의 심장과 제비의 시체를 거두어 하늘로 올라가지요. 하나님과 천사의 눈에는 보잘 것 없는 겉모습은 아무 상관이 없습니다. 진정한 아름다움, 본질적인 아름다움은 변치 않는 것이기 때문에 그것을 보고자 하는 마음이 있으면 언제나 알아볼 수 있는 것입니다.

- 어린이의 꿈과 눈에 보이지 않는 아름다움에 대해 생각해 보세요.
- 제비와 갈대의 사랑은 어째서 이루어지지 않았나요?
- 행복한 왕자가 눈물을 흘린 이유는 무엇일까요?
- 행복한 왕자의 부탁으로 제비가 불쌍한 사람에게 전달한 것은 어떤 것들입니까?
- 하나님의 분부로 천사가 지상에서 가져온 가장 소중한 것 두 가지는 무엇입니까?

구성	발단	행복한 왕자의 동상이 서 있음.
	전개	제비가 행복한 왕자의 마음을 알고 불쌍한 이웃을 도와 줌.
	위기	왕자를 돕던 제비가 남쪽 나라로 떠나려 함.
	절정	제비가 행복한 왕자의 마음을 저버리지 못하고 남게 됨.
	결말	제비와 왕자가 죽어 비참하게 버려지지만 하느님에 의해 구원됨.
핵심정리	갈래	동화
	배경	영국 어느 도시의 광장.
	주제	희생적인 사랑으로 이웃을 돕는 아름다운 마음.
	시점	전지적 작가 시점
	문체	간결체
작중 인물의 성격	왕자	자비심으로 어려운 이웃을 도움.
	제비	왕자를 도와 왕자의 마음을 이웃에게 전함.
	시장	진정한 아름다움을 보지 못하고 겉모습의 아름다움만 추구함.

내 마음의 등대 같은 이야기

전 세계적으로 가장 많이 팔린 책은 성경책이라고 하지요. 그 다음 가는 베스트셀러이자 교양 도서로 꼽히는 것이 유대인의 역사이자 지혜의 보고인 '탈무드Talmud' 입니다.

2천 년이라는 오랜 세월 동안의 유랑과 박해에도 불구하고 유대인들이 흩어지지 않고 뭉칠 수 있었던 것은 이 탈무드의 영향이라고 하는데요, 탈무드는 곧 유대인의 정신적 지주요, 희망이요, 힘의 원천인 셈이죠.

인류가 살아가는 데 필요한 지혜와 인간의 존엄성과 행복, 사랑에 대한 모든 것이 가득 담겨 있는 탈무드는 오늘날 전 세계 수많은 사람들에게 읽히며 사랑을 받게 되었는데요, 그렇다면 우리도 생각하는 힘을 길러주고 정신적으로도 성숙해질 수 있는 탈무드를 감상해 볼까요.

희망

랍비 아키바가 여행을 하고 있었다. 그에게는 당나귀와 개와 작은 램프가 있었다. 밤이 되자 아키바는 오두막 한 채를 발견하고 거기서 잠을 자려고 하였다. 그러나 아직 잠을 자기에는 이른 시간이었으므로 램프를 켜고 책을 읽기 시작했다. 그러나 잠시 후 바람이 불어 램프가 꺼지자 그는 어쩔 수 없이 잠자리에 들었다.

그날 밤 이리가 와서 옆에 있던 개를 죽여 버렸다. 그리고 사자가 와서 당나귀를 죽였다. 아침이 되자 그는 램프를 가지고 홀로 쓸쓸히 길을 떠나게 되었다. 마침내 어떤 마을에 이르게 되었는데, 마을엔 사람이 하나도 없었다. 그 마을에 전날 밤 도둑들이 나타나서 그 마을을 파괴하고 마을 사람들을 모두 죽여 버렸던 것이다.

만약 전날 밤 램프가 꺼지지 않았다면 그도 도적에게 발견되었을 것이고, 개가 살아 있었다면 개 짖는 소리에 도적에게 발견되었을지도 모른다. 당나귀 역시 시끄럽게 했을 것임에 틀림 없다. 모든 것을 잃은 덕택에 그는 목숨을 구할 수 있었다.

랍비는 그 순간 깨달았다.

"인간은 최악의 상태에서도 희망을 잃어서는 안 된다. 나쁜 일이 좋은 일과 연결되어 있을 수 있다는 것을 알아야만 한다."

세 사람의 친구

옛날에 어떤 왕이 한 남자에게 사신을 보내 곧 성으로 오라고 명했다. 이 남자에게는 세 사람의 친구가 있었다. 그는 첫 번째 사람을 가장 소중하게 생각하고 있었고 서로 절친한 친구라고 여기고 있었다. 두 번째 사람 역시 소중하게 생각은 하고 있었으나 첫 번째 친구만큼 소중하게 여기지는 않았다. 세 번째 사람은 친구라고 생각은 하고 있었으나 두 친구만큼 관심을 가지고 있지는 않았다.

왕으로부터 사신이 왔을 때 그는 뭔가 자기가 잘못을 저질렀을지도 모른다는 생각에 혼자서는 왕 앞에 나아갈 용기가 나지 않았다. 그래서 그 친구들에게 함께 가달라고 부탁하기로 했다.

우선 가장 소중하게 여기던 친구에게 함께 가달라고 말을 하자, 친구는 이유도 묻지 않고 안 된다고 잘라 말했다. 그래서 하는 수 없이 두 번째 친구에게 부탁하자, 성문까지는 같이 가주겠지만 그 이상은 곤란하다고 말했다. 실망한 그 남자는 세 번째 친구에게 가서 함께 가달라고 말했다. 그러자 세 번째 친구가 말했다. "물론 가주지. 자네는 아무것도 잘못한 것이 없으니 그렇게 두려워할 것 없네. 내가 함께 가서 왕에게 그렇게 말씀드려주지."

왜 세 사람은 그렇게 말했을까? 한번 생각해 보자.

첫 번째 친구는 '재산' 이다. 아무리 사랑해도 죽을 때는 남겨두고 갈 수밖에 없다. 두 번째는 '친척' 이다. 장지까지는 따라가 주지만, 거기서부터는 그냥 돌아가 버린다. 세 번째 친구는 '선행' 이다. 그것은 평소에는 눈에 띄지 않으나, 죽은 후에도 늘 함께 있는 것이다.

귀여운 여인

❋ 읽기 전에 생각하기

안톤 체호프는 미국의 오 헨리, 프랑스의 모파상과 더불어 세계 3대 단편소설 작가로 꼽힙니다. 모두가 뛰어난 작가들이고 나름의 장점과 단점이 있습니다만, 오 헨리의 소설이 기발한 착상을 통해 삶의 페이소스를 표현했고 모파상의 소설이 촌철살인의 문장으로 희노애락을 그렸다면 안톤 체호프의 소설은 날카로운 기지, 무리 없는 해학으로 당대 러시아 소시민의 삶을 슬프고도 아름답게 보여 주고 있습니다. 『전쟁과 평화』를 쓴 러시아의 대문호 톨스토이는 이 소설 「귀여운 여인」을 네 번이나 소리를 내어 읽었다고 합니다. 소설 속 주인공 '올가'의 삶을 차분히 따라가며, 톨스토이가 그토록 매료되었던 부분이 어디인가 생각해 보는 것도 이 소설을 즐겁게 읽는 한 방법이겠죠.

Chekhov, Anton Pavlovich

● **인톤 체호프**

러시아의 소설가이자 극작가. 살림을 꾸려나가기 위해 글을 쓰기 시작한 그는 뛰어난 심리묘사 수법 등을 통해 단편소설의 대가로 불리운다.(1860~1904)

안톤 체호프는 1860년 러시아 남부의 돈 강 하구 타간로크에서 태어났습니다. 그의 할아버지는 지주에게 돈을 주고 자유의 몸이 된 농노였고, 아버지는 식료품 가게를 운영하는 상인이었습니다. 아버지의 매질을 감당하는 일은 그의 유년의 대부분을 우울하게 만들었다고 합니다. 16세 때 가정의 파산으로, 중학 공부를 고학으로 마치게 되었습니다. 어려운 가정 형편 속에서도 아버지는 자식들의 교육만큼은 힘을 쏟았기에, 체호프는 1879년 모스크바대학 의학부에 입학하게 되었습니다. 하지만 여전히 어려운 가정 형편 때문에 그는 학창시절부터 유머 잡지에 단편소설을 기고하여 학비와 가족 생계를 도와야 했습니다. 이렇게 시작된 글쓰기는 체호프를 대작가 반열에 올려 놓는 계기가 되었습니다.

검열과 잡지사의 무리한 요구, 과도한 글쓰기 등 여러 가지 힘든 상황에도 불구하고, 그는 1880년대 전반 수년 동안에 「관리의 죽음(1883)」, 「카멜레온 (1884)」, 「하사관 프리시베예프(1885)」, 「슬픔(1885)」 등 풍자와 유머와 애수가 담긴 뛰어난 단편을 많이 남겼습니다.

1884년부터 폐결핵 증세를 보여 오던 체호프는 1890년 증세가 악화되었음에도 제정 러시아의 감옥제도 실태를 조사하기 위하여 죄수들의 유형지인 극동의 사할린으로 갔습니다. 그곳에서 돌아와 집필한 르포르타주 「사할린 섬 (1895)」은 사람들의 주목을 받았습니다. 그 후에는 「유형지에서(1892)」와 「6호실(1892)」 등에서 볼 수 있듯이 톨스토이즘이나 스토아철학의 영향에 의한 금욕적이고 자폐적自閉的인 세계관에서 벗어나, 인간의 본질을 인정하고 이해하기 위한 인간성 해방이 그의 화두로 자리 잡았습니다.

1892년 건강이 계속 악화되자 체호프는 모스크바에서 남쪽으로 50마일쯤 떨어진 멜리호보라는 마을로 주거를 옮겨 창작활동을 이어갔습니다. 1899년에 결핵 요양을 위하여 크림반도의 얄타 교외로 옮겨갈 때까지 소설 「결투(1892)」 「흑의의 사제(1894)」 「귀여운 여인(1899)」 「개를 데리고 있는 부인(1899)」 「골짜기에서(1899)」 등과 희곡 《갈매기(1896 발표, 1898 초연)》, 《바냐 아저씨(1897 발표, 1899 초연)》 등을 집필하면서 그의 작품세계는 보다 원숙한 발전을 이루게 되었습니다. 이 작품들에는 1890년대에 새로운 조류潮流를 형성한 상징주의·마르크스주의 등과 체호프와의 논쟁적 관계가 반영되어 있습니다.

멜리호보에서 생활할 때 그는 농민들을 무료로 진료해 주기도 하고 기근과 콜레라에 대한 대책을 세우며, 학교 건립과 다리 및 도로 건설 등의 사회사업에도 힘썼습니다. 그러나 체호프는 자신의 무료 진료를 당시에 유행하던 자선적인 '조그마한 사업'과는 분명히 구별하였으며, 이 점은 「다락방이 있는 집(1896)」에서 자유주의적인 자선사업을 비판하는 것을 보아도 분명해 보입니다. 1901년 여배우 크니페르와 결혼한 체호프는, 3년 뒤인 1904년 6월 15일 독일 휴양지 바덴바덴 온천장에서 폐결핵으로 인한 심장병으로 마흔넷의 짧은 생을 끝내고 숨을 거두었습니다.

퇴역문관인 쁠레만니 꼬프의 딸 올가는 깊은 생각에 잠긴 채 문 앞 계단에 앉아 있었다. 찌는 듯한 날씨에 파리들이 성가시게 달라붙었다. 곧 저녁이 된다고 생각하니 왠지 기분이 좋아졌다. 비를 몰고 다니는 시커먼 먹구름이 저편 동쪽 하늘에서 조금씩 몰려오고, 이따금 습한 공기도 느껴졌다.

꾸낀은 마당 한가운데 서 있었다. 그는 극단주이자 놀이공원 찌볼리의 소유주로, 올가의 집 곁채에 세들어 살고 있었다. 꾸낀은 고개를 들어 하늘을 쳐다보았다.

"또!"

그가 탄식하듯 내뱉었다.

"또 비가 올 모양이네! 어떻게 매일같이 비가 올 수 있냐고, 하루도 빠짐없이 말야. 마치 일부러 그러는 것 같아! 난 끝장이야! 망하고 말 거야! 매일매일 손해가 상상을 초월할 정도라니까!"

그는 절망적인 듯 양손을 짝 치더니 올가를 향해 계속 말을 이었다.

"올가 씨, 이게 바로 우리네 인생이에요. 울고 싶어요! 죽어라 일하고 노력하고 괴로워하면서 밤마다 잠도 안 자고 고민을 하죠. 어떻게 하면 좀더 나은 생활을 할 수 있을까. 근데 이게 뭐죠? 관객이라는 사람들은 아주 무식해요. 아무리 훌륭한 오페레타, 몽환극, 풍자시를 무대에 올려본들 소용이 없어요. 이해를 못하니까요. 장터촌극 같은 것에나 열광하죠! 싸구려 저질 말이에요! 한술 더 뜨는 저 하늘을 한번 보라구요. 거의 매일같이 비가 와요. 5월 10일을 시작으로 해서 5월 내내 그러더니 6월에도 마찬가지구요. 정말 끔찍해요! 관객은 오지도 않는데, 전 계속 임대료 내야죠, 배우들 월급도 줘야죠!"

다음날 저녁 먹구름은 다시 몰려오고 있었고, 꾸낀은 거의 신경질적으로 웃어 제치며 말했다.

"도대체 이게 뭐야? 그래, 맘대로 하라구! 공원을 아주 물바다로 만들어 버려! 아니 내 몸뚱어리도 같이 쳐넣으라구! 이승이나 저승이나 나한테 불행하긴 마찬가지니까! 배우들이 날 고소한다구? 맘대로 하라구 해! 법원이 뭔데? 시베리아 유형? 교수대? 흥, 맘대로 하라구! 하―하―하!"

다음날에도 역시 비는 내렸다…….

올가는 말없이 진지하게 꾸낀을 바라보았다. 그녀의 두 눈에는 눈물방울이 맺혀 있었다. 꾸낀의 불행에 연민을 느낀 그녀는 마침내 그를 사랑하게 되었다. 그는 키가 작고 말랐으며 얼굴은 누렇게 떠 있었고 머리는 가지런히 뒤로 넘겨져 있었다. 그의 목소리는 가늘고 느끼했는데, 말을 할 때면 입술이 약간

비뚤어졌다. 그의 얼굴 표정은 항상 절망으로 가득했다. 어쨌든 꾸낀은 올가의 마음속에 진실하고도 깊은 감정을 불러일으켰다. 그녀는 항상 누군가를 좋아했다. 그렇지 않고서는 견딜 수가 없었다. 옛날에는 아빠를 좋아했다. 이제는 병들어 쇠약해진 아빠는 어두운 방에서 의자에 앉은 채 힘겹게 하루하루를 보내고 계신다. 그녀는 숙모를 좋아하기도 했다. 숙모는 2년에 한번씩 브럔스끄에서 놀러오곤 하신다. 더 옛날, 중등예비학교에 다닐 때는 프랑스어 선생님을 좋아했다. 올가는 맑고 부드러운 눈빛을 지닌 조용하고 착하며 인정이 많은, 아주 건강한 처녀였다. 그녀의 통통한 장밋빛 두 뺨, 까만 점이 있는 부드럽고 하얀 목덜미, 무언가 유쾌한 이야기를 들을 때면 나타나는 그녀의 순박하고 선량한 미소를 볼 때면, 남자들은 '음, 괜찮군' 하고 생각했으며, 여자들은 대화 도중에 갑자기 그녀의 손을 덥석 잡으며, '정말 귀여운 분이네요!' 라고 말하고 싶은 충동을 억제할 수가 없었다.

올가는 태어났을 때부터 이 집에서 살아왔으며, 유언장에도 이 집은 그녀의 명의로 되어 있다. 도시 외곽의 쯔이간스까야 마을에 위치한 이 집은 찌볼리에서 그리 멀지 않았다. 그녀는 저녁이 되면 밤마다 공원에서 들려 오는 음악소리, 불꽃 터뜨리는 소리를 들으며, 마치 꾸낀이 자기 운명과 싸우며, 최대의 적인 냉담한 관객을 평정하고 있는 것처럼 느껴졌다. 그녀의 심장은 달콤하게 멎어버릴 듯했고 잠도 오지 않았다. 새벽녘 그가 귀가할 즈음 그녀는 침실 창문을 살짝 두들겼고, 커튼 사이로 얼굴과 한쪽 어깨만을 드러낸 채 부드러운 미소를 지어 보였다.

결국 꾸낀은 그녀에게 청혼했고, 그들은 결혼식을 올렸다. 그리고 마침내 그녀의 목덜미와 통통하고 건강한 어깨를 보게 되었을 때 그는 양손을 마주

치면서, "당신은 정말 귀여운 여인이야!" 라고 말했다.

꾸낀은 행복했다. 그러나 결혼식 날 낮에도 밤에도 끊임없이 비가 내렸기 때문에 그의 얼굴에는 절망의 그늘이 떠나지 않았다.

결혼하고 난 후 그들은 행복하게 살았다. 그녀는 그의 사무실 계산대에 앉아 있거나 놀이공원의 곳곳을 둘러보기도 했고, 지출을 적어넣거나 직원들 월급을 나눠주기도 했다. 그녀의 장밋빛 두 뺨과 햇살처럼 순박하고 사랑스러운 미소는 사무실 창문에서, 무대 뒤편에서, 매점에서 나타났다 사라지곤 했다. 이제 그녀는 만나는 모든 사람에게 세상에서 가장 훌륭하고 중요하고 필요한 것은 바로 연극이며, 진실한 기쁨을 얻을 수 있는 곳, 교양과 휴머니즘을 얻을 수 있는 곳은 오직 극장뿐이라고 말했다.

"하지만 관객이 과연 그걸 이해할까요?"

"관객은 장터촌극에나 열광하죠! 어제 우린 〈파우스트 뒤집기〉를 무대에 올렸는데, 거의 모든 좌석이 텅 비었어요. 만약 우리가 뭔가 수준 낮은 걸 올렸다면, 극장은 아마 관객들로 가득 넘쳤을 거예요. 내일 우리 극장에서 〈지옥의 오르페우스〉를 올릴 예정이랍니다. 꼭 오세요." 하고 그녀는 말했다.

올가는 그렇게 연극과 배우에 대한 꾸낀의 말을 그대로 반복했다. 그녀는 꾸낀과 마찬가지로 예술에 대한 관객의 냉담함과 무지함을 비난했으며, 종종 연극 연습에도 간섭해 배우들의 연기를 고치려 했고, 연주자들을 주의 깊게 지켜보곤 했다. 지역신문에 연극에 관한 비호의적인 기사가 실릴 때면, 그녀는 눈물을 흘리며 슬퍼했고 다음날이면 어김없이 신문사로 찾아가 해명하곤 했다.

배우들은 그녀를 좋아했고, 그녀를 가리켜 '나와바냐' 혹은 '귀여운 여인'

이라고 불렀다. 그녀는 그들을 애처롭게 여겨 조금씩 돈을 빌려주기도 했는데, 그들이 그녀를 속이거나 하면 그녀는 아무도 모르게 눈물을 흘릴 뿐 남편에게는 한마디도 하지 않았다.

겨울에도 역시 그들은 행복하게 지냈다. 겨울 내내 시내 극장을 통째로 빌려서 단기간 동안 우크라이극단이나 마술사, 지역 아마추어극단에 세를 주었다. 올가는 통통해졌고 행복함과 만족감으로 밝게 빛나 보이는 반면 꾸낀은 점점 여위어갔으며 얼굴은 누렇게 떠 있었고, 겨울 동안 사업이 상당히 잘 진행되었음에도 불구하고 엄청나게 손해만 입었다며 불평해대곤 했다. 그는 밤마다 기침을 심하게 했고, 그럴 때마다 그녀는 딸기차나 보리수잎차를 마시게 하고, 그의 몸을 오데코롱으로 문지르거나 부드러운 솔로 감싸주곤 하였다.

"당신은 정말 소중한 사람이에요!" 하고 그녀는 진심이 가득한 손길로 그의 머리카락을 쓸어주며 말했다.

"당신은 정말 좋은 사람이에요!"

꾸낀은 사순절에 단원모집을 위해 모스크바로 떠났다. 남편이 없으면 잠을 잘 수가 없는 그녀는 창가에 앉아 하늘의 별만 바라보았다. 그러자 닭장에 수탉이 없으면 불안해하며 밤새도록 한숨도 잠을 자지 않는 암탉과 자신이 흡사하다는 생각이 문득 들었다. 꾸낀은 모스크바에서 조금 지체하게 되었고, 부활절에 맞춰 돌아갈 것이라고 편지에 썼으며, 역시 찌볼리에 관련한 여러 지시사항들도 적혀 있었다. 그러나 부활절 전날 늦은 저녁 갑자기 현관을 두드리는 불길한 소리가 들렸다. 누군가 문을 세차게 두드리는데 마치 나무통을 두들기는 듯한 소리였다. 붐! 붐! 붐! 잠에서 덜 깬 하녀가 물이 괸 웅덩이를 맨발로 철퍽거리며 뛰어나갔다.

"문 좀 열어주세요!"

누군가 현관문 앞에서 둔탁한 소리로 말했다.

"전보 왔습니다!"

올가는 이전에도 남편으로부터 전보를 받은 적이 있지만, 왠지 이번에는 온몸이 마비되어버린 듯했다. 그녀는 떨리는 손으로 전보용지를 펼쳤고, 다음과 같은 내용을 읽을 수 있었다.

〈꾸낀 씨는 오늘 갑작스럽게 죽었음. 빠른 지시사항을 기다림. 장례는 화요일임.〉

전보용지에는 '장례'와 왠지 이해할 수 없는 '빠른'이란 단어가 써 있었고, 그 밑의 사인은 오페레타극단 감독의 것이었다.

"세상에나!"

올가는 목놓아 울었다.

"내 사랑하는 남편, 내 사랑! 왜 내가 당신을 만났을까? 왜 내가 당신을 알아보고 사랑하게 되었을까? 불쌍한 나를, 불행하고 불쌍한 올가를 버리고 가버리다니……."

꾸낀의 장례식은 화요일, 모스크바의 바간꼬프에서 있었다. 올가는 수요일에 집으로 돌아왔다. 그녀는 방으로 들어가자마자 침대에 쓰러져 목놓아 통곡하기 시작했고, 그 소리가 얼마나 컸던지 길거리나 이웃 마당에까지 들릴 정도였다.

"귀여운 올가."

이웃사람들은 성호를 그으며 말했다.

"귀여운 올가, 어쩌나, 정말 고통스러워하네요!"

그로부터 석 달이 지난 어느 날 올가는 상복을 입은 채 슬픔이 가득한 모습으로 오전예배를 마치고 돌아오는 중이었다. 우연찮게 역시 교회에서 돌아오던 이웃집 사람 바실리 뿌스또발로프와 나란히 걷게 되었다. 그는 상인 바바까예프의 목재관리인이었다. 그는 밀짚모자를 쓰고 금줄이 달린 하얀 조끼를 입고 있었는데, 그 모습은 상인보다는 지주에 더 가까워 보였다.

"모든 것은 각각의 질서가 있기 마련이죠, 올가 씨." 하고 그는 연민에 찬 목소리로 차분하게 말했다.

"만일 우리와 가까운 사람 중 누군가가 죽는다면, 하느님께 필요하신 겁니다. 그런 경우 우리는 스스로를 기억하고 순종하며 견뎌내야 합니다."

그는 올가를 집 앞까지 데려다주고는 인사를 하고 떠났다. 그 후 올가는 하루 종일 그의 의젓한 목소리가 들리는 듯했고, 눈을 감노라면 그의 검은색 수염이 생각나는 것이었다. 그에게 반해버린 것이다. 아마도 그녀 역시 그에게 좋은 인상을 남긴 듯했다. 왜냐하면 얼마 후 어느 중년 부인이 차를 마시러 놀러왔는데, 안면도 없는 그 부인은 식탁에 앉자마자 뿌스또발로프에 대해 말하기 시작했다. 그는 아주 착실하고 좋은 사람이며, 어떤 젊은 여자라도 기꺼이 그에게 시집을 갈 것이라고 부인은 말했다. 그리고 삼일 후에는 뿌스또발로프가 직접 찾아왔다. 그는 잠시 동안, 한 십분 정도 앉아 있었는데, 그리 많은 말을 하지는 않았다. 그러나 올가는 이미 사랑에 빠져버렸다. 그 정도가 너무 심해 밤새도록 잠도 못 자고 마치 열에 들뜬 것처럼 온몸이 달아올랐다. 아침이 되자 그녀는 중년 부인을 모셔오도록 했다. 결국 그 부인이 중매를 섰고, 그들은 곧 결혼식을 올렸다.

뿌스또발로프와 올가는 결혼한 후 행복하게 살았다. 보통 그는 점심 전까지 목재창고에 있었고, 그 후 일을 보러 자리를 뜨게 될 때면, 올가가 그를 대신하여 저녁 전까지 사무실에 앉아서 출납을 적기도 하고, 물품을 내보내기도 했다.

"요샌 목재가격이 매년 20%씩 오르고 있어요." 하고 그녀는 구매자나 아는 사람들에게 말하곤 했다.

"그전에는 동네 목재를 팔았는데, 이제는 바시쮀까가 매년 목재를 사러 마길렙스까야 군까지 다녀와야 하거든요. 그런데 운임이 얼마나 비싼지!"

그녀는 소스라치게 놀란 표정을 지어 보이며 두 손으로 양 볼을 감싸곤 했다.

"세상에나, 운임이 말도 못할 정도예요!"

올가는 자기가 아주 오랫동안 목재를 판매했으며, 세상에서 가장 중요하고 필요한 것은 목재인 듯 여겨졌다. 들보, 통나무, 널빤지, 각목, 윗가지, 대목, 배판 등의 단어들을 접할 때면 친근하다 못해 애틋함마저 느껴졌다. 밤마다 그녀의 꿈속에는 수많은 판자와 널빤지, 저 멀리 도시 밖 어딘가로 목재를 운반하는 끝없이 기다란 마차 행렬이 보였다. 그녀는 꿈속에서 크고 작은 통나무 한 부대가 똑바로 서서 목재창고로 걸어 들어가거나 통나무, 들보, 널쪽이 건조한 나무들이 둔탁한 소리를 내며 서로 부딪치다가 엎어지고 또다시 일어나는 모습도 보았다. 올가는 꿈에서 자주 소리를 질렀고, 그럴 때면 뿌스또발로프가 부드러운 목소리로 말했다.

"올가, 무슨 일이야, 응? 성호를 그어봐!"

남편의 생각은 곧 그녀의 생각이었다. 만일 그가 방 안이 덥거나 혹은 일이 이젠 순조롭구나 라고 생각하면, 그녀 역시 그렇게 생각했다. 그녀의 남편은 어떠한 오락도 좋아하지 않았고, 축일 역시 그냥 집에 머물러 있었는데, 그녀도 역시 마찬가지였다.

"매일 집 아니면 사무실에만 계시네요."

라고 주위 사람들이 말했다.

"연극이나 서커스를 보러 가시면 좋을 텐데요."

"저랑 남편은 극장에 다닐 시간이 없어요."

그녀는 단정하게 답했다.

"우리는 근면한 사람들이거든요. 하찮은 일에 신경 쓸 여유가 없네요. 극장 같은 데가 무슨 쓸모가 있나요?"

뿌스또발로프와 그녀는 토요일이면 저녁기도에 축일이면 점심기도에 다녔는데, 기도를 마치고 교회에서 돌아올 때면 그들은 은혜가 충만한 표정으로 나란히 걸었다. 두 사람 모두에게 좋은 냄새가 풍겼고, 그녀의 비단 드레스는 기분 좋은 소리를 냈다. 집에서 그들은 둥근 빵, 갖가지 잼과 함께 차를 마시고 난 후 만두를 먹곤 했다. 매일 한낮이 되면 집 안과 거리에까지 맛있는 수프 냄새와 튀긴 양고기, 오리고기 냄새가 가득 퍼졌고, 재계일齋戒日 부정을 멀리하고 몸과 마음을 깨끗이 하는 날. 이 되면 생선 냄새가 가득 풍겨 집 근처를 지나노라면 저도 모르게 침을 꿀꺽 삼킬 정도였다. 사무실에는 항상 사모바르samovar 물을 끓이는 데 사용하는 주전자.가 끓었고, 손님들이 오면 가락지 빵을 곁들인 차를 내오곤 하였다. 일주일에 한번씩 부부는 목욕탕에 다녀왔고, 돌아올 때면 두 사람 모두 불그스레한 얼굴을 하고 나란히 걸었다.

"좋아요, 잘 살고 있어요"

라고 올가는 주위 사람들에게 말했다.

"다행이죠. 모든 사람이 우리처럼만 살았으면 좋겠어요."

뿌스또발로프가 마길렙스까야 군으로 목재를 가지러 가는 날이면 그녀는 남편을 몹시 그리워하며 밤마다 잠 못 들고 눈물을 흘리곤 했다. 가끔씩 저녁에 군부대 소속 수의사인 스미르닌이 그녀를 찾아오곤 했다. 그는 젊었고 그녀의 곁채에 세들어 살고 있었다. 그는 그녀와 이야기를 나누거나 혹은 카드 놀이를 즐겨 했는데, 그럴 때면 그녀의 마음이 한결 나아졌다. 특히 가장 흥미로운 이야기는 그 자신에 관한 것이었다. 그는 결혼을 했었고, 아들이 한 명 있었는데, 아내가 외도를 한 까닭에 헤어지게 되었다. 그는 지금도 아내를 증오하지만, 아들 양육비로 매달 40루블씩 보내준다고 했다. 이야기를 들으면서 올가는 한숨을 내쉬고 고개를 내저었다. 그가 불쌍했기 때문이다.

"신의 은총이 함께 하시길!"

올가는 양초를 들고 계단까지 그를 배웅하면서 이렇게 말했다.

"저와 함께 시간을 보내주셔서 너무 감사해요. 건강 조심하시구요, 신의 이름으로 빌게요……."

그녀는 남편을 흉내내며 여전히 의젓하고 신중하게 말을 이어나갔다. 수의사는 이미 아래쪽 문 저 너머로 사라진 뒤였지만, 그녀는 그를 부르며 이렇게 말했다.

"있잖아요, 블라지미르 쁠라또느이치, 부인과 화해하셨으면 좋겠네요. 아드님을 위해서라도 부인을 용서하세요! 아이는 아마 모두 이해하고 있을 거예요."

뿌스또발로프가 집으로 돌아오면 그녀는 나지막한 소리로 수의사의 불행한 가족사에 관해 이야기해 주었고, 두 사람은 한숨을 쉬고 고개를 내저으며, 아마도 아빠를 그리워하고 있을 소년에 대해 이야기하곤 했다. 그러다가 문득 이상한 생각의 이끌림으로 두 사람은 성상 앞에 섰고, 엎드려 절을 하면서 아이를 주십사 하고 하느님께 기도를 드렸다.

그렇게 6년 동안 뿌스또발로프 부부는 평화롭고 조용하게 서로를 완전히 이해하고 사랑하면서 살아왔다. 그러던 겨울의 어느 날 뿌스또발로프는 목재 창고에서 뜨거운 차를 잔뜩 마신 뒤 모자도 쓰지 않고 목재를 내주러 나갔다가 감기에 걸리더니 나중에는 아예 몸져누워버렸다. 용하다는 의사들이 와서 치료해 보았지만, 그는 병을 이겨내지 못했다. 그는 넉 달 동안 앓다가 끝내 숨을 거두었다. 올가는 다시 과부가 되었다.

"나만 남겨두고 가 버리다니."

남편을 묻고 돌아온 그녀는 흐느껴 울었다.

"불행하고 처량하게 나 혼자서 이제 당신 없이 어떻게 살아야 하나요? 착한 사람들, 이 세상 혼자 남게 된 제가 불쌍하지도 않나요……."

그녀는 검은 상복을 입고 다녔고, 예쁜 모자와 장갑은 거들떠보지도 않았다. 교회나 남편 묘지에 다녀오는 것 말고는 거의 집 밖으로 나가지도 않으면서 마치 수녀처럼 집 안에서만 생활했다. 그렇게 여섯 달을 보낸 후에야 올가는 상복을 벗고 창문의 빗장을 열기 시작했다. 이제는 아침마다 가끔씩 그녀가 하녀와 함께 시장으로 식료품을 사러 다니는 것을 볼 수 있었다. 그러나 여전히 그녀가 집에서 어떻게 생활하는지, 그녀의 집에서 무슨 일이 일어나는지에 대해서는 추측만 할 수 있을 뿐이었다. 예를 들어, 그녀가 정원에서 수의사와 차를 마시거나 그가 그녀를 위해 큰소리로 신문을 읽어주는 것, 또 그녀가 우체국에서 아는 사람을 만나게 되면 하는 말 따위였다.

"글쎄, 우리 동네에는 수의업에 대한 감사나 이로 인한 수많은 질병관리가 제대로 안 되어 있어서 큰일이에요. 사람들이 우유 때문에 병이 생겼다든가 말이나 소로 인해 감염되었다든가 이런 이야기가 자주 들리잖아요. 근본적으로 가축 건강에 관해서도 사람과 마찬가지로 관심을 기울여야 해요."

그녀는 수의사의 생각을 그대로 반복해서 말했고, 이제 모든 것에 대해 그와 똑같은 의견을 가지게 되었다. 그녀는 누군가를 향한 애착 없이는 단 일 년도 살 수 없으며, 이번에도 자기 집 곁채에서 새로운 행복을 찾았다는 사실은 분명해졌다. 다른 여자였으면 비난이 쏟아졌을 테지만, 웬일인지 그 누구도 올가를 나쁘게 생각하는 사람은 없었다. 그녀의 인생에서는 모든 것이 이해가 됐다. 그녀와 수의사는 그들의 관계에서 나타난 변화에 대해 아무에게도 말하지 않았고, 오히려 감추려고 노력했다. 그러나 그러한 노력은 헛수고로 끝났다. 올가에게 비밀이란 있을 수 없기 때문이다. 수의사에게 손님들, 부대 동료들이 찾아오거나 하면 그녀는 차나 식사를 대접하면서 뿔 있는 가축들의 전염병이라든가 가축백혈병, 도시 도살장 등에 대해 말하기 시작했고, 그럴 때마다 수의사는 당황해서 어쩔 줄 몰라했다. 마침내 손님들이 떠나고 나면 그는 그녀의 손을 휙 잡아채면서 화난 목소리로 속삭였다.

"잘 알지도 못하면서 제발 아는 척하지 말라고 그렇게 부탁을 했잖소! 수의사인 우리끼리 말할 때는 제발 끼어들지 좀 말아줘. 정말 지겹다구!"

그녀는 놀랍고 걱정스런 눈길로 그를 쳐다보며 이렇게 물었다.

"발로지까, 그럼 난 무엇에 대해 말해야 하죠?"

그리고 그녀는 눈물을 글썽거리며 그를 껴안았고, 제발 화내지 말아달라고 애원했다. 이렇게 해서 두 사람은 다시 행복해졌다.

그러나 이러한 행복도 오래가지는 못했다. 수의사는 부대와 함께 떠나게 되었다. 완전히 떠난다고도 말할 수 있었다. 왜냐하면 부대가 가게 된 곳은 아주 먼 곳으로 거의 시베리아였기 때문이다. 그렇게 올가는 다시 혼자 남게 되었다.

이제 그녀는 완벽하게 혼자였다. 아버지는 벌써 오래 전에 돌아가셨고, 그가 앉던 의자는 다리가 하나밖에 남지 않은 채 먼지에 가득 쌓여 다락에서 나뒹굴고 있었다. 그녀는 갈수록 여위어갔고 생기를 잃었다. 거리에서 만나는 사람들은 더 이상 그녀를 이전처럼 바라보거나 미소를 보내지 않았다. 좋은 시절은 모두 지나가버려 과거에 묻혔으며, 이제는 새로운 삶, 생각하고 싶지 않은 미지의 삶이 시작되었음이 분명했다. 저녁마다 올가는 현관 계단에 앉아 있었고, 여전히 찌볼리의 음악소리나 불꽃 터지는 소리가 들려 왔지만 더이상 그녀에게 그 어떤 생각도 불러일으키지 못했다. 그녀는 멍한 눈길로 텅빈 마당을 쳐다보면서 아무 생각도 하지 않았고, 그 무엇도 원하지 않았다. 밤이 오면 잠자리에 들었고 꿈에서는 텅 빈 자기 집 마당을 보았다. 그녀는 그저 무의식적으로 먹고 마셨다.

그녀에게 있어서 가장 끔찍한 것은 이제 더 이상 아무 의견도 생기지 않는다는 사실이었다. 그녀는 주위의 모든 것을 바라보며 주위에서 벌어지는 모든 것을 이해했지만, 어떤 의견도 피력할 수가 없었으며, 무슨 말을 해야 할지 알 수가 없었다. 그 어떤 의견이나 생각이 없다는 것, 이 얼마나 끔찍한 일인가! 예를 들어, 서 있는 병을 본다던가 혹은 비가 온다던가 아니면 어느 농부가 마차를 타고 간다던가 하는 모습을 보면서 그 병이나 비, 농부가 무엇인지, 그 속에 어떤 의미가 있는지 도무지 아무 말도 할 수가 없었다. 수천 루블을 준다해도 말할 수가 없었다. 꾸낀이나 뿌스또발로프와 함께 할 때, 그 후 수의사와 함께 할 때 올가는 모든 것을 설명할 수 있었고 모든 것에 대한 자기 의견을 말할 수 있었다. 그런데 지금은 머릿속도 마음속도 마치 그녀의 집 마당처럼 텅 비어버렸다. 마치 쑥을 엄청나게 많이 먹은 것처럼 기분이 나쁘고 괴로웠다.

도시는 조금씩 사방으로 넓혀져 갔다. 쯔이간스까야 마을은 이제 거리로 명칭이 바뀌었고, 찌볼리 놀이공원과 목재창고가 있던 자리에는 많은 집이 들어섰고 여러 길이 만들어졌다. 시간은 참 빨리 지나간다! 올가의 집은 거무스름한 색으로 변해갔고, 지붕은 녹이 잔뜩 슬었으며, 헛간은 약간 기울어지고, 정원은 온통 잡초와 엉겅퀴 투성이었다. 올가도 역시 늙어갔고 생기를 잃었다. 여름이면 그녀는 문 앞 계단에 앉아 있었다. 그녀의 머릿속은 이전과 마찬가지로 공허하고 괴로웠다. 겨울이면 그녀는 창가에 앉아 하늘에서 내리는 눈을 바라본다. 봄기운이 나거나 교회 종소리가 바람에 실려오면 갑자기 과거의 추억이 밀려들면서 가슴이 짠해지고, 어느덧 눈에서는 커다란 눈물방울이 뚝뚝 떨어진다. 그러나 오래가지 않아 다시 공허함이 고개를 들었고 왜 살아가는지 그 이유를 알 수가 없다. 검은 고양이 브르이스까가 그녀에게 다가와 몸을 비비거나 부드러운 소리로 골골거렸지만, 역시 그녀의 마음을 움직일 수는 없었다. 그녀에게 필요한 것은 무엇일까? 존재, 영혼, 이성을 모두 아우를 수 있는 그런 사랑, 그녀에게 생각과 삶의 목표를 주고, 늙어가는 피를 따스하게 만들어 줄 그런 사랑이 필요하다. 그녀는 치맛자락에서 검은 브르이스까를 밀쳐내면서 짜증을 낸다.

"저리 가, 가라구…… 여긴 아무것도 없어!"

그렇게 하루가 가고 일 년이 갔다, 기쁨도 생각도 없이. 하녀가 말을 하는 것이 그나마 다행이었다.

칠월의 무더운 어느 날 저녁 무렵 거리에서 가축 떼를 모는 소리가 들렸다. 마당이 온통 뿌연 먼지로 가득 차는 듯하더니 갑자기 누군가 문을 두드렸다. 올가는 직접 문을 열어주러 나갔는데, 열자마자 그 자리에서 온몸이 굳어버렸다. 문 앞에는 수의사 스미르닌이 서 있었다. 그도 이제 흰머리가 희끗거렸고, 평범한 양복 차림이었다. 갑자기 온갖 추억들이 밀려들어 더 이상 참지 못한 그녀는 결국 울음을 터뜨렸다. 그의 가슴에 얼굴을 파묻고는 단 한 마디도 할 수 없었다. 얼마나 흥분을 했던지 두 사람은 집 안으로 들어와 차를 마시기 위해 자리에 앉는 것조차 깨닫지 못했다.

"세상에나!"

그녀는 기쁨에 떨면서 중얼거렸다.

"블라지미르 쁠라또느이치! 어쩐 일로 여기에 오셨나요?"

"이곳에 완전히 정착하려구요."

하고 그는 말을 꺼냈다.

"군대는 그만뒀어요. 그래서 자유를 느끼며 행복을 찾으러 온 겁니다. 이젠 한 곳에 정착해서 살고 싶어요. 아들도 중학교에 보낼 때가 되었구요. 많이 컸거든요. 사실은 저 아내와 화해했습니다."

"부인께서는 어디에 계시죠?"

하고 올가가 물었다.

"아들과 함께 호텔에 있어요. 저는 아파트를 알아보러 나왔구요."

"맙소사, 우리 집에서 사세요! 아파트나 매한가지예요. 세상에나, 당신들한테는 한 푼도 받지 않겠어요."

올가는 다시 흥분하면서 울기 시작했다.

"여기에서 사세요, 저는 곁채면 충분해요. 그렇게만 된다면 기쁠 따름이에요!"

다음날 올가 집의 지붕에는 예쁜 색이 칠해졌고, 벽도 하얗게 변했다. 올가는 양손을 허리에 대고 마당을 다니면서 이런 저런 지시를 하느라 바빴다. 그녀의 표정은 예전의 미소로 밝게 빛났고, 그녀의 존재 전체가 되살아나면서 생기가 돌았다. 마치 오랜 잠에서 깨어난 듯했다. 수의사의 아내가 왔다. 깡마르고 못생긴데다 짧은 머리카락에 신경질적인 표정이었다. 아들 사샤도 함께 왔다. 나이에 비해 작은 키—그는 만 열 살이었다—에 체격은 통통했고 밝고 푸른 눈동자에 양 볼에는 보조개가 있는 소년이었다. 남자아이는 마당에 들어서자마자 고양이 뒤를 쫓아다녔다. 곧 그의 명랑하고 활기찬 웃음소리가 들려 왔다.

"아줌마, 이거 아줌마 고양이에요?"

하고 그는 올가에게 물었다.

"이 고양이 새끼 낳으면, 한 마리만 주세요. 엄마가 쥐를 무서워하거든요."

올가는 그와 이야기를 나누면서 차를 따라주었다. 그녀는 가슴이 갑자기 따스해지면서 저려오는 걸 느낄 수 있었다. 마치 이 소년이 자기의 친아들인 듯했다. 저녁이 되자 그는 식당에 앉아 복습을 하고 있었고, 그녀는 행복과 동정 가득한 눈빛으로 그를 쳐다보면서 중얼거렸다.

"우리 꼬마, 잘생겼어…… 어떻게 이렇게 영리하고 잘생겼을까?"

"섬이란" 하고 그는 읽기 시작했다.

"사방이 물로 둘러싸인 육지의 일부분을 말한다."

"섬이란 육지의 일부분을 말한다……."

하고 그녀는 똑같이 따라했다. 몇 년 동안의 침묵과 생각의 공허 이후 그녀가 확신을 가지고 말한 최초의 의견이요, 생각이었다.

이제 그녀는 자신만의 의견을 가지게 되었다. 저녁을 먹으면서 그녀는 사샤의 부모에게, 요즘 중학교 공부가 더 어려워졌지만, 그래도 고전 교육이 실과 교육보다 더 낫다는 말도 덧붙였다. 왜냐하면 중학교를 졸업하고 나면 여러 방면으로 갈 수 있는 길이 활짝 열려 있기 때문이며, 의사든지 엔지니어든지 뭐든 될 수 있기 때문이라는 이야기를 늘어놓았다.

사샤는 학교에 다니기 시작했다. 그의 어머니는 언니가 있는 하리꼬프로 떠난 후 돌아오지 않았다. 그의 아버지는 매일 가축을 검사하기 위해 어딘가로 떠났고, 어떤 때는 삼일씩 집을 비우기도 했다. 올가는 사샤가 완전히 내팽개쳐진 채 무관심 속에서 굶어죽는 것처럼 여겨졌다. 그래서 그녀는 그를 자신이 사는 곁채로 데려와 작은 방에서 살도록 했다.

그렇게 사샤가 그녀의 곁채에서 산 지도 어언 반년이 흘렀다. 매일 아침 올가는 그의 방으로 들어간다. 그는 뺨에 손을 댄 채 깊이 잠들어 있다. 숨도 쉬지 않는다. 그런 그를 깨우기가 너무 애처롭다.

"사샤야." 하고 그녀는 슬픈 목소리로 말한다.

"일어나야지, 우리 아기! 학교 갈 시간이야."

그는 일어나 옷을 입고 기도를 한 다음 차를 마시기 위해 식탁에 앉는다. 차를 석 잔이나 마시고 커다란 가락지 빵 두 개와 버터 바른 프랑스 빵 절반을 먹는다. 그는 아직도 잠에서 완전히 깨지 못한 상태였고, 그렇기에 기분이 썩 좋지 않다.

"근데, 사샤야, 너 우화를 완벽하게 외우지 못했지?"

하고 올가는 말하면서 마치 먼 길을 떠나는 사람을 배웅하는 듯한 눈빛으로 그를 쳐다본다. "난 네가 항상 걱정이야. 노력을 좀 해보렴, 응, 열심히 해야지…… 선생님 말씀도 잘 듣고."

"제발, 날 좀 내버려 둬요!" 하고 사샤는 말한다.

그리고 난 후 그는 학교를 향해 걸어갔다. 작은 체구에 커다란 모자를 쓰고 등에는 책가방을 메고 있다. 그의 뒤를 올가는 소리 없이 따라 걷고 있다.

"사샤야!" 하고 그녀는 그를 부른다.

뒤를 돌아본 그에게 그녀는 열매과자나 캐러멜을 손에 쥐어준다. 이제 학교가 있는 마지막 길로 들어서노라면 그는 키 크고 뚱뚱한 아줌마가 뒤를 따라온다는 사실이 창피해진다. 그는 뒤를 돌아보며 말한다.

"아줌마, 이제 집에 가세요, 여기서부터는 저 혼자도 갈 수 있으니까요."

그녀는 걸음을 멈추고, 그가 학교 문 안으로 사라질 때까지 그의 뒤를 뚫어지게 응시한다. 아, 그녀는 그를 너무나 사랑한다! 그녀의 과거 애착 중에서 그 어떤 것도 이처럼 심오하지 않았다. 갈수록 모성으로 불타오르는 지금처럼, 그녀의 영혼이 헌신적이고 무조건적이며 충만한 기쁨으로 가득한 적이 이전에는 결코 없었다. 그녀와는 아무 상관도 없는 이 소년과 그의 양 볼에 난 보조개, 그의 모자를 위해서 그녀는 자기 인생을 바칠 수 있을 것 같았다. 기쁜 마음으로 행복의 눈물을 흘리며 바칠 수 있을 것 같았다. 도대체 왜일까? 누가 그 이유를 알 수 있을까?

사샤를 학교에 보내고 난 후 그녀는 조용히 집으로 돌아온다. 그녀는 지금의 삶에 만족해하며 평화롭고 사랑으로 충만해 있다. 최근 반년 동안 더 젊어진 그녀의 얼굴에는 미소가 가득하며 밝게 빛나고 있다. 만나는 사람들마다 그녀를 바라보면 즐거움을 느껴 이렇게 말한다.

"안녕하세요, 귀여운 올가 씨! 그래, 어떻게 지내세요?"

"요샌 중학교 공부가 상당히 어려워졌어요." 하고 그녀는 시장에서 이야기를 한다.

"농담 아니에요, 어제는 글쎄 일학년한테 우화 암기에다가 라틴어 번역, 수학문제까지 하라고 했다니까요…… 조그만 아이들한테 너무 심하지 않나요?"

그리고 그녀는 선생님, 수업, 교과서에 대해 말하기 시작한다. 바로 사샤가 그녀에게 했던 말이었다.

두 시가 넘으면 그들은 함께 점심을 먹고 저녁에는 함께 복습을 하며 눈물을 흘린다. 그를 잠자리에 들게 한 후 그녀는 오랫동안 그를 위해 성호를 긋고 기도문을 중얼거린다. 그 다음 그녀는 잠자리에 들면서 사샤가 학교를 졸업한 후 의사나 엔지니어가 되고, 커다란 자기 집과 말, 마차도 가지게 되고, 결혼해서 아이들도 태어나는, 아련하고 먼 미래의 모습에 대해 상상의 날개를 편다. 그녀는 잠이 들 때까지 계속해서 그것에 대해 생각을 한다. 그녀의 감은 두 눈에서 뜨거운 눈물이 양 볼을 따라 흘러내린다. 검은 고양이는 그녀의 곁에 누워 목구멍 소리를 낸다.

"골…… 골…… 골……"

그때 갑자기 누군가가 현관문을 세게 두드린다. 올가는 화들짝 잠이 깼고, 너무 놀라 숨도 멈췄다. 그녀의 심장은 쿵쾅거린다. 몇 초가 지났을까, 다시 문 두드리는 소리가 들린다.

'이건 하리꼬프에서 전보가 온 거야.' 하고 생각하며 그녀는 온몸을 떨기 시작한다.

'사샤 엄마가 아들을 하리꼬프로 데려가려는 거야. 오, 하느님 맙소사!'

그녀는 완전히 절망에 싸여 있다. 머리와 손발 모두 차갑게 얼어버렸고, 이 세상에서 그녀보다 불행한 사람은 아무도 없는 것 같았다. 다시 일분이 지나고, 목소리가 들려 왔다. 수의사가 클럽에서 귀가한 것이었다.

'휴, 다행이야.' 하고 그녀는 생각한다.

그녀의 심장을 무겁게 짓누르던 것이 조금씩 가벼워졌고 다시금 편해졌다. 그녀는 이불 속에 누우면서 사샤에 대해 생각한다. 그는 옆방에서 정신없이 곯아떨어져서는 가끔 잠꼬대를 한다.

"이거나 먹어! 저리 꺼져! 싸우지 마!"

작품 해설 ▶ 안톤 체호프는 약 20여 년 동안 무려 천여 편의 소설과 열한 편의 희곡을 썼습니다. 희곡을 제외하더라도 한 달에 약 네 편, 일주일에 한 편씩 소설을 쓴 셈인데요, 휘갈겨 썼다는 표현이 들어맞을 정도로 다작임에도 불구하고 그의 소설은 전혀 급조된 느낌이 없고, 한 편 한 편 정교하고 아름답습니다.

그의 작품세계는 두 시기로 나눌 수 있는데, 먼저 첫 번째 시기에는 순수한 웃음을 노린 경쾌한 작품과 사회를 풍자한 우울한 작품들이 많습니다. 이 시기에 체호프는 하급 관리, 상인, 교사, 배우, 화가 등 도시의 소시민층에 속하는 인물들을 주로 그렸습니다. 이 무렵의 작품들로 인해 체호프는 러시아 제1의 단편작가가 되었습니다. 두 번째 시기에 체호프는 약간 방향을 바꿔 사회의 부정, 허위, 부패 등을 파헤치고 고발하는 데 주력했습니다. 「6호실」, 그리고 특히 「상자 속에 든 사나이」 등이 이 시기의 작품인데, 세상에 염증을 느낀 듯한 분위기를 엿볼 수 있습니다.

이 소설 「귀여운 여인」은 체호프의 작품 중 가장 널리 알려진 소설입니다. 이 소설에 등장하는 여주인공 '올가'는 브론테의 『제인 에어』에 등장하는 '제인 에어', 입센의 희곡 『인형의 집』에 등장하는 주인공 '노라', 톨스토이 소설 『부활』의 '카츄샤' 등과 함께 세계 문학사에 깊이 각인된 매력적인 여주인공 중 하나입니다.

퇴직한 전직관료의 딸인 올가는 언제나 누구를 사랑하지 않은 때가 없었고, 또 그러지 않고는 살아갈 수 없는 성격의 사랑스러운 여인입니다. 어릴 적에는 아버지와 숙모를 무척 사랑했고, 학생 시절에는 프랑스어 선생도 사랑했습니다. 그녀에게 있어서 사랑은 우리가 일반적으로 생각하는, 즉 함께 있을 이성 상대자를 구하는 행위가 아니라 자신의 온 마음을 바쳐 따를 대상을 찾는 과정입니다.

그녀는 자신의 집에 세들어 살고 있는 야외극장 지배인 꾸낀을 사랑하게 됩니다. 꾸낀이 멋지고 능력 있기 때문이 아니라, 그가 가여웠기 때문이죠. 꾸낀도 그녀를 좋아하게 되어, 둘은 결혼합니다. 이제 올가에게는 자신의 온 마음을 바쳐 따를 대상이 생겼습니다. 그녀는 행복한 결혼생활을 영위해 나가면서, 자신의 모든 사고를 남편의 직업인 연극과 관련짓습니다. 그러나 그 행복은 오래 가지 않습니다. 남편인 꾸낀이 모스크바로 출장을 갔다 돌연 사망해 버린 것입니다. 올가는 '왜 나는 당신을 만났을까요? 왜 나는 당신을 알아보고 사랑하게 되었을까요?' 하고 울부짖습니다.

그로부터 석 달이 지난 후, 올가는 상복을 입고 미사에서 돌아오는 길에 목재상 뿌스또발로프를 만납니다. 그는 친절하고 위엄 있는 음성으로 올가를 위로해 줍니다. 그리고, 둘은 사랑에 빠져 곧 결혼합니다. 이번에 올가는 마치 목재상 집안에서 태어난 것처럼 만나는 사람마다 목재에 대한 얘기를 합니다. 그녀는 남편 뿌스또발로프에게 완전히 빠져 버렸고, 그가 생각하는 모든 것을 수용하고 스스로 동화되어 갑니다. 그녀에게는 그것이 행복인 것입니다. 그러나 뿌스또발로프도 6년이 지난 어느 날, 감기에 걸려 앓다 죽어버립니다.

또 다시 행복을 잃고 깊은 슬픔에 잠긴 그녀는 이제 교회나 남편의 묘지에 가는 것 외에는 밖으로 나오지도 않으면서, 마치 수녀원의 수녀처럼 생활합니다. 몇 달이 지나 상복을 벗고 가끔 시장에 가긴 하지만, 사람들은 그녀가 어떻게 생활하는지 알지 못합니다. 다만 수의사 스미르닌과 가까이 지내고 있을 것이라 추측할 뿐입니다. 이웃들의 추측은 그녀가 예전에 보여 주었던 태도, 즉 누군가를 사랑하게 되면 그 상대방의 모든 것에 자신을 동화시켜 버리는 태도에서 기인한 것입니다. 올가는 이제 수의사처럼 생각하고, 수의사처럼 말하기 시작합니다. 더불어, 올가는 다시 행복해집니다. 이 장면에서 사람들이 올가를 어떻게 생각하는지 잘 보여 주는 문장이 있습니다. '다른 여자였으면 비난이 쏟아졌을 테지만, 웬일인지 그 누구도 올가를 나쁘게 생각하는 사람은 없었다. 그녀의 인생에서는 모든 것이 이해가 됐다.'

그러나 기구한 운명의 올가에게 이번에도 행복은 오래 계속되지 않습니다. 수의사가 부대와 함께 멀리 떠나게 된 것입니다. 올가는 다시 외톨이가 되어 해지는 현관 층계에 멍하니 앉아 있곤 합니다. 그러나 그녀의 가장 큰 불행은, 어떠한 일에도 자기 의견을 가질 수 없게 된 것입니다. 그녀는 이제 무슨 생각을 해야 할지, 무슨 말을 해야 할지 갈피를 잡지 못합니다. 본문에 나와 있지는 않지만, 그것은 그녀가 그토록 자신을 송두리째 던져가며 사람들을 사랑했다는 증거인 것입니다.

그리고 세월이 지났습니다. 올가가 살던 시가지는 점점 커졌고, 여기저기 집들이 들어섰습니다. 이제 늙은 올가의 얼굴에는 주름이 늘어났습니다. 그러는 동안 올가는 아무런 기쁨도 누리지 못하고 그저 시간을 보내기만 합니다.

그러던 어느 날, 수의사가 돌아옵니다. 기쁨에 목소리를 떨며 말하는 올가에게, 수의사는 아내와 자식과 함께 돌아왔으며, 이제 이곳에 정착할 것이라 말합니다. 올가는 기뻐하며 방세 한 푼 받지 않고 수의사 가족을 자기 집에 묵게 해줍니다. 그리고 수의사의 어린 아들 사샤에게 새로운 사랑을 발견하고, 자기 자신을 어린 학생에 동화시켜 갑니다.

이처럼 올가는 수의사와의 사랑은 이루지 못했습니다. 게다가, 그녀는 수의사의 아내에게 조금도 질투를 느끼지 않고, 자기 집에 받아들입니다. 거기에는 어떠한 조건도, 음모도, 집착도 없었습니다. 이처럼 올가의 사랑은 우리가 흔히 이야기하는 '소유의 사랑'과는 조금 다른 방식이었습니다. 그래서 사람들은 그녀의 사랑을 욕하지 않고, 그저 안타깝게 여겼던 것입니다.

● 여주인공 올가의 사랑은 보통 사람들의 사랑과 어떻게 다른지 설명해 보세요.

● 올가는 첫 번째 남편이 죽은 지 석 달 만에 다시 사랑에 빠지고, 또 두 번째 남편이 죽고 나서는 여섯 달 만에 유부남과 사이좋게 지내게 됩니다. 그럼에도 누구도 그것을 악으로 생각하지 않는데, 이웃들이 올가를 비난하지 않는 이유는 무엇일까요? 또 한국사회였다면 올가의 이러한 행실이 어떻게 해석될 것인지 생각해 봅시다.

● 올가가 수의사 가족에게 호의를 베푼 이유는 무엇일까요?

구성	발단	올가와 극장 지배인 꾸낀의 결혼.
	전개	꾸낀의 죽음과 목재상 뿌스또발로프와의 결혼, 그리고 그의 죽음.
	절정	잠시 친교를 나누던 스미르닌마저 떠나고 귀여운 여인 올가는 쓸쓸히 늙어감.
	결말	아내와 아이를 데리고 돌아온 스미르닌, 그리고 그의 아들에게 애정을 쏟는 늙은 올가.
핵심정리	주제	사랑
	소재	누군가를 사랑하지 않고는 살아갈 수 없는 여인의 기구한 운명.
	갈래	단편소설
	시점	3인칭 전지적 시점
	배경	1800년대 말 제정 러시아의 소도시.
작중 인물의 성격	올가	이 소설의 주인공으로, 비극적인 사랑을 연이어 겪는 비련의 여인임. 사람을 사랑함에 있어 어떠한 조건도 달지 않는 순수한 마음을 가지고 있음.
	꾸낀	야외극장의 지배인으로, 올가의 첫 번째 남편임. 올가를 깊이 사랑하였지만 출장 간 모스크바에서 죽어 버림.
	뿌스또발로프	목재상으로, 올가의 두 번째 남편. 역시 올가와의 행복한 생활을 얼마 영위하지 못한 채 감기로 죽어 버림.
	스미르닌과 그의 가족	스미르닌은 수의사로, 부정한 아내와 떨어져 뿌스또발로프와 올가 부부의 집에 세들어 삶. 그는 뿌스또발로프가 죽은 후, 올가의 좋은 동료가 됨. 올가는 그를 사랑하였지만, 스미르닌은 부대와 함께 멀리 떠나버림. 후에 스미르닌은 재결합한 아내와 아이를 데리고 올가의 집으로 돌아옴. 스미르닌의 가족은, 말 그대로 순수한 올가에게 빌붙어 살게 됨.

길이 아닌 길은 가지 않겠다!

1884년 대학을 졸업한 뒤 의사로서의 생활을 시작한 체호프에게 1886년 러시아 최초의 농민소설인 「마을(1846)」의 작가 D.V. 그리고로비치가 보낸 '재능을 낭비하지 말라' 는 충고의 편지는 새로운 전환점이 되었다고 합니다. 이에 체호프는 작가로서의 자각을 새로이 하고 희곡 《이바노프(1887 초연)》와 중편소설 『대초원(1888)』을 썼습니다.

체호프는 끊임없는 극 활동과 소설 작업으로 1900년 학술원의 명예회원으로 피선되었습니다. 그러나 후일 『어머니(1907)』의 작가 막심 고리키가 당국에 의하여 학술원 회원 자격을 박탈당하자, 그는 당국의 처사에 대한 항의의 뜻으로 학술원 회원 자격을 반납하였습니다. 이처럼 그는 옳은 길을 위하여 일신의 안위를 헌신짝처럼 내던질 줄 아는 사람이었습니다. 혁명의 분위기가 무르익어 가던 시대에, 안톤 체호프는 새로운 시대의 숨결을 희곡과 소설로 전달하였습니다.

크리스마스 선물

✳ 읽기 전에 생각하기

오 헨리는 10여 년 남짓의 작가 생활을 하는 동안 단편소설 외에는 그 어떠한 문학 장르에도 손을 대지 않은 순수한 단편작가입니다. 그는 분량이 짧고 기승전결이 분명한, 단편소설의 모범을 보여 줍니다. 그의 작품은 교묘한 구성과 흉내 내기 힘든 특유의 재치 있는 반전을 통해 독자에게 놀라움을 주는데, 이는 단순히 놀라움으로 끝나지 않고 고스란히 문학적 감동으로 이어집니다. 이 작품「크리스마스 선물」에도 이러한 반전이 숨어 있습니다. 소설 속에 등장하는 부부에게 그 반전은 어떤 의미인지 생각하며 읽어 보세요.

Henry, O.

● 오 헨리

미국의 대표적인 단편소설 작가. 애수에 찬 능란한 화술로 미국의 현실과 생활을 섬세하게 묘사한 작품들로 대중적인 인기를 얻었다. (1862~1910)

모파상, 체홉과 함께 세계 3대 단편작가로 꼽히는 오 헨리는 삭막했던 미국의 단편소설에 휴머니즘을 도입한 소설가입니다. 특히 마지막에 가서 뜻밖의 반전을 자아내 감동을 주는 트위스트 엔딩Twist ending은 누구도 흉내 내지 못하는 그의 장기로 알려져 있습니다. 노스캐롤라이나 주 그린즈버러에서 태어난 오 헨리의 본명은 윌리엄 시드니 포터입니다. 세 살밖에 안 된 어린 나이에 문학적 재능이 뛰어났던 어머니를 폐결핵으로 잃었고 그 지방의 유명한 의사였던 아버지는 알코올 중독으로 사망하였습니다.

15세부터 숙부의 약방에서 일을 하고 1882년 텍사스로 건너가 카우보이, 우편배달부, 점원, 공장 직공 등 안 해 본 일이 없을 만큼 여러 가지 직업을 전전하였다고 합니다. 25세에 17세의 소녀와 결혼하고 그 무렵부터 문필생활을 꿈꾸면서 주간 신문 《롤링스톤》을 발간하였지만 곧 실패했습니다. 게다가 1896년에는 2년 동안 근무하였던 오스틴 은행에서 공금횡령 혐의로 고발당하는 사건을 겪게 됩니다. 결국 남미의 온두라스로 도망쳐 방랑생활을 하였는데, 아내가 위독하다는 소식을 듣고는 옥살이를 무릅쓰고 1898년에 귀국하여 아내의 임종을 지킵니다. 그리고 아내의 장례가 끝나자 자수하여, 5년형을 선고받았습니다. 그 후 오하이오 주의 컬럼버스 교도소에서 복역중에 그때까지의 자신의 체험을 소재로 단편소설을 쓰기 시작하여 오 헨리라는 필명으로 1899년 《마그레아즈》 지에 첫 작품을 게재하였습니다. 이로 인해 모범수로 형기가 아홉 달 단축되어 1901년에 출옥한 뒤 바로 뉴욕으로 가서 작가생활을 시작, 1903년 《뉴욕월드》 지에 단편을 기고하면서 인기를 모으기 시작했습니다.

중앙 아메리카에서의 견문을 바탕으로 한 「양배추와 임금님(1904)」, 뉴욕

서민생활의 애환을 그린 「4백만(1906)」 등 272개 작품과 13편의 작품집은 유머와 애수로 가득 찬 교묘한 줄거리 전개와 함께 의외의 결말로 끝나는 오 헨리 특유의 작품세계를 잘 보여 주고 있습니다. 오 헨리는 1910년 6월 5일, 과로와 과음, 간경화, 당뇨병 등이 겹쳐 뉴욕 종합병원에서 사망하여 노스캐롤라이나의 내쉬빌에 묻혔습니다. 사후에 「맥을 짚어보다」, 「인생의 회전목마」 등의 작품이 유고소설로 발표되었습니다. 또 1912년에는 오 헨리의 전집 『The Memorial Edition』이 더블데이 레이지 사에서 출판되었고, 1918년에는 뉴욕 예술과학 협회에서 〈오 헨리 기념 문학상〉을 설립하여 우수한 단편작가를 발굴 · 시상해 오고 있습니다.

1달러 87센트, 그것이
전부였다. 그 중에서
도 60센트는 1센트짜리 동전들이었다. 이 돈은 그녀가 식료품 가게와 채소
가게, 푸줏간에서 물건을 사면서 한 푼 두 푼 깎아 모은 것이었다. 이 돈을 모
으느라고, '이 여자 정말 지독한 구두쇠로군' 하는 가게 주인의 무언無言의 비
난에 얼굴을 붉혔던 적이 한두 번이 아니었다. 델라는 그 돈을 세 번이나 세
어 보았다. 세어 보고 또 세어도 1달러 87센트였다. 그런데 내일은 크리스마
스였다.

낡고 작은 침대에 엎드려 엉엉 소리내어 우는 수밖에는 다른 도리가 없었
다. 그래서 델라는 침대에 엎드려 정말로 울기 시작했다. 인생이란 눈물과 미
소로 이루어져 있는데, 그 중에서 눈물이 더 많다는 어느 명언이 생각났다.

이 집의 안주인이 흐니끼다가 훌쩍거리는 단계로 점차 옮겨가는 동안, 잠

시 집 안을 구경하기로 하자. 가구가 딸린, 일주일에 집세 8달러짜리 아파트, 아주 누추한 집은 아니라 할지라도, 혹시 거지 단속 경찰대라도 오지 않을까 경계해야 할 만큼 초라한 집이었다.

아래층 현관에는 아무리 보아도 편지가 들어갈 것 같지 않은 우편함과 아무리 눌러도 소리가 나지 않는 초인종이 있었다. 그리고 거기에는 '제임스 딜링함 영'이라고 씌어진 이름표가 붙어 있었다.

'딜링함'이라는 이름은, 이 집주인이 주당 30달러씩 받던 경기가 좋던 시절에는 산들바람에 가볍게 나부꼈었다. 그러나 수입이 20달러로 줄어들자 '딜링함'이라는 글자는 마치 겸손하고 눈에 띄지 않게 디D자 하나로 줄어들 것처럼 희미하게 보였다. 그러나 제임스 딜링함 영 씨가 귀가해서 이층 아파트로 올라오면 그는, 그의 아내인 델라로부터 언제나 '짐'이라고 다정하게 불리며 뜨거운 포옹을 받곤 하였다.

델라는 울음을 그치고 분첩으로 두 뺨에 분을 발랐다. 그리고 나서 창가에 서서, 회색 고양이 한 마리가 뒷마당의 회색 울타리 위를 걸어가는 모습을 멍하니 바라보았다. 내일이 크리스마스인데도 사랑하는 짐에게 선물을 사 줄 돈이라고는 1달러 87센트밖에 없었던 것이다. 한 푼 두 푼 몇 달 동안이나 모아 온 것이 고작 그것이었다. 일 주일에 20달러 가지고는 도저히 어떻게 할 도리가 없었다. 지출은 항상 예상보다 초과되었다. 그녀가 진정 사랑하는 짐에게 선물을 사 줄 돈이 고작 1달러 87센트밖에 되지 않다니……. 그에게 어떤 멋진 선물을 사 줄까 생각하면서 그녀는 얼마나 많은 행복한 시간을 보냈던가. 멋지고 진기한 진짜 선물을 사주고 싶었다. 짐이 소유하고 있다는 명예에 조금이라도 어울리는 그런 선물 말이다.

방 안의 창문과 창문 사이에는 벽거울이 걸려 있었다. 어쩌면 여러분은 일주일에 8달러짜리 아파트에서 그런 거울을 본 적이 있으리라. 그것은 몸이 몹시 여위고 민첩한 사람이라야 세로로 가느다랗게 얼핏 몸을 비추어 봄으로써 자신의 모습을 그런대로 정확히 헤아릴 수 있는 거울이다. 몸이 가냘픈 델라는 이런 기술을 잘 터득하고 있었다.

그녀는 갑자기 창문에서 몸을 돌려 거울 앞에 섰다. 두 눈은 밝게 빛나고 있었지만, 얼굴엔 핏기가 가시고 창백하게 변했다. 그녀는 재빨리 머리채를 풀어헤치고 길게 늘어뜨렸다.

제임스 딜링함 영 부부에게는 두 사람 모두가 몹시 자랑스럽게 생각하는 두 가지 물건이 있었다. 하나는 일찍이 할아버지와 아버지한테서 물려받은 짐의 금시계였고, 다른 하나는 델라의 긴 머리였다. 만약 시바의 여왕이 건너편 아파트에 살고 있었다면, 델라는 창문 밖으로 머리카락을 늘어뜨려서 그 왕비의 보석과 여러 가지 선물을 무색하게 만들었을 것이다. 그리고 만약 지하실에 온갖 보물을 쌓아 놓고 있는 솔로몬 왕이 이 아파트의 관리인이었다면, 짐은 그의 앞을 지나갈 때마다 시계를 꺼내 봄으로써 그 왕으로 하여금 부러운 나머지 자신의 수염을 쥐어뜯도록 만들었을 것이다.

그렇게도 아름다운 델라의 머리카락은 마치 갈색의 폭포수가 떨어지듯 물결치고 반짝이며 그녀의 어깨 아래로 흘러내렸다. 그녀의 머리카락이 마치 옷을 입은 것처럼 무릎 아래까지 드리워졌다. 이어 그녀는 신경질적으로 재빨리 머리를 다시 감아 올렸다. 그녀는 잠시 몸을 비틀거리다 가만히 서 있더니, 낡고 붉은 융단 위에 눈물 한두 방울을 떨어뜨렸다.

델라는 낡은 갈색 재킷을 걸쳐 입고 낡은 갈색 모자를 썼다. 두 눈에는 눈물 방울을 반짝이며 그녀는 총총히 방문을 나와 거리로 나섰다.

그녀가 발길을 멈춘 곳에는 '마담 소프로니─각종 모발품 취급' 이라는 간판이 걸려 있었다. 단숨에 뛰어 올라간 델라는 숨을 몰아쉬며 마음을 가라앉혔다. 몸집이 지나치게 크고 살결이 희며, 싸늘한 느낌마저 주는 마담은 '소프로니' 라는 이름이 별로 어울리지 않는 여자였다.

"제 머리카락을 사시겠어요?"

하고 델라가 물었다.

"모자를 벗고 머리카락을 한번 보여 주세요."

델라가 모자를 벗자 갈색의 머리카락이 폭포수처럼 아래로 흘러내렸다.

"20달러 드릴게요."

마담은 익숙한 손길로 머리카락을 들어올리며 말했다.

"그럼 어서 빨리 주세요."

델라가 말했다.

놀랍게도 그 후 두 시간은, 마치 장밋빛 날개를 탄 듯이 빨리 지나가 버렸다. 그녀는 짐의 선물을 사기 위해 가게를 샅샅이 뒤지고 다녔던 것이다.

그녀는 마침내 짐에게 어울릴 만한 선물을 찾아 냈다. 그것은 정말로 짐을 위해서 만들어진 물건 같았다. 그녀는 가게란 가게는 샅샅이 다 뒤졌지만 어떤 가게에서도 그와 똑같은 물건을 찾을 수 없었다. 그것은 백금으로 만든 시곗줄로, 디자인이 단순하면서도 우아하고, 훌륭한 물건이 으레 그렇듯이 번지르르한 장식에 의존하지 않고 품질만으로도 충분히 가치가 있는 그런 물건이었다. 그 시곗줄은 짐이 지니고 있는 귀중한 시계에 조금도 손색이 없었다. 그것을 보자마자 그녀는 '이것이야말로 바로 짐의 것이다' 하는 생각이 들었다. 어쩌면 그것은 짐과도 같은 물건이었다. 순수하고 귀중한─이 표현은 사람과 물건에 꼭 알맞는 표현이었다. 그 시곗줄 값으로 21달러를 지불한 다음, 87센트를 들고 그녀는 집으로 돌아왔다. 이 시곗줄을 그의 시계에 단다면 짐은 누구 앞에서도 떳떳하게 시계를 꺼내 볼 수 있으리라. 시계는 훌륭했지만 낡은 가죽끈을 시곗줄 대신 사용하고 있었기 때문에 그는 종종 남몰래 시계를 꺼내 보곤 했다.

집에 돌아온 델라는 황홀했던 기분이 점차 사라졌다. 분별과 이성을 되찾게 된 것이다. 그녀는 머리를 곱슬거리게 지지는 인두를 꺼내 가스에 불을 붙여, 남편에 대한 사랑과 아낌없는 마음 때문에 볼품없이 되어 버린 자신의 짧은 머리를 손질하기 시작했다. 그런데 이런 일이란 언제나 힘이 들고 성가신 작업이었다.

사십분이 못 돼서 그녀의 머리는 짧은 고수머리로 덮여 있었으며, 마치 개구쟁이 학생처럼 되어 버렸다. 그녀는 거울에 비친 자신의 모습을 오랫동안 조심스럽게 자세히 바라보았다.

'만약 짐이 나를 보자마자 죽이지 않고 내 모습을 바라본다면…….' 하고 그녀는 혼자 중얼거렸다.

'그이는 마치 코니아일랜드의 합창단원 같다고 할 거야. 하지만 어떻게 하겠어……. 아아, 1달러 87센트 가지고 대체 뭘 어떻게 할 수 있담?

일곱시가 되자, 커피를 끓이고 스토브 위에 프라이팬을 얹고, 고기를 요리할 수 있는 준비를 다 갖추었다.

짐은 늦게 돌아온 적이 한 번도 없었다. 델라는 시곗줄을 접어 손에 쥐고 문 가까이에 있는 탁자의 한구석에 앉았다. 바로 그때 층계의 첫 계단을 올라오는 짐의 발걸음 소리가 들리자, 그녀의 얼굴은 백지장처럼 하얗게 변했다. 그녀는 매일 아무리 사소한 일이라도 혼자서 짧게 기도를 드리는 습관이 있었다.

'오오 하나님, 남편으로 하여금 제가 여전히 예쁘다고 생각하게 하여 주소서.'

그녀는 이렇게 중얼거리고 있었다.

문이 열리더니 짐이 들어오고는 다시 문이 닫혔다. 그는 몸이 여위었으며 몹시 진지한 표정이었다. 가엾게도 그는 이제 겨우 스물두 살이었지만 가정이라는 무거운 짐을 지고 있는 것이다. 그에게는 새 외투가 필요했고, 장갑 또한 없었다.

짐은 메추라기 냄새를 맡은 사냥개처럼 꼼짝도 하지 않고 문간에 서 있었다. 그 눈은 델라를 응시하고 있었는데, 그 시선에는 델라가 읽을 수 없는 표정이 들어 있어서, 그녀는 두려움에 떨었다. 그것은 분노도, 경악도, 비난도, 공포도 아니었다. 그렇다고 그녀가 각오하고 있던 그 어떤 감정도 아니었다. 그는 얼굴에 이상야릇한 표정을 지은 채, 그녀를 뚫어지게 바라볼 뿐이었다.

델라는 머뭇거리며 의자에서 몸을 일으켜 그에게 다가섰다.

"짐, 저를 그런 눈으로 쳐다보지 마세요. 당신에게 선물을 하지 않고는 크리스마스를 보낼 수가 없어서 제 머리카락을 잘라 팔았어요. 머리는 또 자랄 거예요. 괜찮지요, 네? 정말 할 수 없었어요. 제 머리카락은 굉장히 빨리 자라요. 짐, 저에게 '메리 크리스마스!'라고 해주세요. 그리고 우리 즐겁게 지내요. 내가 당신을 위해 얼마나 멋지고 얼마나 아름다운 선물을 준비했는지 당신은 모르실 거예요."

하고 그녀는 큰소리로 말했다.

"당신 머리카락을 잘랐다고?"

하고 짐은 아무리 노력해도 그 명백한 사실이 납득이 가지 않는다는 듯이 힘들여 물었다.

"그래요, 그걸 잘라서 팔았어요. 그래도 전과 같이 저를 사랑해 주시는 거지요? 제 머리카락이 없어졌지만 저는 저예요."

하고 델라는 대답했다.

짐은 이상하다는 듯이 방 안을 둘러보았다.

"그러니까 당신 머리카락은 이제 없어졌다는 말이지?"

하고 그는 마치 바보처럼 멍청하게 말했다.

"찾아볼 필요도 없어요."

델라는 계속해서 말했다.

"팔아버렸다고 하지 않았어요? 이젠 팔아서 없어졌어요. 여보, 오늘 밤은 크리스마스 이브예요. 저에게 상냥하게 대해 주세요. 그 머리카락은 당신을 위해 팔았으니까요. 어쩌면 제 머리 위에 자라나는 머리카락의 수를 셀 수 있을지 몰라요. 하지만 당신에 대한 저의 사랑은 아무도 헤아릴 수 없어요. 짐, 고기를 올려놓을까요?"

하고 그녀는 다정하면서도 진지하게 말을 이었다.

짐은 멍한 상태에서 갑자기 깨어나는 것 같았다. 그리고는 아내를 껴안았다. 잠시 이들로부터 눈을 돌려, 별로 중요한 것 같지 않은 문제를 생각해 보자. 일주일에 8달러의 돈벌이와 일 년에 1백만 달러의 돈벌이는 어떤 차이가 있을까? 수학자나 지식이 많은 사람에게 물어 보아도, 그들은 틀린 대답을 할지 모른다. 성경에 나오는 동방 박사들은 귀중한 선물을 가지고 왔지만, 그 선물 가운데서도 해답은 없었다. 이 수수께끼 같은 말의 뜻은 나중에 밝혀지게 되리라.

짐은 외투 주머니에서 꾸러미 하나를 꺼내더니 그것을 탁자 위에 던졌다.

"델라, 나를 오해하지 말아줘. 나는 당신이 머리카락을 잘라 버렸건, 면도를 해 버렸건, 아니면 샴푸를 했건, 내가 어떻게 당신을 덜 사랑할 수 있겠어? 그러나 그 꾸러미를 풀어 보면, 왜 내가 한참 동안 멍해 있었는지 알 거야."

하고 그는 말했다.

델라의 하얀 손가락이 재빨리 끈과 포장지를 풀었다. 그러자 델라의 입에서는 황홀한 기쁨의 환성이 터져 나왔다. 그러나 그 소리는 곧 그녀의 발작적인 눈물과 울음으로 바뀌었다. 그래서 이 방의 주인은 온 힘을 다해 안주인을 위로하지 않으면 안 되었다.

바로 탁자 위에는 머리빗이 있었다. 델라가 오래 전부터 브로드웨이의 진열장을 바라보며 갖고 싶어했던, 한 세트로 된 빗이 놓여 있었던 것이다. 그것은 가장자리에 보석을 박고 진짜 귀갑 龜甲 거북 등의 껍데기.으로 만들어진 아름다운 빗이었으며, 지금은 사라져 버린 그녀의 아름다운 머리에 잘 어울릴 만한 빛깔이었다. 그 빗이 값비싸다는 것을 아는 그녀로서는 그 머리빗을 갖고 싶다는 마음뿐이었지 실제로 자신이 그것을 소유한다는 것은 상상도 못했던 것이다. 그런데 지금은 그녀의 물건이 되었지만, 그렇게도 갖고 싶어했던 빗으로 장식할 머리카락이 사라진 것이다.

그러나 그녀는 그 빗을 가슴에 꼭 껴안고 눈물이 글썽한 눈을 들어 미소를 지으며 입을 열었다.

"짐, 제 머리카락은 아주 빨리 자라나는 편이에요!"

그리고 나서 델라는 털이 그을린 새끼 고양이처럼 자리에서 벌떡 일어서며 "오, 어머나!" 하고 소리쳤다.

짐은 아직 자기의 선물을 보지 못했던 것이다. 그녀는 시곗줄을 손바닥에 펼쳐 올려놓고 간절한 마음으로 그에게 내밀었다. 은근한 빛깔의 값진 금속 시곗줄은 밝고 열렬한 그녀의 마음의 빛을 받아 더욱 빛나는 듯했다.

"짐, 멋지지 않아요?"

그녀는 계속해서 말했다.

"이걸 구하려고 시내를 온통 샅샅이 뒤졌어요. 당신, 이젠 하루에 100번이라도 시계를 볼 수 있을 거예요. 자, 시계를 주세요. 이 시곗줄이 당신 시계에 얼마나 잘 어울리는지 보고 싶어요."

그러나 짐은 시계를 꺼내 주는 대신 침대에 털썩 주저앉은 다음, 뒷머리에 두 손을 갖다 대고 빙긋이 웃었다.

"여보."

하고 그는 잠시 뜸을 들인 후 말했다.

"크리스마스 선물은 당분간 치워 둡시다. 그것들은 지금 당장 사용하기엔 너무 훌륭한 것들이니. 당신에게 빗을 사 줄 돈을 마련하느라고 난 시계를 팔았거든. 자, 이제 고기를 올려놓아요."

여러분도 알다시피 동방 박사들은 말구유에서 태어난 아기 예수에게 선물을 가져다 주었던 현명한 사람들이었다. 사람들이 크리스마스 선물을 주고받게 된 것도 바로 이들로부터 시작된 것이다. 그들은 현명한 사람들이었기 때문에 그들의 선물 또한 틀림없이 현명한 것이어서, 만약 그 선물이 서로 같을 경우에는 어쩌면 다른 것으로 바꿀 수 있었으리라. 어쨌든 나는 여기에 서로를 위해서 자신의 가장 값진 보물을 가장 어리석게 희생해 버린, 싸구려 아파트에 살고 있는 두 젊은이의 평범한 이야기를 서툴게나마 늘어놓았다. 그러나 오늘을 사는 현명한 사람들에게 마지막으로 하고 싶은 말은, 선물을 주는 모든 사람들 중에서, 아니 선물을 주고받는 모든 사람들 중에서 이들 두 사람이야말로 가장 현명한 사람들이라는 것이다. 아니, 이 세상에서 그들은 가장 현명한 사람들이다. 그들이 바로 동방 박사들이기 때문이다.

작품 해설

'1달러 87센트, 그것이 전부였다.'

이 인상 깊은 문장으로 시작되는 「크리스마스 선물」은 너무 유명한 이야기라 누구나 한 번쯤은 읽어 보았을 것입니다.

크리스마스를 하루 앞둔 날, 델라는 사랑하는 남편 짐을 위해 선물을 사고 싶지만 돈이라고는 1달러 87센트, 우리나라 돈으로는 고작 2천 원 밖에 없습니다. 그나마 식료품 가게, 채소 가게, 푸줏간에서 얼굴을 붉혀가며 깎아 모은 동전 1센트짜리가 삼분의 일이나 됩니다. 하지만 그동안 델라는 남편에게 그럴듯한 선물을 사줄 생각에 행복했었으니, 이제 델라는 소파에 몸을 던지고 울어버릴 수밖에 없는 것입니다.

그러다 델라는 모종의 결심을 합니다. 얼굴빛이 창백해질 만큼 견디기 힘든 일—바로 자신의 탐스런 머리카락을 잘라서 팔고 그 돈으로 남편 짐에게 줄 선물을 사겠다는 결심이었습니다. 델라는 눈물 한두 방울을 흘린 후, 낡은 옷을 입고 밖으로 나온 델라는 '마담 소프로니—각종 모발품 취급'이라는 간

 더 알아두기

세계 3대 단편작가 중 한 명이라고 하지만, 장편소설을 우선시하는 세계 문학사에서 오 헨리를 비롯한 단편작가들의 위치는 장편소설 작가들에 비해 상대적으로 처집니다. 우리가 소설이라고 부르는 것에는 크게 두 종류가 있는데, 하나는 Novel, 즉 장편소설이고 다른 하나는 Short story, 즉 단편소설과 콩트를 말합니다. 한편 우리나라는 다른 나라에 비해 단편소설을 중요시 여기는 경향이 있고, 그 중에서도 특히 예술적인 단편작품이 활발하게 창작되고 읽히고 있습니다. 여러 가지 이유가 있겠지만, 우리나라 특유의 등단과정인 신춘문예 제도도 이러한 경향에 주요한 요인으로 작용했다고 볼 수 있습니다.

판이 붙은, 일종의 미장원으로 가 20달러에 자신의 머리카락을 팝니다.

이윽고 머리를 판 델라는 남편을 위해 선물 가게를 뒤지고 다닙니다. 그러다 남편에게 가장 잘 어울릴 만한 선물을 발견합니다. 그것은 바로 시곗줄이었습니다. 델라의 탐스러운 머리카락처럼, 남편에게는 멋진 시계가 있었던 것입니다. 그러나 거기에 맞는 시곗줄이 없어 짐은 늘 남몰래 시계를 꺼내 보고는 했지요. 델라가 산 시곗줄은 21달러짜리, 백금으로 만들어진 고급 제품이었습니다. 좋은 선물을 샀다는 기쁨에 떨리는 가슴을 안고 집에 돌아온 델라였지만, 이번에는 남편 짐이 자신의 잘려나간 머리카락을 보고 실망하지 않을까 걱정합니다. 남편 눈에 자신이 예뻐 보이게 해달라고 신께 기도까지 합니다.

어느새 저녁 7시가 되었고 남편 짐이 귀가했습니다. 그런데 짐은 아내 델라를 보는 순간, 넋이 빠진듯 문 앞에서 얼어붙어 버립니다. '그것은 분노도, 경악도, 비난도, 공포도 아니었습니다.' 그리고 그 이유는 곧 밝혀집니다. 남편이 아내 델라를 위해 준비한 선물은 아내의 탐스럽고 긴 머리카락을 위한 한

 더 알아두기

오 헨리는 보여 주기Showing보다는 말하기Telling를 즐겨 사용했습니다. 그의 작품을 자세히 보면 군데군데 화자가 직접 개입하여 독자에게 사건을 설명하고 주인공의 심리를 알려 줍니다. 이것은 그의 이야기꾼, 재담꾼으로서의 기질을 잘 보여 주는 한 예라고 볼 수 있습니다. 하지만 단편소설 작법이 많이 발달한 오늘날에는 말하기보다는 보여 주기의 기법, 즉 작가가 개입하여 사건을 일일이 설명하는 쪽보다는 마치 영화처럼 정황을 보여줌으로써 독자의 이해를 돕는 쪽을 문학적으로 높이 평가하고 있습니다.

쌍의 빗이었던 것입니다. 그 빗은 이미 오래 전부터 델라가 갖고 싶어하던, 그러나 값비싼 물건인지라 엄두도 내지 못했던 것이었습니다. 델라는 기쁨을 감추지 못합니다. 그 빗을 사용할 머리카락이 없음에도, '짐, 제 머리카락은 아주 빨리 자라나는 편이에요!' 라며 오히려 남편을 달랩니다.

이제 이 가난한 부부의 크리스마스이브를 위한 마지막 반전이 준비되어 있습니다. 델라는 남편에게 자신의 선물을 자랑스럽게 내밉니다. 그러나 돌아온 짐의 대답은 '당신에게 빗을 사 줄 돈을 마련하느라고 난 시계를 팔았거든, 이었습니다. 결국 그들 부부는 서로를 완벽하게 만들어 주기 위해 자신의 가장 소중한 것들을 팔았던 것입니다. 또한 서로를 진심으로 사랑하는 마음이 아이러니컬하게도 상대의 선물을 쓸모 없는 것으로 만들어 버린 것입니다.

결국 그들은 자신들의 크리스마스 선물을 당분간 어딘가에 넣어둘 수밖에 없게 되었습니다. 어떻게 보면 그들은 무언가 단단히 어긋나 버린, 화자의 말처럼 '어리석게 희생한 평범한' 부부일지도 모릅니다. 그러나 이 순간 그들

 더 알아두기

오 헨리의 작품은 남부 뉴올리언스와 서부 텍사스, 중미를 무대로 한 것도 많지만 주로 뉴욕을 배경으로 합니다. 특히 그는 미국 남부나 뉴욕 뒷골목에 사는 가난한 서민과 빈민들의 애환을 다채로운 표현과 교묘한 화술로 그려 놓았습니다. 그 무렵 뉴욕은 근대 자본주의 초기의 모습으로 특히 '샐러리맨' 이라고 불리는 소시민의 생활이 서서히 뿌리를 내리기 시작한 장소였지요. 그래서 오 헨리는 뉴욕의 중심지라 할 수 있는 맨해튼 섬의 '계관 산문 작가' 로까지 일컬어졌다고 합니다.

이 느낀 서로에 대한 애틋한 사랑과 자신이 정말로 사랑받고 있다는 확신은 빗이나 시곗줄보다 더 큰 선물이 되어 그들과 크리스마스이브의 식탁을 함께 하겠지요.

- 남편 짐이 크리스마스이브, 자기 집의 현관에서 아내 델라를 보는 순간 느꼈을 감정을 한 마디로 표현해 보세요.
- 소설의 감동과는 별개로, 냉정하게 생각하면 짐과 델라가 서로에게 준 선물은 그들의 분수에 맞지 않았고 그래서 결국 서로에게 불필요한 선물이 됩니다. 이렇게 도에 지나친 선물의 폐해를 우리나라의 혼수 문화와 연관지어 생각해 봅시다.
- 소설 속에서 화자話者가 직접 개입하여 설명하고 의의를 밝히는 부분을 찾아봅시다.

구성	발단	크리스마스를 맞아 선물을 준비하려고 하지만 돈이 없어 슬픔에 잠긴 델라.
	전개	결국 머리를 잘라 팔아 남편에게 어울리는 시곗줄을 장만함.
	절정	귀가하여 아내의 잘린 머리를 보고는 놀라는 짐. 그가 준비한 선물을 풀어 보고 역시 놀라는 델라.
	결말	서로에 대한 희생적인 사랑을 깨닫는 부부.
핵심정리	주제	사랑
	소재	가난한 부부의 크리스마스 선물.
	갈래	단편소설
	시점	3인칭 전지적 시점
	배경	19세기 미국.
작중 인물의 성격	제임스 딜링함 영	델라의 남편으로 짐이라고도 함. 크리스마스를 맞아 사랑스러운 아내를 위해 자신의 시계를 팔아 빗을 삼.
	아내 미시즈 딜링함 영	소설에서는 델라라고 불리는데, 남편 짐의 크리스마스 선물을 마련하기 위해 자신의 탐스러운 머리카락을 잘라 팔고, 그 돈으로 멋진 시곗줄을 삼.

문단의 뒷이야기

과거는 묻지 마세요

공금횡령 혐의로 고발당한 오 헨리의 범죄 사실은 오늘날까지도 수수께끼로 남아 있습니다. 그 당시의 은행경리는 매우 엉성했는데 감사 때 장부의 숫자가 맞아떨어지지 않자 출납계원이었던 헨리에게 덮어 씌웠다는 주장도 있고, 헨리가 은행돈을 신문 발행의 적자를 메우는 데 썼다는 주장도 있습니다.

오 헨리의 가장 믿을 만한 전기로 여겨지는 『오 헨리傳(1916)』의 저자 알폰소 스미드는 그의 무죄를 주장했고, 『별명 오 헨리(1957)』의 저자 제럴드 랭퍼드는 유죄로 보고 있습니다. 그 근거의 하나로써 랭퍼드는 이 사건에 대해 헨리가 한 마디의 변명도 하지 않았다는 것을 지적하고 있는데 분명히 그는 일생 동안 이 사건에 대해 언급하기를 극도로 싫어했고 또 숨기기에 급급했던 것 같습니다.

어쨌든 재판소로부터 출두 명령을 받아 헨리는 그 곳으로 갈 생각이었던 것 같은데 어찌 된 일인지 온두라스로 도망치고 말았습니다. 그는 그곳에 살면서 아내에게 몰래 편지를 보냈는데 아내가 위독하다는 연락을 받고 급히 귀국했습니다. 그러나 아내는 그가 돌아온 지 얼마 안 되어 세상을 떠났습니다.

그 후 겪은 교도소 생활은 그가 예상했던 것보다 훨씬 비참했던 것 같습니다. 그는 교도소 생활을 이렇게 표현했습니다. "인간의 생명이 여기에서처럼 값싸게 여겨질 줄은 상상도 못해본 일이다. 여기에서는 인간이란 영혼도 감정도 없는 동물로 간주되고 있다." 그러나 그가 그 비참한 교도소 생활을 체험하지 않았던들 과연 미국 문학사에 남는 단편작가 오 헨리가 태어났을지는 의문입니다.

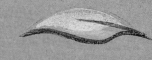

마지막 잎새

✳ 읽기 전에 생각하기

오 헨리의 작품은 우선 지루하지 않고 재미있기로 유명합니다. 또 등장인물들이, 설령 흉악한 강도나 떠돌이 방랑자라 할지라도 한결같이 순수하고 착합니다. 이는 작가 오 헨리가 인생을 낙관적으로 보고, 설령 죄를 지은 자라 할지라도 따뜻하게 감싸줄 수 있는 세계를 꿈꾸고 있기 때문입니다. 이처럼 소박한 작가의 세계관은 재치 있는 반전과 어우러져 독자를 감동하게 만듭니다. 그러므로 오 헨리의 작품은 마지막에 어떤 기발한 반전으로 허를 찔릴지 기대하며 읽어도 재미있을 것입니다.

워싱턴 광장 서쪽에 있는 작은 구역에는 몇 가닥의 길이 어수선하게 얽혀 있고, 그 길은 '네거리'라고 불리는 작은 골목으로 끊겨 있다. 이 네거리는 기묘한 각도와 곡선을 지니고 있어, 한 가닥의 길이 한두 번은 그 자신과 교차하게 된다.

전에 어떤 화가가 이 길에서 재미있는 가능성 하나를 발견해냈다. 그림물감이나 종이 또는 캔버스 요금을 받으러 온 수금원이 이 길로 들어와 외상값한푼 받지 못하고 어느새 온 길로 되돌아온다면 어떻게 될까?

이윽고 이 해묵고 옛스러운 그리니치 빌리지에 화가들이 몰려들어 북향으로 난 창과 19세기식 베란다와 네덜란드식 다락방과 싼 방세를 찾아 헤매기 시작했다. 그들은 얼마 후 6번가에서 백랍제의 컵이며, 탁상용 난로를 몇 개 사들였다. 그리하여 이곳에 '예술인 마을'이 생긴 것이다.

| 오 헨리 | Henry, O. |

아담한 삼층 벽돌집 꼭대기에 수와 잔시의 아틀리에가 있었다. 잔시는 조 안나의 애칭이다. 수는 메인 주 출신이고, 잔시는 캘리포니아 주 출신이었다.

그들은 8번가의 식당 델모니코에서 정식을 먹다가 알게 되었다. 예술적 견 해도 같았고, 꽃상치 샐러드나 비숍 슬리니브 형의 드레스에 대해서도 취미 가 일치한다는 사실을 발견하고는 공동의 화실을 갖게 된 것이다. 그것이 5월 의 일이었다.

11월이 되면 의사가 '폐렴'이라고 부르는 눈에 보이지 않는 냉혹한 침입자 가 이 예술인 마을을 돌아다니면서 그 얼음 같은 손가락으로 이곳저곳의 사 람들을 어루만진다.

이 파괴자는 건너편 동쪽에서 활개치고 돌아다니며 희생자를 몇십 명씩 무 더기로 쓰러뜨렸지만, 이 좁디좁은 이끼 낀 네거리의 골목은 살며시 빠져나 갔다.

그러나 이 폐렴 선생은 이른바 기사도적인 노신사라고 할 그런 놈은 아니 었다. 만약 그랬다면 캘리포니아의 부드러운 바람에 익숙한 가냘픈 꼬마 처 녀가, 피투성이의 주먹을 움켜쥐고 숨결도 거친 이 늙은 사기꾼에게 어떻게 정면에서 부딪칠 수 있겠는가?

그런데 놈은 잔시에게 덤벼든 것이다. 잔시는 거의 꼼짝도 않고 하루종일 페인트칠을 한 쇠침대에 누워 작은 네덜란드식 유리창 너머로 이웃 벽돌집의 벽을 바라보고 있을 뿐이었다.

어느 날 아침 털복숭이의 의사가 흰 눈썹으로 신호를 하면서 수를 바삐 복 도로 불러냈다.

"살아날 가망은 아마 열에 하나쯤 될 거야. 그런데 그 가능성도 아가씨가 살고 싶다고 생각지 않으면 안 되지. 지금처럼 장의사를 부를 생각만 하고 있다간 어떤 처방을 내려도 소용없다구. 당신 친구는 나을 수 없다고 이미 정해 버렸어. 그녀의 기분을 돌리게 할 만한 것이 없을까?"

그는 체온계의 수은을 흔들면서 말했다.

"그 애는 언젠가 나폴리 만灣을 그려보고 싶다고 말한 적이 있어요."

수는 이렇게 말했다.

"그림을 그린다구? 바보 같으니! 뭔가 골똘히 생각할 만한 것을 마음에 품고 있다거나 그런 것은 없나? 가령 애인이라든가……."

"애인이요?"

수는 퉁명스런 목소리로 계속해서 말했다.

"남자에게 그럴 만한 값어치가…… 아뇨, 선생님, 잔시에겐 그런 건 없어요."

"그럼 곤란한데. 그게 그 애의 약점이란 말야. 어쨌든 내 힘이 닿는 데까지 최선을 다해 보지. 그런데 환자가 자기 장사를 치르러 올 차의 수나 세기 시작한다면, 의사의 효능은 반으로 줄게 되지. 당신이 그 환자한테 이번 겨울 외투의 소매 스타일에 대해 묻도록 만들 수 있다면, 병이 나을 가망은 열에 하나가 아니고 다섯에 하나라고 보증해도 좋아요."

의사가 돌아간 뒤 수는 화실로 가서 냅킨이 흠뻑 젖도록 실컷 울었다. 그리고는 언제 그랬냐는 듯이 화판畵板을 안고 휘파람으로 재즈를 불면서 힘차게 잔시의 방으로 들어갔다.

잔시는 침대 이불에 주름 하나 만들지 않고 창 쪽을 향해 누워 있었다. 그녀가 잠들어 있는 줄 알고 수는 휘파람을 뚝 그쳤다.

수는 캔버스를 세워놓고 잡지에 들어갈 삽화를 그리기 시작했다. 젊은 화가는 젊은 작가가 문학에의 길을 개척하기 위해 쓰는 잡지 소설의 삽화를 그리는 것으로 회화繪畵에의 길을 개척해 가지 않으면 안 되는 것이다.

수가 소설의 주인공인 아이다호의 카우보이 모습 위에 사치스러운 승마용 바지와 외알 안경을 그리고 있을 때 잔시가 낮은 목소리로 몇 번씩 무슨 말인가 되풀이하는 소리가 들려 왔다. 수는 급히 그녀의 침대 곁으로 다가갔다.

잔시는 눈을 크게 뜬 채 누워 있었다. 창밖을 보면서 그녀는 수를 거꾸로 헤아리는 것이었다.

"열둘."

이렇게 말하고는 조금 있다가 '열하나' 그리고 '열', '아홉', 그 뒤로는 거의 동시에 '여덟', '일곱'…….

수는 궁금해서 창밖을 보았다. 무엇을 헤아리고 있는 것일까? 보이는 것이라고는 쓸쓸하고 텅 빈 뜰과 20피트 떨어진 곳에 있는 벽돌로 된 이웃 건물의 볼품없는 벽뿐이었다.

뿌리가 썩어가고 있는 늙은 담쟁이 덩굴 한 그루가 벽돌로 된 벽의 중간까지 뻗어 올라 있었다. 차가운 가을바람에 담쟁이 잎은 다 떨어지고 앙상한 가지만이 거의 벌거숭이인 채로 무너져가는 벽돌에 매달려 있었다.

"잔시, 무슨 일이야?"

수는 영문을 몰라서 물었다.

"여섯."

잔시는 거의 속삭이듯이 말을 이었다.

"차츰 떨어지는 속도가 빨라졌어. 사흘 전에는 거의 백 개쯤 있었어. 헤아리고 있으면 머리가 아플 정도였지. 하지만 이젠 편해. 어머, 또 한 개가 떨어졌어. 이제 다섯 개밖에 없어."

"뭐가 다섯 개란 말이야?"

"잎사귀야. 담쟁이에 붙어 있는 잎새 말이야. 마지막 한 잎이 떨어지면 나도 가는 거야. 사흘 전부터 알고 있었어. 의사 선생님도 그러시지?"

"어머, 그런 바보 같은 얘기는 처음 들어. 담쟁이 잎하고 네 병이 낫는 것하고 무슨 관계가 있니? 더구나 넌 저 담쟁이를 무척 좋아했잖아. 그런 바보 같은 소리는 하는 게 아니야. 의사 선생님도 오늘 아침에 말씀하셨지만, 네가 빨리 완쾌될 가망은…… 에에, 의사 선생님이 뭐라고 하셨더라? 맞았어. 하나에 열이라고 했어. 그렇다면 뉴욕에서 전차를 타거나, 신축공사중인 빌딩 곁을 지나더라도 그런 위험은 있는 거잖아. 자아, 수프를 좀 마셔 보지 않을래? 그리고 내게 그림을 그리게 해줘. 그림이 완성되면 편집자한테 돈을 받아 가지고 아픈 아기에게는 포트와인을, 먹보인 나한테는 포크찹을 사올 수 있으니 말야."

수는 당황했지만 침착하게 말했다.

"이젠 포트와인 같은 건 살 필요 없어. 또 한 잎이 떨어졌어. 수프 같은 것도 필요 없어. 이제 남은 거라곤 네 잎뿐이야. 어둡기 전에 마지막 한 잎이 떨어지는 것을 보고 싶어. 그러면 나도 죽는 거야."

잔시는 눈을 창밖으로 돌린 채 말했다.

"이봐, 잔시. 내가 그림을 다 그릴 때까지 눈을 감고 창밖은 안 보겠다고 약속해 주겠니? 이 그림은 내일까지 넘겨주어야 해. 그림을 그리는 데 빛만 필요하지 않다면 커튼을 내려 버리고 싶지만……."

수는 잔시에게 몸을 굽히며 말했다.

"저쪽 방에선 못 그려?"

잔시는 못마땅한 듯 말했다.

"나는 네 곁에 있고 싶어."

수는 다시금 말했다.

"게다가 보잘것없는 담쟁이 잎 같은 건 안 보는 게 좋아요."

"다 그리고 나거든 곧 말해 줘. 나는 마지막 한 잎이 떨어지는 것을 보고 싶어. 이젠 기다리는 것도 지쳤어. 모든 집착에서 풀려나 저 가엾고 지쳐 버린 나뭇잎처럼 떨어지고 싶어."

잔시는 창백한 얼굴로 쓰러진 조상彫像 조각한 상.처럼 조용히 누운 채 눈을 감았다.

"좀 자도록 해봐."

수는 계속해서 말했다.

"베어먼 씨를 불러 늙은 광부의 모델이 되어 달라고 부탁해야겠다. 곧 돌아올게. 내가 돌아올 때까지 창밖을 보면 안 돼."

베어먼 노인은 아래층에 살고 있는 화가였다. 나이는 예순이 넘었고, 미켈란젤로가 그린 모세 상에서 볼 수 있는 그런 수염이 얼굴에서부터 몸으로 곱슬거리며 늘어져 있었다.

그는 실패한 화가였다. 40년 동안이나 붓을 쥐고 살아왔지만, 그는 예술의 여신 옷자락 근처에도 다가갈 수 없었다.

언제나 입버릇처럼 걸작을 그리겠다고 큰소리 쳤지만, 아직 손도 대지 못하고 있었다. 몇 년 사이 상업용이나 광고용의 엉터리 그림을 그리는 것 외에 무엇 하나 제대로 그리지 않았다.

　그는 전문적인 모델을 고용할 여유가 없는 예술인 마을의 젊은 화가들에게 모델이 되어 주고 돈 몇 푼을 벌고 있는 처지였다. 무턱대고 술을 마셔 대면서도 여전히 머지않아 걸작을 그릴 거라고 큰소리 치곤 했다. 그는 작달막했지만 기골이 강한 노인이어서, 남들의 나약함을 몹시 비웃었으나 위층의 아틀리에에 있는 두 젊은 화가에 대해서만은 그들을 보호하는 특별 감시인으로 자인하고 있었다.

　수가 가보니 베어먼 노인은 아래층 어두컴컴한 방에서 술냄새를 잔뜩 풍기고 있었다. 한구석에는 아무것도 그려져 있지 않은 캔버스가 화가畫架에 올려져 있었는데, 이 캔버스는 걸작의 첫 일필一筆이 닿기를 자그마치 25년 동안이나 그곳에서 기다려왔던 것이다.

　수에게 잔시의 이야기를 들은 베어먼 노인은 충혈된 눈에 눈물을 띄우며 잔시의 바보스러운 공상에 경멸과 조소의 말을 마구 퍼부었다.

　"뭐라고? 그 따위 말라 비틀어진 담쟁이에서 잎이 떨어지면 자기도 죽는다니, 그런 빌어먹을 소리를 하는 놈이 어디 있담! 그런 어처구니 없는 말은 들어 본 적도 없어. 아니지, 난 그런 하찮은 바보의 모델이 되고 싶은 생각은 손톱만큼도 없다구. 어째서 그런 바보 같은 생각이 잔시 머리 속에 생기도록 가만히 있었던 거지? 아아, 참 가엾은 아가씨야."

　노인이 소리쳤다.

　"병이 아주 심해서 마음이 약해져 있어요. 열 때문에 병적病的이 되어 별의별 이상한 망상을 하는 거예요. 좋아요, 베어먼 씨. 나를 위해 군이 모델이 되고 싶지 않다면 할 수 없죠, 뭐. 하지만 당신 정말 형편없군요……. 심술궂은 할아버지예요."

수가 말했다.

"여자란 별수없군! 누가 모델이 안 되겠다고 했나! 자아, 가자구. 나도 같이 갈 테니까. 난 반 시간 전부터 언제든지 당신 모델이 돼주겠다고 말하려고 벼르고 있었지. 정말이구 말구! 이곳은 잔시 아가씨 같은 선량한 사람이 병으로 누워 있을 데가 아냐. 머지않아 내가 걸작을 그릴 테니 모두 여기서 나가자구. 정말이야! 아무렴!"

베어먼은 소리쳤다.

그들이 위층으로 올라가자 잔시는 자고 있었다. 수는 커튼을 창 밑으로 내리고, 옆방으로 가라고 베어먼에게 손짓을 했다. 두 사람은 창문을 통해 겁먹은 얼굴로 담쟁이를 바라보았다. 그리고는 순간 말없이 얼굴을 마주보았다.

차가운 진눈깨비가 연거푸 퍼붓고 있었다. 베어먼은 낡아빠진 곤색 셔츠를 입고, 비옷 대신 큰 냄비를 뒤집어쓴 채 그곳에 걸터앉아 광부의 포즈를 취했다.

이튿날 아침 수가 한 시간쯤 잠들었다가 깨어 보니 잔시가 생기 없는 눈을 크게 뜬 채 내려져 있는 녹색 커튼을 멍하니 바라보고 있었다.

"커튼을 올려 줘. 나 보고 싶어."

그녀는 속삭이듯 작은 목소리로 말했다. 수는 마지 못해 그녀가 시키는 대로 했다.

그런데 어찌 된 일인가? 밤새도록 사나운 비바람이 몰아쳤는데도 벽돌벽 위에는 아직도 담쟁이 잎새 한 장이 매달려 있는 것이 아닌가! 그것은 줄기에 달려 있는 마지막 한 잎이었다. 잎 줄기 쪽은 아직 짙은 녹색이지만, 톱날 같은 언저리는 누렇게 썩은 채 땅에서 20피트 가량 되는 가지에 매달려 있었다.

"마지막 잎새야."

잔시는 계속해서 말했다.

"밤 사이에 틀림없이 떨어져 버렸을 거라고 생각했는데. 바람 소리가 들렸었어……. 오늘은 아마 떨어질 거야. 그러면 나도 같이 죽을 거야."

"잔시, 그런 생각 하지 마. 네 자신을 생각하기 싫다면 나를 생각해 봐. 난 어떻게 하면 좋아?"

수는 지친 얼굴을 베개에 대고 말했다.

그러나 잔시는 대꾸하지 않았다.

멀고 신비스러운 죽음의 여행을 떠날 각오를 한 인간의 영혼처럼 고독한 것은 이 세상에 없으리라. 그녀를 우정이나, 지상의 모든 것에 연결시키고 있는 굴레가 하나하나 풀려감에 따라 그 터무니없는 공상이 한층 더 강하게 그녀를 사로잡는 것 같았다.

날이 저물어 저녁때가 되어도 그 외톨박이 담쟁이 잎은 벽에 그대로 매달려 있었다. 이윽고 밤이 되자 다시금 북풍이 불기 시작했다. 비는 여전히 창을 두드리며 내려 낮은 네덜란드식 추녀에서 물방울이 떨어져 내리고 있었다.

날이 밝자 잔시는 매정하게도 커튼을 올리라고 명령하듯이 말했다. 그러나 담쟁이 잎이 아직도 그곳에 있었다.

잔시는 누운 채 오랫동안 그것을 바라보았다. 그러다가 가스 스토브에서 치킨 수프를 휘젓고 있는 수를 불렀다.

"나 나쁜 애였나 봐, 수."

잔시는 계속해서 말했다.

"내가 얼마나 나쁜 애였는지 알려 주려고 누군가가 저 마지막 잎새를 저기다 남겨 놓은 거야. 죽고 싶다고 생각하다니…… 벌받을 얘기야. 수프를 좀 줘. 그리고 우유에 포도주를 조금 넣은 것도 갖다 줘. 그리고……. 아냐, 그보다 먼저 손거울 좀 갖다 줘. 그리고 베개를 서너 개 내 등 뒤에 넣어 주지 않겠어? 몸을 일으켜 수가 요리하는 모습을 보고 싶어."

그로부터 한 시간 뒤 잔시는 말했다.

"수, 나 나폴리 만을 그리고 싶어."

오후가 되자 의사가 찾아왔다. 진찰을 마친 의사가 돌아갈 때 수는 의사를 따라 복도로 나왔다.

"살아날 가망은 이제 반반이라고 하겠군. 간호만 잘 하면 당신이 이기는 거야. 난 이제부터 아래층에 있는 또 다른 환자한테 가봐야 해요. 베어먼이라는 사나이인데…… 아마 화가인 모양이야. 역시 폐렴 환자야. 나이가 많아 몸이 쇠약한 데다가 급성이라, 아마 회복할 가망은 좀체로 없을걸. 그렇지만 오늘 입원하기로 돼 있으니까 다소간 편해질 테지."

의사는 떨리는 수의 가냘픈 손을 잡고 말했다.

이튿날 의사가 수에게 말했다.

"위험한 고비는 완전히 넘겼어. 당신이 드디어 이겼군. 이제 영양 섭취와 간호만 잘하면 돼요."

그리고 그날 오후 잔시가 좀처럼 쓸모없어 보일 것 같은 숄을 짜고 있을 때

수가 다가와서 팔로 베개째 그녀를 안았다.

"귀여운 아가씨! 잠깐 할 얘기가 있어."

수는 말했다. 그리고는 잠시 뜸을 들인 후 계속해서 말했다.

"베어먼 씨가 오늘 병원에서 폐렴으로 돌아가셨대. 불과 이틀 앓고 말야. 엊그제 아침 관리인이 구두도 옷도 흠뻑 젖은 채 혼자 괴로워하고 있는 것을 그분 방에서 발견했대. 그렇게 비가 쏟아지는 밤에 그가 대체 어딜 간 걸까? 그런데 아직도 불이 켜져 있는 초롱과 언제나 놓아 둔 곳에서 끌어낸 사다리와 흩어진 붓이 몇 자루, 그리고 노란색과 녹색 그림물감을 푼 팔레트를 발견했다지 뭐야. 그건 그렇고……. 잠깐 창밖을 보렴. 저 벽 위의 마지막 담쟁이 잎을 봐. 바람이 불어도 조금도 움직이지 않는 게 이상하다고 생각하지 않았어? 잔시, 저건 베어먼 씨의 걸작이야. 마지막 잎새가 떨어진 그 날 밤에 그분이 저기에 대신 그려 놓은 거야."

작품 해설

대부분의 오 헨리 소설이 그렇듯 「마지막 잎새」 또한 매우 단순하고 짧은 이야기입니다. 하나같이 가난한 예술가들이 모여 사는 그리니치 빌리지에는 메인 주 출신의 수와 캘리포니아 출신 잔시가 함께 살고 있었습니다. 화가인 둘은 5월에 우연히 식당에서 만나 공동의 작업실을 갖습니다. 그 후로 반 년 동안 둘은 우정을 쌓아가며 함께 작업을 합니다. 그러나 11월이 되어 날이 쌀쌀해지자 연중 따뜻한 기후인 캘리포니아에서 온 잔시가 폐렴에 걸려버립니다. 이 폐렴이라는 병은 물론 추위 때문에 걸리기도 하지만, 부족한 영양섭취와 심한 실내 지적노동 때문에 많이 걸리기도 합니다. 폐병이 가난한 예술가의 병이라는 별명을 얻은 이유도 그 때문입니다.

잔시를 진찰한 의사는 친구 수를 불러내어, 그녀가 살아날 가망성이 거의 없다고 말합니다. 게다가 잔시는 이미 낙담할 대로 낙담하여 삶의 의욕을 잃

 더 알아두기

예술가들의 이야기는 그들의 치열한 삶 때문에 보다 감동적으로 독자에게 다가옵니다. 천재화가 고갱의 삶을 그린 서머셋 모옴의 「달과 6펜스」가 대표적이었고, 이밖에 실존인물은 아니지만 예술가를 주인공으로 내세운 김동인의 「광염 소나타」, 황석영의 「가객」, 이청준의 「서편제」, 제임스 조이스의 「젊은 예술가의 초상」과 같은 소설도 있습니다. 소설뿐 아니라 다른 다양한 예술 장르에서도 이처럼 치열한 삶을 산 예술가를 주인공으로 내세우는데, 특히 볼프강 아마데우스 모차르트의 삶을 그린 〈아마데우스〉, 천재화가 오원 장승업의 삶과 예술을 다룬 〈취화선〉, 쇼팽과 조르쥬 상드의 사랑을 그린 〈쇼팽의 푸른 노트〉, 베토벤의 사랑과 죽음을 그린 〈불멸의 연인〉 등 영화 장르에서 쉽게 찾아볼 수 있습니다.

고는 그저 자신이 죽는 순간만 기다리고 있습니다. 창밖으로 보이는 담쟁이 덩굴의 잎을 하나하나 세면서 잔시는 그 잎이 모두 떨어지면, 자신도 모든 집착에서 벗어나 죽을 것이라 믿고 있습니다.

그녀들이 사는 집의 아래층에는 예술의 낙오자인 베어먼 씨가 살고 있었습니다. 이 베어먼이라는 사람은 가난한 화가들의 모델을 하며 근근이 살아가는 사람인데, 늘 걸작을 하나 남기겠다고 떠벌리며 다니지만 40년 동안 제대로 된 그림이라고는 그려본 적이 없습니다. 세상에 단 한 장의 걸작 그림, 단한 곡의 위대한 교향악, 단 한 편의 뛰어난 소설을 남긴 사람은 없습니다. 예술가들은 그런 걸작을 하나 남기기 위해 보잘것 없으나 걸작의 조짐이 보이는 작품들을 수도 없이 반복해서 창조해 냅니다. 이러한 과정에서 그 예술가

 더 알아두기

오 헨리는 1886년부터 '오 헨리'라는 필명을 쓰기 시작했다고 합니다. 당시 그는 '건방진 헨리'라는 별명의 고양이를 기르고 있었는데 그 고양이는 그냥 '헨리'라고 부르면 아는 척도 하지 않았으나 '오 헨리'라고 부르면 금방 달려와 몸을 비벼댔다고 합니다. 여기서 '오 헨리'라는 필명을 착안했고, 실제로 자기 문장에 이 필명으로 사인한 기록이 남아 있다고 합니다. 그 무렵 친하게 지냈던 롤리 케이브가 남긴 1886년의 사인북에도 '오 헨리'라고 적혀 있는데 이것으로 보아 이 필명이 생긴 것이 1886년경이라는 추측은 거의 틀림없는 것 같습니다. 한편, 그 필명이 그가 복역한 교도소의 간수장 'Orrin Henry'의 이름에서 따왔다는 주장도 있습니다. 그가 꼬박꼬박 '오 헨리'라는 필명을 쓰면서 편집자들에게 자기의 정체를 숨겨 달라고 부탁했던 것은 1901년 오하이오의 컬럼버스 연방교도소에 들어간 뒤부터의 일입니다. 그 전에는 주로 '시드니 포터', '올리버 헨리', 'S.H 피터즈' 등의 필명을 사용했습니다.

는 보이지 않게 점점 진보하며, 결국 그 중의 몇 개가 훗날 걸작으로 인정받게 되는 것입니다. 아무튼 그렇게 엉뚱한 생각을 갖고 있던 베어먼 씨는 작달만한 몸매지만 기골이 강한 노인으로 위층에 사는 잔시와 수, 두 젊은 화가를 수호하는 특별한 문지기로 자인하고 있었습니다. 수의 모델이 되기 위해 이층에 올라간 베어먼 씨는 그녀로부터 잔시의 악화된 폐렴과 그녀의 망상에 관해 듣습니다. 그리고 창을 통해 얼마 남지 않은 담쟁이덩굴 이파리를 바라봅니다. 그날 밤은 눈이 섞인 차가운 비가 내렸습니다.

다음날, 잔시가 생기 없는 얼굴로 막 눈을 뜬 수에게 커튼을 올려달라고 부탁합니다. 어쩔 수 없이 창 밖을 보여 주었는데, 놀랍게도 담쟁이덩굴의 마지막 한 잎은 여전히 거기에 달려 있었습니다. 그날 저녁까지도, 그리고 밤새 거센 북풍이 치고 난 다음날도 여전히 마지막 한 잎은 거기에 있었습니다. 그 마지막 잎새를 보며 잔시는 자신의 나약했던 마음을 반성하며 자리를 털고 일어납니다. 이제 그 끈질긴 마지막 잎새를 본 잔시에게는 삶의 의욕이 되살

 더 알아두기

오 헨리가 자신의 작품에 등장하는 거의 모든 사람을 도둑이나 흉악한 강도라 할지라도 한결같이 착하게 그린 이유는 그의 생애와 깊은 관련이 있습니다. 그는 한 은행에 근무하다 불미스러운 죄명으로 기소되었고, 남미로 도망친 경험이 있습니다. 그러나 아내의 임종을 지키기 위해 옥살이를 무릅쓰고 귀국했고, 3년 3개월 동안 수감생활을 했습니다. 오 헨리의 소설에 등장하는 착한 범죄자들은 오 헨리가 실제로 감옥에서 접했던 사람들입니다. 이를테면 오 헨리는 온갖 범죄자들이 모여 있는 감옥에서의 경험을 통해 역설적으로 **성선설** 性善說 사람의 본 바탕은 착하다는 설. 을 믿게 되었던 셈이지요.

아났고, 결국 폐렴을 이겨냈습니다.

　그런데 그 마지막 잎새는, 원래 거기 달려 있던 담쟁이덩굴의 잎이 아니었습니다. 그것은 늙은 화가 베어먼 씨가 밤새 눈과 비를 맞으며 벽에 그려 놓은 그림이었습니다. 베어먼 씨는 그 때문에 폐렴에 걸려 이틀 만에 죽고 말았습니다. 젊은 화가 잔시를 위해 생애 처음이자 마지막인 걸작 그림을 남기고.

- 워싱턴 광장 서쪽의 옛스러운 그리니치 빌리지가 가난한 '예술인 마을'이 된 이유를 작가 오 헨리는 어떻게 설명하고 있나요?
- 베어먼 씨는 어떠한 사람인지 설명해 보세요.
- 베어먼 씨는 상업적인 싸구려 그림이 아니라면 40년 동안 예술적인 목적으로는 붓을 잡은 적이 없는 사람입니다. 또 그의 방에는 그가 입버릇처럼 말하는 걸작의 첫 붓질을 기다리는 흰 캔버스가 먼지를 뒤집어 쓴 채 기다리고 있었습니다. 그런 베어먼 씨가 밤새 눈과 비를 맞으며 벽에 실물과 똑같은 담쟁이 이파리를 그려 넣은 이유는 무엇일까요? 단순히 잔시의 병을 낫게 해 주려는 의도 외에 또 어떤 목적이 있었을 것인지, 예술적 관점에서 생각해 봅시다.

구성	발단	그리니치 빌리지에 사는 두 소녀, 잔시와 수.
	전개	잔시가 폐렴에 걸림.
	절정	삶의 의욕을 잃고 벽에 붙은 담쟁이 잎을 헤아리는 잔시, 그리고 폭풍우 속에서도 끝까지 떨어지지 않았던 마지막 한 잎.
	결말	건강을 회복한 잔시에게 베어먼 씨의 죽음을 알리는 수.
핵심정리	주제	예술과 삶.
	소재	죽어 가는 동료를 위해 벽에 작은 담쟁이덩굴 이파리를 그려 넣은 늙은 화가의 예술혼.
	갈래	단편소설
	시점	3인칭 전지적 시점
	배경	미국 워싱턴 광장 서쪽의 그리니치 빌리지.
작중 인물의 성격	잔시	그리니치 빌리지에 살고 있는, 젊고 가난한 여류 화가. 폐렴에 걸려 생사의 기로에 놓이지만, 삶의 의욕을 잃고는 벽에 붙은 마지막 담쟁이 잎과 자신의 목숨을 동일시함.
	수	잔시와 함께 살고 있는 여류 화가. 잔시가 담쟁이 잎과 자신의 목숨을 동일시하는 것을 알고는 걱정함.
	베어먼 씨	잔시와 수의 집 지하실에 살고 있는 늙고 가난한 화가. 다른 젊은 화가들의 모델이 되어 주는 일로 근근이 먹고 사는, 실패한 예술가임. 언젠가는 자신만의 걸작을 남기겠다고 입버릇처럼 말하는데, 결국 그가 목숨을 걸고 그린 마지막 걸작이 잔시의 목숨을 구함.
	의사	잔시와 베어먼 씨를 진찰하는 의사. 수에게 베어먼 씨의 숭고한 행동을 알리는 역할을 함.

작품의 마지막 점검

예술인의 마을로 놀러오세요

「마지막 잎새」의 배경인 그리니치 빌리지는 실제로 미국 워싱턴 광장 서쪽에 위치한 곳으로, '예술인의 마을'로 불리며 에드거 앨런 포우, 마크 트웨인, 월터 휘트먼, 그리고 이 작품의 저자인 오 헨리까지 숱한 작가와 예술가, 보헤미안들이 살았던 동네로 유명합니다. 이곳에 머물며 창작활동을 한 작가로 빼놓을 수 없는 인물 중 한 명이 바로 레바논 출신의 시인이자 철학자, 화가였던 칼릴 지브란인데요, 프랑스 파리에서 저명한 조각가 오귀스트 로댕Auguste Rodin에게 3년 동안 미술을 배우기도 한 그는 미국으로 돌아온 후 그리니치 빌리지에 머물면서 그에게 세계적인 명성을 안겨다 준 산문 시집 『예언자 The Prophet』를 발표하지요.

시인이라고 부르기에는 너무도 폭넓은 철학세계를 지녔고, 철학자라고 부르기에는 너무도 휴머니스트이며, 성자라고 부르기에는 비판정신이 너무도 날카롭고, 반항아라고 부르기에는 너무도 숭고한 영혼을 가진 칼릴 지브란의 『예언자』에 수록된 시 한 편을 감상해 보도록 할까요. 친구와 우정에 대한 소중함을 일깨워 주는 시 〈우정에 대하여〉를 읽고 지금 내 옆의 친구에게 감사의 마음을 전한다면 더욱 좋겠지요.

우정에 대하여

이번에는 한 청년이 말했다. 우정에 대해 말씀해주소서.

그는 이렇게 말했다.

친구는 이미 충족된 그대들의 욕망이다.

친구는 사랑하는 마음으로 씨를 뿌리고 감사하는 마음으로 거둬들이는 그대들의 들이다.

친구는 그대들의 식탁이자 보금자리이다.

배가 고파서 찾는 것이 친구이고, 마음의 평안을 위해 찾는 것이 친구이기에.

친구가 속마음을 털어놓을 때는 솔직하게 반대하길 두려워하지도 그 뜻을 따르길 두려워하지도 말라.

친구가 침묵을 지키고 있으면 그대들도 묵묵히 친구가 가슴으로 하는 소리를 가슴으로 들어라.

우정 속에서는 말 없이도 모든 생각, 모든 욕망, 모든 희망이 태어나고, 갈채받지 않는 것도 기쁨으로 나누어지기에.

친구와 헤어질 때는 슬퍼하지 말라.

친구에게서 가장 사랑하는 것은 그가 없을 때 더욱 또렷이 드러나는 것이기에. 산을 오르는 이에게 평원에서 보는 산이 더욱 또렷하듯이.

그리고 우정에는 정신을 깊게 하는 것 이외의 다른 목적이 없게 하라.

그 자체의 신비를 드러내는 것 외에 다른 것을 찾는 사랑은 사랑이 아니라 헛된 것만 걸려들게 던져진 그물이기에.

그리고 친구를 위해서는 최선을 다하라.

친구가 그대의 썰물 때를 알아야 한다면 밀물 때도 알게 하라.

오직 시간을 보내기 위해서 찾는 친구가 무슨 소용 있을까?

시간을 살리기 위해서 친구를 찾아라.

친구의 역할은 그대들의 욕구를 채우기 위한 것이지 공허함을 채우기 위한 것이 아니다.

그리하여 아름다운 우정 속에 웃음이 깃들이게 하고 기쁨을 나누어라.

한낱 이슬에서도 가슴은 아침을 찾아내고 생기를 얻는 것이기에.

아Q정전

✽ 읽기 전에 생각하기

이 작품은 한 가상의 인물인 아Q의 생애와 죽음을 다룬 소설입니다. 여러 요소 중에서도 인물
이 중요한 요소로 작용하는 소설인 만큼, 아Q라는 캐릭터를 통해 작가가 말하고자 하는 바가
무엇인지 유념하여 읽으시기 바랍니다.

魯迅

● 루쉰

중국의 소설가이다. 문학에 의한 민족성의 개조에 뜻을 두어 창작, 사회 비평, 해외 문학의 소개 등에 노력하였다. (1881~1936)

루쉰은 필명이며 그의 본명은 저우수런周樹人입니다. 1881년 저장성浙江省의 사오싱紹興에서 글을 좋아하는 지주 집안의 맏아들로 태어났으나, 모종의 사건으로 할아버지가 하옥되고 아버지는 병에 걸려 죽는 등 어린 시절에 갖은 불행을 겪으며 자랐다고 합니다. 17세가 되던 1898년, 고향을 뛰쳐나와 난징의 해군 사관 양성 학교인 수사학당에 입학한 루쉰은 그곳에서 당시의 계몽적 신학문을 접하고 큰 충격을 받았는데 이때의 감동은 이후 그의 문학관에 결정적 영향을 끼칩니다.

졸업 후 일본으로 유학을 간 루쉰은 의학을 공부할 결심으로 센다이의학전문학교仙臺醫學專門學校에 입학하였으나, 현재 중국에는 의학보다도 중국인들의 정신을 개조하기 위한 문학이 더 중요함을 깨닫고 학교를 중퇴합니다. 그 무렵 유럽의 근대문학 작품에 감화받아 동생 저우쭤런周作人과 함께 『역외域外 소설집』을 번역 · 출판하기도 합니다. 그러다 잠시 귀국하여 결혼을 하고, 1909년 완전히 돌아와 고향에서 교편을 잡았습니다.

그 후 1911년 신해혁명이 일어나자 신정부의 교육부원이 되어 일하는 한편 틈틈이 금석탁본金石拓本의 수집, 고서古書 연구 등에 심취합니다. 1918년에 루쉰이라는 필명으로《신청년》에 「광인일기狂人日記」를 발표, 가족제도와 예교禮敎의 폐해를 폭로하는 충격적인 작품으로 작가 생활을 시작합니다. 이어 「공을기孔乙己」, 「고향」, 「축복」 등의 단편 및 산문시집 『야초野草』를 발표하여 중국 근대문학을 확립하였는데, 특히《신보부간》에 연재한 루쉰의 대표작 「아Q정전阿Q正傳」은 세계적 수준의 작품으로 평가받고 있습니다. 그는 창작 외에도 많은 외국 작품을 번역하였고, 1920년 이후에는 베이징대학 · 베이징 여자사범대학 등의 교단에 섰는데요, 이때 강의했던 내용들은 후에 『중국소설사

략中國小說史略』으로 출간되기도 하였답니다.

1924년에 동생 저우쭤런과 문예 주간지 《어사語絲》를 창간하고, 그 이듬해에는 문예 잡지 《망원》을 편집하고 발행하는 등 젊은 외국 문학 연구가들의 지도에 힘쓰기도 합니다.

1926년에는 베이징을 떠나 아모이대학厦門大學과 공둥중산대학廣東中山大學에서 교편을 잡았습니다. 그러나 일 년 후인 1927년 가을 상하이로 가서 베이징 여자 사범대학 강사 때의 제자인 쉬광핑許廣平과 동거를 시작하였고, 이후 죽을 때까지 상하이에 머물며 오직 문필생활에만 몰두하며 지냅니다. 그는 한편 창조사創造社·태양사太陽社 등 혁명문학을 주창하는 급진적 그룹 및 신월사新月社 등 우익적 그룹과 활발한 논전을 벌였는데, 전투적인 사회 단평短評의 문체를 확립한 것은 이 무렵부터라고 알려져 있습니다.

루쉰은 또한 소비에트 문학작품을 번역하여 프롤레타리아 문학을 받아들여 이를 소개하기도 합니다. 그리고 1930년 좌익작가연맹이 성립되자 지도적 입장에 서서 활약하고, 1931년 만주사변 뒤에 대두된 민족주의 문학, 예술지상주의 및 소품문파小品文派에 대하여 날카로운 비판을 가하였습니다. 또 이 해부터 판화版畵 운동도 지도하여 중국 신판화의 기틀을 다졌는데요, 이후 그는 자주 목판화전도 열었으며 53세 때는 목판화집 『목각기정』을 출판하기도 합니다.

죽기 직전에는 항일투쟁 전선을 둘러싸고 저우우양周揚 등과 논쟁을 벌이기도 하였으나, 그가 죽은 뒤에는 대체로 그의 주장에 따른 형태로 문학계의 통일전선統一戰線이 형성되었다고 합니다. 모든 허위를 거부하는 정신과 언어의 공전空轉이 없는, 어디까지나 현실에 뿌리박은 강인한 사고가 뚜렷이 부각되어 있다는 것이 루쉰의 문학과 사상에 대한 평가입니다. 그는 1936년 어깨와 가슴의 통증, 천식, 위병, 늑막염 등으로 고통을 겪다가 지병으로 사망하였습니다. 작품으로는 「단오절端午節」, 「백광白光」, 「토화묘兔花猫」, 「압적희극鴨的喜劇」, 「사극杜劇」 등의 소설, 「광인일기」 이후부터 「사극」에 이르기까지 전 작품을 수록한 소설집 『눌함訥喊』, 산문시집 『야초』 등 다수가 있습니다. 그의 저작은 일찍이 『루쉰전집魯迅全集(총 20권, 1938)』, 『루쉰 30년집(총 10권, 1941)』으로 묶여 출판되었으며, 상세한 주석을 더한 『루쉰전집(총 10권, 1956~1958)』도 있습니다.

제1장 서序

내가 아Q를 위하여 정전 正傳을 써야겠다고 마음먹은 것은 벌써 한두 해 전의 일이 아니다. 그러나 어쩐 일인지 써야겠다, 써야겠다 생각은 하면서도 막상 쓰려고 하면 그만 망설여지고 마는 것이다. 모르긴 해도 그것은 아Q가 후세에 전할 만한 인물이 못 되기 때문인 것 같다. 옛부터 불후不朽의 글만이 불후의 인물을 전한다는 말이 있다. 사람은 글에 의해서 전해지고, 글은 사람에 의해 전해진다는 것이다. 그러므로 글에 의해 전해질 만한 인물은 그만한 가치를 지닌 인물이어야 한다는 말도 될 것이다. 그렇지만 그 가치라는 것은 상대적인 개념이 아닌가 한다. 따라서 내가 아Q에 관한 정전을 쓰겠다고 결심한 것은 그래도 내 나름대로 그만한 가치가 있다고 판단되었기 때문이 아닐까?

비록 불후의 문장가는 아니지만 이 한 편의 글을 쓰기로 작정한 나는 어쨌든 붓을 들었다. 그런데 붓을 들자마자 나는 곧 많은 어려움에 부딪히게 되었다.

첫 번째 난관은 바로 이 글의 명목名目이다. 공자가 '이름이 좋지 못하면 말이 순조롭지 못하다名不正 則言不順'라고 말하였으니 이 부분은 매우 신중을 기할 필요가 있다. 생각컨대 전기傳記의 명목은 많다. 열전列傳·자전自傳·내전內傳·외전外傳·별전別傳·가전家傳·소전小傳…… 그러나 애석하게도 이들 가운데 내가 쓰고자 하는 것과 꼭 들어맞는 것은 없다. 내가 쓰려는 이 한 편은 결코 다수의 훌륭한 사람들과 함께 정사正史 속에 배열되어 있지 않을 테니 열전이라 할 수 없고, 또 내가 아Q가 아니니 자전이라 할 수도 없다. 외전이라 한다면 내전은 어디에 있느냐 하는 것이 문제가 되며, 혹 내전이라 한다 해도 아Q는 결코 신선이 아니므로 그럴 수도 없다. 또 대총통大總統으로부터 국사관國史館에 아Q의 본전을 세우라는 명령이 내려오지 않았으니 별전이라고 할 수도 없는 노릇이다. 혹자는 나에게 『박도열전博徒列傳』도 있지 않느냐고 반문할지도 모른다. 물론 영국의 정사에는 『박도열전博徒列傳』이 없음에도 문호 디킨스가 『박도열전博徒列傳』이란 책을 저술한 적이 있기는 하다. 그렇지만 그것은 디킨스가 대 문호이기에 가능했던 것이지 나 따위로서는 어림도 없는 일이다. 다음은 가전인데, 나는 내가 아Q와 동족인지 아닌지조차 모르며, 또한 그의 자손으로부터 의뢰를 받은 적도 없다. 혹, 소전이라 한다 해도 아Q에게는 따로 대전이라는 것이 없다. 이런 저런 이유로 이 한 편은 역시 본전이라고 할 수밖에 없는데, 그것 역시 문제가 없는 건 아니다. 이 한 편에 쓰인 문장은 그 문체에 품위가 없어' 리어카꾼이나 행상인의 문장' 정도이기 때문에 감히 본전이란 제명을 붙일 엄두를 못 낸다.

그러므로 나는 이 한 편의 명목을 '정전正傳'으로 삼기로 한다. 이 말은 삼교三敎 구류九流 축에도 못 끼는 소설가들이 흔히 말하는 '여담은 그만두고 정전正傳으로 돌아가서'라는 문구 속에서 따온 것이다. 비록 옛사람이 편찬한 『서법정전書法正傳』의 정전과 글자의 의미가 매우 혼동되기는 하나 그런 데에까지 마음을 쓸 여유가 없다.

두 번째 난관은 이 전기 주인공의 이름이다. 전기를 쓰는 통례로서 첫머리에는 대게 '누구이며, 자字는 무엇이고, 어느 곳 출신이다'라고 쓰는 것이 보통이지만 불행히도 나는 아Q의 성이 무엇인지 전혀 모른다. 언젠가 한 번은 그의 성이 조趙씨라고 소문 난 일이 있었다. 그러나 물론 그 다음날로 사실이 아님이 밝혀졌다. 그것은 조영감의 아들이 수재秀才에 급제했을 때의 일이었다. 그 소식이 쟁쟁 울리는 징 소리와 함께 온 마을에 전해졌을 때, 마침 황주 두어 잔을 들이켜고 있던 아Q는 몹시 좋아 날뛰면서 이것은 그 자신에게도 퍽 영광이라고 했다. 그 이유인즉 자신은 원래 조영감과 한집안 사람으로서 자세히 계보를 따져 보면 자신이 수재보다 삼대나 웃항렬이라는 것이었다. 이 말이 끝나자 그곳에서 이 이야기를 듣고 있던 사람들은 옷깃을 여미면서 아Q에 대해 예를 표하기까지 했었다. 그런데 이튿날 지보가 오더니 다짜고짜 아Q를 조영감 댁으로 끌고 가는 것이었다. 아Q를 본 조영감은 울그락불그락 하며 호통을 치기 시작했다.

"아Q 이 발칙한 놈아! 너, 내가 너와 한집안이라고 말하고 다녔다지?"

아Q는 입을 열지 않았다.

그가 대답이 없자 조영감은 점점 화가 치미는지 몇 발짝 걸어 나가 말했다.

금방이라도 후려칠 기세였다.

"괘씸한 놈 같으니라구, 터무니없는 소릴 지껄이다니! 나에게 어떻게 네놈 같은 친척이 있을 수 있단 말이냐! 그래, 네 성이 정말 조가더냐?"

아Q는 입을 열지 않고 주춤주춤 뒤로 물러서려 했다. 그러자 조영감은 때를 기다렸다는 듯 달려들어 그의 뺨을 한 대 후려갈겼다.

"네놈이 어떻게 해서 조가란 말이냐? 네놈이 조가라니 당치도 않다!"

아Q는 한 마디도 항변하지 않았다. 그저 왼쪽 뺨을 문지르면서 지보와 함께 물러 나올 뿐이었다. 그리고 밖에 나와서 다시 지보에게 한바탕 훈계를 듣고 두 냥의 술값을 사례로 주고 나서야 문제는 해결됐다. 이것을 안 사람들은 모두, 아Q가 너무 엉뚱한 소리를 지껄여 매를 자초한 것이며, 모르긴 해도 그가 조가일리는 없다고 생각했다. 뿐만 아니라 설사 정말 조가라 해도 조영감이 여기 있는 한 그런 허튼 소리는 하지 말았어야 했을 것이라고 수군거리는 것이었다. 그 후부터는 아무도 그의 성씨에 대하여 떠들어대지 않았으므로 나도 아Q의 성이 무엇인지 결국 알아낼 길이 없었다.

세 번째 난관은 내가 아Q의 이름을 어떻게 쓰는지 조차 모른다는 것이다. 그가 살아 있을 당시에는 사람들 모두가 그를 아퀘이「Quei」라고 불렀지만, 죽은 뒤로는 누구 하나 아퀘이「Quei」라는 말을 입에 올리는 사람이 없었다. 그러니 하물며 죽백에 기록하는 일이야 어디 가당키나 한 일인가? 설령 '죽백의 기록'을 거론한다고 하더라도 아마 이 글이 제일 처음일 것이므로 먼저 이 난관에 부딪히게 된 것이다.

나는 일찍이 퀘이「Quei」를 아계阿桂라 쓰는지 아귀阿貴라 쓰는지 곰곰이 생각해 본 적이 있다. 만약 그의 호가 월정月亭이거나 혹은 8월에 태어났다고 한다면 아계가 틀림없을 것이다. 그러나 그에게는 호가 없었고—설령 호가 있었을지도 모르지만 아무도 그걸 아는 사람이 없었다—또 생일 잔치에 초대한다는 초대장을 돌린 적도 없으므로 생일이 언제인지는 아무도 모른다. 따라서 아계라고 쓰는 것은 나만의 독단일 확률이 크다. 한편 만약 그에게 아부阿富라는 이름의 형이나 아우가 있었다면 그 자신은 틀림없이 아귀일 것이다. 그러나 그에겐 형제가 없으므로 아귀라고 부를만한 근거도 없다. 그밖에 「Quei」라는 발음의 낯선 서양 글자도 있지만, 이건 더욱 들어맞지 않는다. 나는 전에 조영감의 아들인 무재茂才 선생에게 물어본 적이 있으나, 그렇듯 박학다식한 사람도 결국 딱 부러지게 ‘뭐다’ 라고 대답해 주지는 못했다. 다만 그는 진독수陳獨秀가 잡지『신청년新靑年』을 발행하고 서양 문자를 제창했던 까닭에 민족 고유의 정신이 파괴되었으므로 조사할 수가 없다고 결론 내릴 뿐이었다.

그리하여 내가 할 수 있는 최후의 방법은 단지 고향의 아는 친구에게 부탁하여 아Q의 범죄 조서를 조사해 달라는 것이 고작이었다. 8개월이 지나서야 겨우 회신이 오긴 했으나 조서 중에는 아Quei와 비슷한 음을 가진 사람은 찾을 수 없다는 것이 회신의 전부였다. 정말로 없었는지 아니면 조사해 보지도 않고 없다고 했는지는 알 수 없으나, 이제는 더 이상 방법이 없었다. 주음자모注音子母는 아직 일반적으로 통용되지 않는 것 같으니 부득이 서양 문자를 써서 영국식 철자법으로 아Quei라 쓰고, 이것을 생략해서 아Q로 하는 수밖에 없었다. 이것은『신청년』을 추종하는 것 같아 나로서도 매우 유감이기는 하나, 무재 선생도 모르는 것을 나라고 해서 별 수 있겠는가?

네 번째 난관은 아Q의 본적이다. 만일 그가 조가라면, 지방의 명문이라고 들먹이기 좋아하는 위인들을 흉내 내어 『군명백가성郡名百家姓』의 주해대로 '농서 천수 사람西天水人'이라고 해도 나쁘지는 않을 것이다. 그러나 유감스럽게도 그의 성을 정확히 알 길이 없으므로 본적 또한 결정하기가 쉽지 않다. 그가 미장未莊에서 오래 살았다지만 이따금 다른 곳에서 살기도 했으므로 완전한 미장 사람이라고 말할 수도 없다. 그러므로 미장 사람이라 한다 해도 사법史法에 맞지 않기는 마찬가지다.

그나마 내가 위안을 삼을 수 있는 것은 '아阿'라는 글자 하나이다. 누가 뭐래도 이 글자 하나만은 매우 정확하여 억지로 갖다 붙였거나 남의 것을 빌려왔다거나 하지 않았으므로 어떤 학자에게라도 떳떳하게 보여 줄 수 있다는 것이다. 그 밖의 사항에 있어서는 천학비재淺學非才한 나로서는 도저히 알 수 없는 일뿐이다. 다만 역사벽과 그 고증벽이 있는 호적胡適 선생의 문인들이 새로운 단서를 찾아 내지 않을까 하고 바랄 따름이지만, 나의 이 『아Q정전』따위는 그 무렵에는 이미 소멸되어 없을지도 모를 일이다.

이상으로써 서문을 대신한다.

제2장 우승의 기록

아Q는 성명과 본적이 분명하지 않을 뿐 아니라, 그가 이전에는 어디서 어떻게 살아왔는지마저도 확실치 않다. 왜냐하면 아Q에 대한 미장사람들의 관심은 다만 무슨 일을 부탁할 때나 혹은 그를 두고 농담할 때뿐이었지 지금껏 한 번도 그의 근원에 대해서는 관심을 두지 않았기 때문이다. 더구나 아Q 자신도 말하려 하지 않았고, 그저 다른 사람과 말다툼할 때만 간혹 눈을 부릅뜨고 이렇게 떠들어대곤 했다.

"우리 집도 옛날에는 말야…… 네놈보다 훨씬 더 잘살았어! 네 따위가 도대체 뭐야!"

아Q는 집도 없이 미장의 사당 안에 살고 있었으며 일정한 직업도 없었다. 단지 보리를 베라면 보리를 베고 방아를 찧으라면 방아를 찧고 배를 저으라면 배를 젓는 날품팔이 일뿐이었다. 일이 좀 오래 걸릴 때는 임시로 주인집에서 묵었으나 일이 끝나면 곧 사당으로 돌아갔다. 그러므로 사람들은 일손이 필요할 때만 아Q를 떠올렸다. 그러다가 한가해지면 아Q 따위는 까맣게 잊어버릴 뿐이었다. 언젠가 한 번 어느 노인이, 아Q는 정말 일을 잘한다고 칭찬한 적이 있었다. 이 때 아Q는 웃통을 벗은 채 초라하게 말라빠진 풍채로 그 노인 앞에 서 있었다. 다른 사람들은 이 말이 진심인지 비꼬는 것인지 애매해 했지만 아Q는 대단히 기뻐했다. 그는 의심할 줄 모르는 사람이었다.

아Q는 또한 자존심이 무척 강한 편이었다. 그래서 미장 사람들 뿐 아니라, 이 미장에 단 둘 뿐인 문동文童에 대해서까지도 무시하기 일쑤였다. 무릇 문동이란 장차 수재로 변할 수도 있다. 조영감과 전영감이 미장 사람들의 존경을 받고 있는 것도 부자이기 때문만이 아니라, 문동의 부친이기 때문이었다. 그러나 아Q는 문동에 대해 마음속으로조차 터럭만큼의 경의를 표하지 않았다. 만약 자신의 자식이었더라면 훨씬 터 훌륭해질 수 있다고 생각했던 것이다.

또한 그가 몇 차례 성안에 들어갔던 일은 더욱 그를 오만하게 만들었다. 그러나 한편으로 그는 성안에 사는 사람들까지도 몹시 경멸했다. 예를 들어 길이 석 자, 폭 세 치의 널빤지로 만든 걸상을 미장에서는 '장등'이라고 부르며 아Q 역시 '장등'이라 불렀는데, 성안 사람들은 그것을 '조등'이라고 부른다. 그는 이를 두고 이것은 분명 틀린 것이며 가소로운 일이라고 생각하는 것이었다. 또 한 가지는 음식에 대한 일이다. 미장에선 도미 튀김에 반 치 길이의 파를 얹는데, 성안에서는 채로 썬 파를 얹는다. 그러나 아Q에 따르면 이것 역시 틀린 것이며 우스꽝스러운 일이라는 것이다. 하지만 미장 사람들은 세상 물정 모르는 시골뜨기들이었으므로 성안의 도미 튀김은 구경조차 해 본 적이 없었다.

아Q는 옛날에 잘살았고, 견식도 높고 게다가 일도 잘하므로 나무랄 데 없는 인물이라고 할 수도 있겠지만, 그러나 안타깝게도 그에게는 약간의 체질상 결함이 있었다. 이는 사람들이 제일 싫어하는 것으로서 그의 머리에 언제 생겼는지도 모르는 부스럼 흔적이다. 이것은 꽤 넓게 벗겨져서 거의 대머리처럼 되었다. 이것도 그의 몸의 일부임에는 틀림없으나 아Q 스스로 생각하기에도 이것만은 자랑스러운 것이 못 되는 모양이었다. 왜냐하면 그는 '독' 뿐 아니라 '독'에 가까운 발음을 싫어했고, 나중에는 점점 범위를 넓혀 '빛난다' 라든가 '밝다' 는 말조차도 듣기를 꺼렸으며, 급기야는 '램프' 나 '촛불' 이라는 말까지도 진절머리 냈기 때문이다. 어쩌다가 그 금기禁忌를 범하는 자가 있으면 그것이 일부러 한 짓이건 무심결에 한 짓이건 간에 아Q는 대머리 전체가 빨개지도록 화를 냈다. 그리고 상대가 어수룩해 보이면 몰아세워 가며 욕을 퍼붓고, 힘이 없어 보이면 덤벼들어 때리기도 했다. 그러나 물론 아Q가 질 때가 더 많았다. 그래서 그는 점차 방법을 바꾸어 대개는 눈을 부릅뜨고 흘겨보는 정도로 위협을 했다.

그렇지만 아Q가 눈 흘겨보는 방식으로 위협을 대신하기 시작한 후 미장의 건달패들은 더욱 재미있어 하며 그를 놀렸다. 아Q를 만나기만 하면 그들은 일부러 놀란 시늉을 하면서 말한다.

"야아, 밝아졌다."

그러면 아Q는 으레 성을 내면서 눈을 흘겨본다.

"아아, 등불이 여기 있었군!"

아Q가 아무리 성을 내도 그들은 전혀 두려워하는 법이 없다.

그러면, 아Q는 할 수 없이 달리 보복할 말을 생각해 내지 않으면 안 된다.

"네까짓 놈들에게는……."

그는 이 때 자기 머리는 일종의 고상하고 영광된 대머리이며 결코 보통 대머리와는 틀리다는 생각이 들었다. 그러나 위에서도 말한 것처럼 아Q는 견식이 있기 때문에 금기에 저촉된다는 것을 곧 알고는 더 이상 말하려 하지 않았다. 건달패들은 여기서 그치지 않고 그를 계속 놀리다가 마침내는 그를 구타하기까지 이른다. 그리고 아Q의 불그스름해진 변발을 움켜잡아 가지고 네댓 번이나 쿵쿵 소리를 내며 벽에 부딪히게 되면 그제서야 건달패들은 겨우 만족해하면서 승리를 자랑하며 가버린다. 아Q는 한참 동안 서서 마음속으로 생각한다.

'나는 자식놈에게 맞은 셈이다. 요즘 애들은 정말 돼먹지 않았어!'

그리고는 스스로도 만족해서 의기 양양하게 가 버린다. 아Q는 속으로 생각했던 것을 나중에는 곧잘 입 밖에 내어 말해 버리게 되었다. 그래서 아Q를 놀리는 사람들은 거의 전부가 아Q에게는 일종의 정신적 승리법이 있다는 걸 알게 되었다. 그 후로는 그의 불그스름해진 변발을 움켜잡고는 언제나 먼저 그에게 이렇게 말하곤 했다.

"아Q, 이번에는 자식이 애비를 때리는 게 아니라 사람이 짐승을 때리는 거야. 네 입으로 말해 봐! 사람이 짐승을 때리는 거라고."

그러면 아Q는 양손으로 변발의 밑동을 꽉 잡고 머리를 기울이며 말했다.

"그래, 너는 벌레를 때리는 거야, 됐지? 나는 벌레야. 이제 놓아 줘!"

하지만 벌레라고까지 말해도 건달패들은 놓아주지 않고 여전히 그를 가까운 데로 끌고 가 머리통을 대여섯 번 쾅쾅 부딪쳐 주고 나서야 비로소 만족한 듯 의기양양하게 가버린다. 그리고 나서야 아Q란 놈 이번에는 혼났겠지 하고 생각한다. 그러나 아Q 본인은 정작 10초도 못 돼서 의기양양하여 돌아가 버린다. 그는 자기야말로 스스로를 가장 잘 경멸할 수 있는 제1인자라고 생각했다. '자신을 경멸한다'는 말을 뺀다면 남는 것은 '제1인자' 뿐이다. 장원狀元도 '제1인자'가 아닌가? 그렇다면 네 따위가 도대체 뭐란 말이냐?

이런 식으로 적을 이긴 후 아Q는 기분 좋게 술집으로 달려가 몇 잔 들이키는 것이다. 그리고 나서는 다른 사람들과 한바탕 시시덕거리며 말다툼을 하고는, 유쾌히 사당으로 돌아와 벌렁 드러누워 잠들어 버린다. 만약 돈이 약간이라도 남아 있었다면 그는 도박을 하러 갔을 것이다. 한 무리의 사람들이 땅위에 주저앉아 있고 아Q도 얼굴이 온통 땀에 흠뻑 젖은 채로 그 속에 끼어 있다. 그의 목소리는 그 가운데 가장 높다.

"청룡靑龍에 4백!"

"자…… 연다!"

노름판 주인이 상자 뚜껑을 연다. 그도 역시 얼굴에 땀을 뻘뻘 흘리며 노래한다.

"천문天門이다……. 각角은 되돌아섰고 인人과 천당穿堂은 죽었어! 아Q의 돈은 내가 다 먹었어⋯⋯."

"천당에⋯⋯ 150이다!"

아Q의 돈은 이와 같은 노랫가락과 함께 점점 얼굴이 온통 땀으로 뒤범벅
된 다른 사람의 허리춤으로 흘러 들어간다. 마침내 돈이 다 털린 그는 어쩔
수 없이 사람들 틈을 비집고 나온다. 그리고는 사람들의 뒷전에 서서 남의 승
부에 열을 올리다가 판이 끝날 때까지 구경한 뒤, 아쉬워하며 사당으로 돌아
온다. 그리고 이튿날은 흐릿한 눈을 하고 또다시 일하러 가는 것이다.

그러나 참으로 '인간만사 새옹지마人間萬事塞翁之馬' 인 것일까. 아Q가 딱 한
번 노름에서 이긴 적이 있었는데, 그러나 그것은 거의 실패나 다름없었다.

그것은 미장에서 신에게 제사를 지내던 밤의 일이었다. 그날 밤에는 관습
에 따라 연극 공연이 있었는데 무대 부근에서는 언제나 처럼 여기저기 노름
판이 벌어졌다. 연극 무대에서 울려 퍼지는 징소리, 북소리가 아Q의 귀에는
10리 밖에서 들리는 것처럼 희미했고, 그에게는 단지 노름판 주인의 노랫소
리만이 들렸을 뿐이다. 그는 이기고 또 이겼다. 동전은 소은화10전짜리로 바뀌
고 소은화는 대은화로 바뀌어 대은화가 산더미처럼 쌓였다. 그는 신바람이
났다.

"천문에 두 냥!"

누가 누구하고 무엇 때문에 싸우기 시작했는지 그는 알지 못했다. 욕하는
소리, 때리는 소리, 어지러운 발자국 소리, 무엇이 무엇인지 분간할 수 없는
혼란이 한참 계속되었다. 그가 간신히 기어서 일어났을 때는 노름판도 없어
지고 사람들도 보이지 않았다. 몸의 여기저기가 조금씩 아파 오는 것 같았다.
얻어맞고 발에 걸어 채이기도 한 모양이다. 몇몇 사람이 서서 이상하다는 듯

이 그를 쳐다보고 있었다. 그는 넋을 잃은 사람처럼 사당으로 돌아와 마음을 가라앉힌 후에야 비로소 자신의 은화 더미가 없어졌음을 알았다. 도대체 어디 가서 범인을 찾는단 말인가? 게다가 제삿날 벌어지는 노름판의 노름꾼은 대부분 그 고장 사람이 아니지 않는가? 새하얗게 번쩍거리던 은화 더미! 더욱이 그건 그의 것이었는데…… 지금은 없다. 자식놈이 가져 간 셈 쳐보아도 역시 석연치 않다. '나는 벌레다.' 라고 말해 보아도 역시 신통치 않다. 이번만은 그도 어쩔 수 없이 패배의 고통을 맛보았다.

그러나 그는 곧 패배를 승리로 돌려버렸다. 그는 오른손을 들어 힘껏 자기 뺨을 두세 차례 연거푸 때렸다. 얼얼하게 아파왔지만 기분은 조금 나아졌다. 때린 것은 자신이요, 맞은 것 역시 자신이었지만 그는 마치 또 다른 자신의 모습을 본 것만 같았다. 이윽고 자신이 남을 때린 것 같아―물론 아직도 얼얼하기는 했으나―저으기 만족해서 의기 양양하게 누울 수 있었다.

그리고 그는 이내 잠들어 버렸다.

제3장 속續 우승의 기록

비록 아Q가 항상 승리하고는 있었다지만 그래도 조영감에게 따귀를 맞기 전까지 그는 그다지 유명한 인물은 못되었다.

그날 그는 지보에게 두 냥의 술값을 치르고 투덜거리면서 누웠으나 다시 이런 생각이 들었다.

'요즘 세상은 너무 돼먹지 않았어. 자식이 애비를 치다니……'

그러자 갑자기 위풍당당한 조영감도 지금으로선 자신의 자식이라고 생각되자 갑자기 기분이 나아졌다. 그래서 그는 벌떡 일어나 '청상과부의 성묘'라는 노래를 부르며 술집으로 향했다.

　　기묘하게도 그후부터는 과연 사람들이 뭔가 특별히 존경하는 눈으로 자신을 대하는 것만 같이 느껴졌다. 아Q로서는 그 모든 이유가 자신이 조영감의 부친이기 때문이라고 생각했을지도 모르나, 실은 그렇지가 않았다. 미장의 관례상, 아칠阿七이 아팔阿八을 때렸다든가 이사李四가 장삼張三을 때렸다든가 하는 것은 본래 별문제가 되지 않았다. 반드시 조영감 같은 유명한 사람과 관계되는 일일 경우에만 비로소 사람들의 입에 오르내리게 되는 것이다. 그리고 한 번 입에 오르내리면 때린 사람이 유명한 사람인 만큼 맞은 사람도 그 덕분에 유명해진다. 조영감과 아Q사건의 경우, 잘못이 아Q에게 있음은 말할 것도 없다. 왜냐하면 조영감과 같은 사람이 잘못을 저지를 리 없기 때문이다. 그런데 분명 아Q가 잘못했음에도 불구하고 어째서 사람들은 그를 특별히 존경하게 되었을까? 이것은 정말 대답하기 어려운 문제다. 그러나 곰곰이 생각해 보면 어느 정도는 가닥이 잡혔다. 아Q가 비록 조영감의 친척이라 하여 매를 맞기는 했지만, 그래도 아Q의 말에 약간의 진실성이 있을지도 모르므로 조금쯤은 경의를 표해 두는 편이 무난하리라는 생각에서였는지도 모른다. 이것은 공자의 묘에 바친 소나 돼지, 양 같은 짐승을 성인의 젓가락이 닿은 것이라 하여 선유先儒님들도 감히 건드리지 못하는 것과 같은 이치였다.

　　그 뒤 여러 해 동안 아Q는 우쭐한 나날을 보낼 수 있었다.

　　어느 해 봄이었다. 아Q는 술이 얼근히 취한 채 거리를 걷고 있었다. 그 때 문득 담장 밑 양지 쪽에서 왕털보가 웃통을 벗어 젖히고 이를 잡고 있는 것이 눈에 띄었다. 그것을 보자 아Q도 갑자기 몸이 간지러워졌다. 이 왕털보는 대머리에다 털보였기 때문에 사람들은 그를 '왕대머리 털보' 라고 부르곤 했다. 그러나 아Q만은 거기에서 '대머리' 를 빼고 불렀다. 그리고 그는 특히 그 대머리 털보를 경멸하고 있었다. 아Q의 생각에 대머리는 전혀 이상할 것이 없으나 구레나룻만은 아주 기묘해서 볼품이 없었던 것이다.

아Q는 그와 나란히 앉았다. 만약 다른 건달이었다면 아Q도 감히 마음놓고 앉을 수 없었겠지만 이 왕털보 옆이라면 뭐가 두려우랴?

아Q도 다 해진 겹옷을 벗고 뒤집어 보았으나 세탁한 지가 얼마 안 된 탓인지, 그렇지 않으면 건성건성 훑어 봤기 때문인지 한참 뒤에야 겨우 서너 마리를 잡았을 뿐이었다. 그런데 왕털보를 돌아보니 한 마리 또 한 마리, 두 마리, 세 마리… 계속 입 속에 넣고는 톡! 톡! 소리 내며 깨물고 있는 게 아닌가. 처음에 조금 실망감을 느꼈던 아Q는, 그러나 시간이 지나면서 점점 속이 뒤틀려 왔다. '저렇게 보잘 것 없는 왕털보도 저 많은 이를 잡았는데 나는 이렇게 적다니, 이건 완전히 체면 손상이다!'

그는 한 두 마리라도 더 큰놈을 발견하려고 기를 썼으나 아무리 뒤져봐도 소용 없는 일이었다. 간신히 중간 크기의 것을 한 마리 잡아 밉살스러운 듯 두툼한 입술 속에 집어넣고 깨물었지만, 톡! 하는 소리는 왕털보 소리의 절반에도 미치지도 못할 만큼 작을 뿐이었다. 그의 대머리는 수치심으로 조금씩 붉어졌다. 참을 수 없게 되자 아Q는 옷을 땅 위에 내동댕이치고 침을 퉤 뱉으며 말했다.

"이 털북숭이 멍청아!"

"대머리 개새끼야! 너, 지금 누구보고 욕하는 거냐!"

왕털보는 경멸하듯 눈을 치켜 뜨며 말했다.

아Q는 요즘 비교적 존경을 받고 있는 터라 제법 빼기고 다녔으나 그래도 싸움에 익숙한 건달들을 만나면 역시 겁을 집어먹기는 마찬가지였다. 그런데 어찌 된 일인지 이날만큼은 조금도 겁이 나지 않았다.

'이 털북숭이, 머저리 같은 놈이 감히 겁도 없이 함부로 잘도 지껄여 대는 구나!'

그는 일어서서 양손을 허리에 대며 말했다.

"누구냐고? 몰라서 물어?"

"너 맞고 싶어 그러냐?"

왕털보도 일어나 옷을 걸치면서 말했다.

아Q는 그가 도망치려는 줄로 생각하고 달려가 주먹을 휘둘렀다. 그러나 그 주먹은 채 상대의 몸에 닿기도 전에 상대의 손에 잡히고 말았다. 그리고 그가 우악스럽게 잡아끄는 바람에 아Q는 비틀거리며 왕털보에게 변발을 움켜잡힌 채 담으로 끌려갔다. 그리고 언제나처럼 벽에 머리를 부딪히게 되었다.

"군자는 말로 하지, 손을 대는 법이 아니야!"

하고 아Q는 고개를 비틀며 말했다.

그러나 왕털보는 자신은 군자가 아니라는 듯 들은 채도 하지 않고 계속해서 다섯 번이나 부딪치는 것이었다. 마침내 그는 아Q를 힘껏 떠밀어 여섯 자나 멀리 나가떨어지는 것을 보고서야 겨우 만족해하며 가버렸다.

이 일은 아마도 아Q가 기억하는 평생의 가장 굴욕적인 사건일 것이리라. 왕털보는 텁석부리라는 결점 때문에 지금까지 아Q에게 놀림을 받았으면 받았지 아Q를 놀려본 적은 없으며, 더욱이 손찌검 따위는 있을 수도 없는 일이었다. 그런데 지금 그가 아Q에게 손찌검을 한 것이다. 정말 놀라지 않을 수 없는 일이다. 혹시 세간의 소문처럼 황제가 이미 과거를 폐지해서 수재도 거인擧人도 쓸데없게 돼 그 때문에 조씨의 위풍이 땅에 떨어지고, 따라서 그들도 아Q를 얕보게 된 것일까?

아Q는 어찌할 바를 모르고 우두커니 서 있었다. 그 때 저쪽에서 누군가 걸어오고 있었다. 그의 적이 또 나타난 것이다. 바로 아Q가 가장 미워하는 사람, 즉 전錢영감의 장남이다. 그는 얼마 전 성안에 있는 서양식 학교에 들어갔으나 무슨 까닭인지 그 뒤 일본으로 건너갔다. 그리고 반년 후 집에 돌아왔을 때는 걸음걸이도 변하고 변발마저 없어졌다. 그 후 그의 모친은 열 번 이상이나 대성통곡을 하며 야단법석을 떨었고, 그의 아내는 세 차례나 우물에 뛰어들었다. 그 후 그의 모친은 어디를 가나 이렇게 말하고 다녔다.

"그 변발은 술에 취했을 때 나쁜 놈들에게 잘리고 말았대요. 본래 훌륭한 관리가 될 수 있었는데……. 이젠 머리가 자랄 때까지 기다리는 수밖에 없어요."

그러나 아Q는 그 말을 믿지 않았다. 그리하여 그를 두고 악착같이 '가짜 양놈' 이라 부르고 또는 '양놈의 앞잡이' 라고도 불렀으며, 그를 만나면 반드시 속으로 욕을 해대야 시원해졌다. 특히 아Q가 더욱 극단적으로 증오하는 것은 가발로 된 그의 가짜 변발이었다. 그 변발이 가짜라는 것은 사람으로서의 자격을 잃은 것이나 마찬가지다. 그의 아내 또한 이를 이유로 우물에 네 번째로 뛰어들지 않는 것으로 보아 훌륭한 여인이라고는 할 수 없다는 것이 아Q의 생각이었다.

이 가짜 양놈이 가까이 다가왔다.

"중대가리, 당나귀……."

이전 같으면 아Q는 속으로만 욕을 하고 입 밖으로는 내지도 않았을 테지만, 이번에는 때마침 화가 나 앙갚음할 상대를 찾던 참이었으므로 무의식중에 낮은 소리로 말하고 말았다.

그런데 뜻밖에도 이 가짜 양놈은 니스를 칠한 단장─아Q가 말하는 상장막대─을 들고 성큼성큼 다가왔다. 순간 아Q는 맞을 것을 각오하고 전신의 근육을 긴장시킨 채 어깨를 움츠리고 있었는데 잠시 후 과연 딱 하는 소리가 났다. 확실히 자기 머리에 맞은 것 같았다.

"나는 저 아이를 보고 말한 거란 말야!"

아Q는 곁에 있던 아이를 가리키며 변명했다.

딱! 딱! 딱!

아Q의 기억으로는 이것이 아마 평생 두 번째의 굴욕적인 사건이리라. 다행히도 딱딱 하고 얻어맞는 소리가 나고 그것으로써 사건이 일단락 된 듯싶었다. 아Q는 이로 인해 도리어 마음이 홀가분해짐을 느꼈다. 게다가 때맞춰 망각이라는 조상 전래의 보물이 진가를 발휘해주었다. 불과 조금 전에 어떤 일들이 있었는지 까마득하게 잊어버리게 된 것이다. 그가 천천히 걸어 술집 문간까지 왔을 때는 벌써 감정은 어느 정도 진정되어 있었다.

그런데 마침 저쪽에서 정수암_{靜修庵}의 젊은 여승이 걸어오고 있는 것이 보였다. 아Q는 평소에도 그 여인을 보면 반드시 침을 뱉고 욕지거리를 퍼부었는데 하물며 지금은 굴욕을 당한 뒤가 아니던가? 그 치욕스런 기억이 되살아나자 그에게는 다시 적개심이 불타올랐다.

'오늘 어째서 재수가 없나 했더니 역시 너를 만날 일진이었기 때문이었구나!'

아Q는 이렇게 생각하고는 성큼성큼 걸어가 큰소리를 내면서 침을 뱉었다.

"캬-, 퉤!"

젊은 여승은 거들떠보지도 않고 머리를 숙인 채 걸어갔다. 아Q는 그 여인 곁으로 가까이 다가서더니 별안간 손을 들어 그녀의 밋밋한 머리를 쓰다듬고는 낄길 웃으면서 말했다.

"중대가리야! 어서 가 봐. 중이 기다릴 테니……."

"아니, 이런 무례한 일이……."

여승은 얼굴을 붉히며 이렇게 말하고는 걸음을 재촉했다.

술집 안에 있던 패들이 요란하게 웃어댔다. 아Q는 자기의 공로가 인정된 줄로만 알고 있었기 때문에 더욱 흥이 나서 의기 양양해졌다.

"중은 집적거려도 괜찮고 나는 안 된단 말이냐?"

그는 그 여승의 뺨을 꼬집었다.

술집 안에 있던 패거리들은 또 웃었다. 아Q는 더욱 신이 나서 그 구경꾼들을 만족시키기 위하여 다시 한 번 힘껏 꼬집고 나서야 겨우 손을 놓았다. 그는 이 여승과의 일전 덕분에 어느새 왕털보의 일뿐 아니라 가짜 양놈 일도 잊어버렸다. 오늘의 모든 악운에 대해서 완전히 앙갚음을 한 것 같았다. 게다가 이상하게도, 전신을 얻어맞은 뒤보다도 훨씬 기분이 좋아져 둥실둥실 날아갈 것만 같았다.

"이 자손의 씨도 못 받을 아Q놈!"

멀리서 젊은 여승의 울음 섞인 목소리가 들려 왔다.

"하하하!"

아Q는 아주 만족스럽게 웃었다.

"하하하!"

술집 안에 있던 패거리들도 꽤 신이 나서 웃었다.

제4장 연애의 비극

누군가가 말했다.

'어떤 승리자는 적이 호랑이 같고 매 같기를 바라며, 반드시 그래야만 비로소 승리의 환희를 느낀다. 만약 적이 양이나 병아리 같다면 그는 승리에 대한 만족감보다는 싱겁다는 느낌을 받을 것이다.' 라고. 또 어떤 승리자는 일체를 극복한 연후에 죽을 사람은 죽고 항복하는 사람은 항복하는 것을 보게되면, 자신에게는 이미 적도, 경쟁 상대도, 친구도 없고 단지 자기만이 홀로 빼어나 외롭고 처량하고 적막하게 되어 오히려 승리의 비애를 뼈저리게 느낀다고 한다.

하지만 우리들의 아Q에게는 그런 나약함은 결코 찾을 수 없다. 그는 영원히 의기 양양하다. 이건 어쩌면 중국의 정신 문명이 세계에서 가장 뛰어나다는 증거의 하나일지도 모른다.

보라! 그는 하늘을 훨훨 날 것 같아 보이지 않는가?

그러나 이번의 승리는 그에게 좀 이상한 변화를 남겼다. 반나절 동안이나 정처 없이 돌아다니던 그는 어슬렁어슬렁 사당으로 돌아왔다. 전 같으면 드러눕자마자 금방 코를 골았을 텐데 어찌 된 일인지 이날 밤만은 쉽게 잠을 이룰 수가 없었다. 그리고 그는 자기의 엄지손가락과 집게손가락이 보통 때보다 이상하게 매끄럽다는 것을 느꼈다. 젊은 여승의 얼굴에 무엇인가 매끄러운 것이 있어 그것이 그의 손가락에 묻은 건 아닐까? 아니면 그의 손가락이 매끈매끈할 정도로 여승의 얼굴을 쓰다듬어서 그런 것일까……?

아Q의 귀에는 또 이 말이 들어온다.

'이 자손의 씨도 못 받을 아Q놈!'

그는 생각했다.

'그렇다, 여자가 있어야만 한다. 자손이 없으면 죽어도 밥 한 그릇 바쳐 줄 사람 하나 없을 테니……. 여자가 있어야 한다. 무릇 불효에는 세 가지가 있으니 그 중 자손이 없는 것이 가장 크며, 죽은 후의 영혼은 굶고는 견디지 못한다고 하니 이렇게 된다면 또한 인생의 크나큰 비애가 아닌가.'

그러므로 그의 이 생각은 기실 모두가 성현의 가르침에 부합되는 셈이다. 다만 유감스러운 일은 그 후에도 그 방심한 마음을 거둘 수 없었던 것이다.

'여자, 여자!……' 하고 그는 생각했다.

'…… 중이면 건드릴 수가 있다. …… 여자, 여자!…… 여자!'

그는 또 생각했다.

그날 밤 아Q가 언제쯤 코를 골기 시작했는지는 알 수 없다. 그러나 어찌됐건 아마도 이 때부터 어쩐지 손가락이 매끈거림을 느꼈고, 그래서 마음이 들떠 여자를 생각하게 된 것 같다.

이것으로 미루어 볼 때 여자란 것은 분명 사람을 해치는 존재임이 분명하다. 중국의 남성은 본래 대부분이 성현이 될 소질을 갖고 있었으나 아깝게도 모두 여자로 인해서 몸을 망쳐 버렸던 것이다. 상商은 달기妲己 때문에 망했고, 주周는 포사褒姒로 인하여 파괴되었으며, 진秦은…… 역사엔 명백히 기록되어 있지 않으나 그것도 여자 때문이라고 해도 거의 틀림없을 것 같다. 그리고 한漢의 동탁董卓은 확실히 초선貂蟬으로 인해 살해된 것이다.

아Q도 원래는 바른 사람이었다. 그가 과연 어느 훌륭한 스승의 가르침을 받았는지는 모르지만, 적어도 그는 '남녀 유별'에 대해서 지금까지 몹시 엄격했고, 또 이단異端—예컨대 젊은 여승이라든가 가짜 양놈 같은 따위—을 배척할 만한 기개도 충분히 가지고 있었다. 그의 학설에 의하면 대저 여승이란 반드시 중과 사통私通하는 것이며, 여자가 혼자 밖을 쏘다니는 것은 반드시 남자를 유인하기 위해서이고, 단 둘이 이야기하고 있는 남녀 사이에는 반드시 수상한 관계가 있다는 것이다. 그래서 그는 그런 사람을 만날 때면 종종 눈을 흘겨보기도 하고, 혹은 큰소리로 아픈 곳을 찌르는 것 같은 말을 퍼붓기도 하며, 만약 후미진 곳이라면 뒤에서 돌을 던지기도 했다.

그러던 그가 바야흐로 서른 살이 가까워 드디어 젊은 여승으로 인해 마음이 들뜬 것이다. 그런데 이 들뜬 마음이야말로 예교禮敎에서는 허용할 수 없는 것이다. 그러므로 여자란 참으로 가증스러운 존재가 아닐 수 없다. 만약 젊은 여승의 얼굴이 매끈매끈하지 않았다거나, 또는 그녀의 얼굴이 헝겊으로라도 가려져 있었다면 이처럼 아Q가 매혹되진 않았을 것이다. 실은 5, 6년 전에 그는 연극 무대 밑 관중 속에서 여인의 허벅지를 꼬집은 적이 있긴 했다. 하지만 그 때는 바지 위로 꼬집었으므로 나중에 결코 마음이 들뜨거나 하는 일 따위는 없었다. 그러나 젊은 여승은 그렇지 않았다. 이것만 봐도 여자라는 이단이 얼마나 나쁜 것인지 알 수 있다.

'여자……'

하고 아Q는 생각했다.

그는 남성을 유혹하는 것이라고 생각되는 여자에 대해서는 언제나 주의를 게을리하지 않았으나, 여자들은 그에게 전혀 웃음을 주지 않았다. 또한 그는 자기와 이야기를 나누고 있는 여자의 말에도 늘 유심히 귀를 기울였으나 조금이라도 수상쩍은 말은 건네 오는 여자는 없었다. 아아! 이것 역시 여자의 가증스러운 일면이로군! 여자들이란 모두 가면을 뒤집어쓰고 얌전한 체 내숭을 떨고 있는 것이다.

그날 하루 아Q는 조영감 집에서 방아를 찧었다. 저녁밥을 먹은 후 아Q는 부엌에 앉아 담배를 한 대 피워 물고 있었다. 다른 집 같으면 저녁을 먹은 뒤 돌아갈 수 있었겠지만 조씨네 집에서는 저녁이 너무 일러 그럴 수도 없었다. 평소에는 호롱불을 켜는 것이 금지되어 있어 저녁을 먹고 나면 곧 잠자리에 드는 것이 예사였으나 몇 가지 예외도 있었다. 그 하나는 조영감의 아들이 아직 수재에 합격하지 않았을 무렵 호롱불을 켜고 글을 읽는 것이 허용되었고, 그 다음은 아Q가 날품으로 일할 때 호롱불을 켜고 방아를 찧는 것이 허용되어 있었다. 이런 예외 때문에 아Q는 방아 찧기를 시작하기 전에 부엌에 앉아 담배를 피우고 있었던 것이다.

오씨 아줌마는 조영감 댁에 단 하나뿐인 여자 하녀였다. 설거지를 마치고 난 그녀는 길다란 의자에 걸터앉아 아Q와 잡담을 하고 있었다.

"마님은 이틀 동안이나 통 진지를 안 잡수셨어, 나리가 작은댁 마님을 들인다고 해서 말야……"

'여자…… 오씨 아줌마…… 이 청상 과부…….' 하고 아Q는 계속 망상에 잠겼다.

"우리 작은댁 마님은 8월에 아기를 낳으신대……."

'여자…….' 아Q는 생각했다.

드디어 아Q가 담뱃대를 놓고 일어섰다.

"우리 작은댁 마님이……."

오씨 아줌마는 아Q의 행동은 눈치채지 못할 채 계속 지껄여댔다.

"너, 나하고 자자, 응? 나하고 같이 자!"

아Q는 별안간 달려들어 그녀의 앞에서 무릎을 꿇었다.

그러자 한순간 찬물을 끼얹은 듯 조용해졌다.

"아이구머니나!"

별안간 오씨 아줌마는 질겁을 하고 덜덜 떨기 시작하더니 큰소리를 지르며 밖으로 뛰어나갔다. 달아나면서도 계속해서 소리를 질렀다. 급기야는 울먹이는 것 같았다.

아Q는 벽을 향해 꿇어앉은 채 멍하니 있다가 두 손으로 빈 의자를 짚고는 천천히 일어났다. 심장이 아직 두근거렸고 좀 서툴렀다는 느낌이 머리를 스쳐 지나갔다. 그러자 그는 덜컥 겁이 났다. 그리고는 당황해서 담뱃대를 허리띠에 찌르고는 곧 방아를 찧으러 가려고 했다. 순간 탁! 하는 소리와 함께 무언가 굵직한 것이 머리 위로 떨어졌다. 급히 돌아다보니 수재가 굵은 대나무 몽둥이를 가지고 그의 앞에 서 있었다.

"이 고얀놈 같으니…… 네 이놈!"

굵은 대나무 몽둥이가 다시 그의 머리를 내리쳤다. 아Q는 두 손으로 머리를 감쌌다. 그러자 딱 하면서 몽둥이를 손가락에 정통으로 맞게 되었다. 이번에는 정말 참을 수 없을 정도로 아팠다. 그래서 그는 부엌에서 뛰어나왔다. 등을 또 한 대 얻어맞은 것 같았다.

"이 개 같은 놈!"

수재는 등뒤에서 마구 욕을 퍼부었다.

아Q는 방앗간으로 뛰어들어가 혼자 멍하니 서 있었다. 손가락이 아직도 욱신거렸다. '개 같은 놈' 이란 말이 아직도 귀에 쟁쟁했다. 이런 말은 본래 미장의 시골뜨기들은 쓰지 않는 말로 오로지 관청의 훌륭한 분들만이 쓰기 때문에, 더욱 겁이 났고 머리 속에서 쉽게 지워지지 않았다. 그 통에 그의 '여자……' 하는 생각은 일순 사라져버렸다. 더구나 매를 맞고 욕을 먹고 나니 사건이 그것으로 끝장이 난 것 같아 도리어 마음이 후련하여 곧 자연스럽게 방아를 찧기 시작했다. 한참 찧자니까 몸에 점점 열이 차 올랐다. 너무 더워진 그는 일손을 잠깐 멈추고 웃옷을 벗었다.

아Q가 막 웃옷을 벗어 던졌을 때였다. 밖에서 왁자지껄하는 소리가 들려왔다. 천성적으로 구경을 좋아하는 아Q는 곧 소리 나는 곳으로 뛰어나갔다. 소리 나는 곳을 찾아서 가다 보니 어느덧 조영감댁 안마당까지 오고 말았다. 해가 져서 어둑어둑해질 무렵이기는 했으나 그래도 많은 사람들을 분간할 수는 있었다. 조씨 댁 사람이 모두 모여 있었는데, 그 중에는 이틀 동안 밥을 먹지 않았다는 마님도 끼어 있었다. 그밖에 이웃의 추칠鄒七 아줌마와 진짜 친척인 조백안趙白眼, 조사신趙司晨도 있었다.

마침 마님이 오씨 아줌마의 손을 끌고 하녀 방에서 밖으로 나오면서 말했다.

"너, 밖으로 나와라……. 네 방에 틀어박혀 있지만 말고……."

"네 행실이 바르다는 건 누구나 다 알고 있다……. 절대로 경솔한 짓을 해서는 안돼!"

추칠 아줌마도 옆에서 말참견을 했다.

오씨 아줌마는 그저 훌쩍거리기만 하면서 뭐라고 지껄였지만 알아들을 수가 없었다.

아Q는 생각했다.

'흥, 재미있다. 이 청상 과부가 대체 무슨 장난을 친 걸까?'

궁금증을 참을 수 없어진 아Q는 물어보기 위해 조사신 곁으로 가까이 갔다. 그 때였다. 그는 별안간 조영감이 자기 쪽으로 달려오는 것을 보았다. 더구나 손에는 굵은 대나무 몽둥이가 들려 있었다. 그는 이 굵은 대나무 몽둥이를 보자 돌연 조금 전에 자기가 맞은 게 지금의 소란과 관련되어 있음을 직감적으로 깨달았다. 이런 생각이 드는 순간, 그는 몸을 획 돌려 달아났다. 방아 찧던 곳으로 도망쳐 돌아가려고 했으나 대나무 몽둥이가 그가 가는 길을 가로막았다. 그래서 그는 다시 몸을 돌려 뒷문으로 빠져 나와 달아났다. 그리고 한참 달려와 보니 어느새 사당 안에 와 있었다.

잠시 멍하니 앉아 있으려니까 아Q는 피부에 소름이 끼치면서 한기를 느끼게 되었다. 봄이라고는 하나 밤이 되면 아직도 쌀쌀했다. 아무래도 벌거벗고 있기에는 무리였다. 문득 웃옷을 조씨 댁에 두고 왔다는 생각이 났으나, 그것을 가지러 가려니 수재의 대나무 몽둥이가 무서웠다. 어떻게 할까 망설이던 중에 지보가 들이닥쳤다.

"아Q, 이 바보 녀석! 너 조씨 댁 하인에게까지 손을 댔다지? 이 역적 같은 놈아! 덕분에 나까지 밤잠을 못 자고 돌아다니게 됐잖아. 이, 천하에 머저리 같은 놈아!"

이러쿵저러쿵 한바탕 설교를 늘어놓았지만 아Q는 물론 한마디도 대꾸할 수 없었다. 일장 연설 끝에 아Q는 밤에 폐를 끼쳤다고 해서 지보에게 평소 술 값의 두 배에 달하는 넉 냥을 지불해야 했다. 그러나 아Q는 마침 현금이 없어 털모자를 잡히고, 게다가 다섯 조항에 서약까지 했다.

1. 내일 붉은 초―무게 한 근짜리―한 쌍과 향 한 봉을 가지고 조씨 댁에 가 서 사과할 것.
2. 조씨 댁에서 도사를 불러 목매달아 죽은 원혼을 쫓아 버리는 굿을 하는 데, 그 비용은 전부 아Q가 부담할 것.
3. 아Q는 앞으로 조씨 댁 출입을 금할 것.
4. 오씨 아줌마에게 앞으로 만일 이변이 생기면 그 책임은 모두 아Q가 질 것.
5. 아Q는 품삯과 웃옷을 달라는 요구를 하지 말 것.

아Q는 물론 전부 승낙했으나 유감스럽게도 가진 돈이라곤 한 푼도 없었 다. 그러나 다행스럽게도 이제는 봄이므로 솜이불은 없어도 된다. 그래서 그 것을 20냥에 잡혀 가지고는 조약을 이행했다. 반나체로 머리를 땅에 대고 사 죄한 뒤 몇 푼인가 남은 돈으로는 전부 술을 마셔버렸다. 그런데 조씨 댁에서 는 향을 피우지도 초를 켜지도 않았다. 마님이 불공드릴 때 쓸 요량으로 간직 해 두었다는 것이다. 누더기 조각은 오씨 아줌마의 신발 밑창이 되어 버렸다 고 한다.

제5장 생계 문제

사죄식謝罪式이 끝나자 아Q는 전처럼 사당으로 돌아왔다. 그런데 해가 산너머로 기울어짐에 따라 아Q는 점점 이상한 기분에 사로잡히는 것이었다. 곰곰이 생각해 본 결과 그것은 전적으로 자기가 웃옷을 벗고 있기 때문임을 깨닫게 되었다. 그래서 그는 아직 남아 있는 누더기 겹옷을 걸쳐 입고는 다시 드러누웠다. 다시 눈을 떴을 때는 해가 벌써 서쪽 담 위에서 빛나고 있었다. 그는 몸을 일으키면서 중얼거렸다.

"제기랄!"

그는 다시 평소처럼 거리를 쏘다녔다. 벗고 있을 때처럼 살을 찌르는 듯한 추위가 느껴지지는 않았으나 또다시 어쩐지 세상이 좀 이상스러워진 듯한 기분이 들었다. 어쩐 일인지 미장의 여자들이 갑자기 부끄럼을 타게 된 모양이었다. 아Q를 보면 저마다 대문 안으로 몸을 숨기는 것이었다. 심지어 50살이 가까운 추칠 아줌마저도 다른 이들의 꽁무니를 따라 숨어 버리고, 또한 열한 살 난 계집애까지 불러들이는 것이었다. 아Q에게는 퍽 이상스러운 일이 아닐 수 없었다. 그래서 이렇게 생각했다.

'아니, 이것들이 갑자기 얌전한 처녀 흉내를 내기 시작했나? 화냥년들 같으니……'

그러나 그가 세상이 괴상해졌음을 더욱 절감한 것은 그로부터 여러 날이 지난 뒤였다. 첫째, 술집에서 외상을 거절했다. 둘째, 사당을 관리하는 늙은이가 이러쿵저러쿵 쓸데없는 트집을 잡는 폼이 아무래도 그를 내쫓으려는 것 같다. 셋째, 며칠이나 되었는지를 기억할 수 없으나 하여튼 꽤 여러 날 아무도 날품을 얻으러 오지 않았다.

술집에서 외상을 안 주는 거야 참으면 그만이고 늙은이가 내쫓으려는 것은 못들은 채 하면 그만이지만, 아무도 날품을 얻으러 오지 않는 것은 아Q의 배를 곯게 하는 일이었다. 이것만은 정말 일생일대의 사건이 아닐 수 없다.

아Q는 더 이상 참을 수 없어서 단골집들을 찾아다니며 물어 보았다. 아직까지 조씨 댁의 출입은 금지되어 있었지만 말이다. 그런데 사태는 분명 달라져 있었다. 어느 집이건 반드시 남자가 나와서 달갑지 않은 얼굴로, 마치 거지라도 쫓아 버리듯이 손을 내저으며 말하는 것이었다.

"없어, 없어! 나가!"

아Q는 더욱 이상한 생각이 들었다. 이런 집들은 일이 많아 언제나 남이 일을 거들어 주지 않으면 안 되었는데 지금에 와서 갑자기 아무 데도 일이 없다니 이상한 일이 아닌가! 여기에는 반드시 무엇인가 이유가 있다고 그는 생각했다. 그래서 주의해서 살펴본 결과 그들은 일이 있으면 모두 소D에게 시킨다는 것을 알게 되었다. 이 소D는 몸도 작고 힘도 없는 말라깽이이므로, 아Q의 편에서 보면 왕털보 보다도 한층 낮은 위치에 있었다. 그런데 뜻밖에도 이 애송이에게 그의 밥줄을 뺏긴 것이다. 그래서 아Q의 이번 분노는 여느 때와는 사뭇 달랐다. 화가 머리끝까지 난 아Q는 길을 걸어가다가 별안간 손을 들고 노래를 부르기도 했다.

"고들개 철편으로 네놈을 치리……."

며칠 뒤 그는 전씨 댁 담 앞에서 우연히 소D와 마주쳤다.

"원수는 외나무다리에서 만난다더니……."

아Q가 성큼성큼 다가서자 소D도 멈춰 섰다.

"개새끼!"

아Q는 눈을 흘기며 말했다. 입에서는 침이 튀어나왔다.

"그래, 난 벌레야, 이젠 됐지?"

소D가 말했다.

이 겸손이 오히려 아Q의 비위를 건드렸다. 그러나 그의 손에는 철편이 없었으므로, 그냥 맨손으로 덤벼들어 소D의 변발을 움켜잡았다. 소D 역시 한 손으로 자기 머리채 밑을 누르면서 다른 한 손으로는 아Q의 머리채를 움켜잡았다. 그러자 아Q는 남은 한 쪽 손으로 자기의 머리채 밑을 눌렀다. 예전의 아Q 같았으면 소D쯤은 상대도 안 되는 것이지만 그는 요사이 배를 주려 소D 못지않게 말라 있었기 때문에 소D보다 나을 게 하나도 없었다. 네 개의 손이 두 개의 머리를 서로 움켜쥐고 허리를 구부린 두 사람 모두 푸른 옷을 입고 있어서 그 풍경이란 마치 전씨 집의 흰 벽에 푸른 무지개를 그려 놓은 것만 같았다. 그렇게 싸움은 반시간 남짓 계속되었다.

"이젠 됐다, 됐어!"

구경꾼들이 외쳤다. 아마 중재할 셈이었을 것이다.

"됐어, 됐어!"

구경꾼들이 다시 말했다. 중재하는 건지 칭찬하는 건지, 그렇지 않으면 부추키는 건지 알 수가 없었다.

하지만 그들은 둘 중 누구도 들은 척하는 사람은 없었다. 아Q가 서너 걸음 나서면 소D는 서너 걸음 물러나서 멈춘다. 이번에는 소D가 서너 발짝 나서면 아Q가 서너 발짝 물러나 멈춰 섰다. 이렇게 반시간 정도 지났을까. 미장에는 시계가 흔하지 않았으므로 정확히는 모르고 아마 20분쯤이었는지도 모른다. 그들의 머리에서는 모락모락 김이 나고, 이마에서는 땀이 흘러내렸다. 아Q의 손이 느슨해져 떨어져 나가자 동시에 소D의 손도 떨어졌다. 떨어진 두 사람은 동시에 허리를 펴고 물러나 군중 속을 헤쳐 나갔다.

"두고 보자, 이 염병할 놈!"

아Q가 돌아보며 말했다.

"개새끼, 두고 보자……."

소D도 돌아보며 말했다.

이 '용호龍虎의 싸움'은 결국 무승부로 끝났다. 구경꾼들이 만족했는지 어떤지는 모르나 아무도 더 이상 그 싸움에 대해 말하는 사람은 없었다. 그러나 그럼에도 불구하고 아Q에게는 여전히 날품팔이 일이 들어오지 않았다.

어느 따뜻한 날이었다. 산들바람이 불어 제법 여름다운 날씨였으나 아Q만은 아직도 추위를 느꼈다. 솜이불, 털모자, 홑옷은 벌써 없어진 지 오래고 마지막으로 솜옷도 팔아먹은 상태였다. 지금 입고있는 바지가 있기는 하지만 이것만은 벗을 수가 없었다. 누더기 겹옷도 있기는 하나 남에게 주어 신발 밑창이나 하라고 하면 모를까 팔아서 돈이 될 물건은 아니다. 그는 길바닥에서 돈이라도 주웠으면 하고 은근히 바라고 있었으나 돈은 눈을 씻고 봐도 없었다. 그는 쓰러져 가는 자기의 집안에 혹시 동전이라도 떨어져 있지 않을까 하고 황급히 사방을 두리번거려 보았으나 실내는 횅하니 비어 있다. 참다 못한 그는 밖으로 나가 먹을 것을 찾아보기로 결심했다.

그는 길을 걸으면서 먹을 걸 찾아볼 작정이었다. 제일 먼저 단골 술집이 눈에 띄었다. 낯익은 만두집도 눈에 띄었다. 그러나 그는 모두 지나쳐 버릴 수밖에 없었다. 발걸음도 멈추지 않았을 뿐 아니라 먹을 걸 달라고도 하지 않았다. 그가 구하려는 것은 이런 것이 아니었다. 그렇다면 그가 구하려는 것은 무엇인가? 그것은 그 자신도 잘 알지 못했다.

미장은 본래 큰 마을이 아니므로 얼마 걷지 않아 동구 밖까지 나오게 되었다. 마을을 빠져 나오면 온통 논뿐이다. 눈에 들어오는 것은 모두가 새로 모를 내놓아 파릇파릇한 빛깔뿐, 그 사이에 끼여 가끔씩 움직이고 있는 검은 점은 논을 갈고 있는 농부였다. 아Q는 이런 전원 풍경을 감상할 여유도 없이 그저 걷기만 했다. 왜냐하면 그것들은 그가 음식을 구걸하는 길과는 퍽 멀리 떨어진 것임을 알고 있었기 때문이다. 이렇게 걷던 그는 마침내 정수암의 담 밖에까지 오고 말았다.

암자의 주위도 거의가 논이었다. 신록 사이로 흰 벽이 우뚝 솟아 있고, 뒤쪽의 얕은 토담 안은 채소밭이었다. 아Q는 한참 망설였다. 그리고 사방을 둘러보았으나 아무도 없었다. 그는 이 얕은 담으로 기어올라 하수오 덩굴을 붙잡았다. 토담의 흙이 부석부석 떨어지자 아Q의 발도 후들후들 떨렸다. 겨우 뽕나무 가지를 휘어 잡아 안으로 뛰어내렸다. 안은 푸릇한 뽕나무가 참으로 무성해 있었으나 술이나 만두나 그밖에 먹을 만한 것은 아무것도 없는 것 같았다.

서쪽 담을 따라가면 대나무 숲이 있는데 그 땅 위에는 많은 죽순이 옹기종기 나 있었다. 그러나 유감스럽게도 모두가 삶아 익힌 것이 아니어서 먹을 수가 없었다. 그리고 유채도 있으나 벌써 씨가 들었고, 갓은 이미 꽃이 피어 있었으며, 봄배추도 장다리가 돋아 있었다.

기대가 어긋난 아Q는 마치 시험에 낙방한 문동처럼 풀이 죽었다. 그래서 그는 채소밭 입구를 향해 천천히 걸어갔다. 그 때 갑자기 놀라움과 기쁨으로 가슴이 뛰었다. 이것은 무밭이 분명했다. 그는 망설임없이 주저앉아 무를 뽑기 시작했다. 그 때 돌연 문안에서 동그란 머리가 힐끔 내다보더니 바로 들어가 버렸다. 틀림없이 젊은 여승이다. 그러나 젊은 여승 따위는 아Q의 눈에는 티끌이나 먼지와 다름없는 존재였다. 그가 정신없이 무 네 개를 뽑아 푸른 잎사귀를 뜯어버리고 옷섶 안에 쑤셔 넣었을 때였다. 그의 앞에는 이미 늙은 여승이 서있었다.

"나무아미타불, 아Q! 어째서 남의 채소밭에 몰래 들어와 무를 훔치는 거지? 아아, 이런 나쁜 짓을. 나무아미타불……!"

"내가 언제 당신 밭에 들어가 무를 훔쳤어?"

아Q는 걸어 나가면서도 그 늙은 여승을 돌아보며 말했다.

"그럼…… 그런 뭐냐?"

늙은 여승은 그의 품속을 가리켰다.

"이게 당신 거라고? 그렇다면 무에게 물어 봐? 당신……."

아Q는 미처 말을 끝내지도 못하고 별안간 달리기 시작했다. 커다란 검둥개가 쫓아왔기 때문이었다. 개는 본래 정문에 있었는데 어찌 된 일인지 뒤쪽 밭으로 옮겨 와 있었다. 검둥개가 컹컹 짖으며 쫓아왔다. 검둥개가 아Q의 발을 막 물려는 참이었는데 다행히 품속에서 무 한 개가 떨어졌다. 그 바람에 개는 깜짝 놀라 주춤 멈춰 섰다. 그 틈에 아Q는 벌써 뽕나무로 기어올라 토담을 넘어 담 밑으로 굴러 떨어졌다. 뒤에선 아직도 검둥개가 뽕나무를 향해 짖어 대고 늙은 여승은 염불을 여전히 외우고 있었다.

아Q는 늙은 여승이 또 검둥개를 풀어놓지나 않을까 두려워하여 무를 주워 가지고 이내 달리기 시작했다. 뛰면서 돌을 몇 개 주웠으나 검둥개는 다시 나타나지 않았다. 그래서 아Q는 돌을 버리고 걸어가며 무를 먹기 시작했다. 그러면서 생각했다.

'여기는 구할 것이라고는 아무것도 없어. 차라리 성안으로 들어가자……'

무 세 개를 다 먹었을 때, 그는 이미 성안으로 들어갈 결심을 굳히고 있었다.

제6장 중흥中興에서 말로末路까지

미장에 아Q가 다시 모습을 드러낸 것은 그 해 중추절이 막 지난 무렵이었다. 아Q가 돌아온 것을 안 사람들은 모두 의아함을 감추지 않았다. 그리고는 새삼스럽게 그가 어디에 가 있었을까 하고 쑤군대는 것이었다.

아Q는 전에도 몇 번 성안에 들어갔던 적이 있었는데, 그 때마다 돌아와서는 신이 나서 사람들에게 자랑을 늘어놓곤 했다. 그런데 이번만은 그렇게 하지 않았으므로 아무도 그가 어디에 가 있었는지 아는 사람은 없었다. 어쩌면 사당을 관리하는 노인에게만은 말했을지도 모른다. 그러나 미장의 관례로 조영감과 전영감 혹은 수재 영감이 성안에 들어갔다면 화제가 되겠지만 '가짜 양놈' 조차도 아직 그 축에 끼지 못할 정도였으므로 아Q쯤은 더 이상 말할 나위도 없는 일이었다. 그러므로 노인이 그를 위해 선전을 했을 리도 없겠고 때문에 미장의 사회에서도 알 도리가 없었던 것이다. 하지만 아Q가 이번에 돌아온 것은 종전과는 확실히 달랐다.

날이 저물 무렵 그는 몽롱한 눈을 해 가지고 술집 문앞에 나타났다. 그는 계산대 앞으로 걸어가 허리춤에서 손을 뺐다. 그리고는 한 움큼의 은전과 동전을 계산대 위로 내던지며 말했다.

"자, 현금이오! 술 좀 주시오!"

그러고 보니 그는 새 겹옷을 입고 있었다. 자세히 보니 허리에는 커다란 주머니를 차고 있는데 묵직해서인지 주머니 찬 자리의 허리띠가 축 늘어져 있었다. 좀 주목할 만한 인물이라 여겨지면 소홀히 여기지 않고 오히려 존경하는 것이 지금까지의 미장의 관례였다. 지금 술집에 나타난 사람이 아Q라는 사실은 의심의 여지가 없었으나, 분명 예전의 아Q와는 좀 다른 것 같았다. 옛 사람들이 말하기를 "선비란 사흘만 떨어져 있어도 다시 크게 눈을 뜨고 보아야 한다"라고 했기 때문에 점원도 주인도 손님도 통행인도 의아해 하면서도 존경의 태도를 표시했다. 주인은 우선 머리를 꾸벅이며 인사를 하고는 이어서 말을 걸었다.

"오, 아Q! 돌아왔군!"

"돌아왔지!"

"돈을 많이 벌었나 본데, 어디서……?"

"성안에 가 있었지!"

이 소식은 그 이튿날 벌써 온 마을에 파다하게 퍼졌다. 사람들은 모두 현금을 갖고 새 겹옷을 입은 아Q의 성공담을 궁금해했다. 그래서 술집이라든가 음식점, 사당의 처마 밑에서 차차 소문을 염탐해 냈다. 그 결과 아Q는 다시 새로운 존경을 받게 되었다.

아Q의 말에 의하면 그는 거인擧人 영감 댁에서 일을 거들어 주고 있었다는 것이었다. 이 한 마디에 듣는 사람은 모두 숙연해졌다. 이 영감은 본래 백白씨지만 온 현縣 안에 오직 하나뿐인 거인이므로 성을 붙이지 않아도 그저 거인이라 하면 으레 그를 가리키는 것으로 알게 되었다. 이것은 비단 미장에서뿐만 아니라 5, 60킬로미터 부근의 마을 안이라면 어디나 마찬가지였다. 이 거인 댁의 일을 거들어 주고 있었다면 당연히 존경을 받고도 남는다. 그러나 아Q는 이제 다시 그의 일을 거들어 줄 마음이 없다고 했다. 그 이유인 즉 거인 영감이 너무 멍청하기 때문이라는 것이다. 이 한마디에 듣는 사람들은 모두 탄식하면서 동시에 통쾌해 했다. 왜냐하면 아Q 따위는 거인 영감 댁에서 일을 거들 만한 위인이 못 되지만, 그래도 막상 일을 거들러 가지 않는다는 것은 아까운 일이었기 때문이다.

아Q의 말을 가만히 들어 보면 그가 돌아온 이유 가운데는 성안 사람들에 대한 불만도 한몫 하는 것 같았다. 그 불만이란 성안 사람들이 '장등'을 '조등'이라고 부르고 생선 튀김에 채로 썬 파를 없는 것 따위이다. 게다가 최근에는 성안의 여자들이 걸음을 걸을 때 엉덩이를 실룩거려 꼴불견이라는 불만이 추가되었다. 그러나 더러는 감복할 만한 점도 있었다. 즉 미장에 사는 시골뜨기는 32장의 죽패밖에 할 줄 모르고 오직 '가짜 양놈'만이 마작을 할 줄 아는데, 성안에서는 어린아이들까지는 모두 이것에 익숙하다. 그러니 저 '가짜 양놈' 따위는 성안의 여남은 살짜리 조무래기 속에 놓아두면 금방 '염라대왕 앞에 나간 귀신'처럼 되어 버린다는 것이다. 이 한마디에, 듣는 이들은 모두 얼굴이 붉어졌다.

"너희들, 사람 목 자르는 것 본 일 있어?"

아Q가 말했다.

"훙, 볼 만하지. 혁명당을 죽이는 거였는데 정말 볼 만하지. 암, 볼 만하구 말구……."

이렇게 말하며 너무 고개를 흔드는 바람에 그의 바로 앞에 앉아 있는 조사신의 얼굴에 침이 튀었다. 이 말에 듣는 사람들은 모두 긴장하지 않을 수 없었다. 그러나 아Q는 사방을 한 바퀴 둘러보더니 별안간 오른손을 들어 목을 길게 빼고 정신없이 듣고 있는 왕털보의 뒷덜미를 향해 곧장 내리쳤다.

"싹둑!"

순간 왕털보는 깜짝 놀라 벌떡 일어섬과 동시에 재빨리 목을 움츠렸다. 듣고 있던 사람들은 모두 깜짝 놀랐으나 더러는 재미있어 하는 사람들도 있었다. 그 후 왕털보는 여러 날 동안 머리가 멍해져서 그 뒤로는 두 번 다시 아Q 곁에 가까이 가려 하지 않았고, 이것은 다른 사람도 마찬가지였다. 이 무렵 미장 사람들의 눈으로 본 아Q의 지위는 조영감 이상이라고는 감히 말할 수 없었겠지만, 거의 동등하다고 해도 과언이 아닐 정도였다. 머지않아 이 아Q의 명성은 갑자기 온 미장의 규중閨中에까지 퍼졌다. 미장에서는 전씨와 조씨의 일족만이 심규深閨가 있는 대저택에 살고 있었고, 그밖엔 대부분이 보잘 것 없는 집들이지만 아무튼 규중은 규중이었다.

여인들은 만나기만 하면 꼭 이런 이야기들을 했다.

'추칠 아줌마가 아Q에게서 남색 비단 치마를 샀대. 조금 낡긴 했지만 단돈 90전이래. 그리고 조백안의 모친도 아이들에게 입힐 빨간 모슬린 홑옷을 샀대. 거의 신품인데 단돈 30전도 안 된다나 봐.'

그래서 여인들은 눈이 휘둥그래 가지고 서로 아Q를 만나고 싶어했다. 비단 치마가 없는 사람은 그에게 물어 비단 치마를 사고 싶어했고, 모슬린 홑옷이 필요한 사람은 그에게서 모슬린 홑옷을 사고 싶어했다. 그리하여 이제는 아Q의 얼굴을 보아도 달아나지 않을 뿐 아니라 때로는 아Q가 지나간 뒤를 쫓아가 그를 불러 세우고 묻기도 했다.

"아Q, 비단 치마는 아직도 있어? 없다고 모슬린 홑옷도 필요한데, 있겠지?"

마침내 이것은 천규淺閨에서 심규深閨에까지 퍼져 갔다. 그도 그럴 것이 추칠 아줌마가 너무 싸게 사 기쁜 나머지 그의 비단 치마를 조씨 부인에게 보여 주러 갔고, 조씨 부인은 또 그것을 조영감에게 말하여 대단한 것이라고 칭찬했기 때문이었다. 조영감은 저녁을 먹는 자리에서 수재 영감과 토론한 끝에, 아Q에게는 수상한 데가 있으니 문단속을 잘해야겠지만, 그러나 그의 물건 중엔 아직 살 만한 값진 물건이 있을지도 모른다는 결론을 내리게 되었다. 어느 정도는 좋은 물건이 있을 법도 하다고 생각했던 것이다. 게다가 조씨 부인은 마침 값도 싸고 품질도 좋은 모피 배자를 사고 싶어하던 참이었다. 그래서 가족의 결의로 추칠 아줌마에게 부탁하여 즉시 아Q를 찾으러 보냈다. 그리고 이 때문에 제 3의 특례를 내려 이날 밤은 특별히 등불을 켤 것을 허락했다.

등잔 기름이 제법 말라 가는 데도 아Q는 좀처럼 나타나지 않았다. 조씨 댁의 전 가족은 모두 지쳐서 하품을 해댔다. 그리고 아Q가 너무 뽐낸다고 원망하고, 추칠 아줌마가 약삭빠르지 못하다고 불평을 늘어놓기도 했다. 조씨 부인은 또 지난 봄의 사건(출입 금지) 때문에 오지 못하는 것이 아닌가 하고 은근히 걱정했지만 조영감은 그렇지 않다고 했다.

"내가 부르러 보낸 거니까 그런 걱정은 할 필요 없어!"

하고 조영감이 말했다.

과연 조영감의 예상이 맞았다. 아Q는 드디어 추칠 아줌마의 뒤를 따라 들어왔다.

"이 사람이 그저 없다, 없다고만 말하라는 군요. 그러면 네가 직접 가서 말하라고 해도 자꾸만 그러기에, 저는……."

추칠 아줌마가 헐레벌떡 들어오며 말했다.

"나리!"

아Q는 웃는 듯 마는 듯한 표정으로 한 마디하고는 처마 밑에 멈춰 섰다.

"아Q, 성안에 가서 돈 좀 벌었다구?"

조영감은 천천히 걸어가더니 그를 아래위로 훑어보며 말했다.

"잘됐어, 그거 참 잘됐어. 그런데…… 뭐 헌 물건이 좀 있다구……? 전부 가져와서 보여 주지 않으려나……? 다름이 아니라 나도 좀 필요해서 말야……."

"추칠 아줌마에게도 말했습니다만, 이제 다 없어졌습니다."

"없어졌어?" 조영감은 미심쩍다는 듯 되물었다.

"설마, 그렇게 빨리 없어질 리가 없을 텐데?"

"그것들은 친구의 물건으로 본래 많지도 않았을 뿐더러, 사람들이 다 샀으니까요……."

"그래도 아직 조금은 남아 있겠지."

"지금은 문발 한 장이 있을 뿐입니다."

"그럼 그걸 내일 가져오게."

조영감은 마음이 썩 내키지 언짢아졌다.

"아Q, 이제부터는 무슨 물건이 생기는 대로 제일 먼저 우리에게 갖다 보여 주게나……. 값은 결코 딴 집들보다 헐하게 주지는 않을 테니까."

수재가 말했다.

수재의 아내는 아Q의 얼굴을 한 번 흘끔 쳐다보고 그의 반응을 살폈다.

"나는 모피 배자가 꼭 필요한데……."

조씨 부인이 다시 입을 열었다.

아Q가 승낙을 하기는 했으나 꺼림칙한 모습으로 나가 버렸으므로 그가 정말 마음에 새겨두었는지 그렇지 않은지는 알 수가 없었다. 이 일은 조영감을 매우 실망시켜 화를 돋우고 근심하게 해 심지어 하품하는 것까지도 잊어버리게 했다. 수재도 아Q의 태도에 대해서는 대단히 불만이었다. 그래서 "이런 은혜도 모르는 놈은 조심하지 않으면 안 된다. 할 수만 있다면 지보에게 일러서 그를 미장에서 쫓아내는 편이 나을지도 모른다!" 하고 말했으나 조영감은 점잖게 훈계했다.

"그렇지 않다. 그런 짓을 하면 원한을, 또 이런 장사를 하는 놈이란 대개 '매는 제 둥지 밑의 먹이는 먹지 않는다' 하니, 이 마을에선 걱정할 필요가 없다. 다만 각자가 밤중에 경계만 하면 되는 거야!"

수재는 이 훈계를 그럴듯하게 여겨 아Q 추방 제의를 즉각 철회했다. 그리고선 추칠 아줌마에게 이 이야기만은 절대로 남에게 지껄이지 말라고 간곡히 일렀다.

그런데 바로 이튿날이었다. 남색 치마를 검게 물들이러 나간 추칠 아줌마는 나간 김에 아Q가 수상하다는 소문을 퍼뜨린 것이다. 그러나 수재가 아Q를 추방하려 했다던 대목만은 확실히 말하지 않았다. 하지만 이것만으로도 벌써 아Q에게는 퍽 불리했다. 제일 먼저 지보가 찾아와 마지막 남은 문발을 가져갔다. 아Q는 조씨 부인에게 보여 줄 것이라고 말했으나, 지보는 돌려주지 않았을 뿐 아니라, 또한 매달 상납금을 내야 한다며 위협까지 했다.

다음에는 그에 대한 마을 사람들의 태도였다. 아직 그에게 함부로 굴지는 않았지만 어쩐지 그를 피하려는 눈치가 역력했다. 그런데 이런 분위기는 이전에 매를 맞을까 조심하던 때와는 사뭇 달랐다. 이번에는 그를 두려워하는 눈치가 더 많이 섞여 있었다.

다만 일부의 건달들만이 더욱 자세히 아Q의 내막을 알고 싶어 꼬치꼬치 캐물었다. 그러면 아Q도 그다지 숨기려 하지 않고 으쓱거리며 자신의 경험을 이야기했다. 이런 연후에야 비로소 그들은 아Q의 전후 사정을 알게 된 것이다. 아Q는 일개 단역端役에 불과하며 담도 넘지 못할 뿐 아니라, 안에도 들어가지 못하고 단지 문 밖에 서 있다가 훔친 물건을 받았을 뿐이었다.

어느 날 밤, 그가 막 꾸러미 하나를 받은 다음 주역主役이 다시 안으로 들어가자마자 안에서 와자지껄하는 소리가 들렸다. 그러자 두려워진 그는 급히 도망쳐 돌아왔는데 그 후 다시는 갈 마음이 없어졌다는 것이었다.

그러나 이 이야기는 아Q에게 더욱 불리하기만 했다. 왜냐하면 마을 사람들이 아Q를 경원한 것도 실은 원한을 살까 두려웠기 때문이었는데, 이제 보니 그는 두 번 다시 도둑질할 용기마저도 없는 좀도둑에 불과하지 않은가? 그야말로 두려워할 것도 못 되는 존재가 아닌가? 일이 이렇게 되자 미장에서는 모두들 아Q가 나쁘다고 말했다.

"총살당한 것은 곧 그가 나쁘다는 증거야! 나쁘지 않았다면 총살까지 당할 리가 없잖아?"

그러나 성안의 여론은 반대로 좋지 않았다. 그들의 대부분은 불평들이 대단했다.

"총살은 목을 자르는 것만큼 볼 만하지 않더군. 더구나 그렇게 시시한 사형수가 세상에 어디 있겠는가! 그렇게 오랫동안 거리를 끌려다니면서도 끝내 노래 한 곡 부르지 못하다니, 구경꾼들은 괜히 헛걸음만 쳤어!"

제7장 혁명

선통宣統 3년 9월 14일, 즉 아Q가 자신의 허리춤에 있던 주머니를 조백안에게 팔아버린 날이었다. 한밤중에 커다란 검은 배 한 척이 조씨 댁 강가 부두에 닿았다. 이 배는 칠흑 같은 어둠 속을 달려왔으므로 깊이 잠들어 있던 마을 사람들은 아무것도 알지 못했다. 그러나 나갈 때는 날이 밝을 무렵이었기 때문에 그걸 본 사람이 몇 있었다. 머지 않아 그것은 거인 영감의 배임이 확인되었다.

그 배는 미장에 커다란 불안을 가져왔다. 정오도 되기 전에 온 마을은 매우 술렁거렸다. 배의 사명에 대하여 조씨 댁에서는 물론 극비에 붙이고 있었으나, 찻집이나 술집에서는 모두 혁명당이 입성할 것 같아서 거인 영감이 우리 마을로 피난해 온 게 분명하다고 말했다. 다만 추칠 아줌마만이 그것을 부정했다. 아줌마 말로는 거인 영감이 헌옷 상자를 몇 개 맡기려 했지만 조영감에게 거절당하여 도로 가져갔다는 것이 전부였다.

사실 거인 영감과 조수재는 평소부터 사이가 좋지 않았다. 따라서 환난을 함께 할만큼 의리가 두텁지도 않았던 것이다. 또 추칠 아줌마는 조씨 댁과 이웃간이었으며 견문이 비교적 믿을 만했으므로 아마 그 여인의 말이 옳았을 확률이 컸다.

그러나 입 소문은 마구 퍼졌다. 소문인즉, 거인 영감이 직접 오지는 않은 모양이나, 조씨 댁과는 먼 친척이 된다는 장문의 편지를 보내왔다는 것이다. 그러자 조영감의 속셈이 달라졌다. 자신으로서는 손해 될 일이 없으므로 그대로 상자를 받아 놓았다가 지금은 그것을 부인의 침대 밑에 처박아 놓았다고 한다. 또 어떤 사람은 이렇게 말하기도 했다. 혁명당은 그 밤으로 성안에 들어왔는데 저마다 흰 투구에다 흰 갑옷을 입고 있었다는 것이다. 그리고 그것은 명조明朝의 숭정崇正황제를 추모하는 뜻에서 입은 상복이라는 것이었다.

아Q도 혁명당이란 말은 벌써부터 듣고 있었고 금년엔 자기 눈으로 혁명당이 처형되는 것까지 본 적도 있었다. 그러나 어디다 근거를 둔 것인지는 몰라도 아Q는 혁명당은 반역이며 반역은 그를 곤란케 하는 것이라는 일종의 확신을 갖고 있었다. 그래서 그는 지금까지 혁명당을 매우 미워하고 있었던 것이다. 그런데 뜻밖에도 백리 사방에 이름이 알려진 거인 영감 마저 그것을 이렇게 두려워하다니, 이건 정말 생각지도 못했던 일이었다. 이렇게 되니 그도 어쩐지 마음이 흔들리지 않을 수 없었다.

'혁명도 좋구나.' 하고 아Q는 생각했다.

'그래, 이 나쁜 놈들을 모두 죽여 버려라, 더러운 놈들! 미운 놈들!…… 나도 항복해서 혁명당이 되어야지.'

아Q는 요즘 용돈이 궁색하여 그렇잖아도 잔뜩 불평만 커지던 참이다. 더구나 대낮에 빈속에다 술을 두 사발씩이나 마셔서 더욱 빨리 취기가 올랐다. 이런 생각을 하면서 걷고 있자니 또다시 마음이 들뜨기 시작했다. 어찌 된 셈인지 갑자기 자기는 혁명당이고 미장 사람들은 모두 그의 포로라는 생각이 들기 시작했다. 그러자 그는 너무나 기쁜 나머지 무의식중에 큰소리로 떠들어대기 시작했다.

"혁명이다! 혁명이다!"

미장 사람들은 모두 공포의 눈초리로 그를 바라보았다. 그 가련한 눈초리란 아Q가 지금까지 한 번도 보지 못하던 것이었다. 그걸 보자 그는 한여름에 빙수라도 마신 듯 속이 후련했다. 더욱 신이 난 그는 고함을 질렀다.

"자! 이제 갖고 싶은 것은 모두 내 것이다. 맘에 드는 예쁜 여자도 모두 가질 수 있다. 지화자! 후회해도 소용없다. 술에 취해서 잘못 목을 벤 내 형제 정현제, 불쌍해라. 후회해도 소용없다. 아! 아! 아! 아! 지화자! 좋을 씨고! 내 손에 잡은 쇠채찍으로 네놈을 치리라……."

때마침 조씨 댁의 두 영감과 두 사람의 친척이 대문 앞에 서서 혁명이야기를 하고 있었다. 아Q는 그들을 거들떠보지도 않은 채 머리를 쳐들고 노래를 부르면서 곧장 지나갔다.

"지화자……."

"아Q씨."

겁먹은 얼굴의 조영감이 나지막하게 조심스런 목소리로 불렀다.

"좋을 씨고!"

아Q는 자기 이름에 '씨' 자가 붙으리라고는 생각지 않았으므로 자기와는 상관없는 일이거니 생각하고 그저 노래만 부를 뿐이었다.

"얼씨구나! 좋을 씨고."

"아Q씨."

"후회해도 소용없다……."

"아Q!"

수재는 하는 수 없이 '씨' 자를 빼고 이름을 불렀다.

아Q는 그제야 서서 고개를 돌리며 물었다.

"뭐야?"

"아Q씨……, 요사이……." 불러놓고 나니 조영감은 막상 할 말이 없었다.

"그래, 요사이…… 돈은 잘 버나?"

"돈을 버냐고? 아무렴. 필요한 것은 모두가 내 것……."

"아……Q형, 우리 같은 가난뱅이들은 걱정하지 않아도 되겠지……."

조백안은 마치 혁명당시의 속셈을 떠보기라도 하는 것처럼 조심조심 말했다.

"가난뱅이들이라고? 흐흐, 당신은 나보다 훨씬 부자잖아."

아Q는 그렇게 말하고 가 버렸다.

너무나 실망한 그들 일동은 넋을 잃은 채 아무 말도 하지 않았다. 조영감 부자는 집에 돌아와 저녁나절이 되어 불을 켤 때까지 의논을 멈추지 않았다. 조백안은 집에 돌아가자 허리춤에서 주머니를 끌러 아내에게 주며 상자 밑에 감춰 두게 하였다.

아Q는 마음이 들떠 신나게 돌아다니다가 사당에 돌아왔다. 술도 이제 거의 깨어 있었다. 이날 밤은 사당지기 노인도 뜻밖에 친절하게 그에게 차를 권했다. 아Q는 그에게 떡 두 개를 달라고 해서 먹은 후, 켜다 남은 150그램 짜리 양초와 촛대를 달라고 했다. 초에 불을 켜고 조그만 자기 방에 벌렁 드러누웠다. 그는 더할 나위 없이 기분이 상쾌하고 유쾌했다. 촛불은 마치 원소절原宵節 날 밤처럼 반짝반짝 빛났고, 그의 공상도 한껏 나래를 펴기 시작했다.

"혁명? 그거 재미있다……. 흰 갑옷에 흰 투구를 쓴 혁명당이 쳐들어온다. 저마다 청룡도며 쇠채찍, 폭탄, 총, 삼첨양인도三尖兩刃刀, 장도長刀 따위를 들고

서 사당 앞을 지나가며 '아Q! 함께 가세!' 하고 부른다. 그래서 나는 마을로 간다. 이 때 미장의 시시한 놈들 꼬락서니란 남자고 여자고 차마 눈뜨고 볼 수도 없지. 무릎을 꿇고 '아Q 목숨만은 살려줘!' 라며 애걸한다. 치, 누가 들어 준담! 우선은 소D와 조영감을 죽이자. 그리고 수재, 이어서 가짜 양놈…… 몇 놈이나 남겨 둘까? 왕털보는 남겨 둬도 상관없지만, 아냐 그놈도 없애 버려야지. 그리고 물건은…… 곧 뛰어들어가 상자를 연다. 마제은馬蹄銀, 은화, 모슬린 홑옷…… 수재 마누라의 남경식南京式 침대를 우선 사당으로 운반해 온다. 그리고서 전가네 탁자와 의자를 벌여놓고…… 그러지 말고 조가의 것을 쓸까? 난 손대지 말고 소D에게 운반시켜야지. 빨리 날라! 꾸물대면 갈겨 줄 테다……. 조사신의 누이동생은 정말 추물이지. 추칠 아줌마의 딸은 아직 젖비린내 나고, 가짜 양놈의 마누라는 변발 없는 사내와 동침했으니 흥, 좋은 물건은 못 돼! 수재 마누라는 눈꺼풀 위에 흉터가 있고…… 오씨 아줌마는 오래 못 봐서 지금 어디 있는지도 모른다…… 그런데 아깝게도 발이 너무 커."

아Q는 공상이 끝나기도 전에 벌써 코를 골았다. 150그램짜리 양초는 아직도 반밖에 닳지 않았고 흔들리는 빨간 불빛이 그의 헤벌어진 입을 비추고 있었다.

"어어!"

아Q는 별안간 큰소리를 지르면서 머리를 들고 사방을 두리번거리더니, 150그램짜리 양초가 눈에 띄자 또 머리를 숙이고 잠들어 버렸다.

다음날 그는 꽤 늦게 일어났다. 거리에 나가 보니 어제와 달라진 것은 하나도 없었다. 여전히 배가 고픈 것 역시 마찬가지였다. 그런데 갑자기 그는 무슨 좋은 수가 생긴 것처럼 천천히 걷기 시작하여 어느 틈엔지 정수암으로 향했다.

정수암은 봄철과 마찬가지로 조용했다. 그는 한참 생각한 뒤 문을 두드렸다. 개 한 마리가 안에서 짖어댔다. 그는 급히 벽돌 조각을 몇 개 집어들고 다시 가서 이번에는 한층 더 힘있게 두드렸다. 검은 문에 벽돌자국이 숱하게 찍혔을 무렵에야 비로소 누군가가 문을 열려고 나오는 소리가 들렸다. 아Q는 급히 벽돌 조각을 움켜쥐고 딱 버티고 서서 검둥개와 싸울 준비를 했다. 그런데 암자의 문이 빠끔히 열렸을 뿐 검둥개 따위는 보이지도 않았다. 들여다보니 늙은 여승뿐이었다.

"너, 또 뭣하러 왔어?"

그 여승은 깜짝 놀라며 물었다.

"혁명이야……. 알고 있어?"

아Q는 매우 애매한 투로 말했다.

"혁명, 혁명이라고? 혁명은 벌써 끝났어……. 너희들이 우리를 어떻게 혁명한다는 거야?"

늙은 여승은 두 눈에 핏대를 세우며 말했다.

"무어라고?"

아Q는 이해할 수가 없었다.

"넌 모르고 있었냐? 그 사람들이 벌써 혁명하러 왔다가 간 걸?"

"누가?"

아Q는 더욱더 알 수가 없었다.

"저 수재와 가짜 양놈 말이다!"

아Q는 너무도 뜻밖이라 그만 얼떨떨해졌다. 늙은 여승은 그의 풀이 꺾인 것을 보자 재빨리 문을 닫아 버렸다. 아Q가 다시 밀어 보았지만 문은 꿈쩍도 하지 않았다. 다시 두드려 보았으나 대답이 없었다.

그것은 벌써 그날 오전 중, 그러니까 아Q가 한참 잠들어 있을 때의 일이었다. 소식이 빠른 조수재는 빨라 혁명당이 밤새 성안에 들어왔다는 것을 알고 있었다. 그래서 금방 변발을 머리 위로 말아 올리고, 날이 밝는 대로 이제껏 사이가 안 좋았던 가짜 양놈을 방문했다. 바야흐로 모두 함께 새로워지는 때였으므로 그들은 의기투합하여 동지가 되었다. 그리고 함께 혁명으로 매진할 것을 굳게 맹세했다.

그들은 논의를 거듭한 끝에 간신히, 정수암에 있는 '황제 만세! 만만세!' 라는 용패龍牌야말로 제일 먼저 혁명의 제물로 바쳐야 한다고 생각해 냈다. 그리하여 곧 두 사람이 함께 암자로 혁명하러 갔다.

늙은 여승이 앞을 가로막자 두서너 마디 억지 심문을 한 끝에 그 여승을 청조淸朝 정부의 한패로 간주하고 단장과 주먹으로 실컷 때렸다. 그들이 가 버린 뒤 늙은 여승이 정신을 차리고서 자세히 살펴보았더니 용패는 벌써 땅 위에 산산조각이 나 있었고, 게다가 관음상의 보좌 앞에 있던 선덕宣德 향로도 보이지 않았다는 것이다.

이 사실을 안 아Q는 자신이 늦잠 잔 것을 매우 후회했으며 또한 조수재와 가짜 양놈이 자기를 부르러 오지 않은 것도 심히 원망스러울 뿐이었다. 돌아서던 그는 이렇게 중얼거렸다.

"놈들은 내가 이미 혁명당이 된 것을 아직 모르고 있는 모양이지?"

제8장 혁명 불허不許

시간이 흐를수록 미장의 인심은 조금씩 안정을 찾아갔다. 풍문에 따르면 혁명당이 성안에 들어오긴 했으나 별로 큰 변동은 없었다는 것이다. 지사知事 나리도 역시 그대로이고, 다만 관명을 조금 고친 데 지나지 않았다고 한다. 거인 영감도 무슨 벼슬자리 그대로였다. 다만 한 가지 무서운 일은 그 속에 혁명 당원 몇몇이 끼여 있어 혼란을 일으키고, 변발의 긴 머리들을 자르기 시작했다는 것이다. 들리는 소문으로는 이웃 마을의 선주 칠근七斤이가 제일 처음으로 여기에 걸려들어 차마 눈 뜨고는 볼 수 없는 꼴이 되었다는 것이다. 그러나 이것은 미장 사람들에게 그다지 큰 두려움을 주지는 못했다. 왜냐하면 미장 사람들은 본래 성안에 들어가는 일이 무척 드물었고, 비록 성안에 들어가려는 생각이 있었어도 곧 그 계획을 변경하기만 하면 그만이기 때문이다. 아Q 역시 성안에 들어가 친구를 방문할 작정이었지만 이 소문을 듣고는 생각을 바꾸었다.

그러나 미장에도 개혁이 전혀 없었다고는 말할 수 없었다. 시간이 지나면서 변발을 머리 꼭대기로 감아 올리는 자가 점차 늘어났다. 앞서 말한 대로 제일 먼저 앞장선 사람은 물론 조가의 수재 영감이었고, 다음은 조사신과 조백안, 그 뒤가 아Q였다. 만약에 여름철이었다면 사람들이 변발을 머리 꼭대기로 감아 올리거나 혹은 묶거나 해도 이상할 게 조금도 없다. 그러나 지금은 벌써 늦가을이므로 이 가을에 변발을 감아 올리는 사람들에게는 대단히 큰 결심이 아닐 수가 없었다. 따라서 미장에서도 개혁에 무관심했다고는 감히 말할 수 없게 되었다.

조사신 역시 뒤통수를 횅하게 해 가지고 다니자, 그것을 본 사람들은 저마다 한 마디씩 했다.

"야아, 혁명당이 오셨다."

이 말을 들은 아Q는 무척 부러워 견딜 수가 없어졌다. 그는 수재가 머리를 감아 올렸다는 소식은 벌써부터 듣고 있었으나, 자기도 할 수 있으리라고는 꿈에도 생각 못했다. 그런데 이제 조사신 마저도 하고 있다니, 비로소 흉내내 볼 의향이 생겨 마침내 결심을 굳히게 되었다.

그는 한 개의 대젓가락으로 변발을 머리 꼭대기에 감아 붙이고 한참 망설이다가 간신히 용기를 내어 거리로 걸어나갔다. 사람들이 그를 쳐다보았으나 그다지 크게 놀라는 것 같지 않았다. 아Q는 처음엔 불쾌했으나 나중에는 슬그머니 화가 났다. 그는 요즘 걸핏하면 짜증을 내곤 했다. 사실 그의 생활은 혁명 전에 비하여 조금도 어려워지지 않았다. 사람들은 그에게 공손했고, 상점에서도 예전처럼 현금을 요구하지 않았다. 그러나 아Q는 아무리 생각해 봐도 자신이 너무 쓸모 없이 느껴졌다. 혁명을 한 이상 이런 꼴이어서는 안 된다. 더구나 소D를 한 번 만나자 그는 더욱 배알이 뒤틀렸다.

소D도 대젓가락으로 변발을 감아 올려 꽂고 있었던 것이다. 아Q는 설마 소D까지 감히 이렇게 할 줄은 전혀 예상치 못했던 터였다. 아Q로서는 그가 그렇게 하는 것을 가만히 내버려 둘 수는 없었다. 소D 따위가 뭐야? 그는 즉각 놈을 붙잡아 놈의 대젓가락을 두 동강이 내서 변발을 풀어 내리고 뺨을 몇 대 때려, 그가 제 분수를 잊고 감히 혁명당이 되려고 한 죄를 잠시 징벌하고픈 생각이 간절했다. 그러나 결국 용서해 주고, 다만 무서운 눈으로 노려보며 "퉤!" 하고 침을 뱉고 돌아설 뿐이었다.

요 며칠 사이에 성안에 들어간 사람은 가짜 양놈 하나뿐이었다. 조수재도 상자를 맡아 준 인연을 믿고 친히 거인 영감을 방문할 작정이었으나, 변발을 잘릴 위험이 있었기 때문에 단념하고 말았다. 그 대신 그는 황산식黃傘式의 편지를 한 통 써서 가짜 양놈에게 부탁하여 성안으로 보내고, 더불어 거인 영감에게 자기를 소개하여 자유당에 입당시켜 주기를 당부했다. 돌아온 가짜 양놈은 수재에게 은화 4원의 입당 회비를 청구했다. 그리고 얼마 후 수재는 한 개의 은제 복숭아를 가슴에 달게 되었다.

이를 본 미장 사람들은 모두 감탄했고 이것은 시유당의 휘장으로 한림翰林과 대등한 지위라고들 말했다. 조영감은 이 때문에 다시금 갑자기 훌륭해졌는데 그것은 처음 수재에 급제했을 때보다도 더했다. 그는 눈에 보이는 것이 없었고, 무서운 것이 없어졌다. 그래서 아Q를 만나도 본체만체하였다.

아Q는 잔뜩 불평이 쌓인 데다 남들에 대한 열등감으로 괴로워하고 있던 차였는데, 이 은복숭아의 이야기를 듣는 순간 자기가 뒤떨어진 이유를 깨달았다. 혁명을 하려면 그냥 항복했다고만 말해서는 안 된다. 변발을 말아 올린 것만으로도 부족하다.

우선 역시 혁명당과 교제를 맺어 혁명 당원을 알아 놓아야 한다. 그가 평소에 알고 있는 혁명 당원은 단 두 사람뿐인데, 성안의 한 사람은 벌써 처형당했고 현재로는 가짜 양놈 한 사람만이 남아 있을 뿐이다. 그는 재빨리 가서 가짜 양놈과 의논하는 수밖에 다른 길이 없다고 생각했다.

전씨 댁 대문은 마침 열려 있었다. 아Q는 겁이 나 살금살금 발자국 소리를 줄여가며 들어갔다. 그는 안으로 들어서며 깜짝 놀랐다. 가짜 양놈은 안마당 한가운데 서 있었다. 온몸이 새까맣게 보이는 양복을 입은 그는 가슴에 은복숭아를 하나 달고, 손에는 아Q가 전에 고통을 당했던 단장을 들고 있었다. 이미 한 자 남짓 자란 머리채를 풀어서 어깨 위에 늘어뜨려 더부룩하게 엉클어진 꼴이 마치 그림에서 본 신선과도 같았다. 그 맞은편에는 조백안과 세 사람의 건달패가 부동의 자세로 마주보고 서서 마침 공손히 연설을 듣고 있는 중이었다.

아Q는 가만가만 걸어 들어가 조백안의 뒤에 서서 인사를 하려고 생각했으나, 어떻게 불러야 좋을지 몰랐다. 가짜 양놈이라 하면 물론 안 되고, 외국인이라 해도 적합하지가 않다. 혁명당이라 하기도 어색하고, 그러니 양洋선생이면 무난하지 않을까?

양선생은 좀처럼 그를 보지 않았다. 왜냐하면 눈을 부릅뜨고서 강연에 열중하고 있었기 때문이다.

"나는 성격이 급해서 그들과 만나면 늘 이렇게 말했어. '홍형! 우리 빨리 시작합시다.' 그런데 그는 늘 '노.'라고 말하지 ─ 이건 서양 말이라 너희들은 모른다 ─ 그렇지 않으면 우린 벌써 성공했을 거야. 그러나 이것이야말로 그의 일에 대한 신중한 자세라고 할 수 있지. 그는 나에게 몇 번이고 호북湖北으로 가라고 부탁했지만 아직 승낙을 하지는 않았다. 하지만 누가 이런 작은 현縣에서 일하려 하겠는가……?"

"에에…… 저, 아," 아Q는 그가 잠시 멈추기를 기다렸다가 마침내 용기를 내어 입을 열었으나, 어찌 된 셈인지 그를 '양선생' 하고 부르지는 못했다.

연설을 듣고 있던 네 사람은 모두 깜짝 놀라 그를 돌아보았다. 양선생도 그제야 비로소 아Q를 돌아보았다.

"뭐야?"

"저어······,"

"나가!"

"저도 혁명을 하려고······."

"나가라는 말 못 들었나?"

양선생은 건달패들도 모두 야단을 쳤다.

"선생님이 너보고 나가라고 말씀하시는데 너 뭐하고 있어!"

아Q는 손으로 머리를 감싸고는 정신없이 문 밖으로 뛰쳐나왔다. 양선생이 더 이상 쫓아오지는 않았지만, 그는 60보쯤 뛰어가서야 간신히 걸음을 늦추었다. 그러자 그의 마음속에 깊은 우수가 끓어올랐다. 양선생이 그에게 혁명을 허락하지 않는 한 그에게는 다른 길이 없었다. 그의 모든 포부·의지·희망·전도는 전부 말살되어 버린 것이다. 건달패들이 이 소식을 퍼뜨린다면 소D나 왕털보에게까지 웃음거리가 될 것은 뻔한 일이었다. 그러나 이제 그런 것쯤은 둘째 문제였다.

아Q에게 있어 이런 안타까움은 태어나서 처음 있는 일이었다. 그는 자기가 변발을 말아 올린 것조차도 무의미하다는 생각에 심한 모욕을 느끼기까지 했다. 앙갚음을 하고 싶은 마음에 당장이라도 변발을 풀어 내리려고 생각했으나 결국 풀지는 못했다. 그는 밤이 깊도록 거리를 쏘다니다가 술 두 사발을 외상으로 마셨다. 술이 뱃속으로 들어가자 점점 기분이 좋아져 마음속에 또 흰 투구와 흰 갑옷의 단편이 떠올랐다.

어느 날 그는 그전처럼 하릴없이 거리를 배회하다가 술집이 문을 닫을 때쯤 되어서야 천천히 사당으로 돌아왔다.

"딱, 펑!······."

그는 돌연 이상한 소리를 들었다. 분명 폭죽 소리는 아니었다. 아Q가 본래 구경을 즐기고 남의 일에 참견하기를 좋아했기 때문에 재빨리 어둠 속을 달려나갔다. 앞에서 사람들 소리가 나는 것 같다. 그가 소리에 귀를 기울이고 있을 때였는데, 별안간 아Q의 맞은 편에 있던 한 사람이 도망치는 것이 보였다. 이를 본 아Q는 재빨리 몸을 돌려 뒤쫓아갔다. 그 사람이 방향을 바꾸면 아Q도 따라서 방향을 바꾸었다. 그 사람이 멈춰 서자 아Q도 멈춰 섰다. 아Q는 뒤를 돌아다보았으나 아무도 없었다. 자세히 보니 그 사람은 바로 소D였다.

"뭐야?"

아Q는 은근히 울화가 치밀었다.

"조…… 조씨 댁이 약탈당했어!"

소D는 숨을 헐떡이며 말했다.

아Q의 가슴이 두근거렸다. 소D는 그렇게 말하고는 가 버렸다. 아Q는 뛰어가다가는 쉬고, 또 뛰어가다가는 쉬고 했다. 그래도 그는 이런 일에 경험이 있는 만큼 다른 사람보다 대담했다. 그래서 길모퉁이로 나가 귀를 기울이자 떠들썩한 소리가 들렸다. 자세히 보니 흰 투구에 흰 갑옷을 입은 많은 사람들이 끊임없이 상자와 가구를 메고 나오는 것이 보였다. 수재 마누라의 남경식 침대도 메고 나오는 것 같았으나 확실히는 알 수 없었다. 그는 앞으로 더 나가 보려 했으나 두 발이 움직여지지 않았다.

달이 없는 미장의 밤은 어둠 속에서 더욱 고요했다. 고요하기가 마치 복희 씨伏羲氏 시대의 평화로움을 떠오르게 했다. 아Q는 오랫동안 그 자리를 떠나지 않았다. 흰 투구에 흰 갑옷을 입은 사람들은 왔다갔다하면서 여전히 상자를 나르고 있는 모양이다. 수많은 상자와 가구들…… 너무 많은 물건이 집안에서 들려 나오는 바람에 그는 자신의 눈을 믿을 수가 없었다.

그러나 그는 그 이상 앞으로 나가지 않고 사당으로 돌아왔다. 사당 안은 더욱 깜깜했다. 그는 문을 닫고 자기 방으로 더듬어 들어가 한참 동안 누워 있었다. 그제서야 기분이 가라앉으면서 자신에 대해 생각할 여유가 생기게 되었다. 흰 투구에 흰 갑옷을 입은 사람들은 분명히 왔으나, 그를 부르러 오지는 않았다. 좋은 물건을 많이 날랐으나 자신의 몫은 없다. '이것은 전부 그 밉살스런 가짜 양놈이 나에게 혁명을 허락하지 않았기 때문이다. 그렇지 않다면 이번에 어째서 내 몫이 없단 말인가?

아Q는 생각하면 생각할수록 더욱 화가 치밀고 급기야는 마음 가득히 쌓인 울분을 참을 수가 없어 세차게 머리를 흔들며 중얼거리기 시작했다.

"나에게는 혁명을 허락하지 않고 네놈만 하겠다고? 개 돼지 같은 양놈. 어디 두고 보자, 네놈이 혁명을 했겠다! 혁명의 죄는 참수형이다. 내 어떻게 해서든지 고소해서 네놈이 관청으로 잡혀 들어가 목이 댕강 잘리는 꼴을 보고 말 테다. 네놈의 일가 모두 목이 잘리고 네놈의 재산도 전부 빼앗기게 될 거야. 댕강, 댕강!"

제9장 대단원 大團圓

조씨 댁이 약탈 당한 후 미장 사람들은 대부분 통쾌함과 두려움을 느꼈다. 이것은 아Q 역시 마찬가지였다. 그런데 그로부터 나흘 후였다. 아Q는 밤중에 별안간 체포되어 성안으로 끌려갔다. 마침 칠흑같이 어두운 밤이었다. 일대一隊의 병사와 일대의 자경단원自警團員, 일대의 경찰, 그리고 다섯 사람의 탐정이 어두운 밤을 이용하여 미장에 숨어 들어와 사당을 포위하고 문 정면에 기관총을 걸어 놓았다. 그러나 아Q는 뛰어나오지 않았다. 한참 동안 아무런 움직임도 없자 대장隊長은 조급해져 20냥의 상금을 걸었다. 그제서야 자경단원 두 사람이 위험을 무릅쓰고 담을 넘어 들어갔고 안팎이 호흡을 맞추어 한꺼번에 쳐들어가 아Q를 끌어냈다. 사당 밖에 걸어 놓은 기관총 앞으로 잡혀 나왔을 때에야 아Q는 겨우 정신이 들었다.

성안에 도착하였을 때는 벌써 정오였다. 아Q는 자기가 어느 허름한 관청으로 끌려 들어가 대여섯 번 모퉁이를 돌고 나서 조그만 방에 처박혀졌음을 알았다. 그가 비틀비틀하는 순간에 통나무로 만든 창살 문이 그의 발꿈치를 따라오듯 닫혔다. 창살 문 이외의 삼면은 모두 벽이었는데 자세히 보니 방 귀퉁이에 두 사람이 더 앉아 있었다.

아Q는 좀 불안했으나 그다지 괴롭지는 않았다. 왜냐하면 이 방이 오히려 그의 사당 침실보다 나았기 때문이다. 그 두 사람도 시골뜨기처럼 보였는데 아Q는 차차 그들과 사귀게 되었다. 한 사람은 그의 할아버지 대에 체납한 묵은 소작료를 지불하라고 거인 영감에게 고소 당했다는 것이며, 또 한 사람은 무슨 일 때문인지도 모른다고 했다.

그들은 아Q에게 물었다.

"나는 혁명을 하려 했기 때문이오." 하고 아Q는 분명하게 대답했다.

그는 오후에 창살 문 밖으로 끌려나갔다. 대청에 가 보니 앞에는 머리를 빡빡 깎은 노인 한 사람이 앉아 있었다. 아Q는 그가 혹시 중은 아닌가 하는 의

심이 들었다. 아래쪽에는 1소대의 병사가 서 있고 책상 옆에도 긴 두루마기를 입은 사람이 10여 명 정도 서 있었다. 그 가운데는 노인처럼 머리를 빡빡 깎은 사람도 있고 한 자 남짓한 긴 머리를 가짜 양놈처럼 뒤로 늘어뜨린 사람도 있었다. 모두 무서운 얼굴과 성난 눈으로 아Q를 노려보고 있었다. 아Q는 이 사람들은 반드시 권력 있는 사람들일 것이라는 생각이 들자 별안간 무릎의 힘이 저절로 빠져 그만 꿇어앉고 말았다.

"서서 말씀드려라! 꿇어앉으면 안 돼!" 긴 두루마기를 입은 사람들이 모두 꾸짖었다.

아Q는 그 말뜻을 알아듣기는 했으나 아무래도 서 있을 수가 없었다. 몸이 저절로 움츠러들어 그만 꿇어 엎드리고 말았다.

"저, 노예 근성같으니……."

긴 두루마기를 입은 사람이 경멸하듯 말했지만 다시 일어서라고는 하지 않았다.

"사실대로 말해라! 그렇지 않으면 매를 면치 못할 테니까. 내 다 알고 있으니 사실대로 말해라. 그러면 널 석방해 주겠다."

머리를 빡빡 깎은 노인이 아Q의 얼굴을 뚫어지게 쳐다보며 침착한 목소리로 똑똑히 말했다.

"말해라! 어서!"

긴 두루마기를 입은 사람이 덩달아 큰소리로 말했다.

"저는 사, 사실…… 자진해서……." 아Q는 멍하니 생각하다가 겨우 더듬거리며 말했다.

"그러면 왜 오지 않았는가?" 하고 노인은 부드럽게 물었다.

"가짜 양놈이 허락하질 않았습니다."

"허튼소리 마라! 이제 와서 무슨 말을 해도 이미 너무 늦었어. 네 패거리들은 지금 어디 있지?"

"무슨 말씀이신지……?"

"그날 밤 조씨 집을 약탈했던 놈들 말이다."

"그놈들은 저를 부르러 오지 않았습니다. 제놈들 끼리 멋대로 들고 간 것입니다."

아Q는 이렇게 투덜댔다.

"어디로 달아났지? 사실대로 말하면 석방해 주겠다." 노인은 더욱 부드럽게 말했다.

"전, 모릅니다……. 그놈들은 저를 부르러 오지 않았으니까요……."

노인이 한 번 눈짓을 하자 아Q는 또다시 유치장 안에 갇혔다.

그가 두 번째로 유치장에서 끌려 나온 것은 이튿날 오전이었다. 대청의 광경은 모두 전과 같아서 상좌에는 여전히 머리를 빡빡 깎은 노인이 앉아 있었다. 아Q도 역시 어제처럼 꿇어앉았다.

노인이 부드러운 목소리로 물었다.

"더 할 말은 없는가?"

아Q는 생각해 보았으나 별로 할 말이 없었다.

"없습니다."

그러자 긴 두루마기를 입은 사람들 가운데 한 명이 다가와 종이 한 장과 붓한 자루를 아Q 앞에 놓고, 붓을 그의 손에 쥐어 주려고 했다. 아Q는 이 때 거의 혼비백산할 정도로 깜짝 놀라지 않을 수 없었다. 왜냐하면 아Q로서는 붓을 만져 보기는 이번이 처음이었기 때문이다. 그는 붓을 어떻게 쥐는 것인지조차 알 수가 없었다. 그런데 그 사람은 종이를 가리키며 그에게 서명하라고 했다.

"저…… 저는…… 글을 쓸 줄 모르는데요."

아Q는 붓을 덥석 움켜잡고는 황송하고 부끄러운 듯이 말했다.

"그러면 너 좋을 대로 동그라미를 하나 그려라!"

아Q는 동그라미를 그리려고 했으나 붓을 잡고 있는 손이 너무 떨려왔다. 그러자 옆에 있던 사람이 그를 위해 종이를 땅 위에 펴 주었다. 아Q는 엎드려 있는 힘을 다해 동그라미를 그렸다. 그는 남들에게 웃음거리가 될까 두려워 동그랗게 잘 그리려고 마음먹었으나, 빌어먹을 이 붓이 지나치게 무거운 데다 또 말을 듣지 않아 떨면서 간신히 그려 거의 마무리하려 할 때 붓이 그만 위로 솟구쳐 수박 씨 모양이 되고 말았다.

아Q는 자기가 동그랗게 그리지 못한 것을 부끄럽게 생각했으나 그 사람은 문제 삼지도 않고 재빨리 종이와 붓을 가지고 가 버렸다. 그리고 여러 사람이 호위하여 아Q를 다시 유치장 안에 처넣어 버렸다.

그는 다시 유치장 안에 들어갔어도 그리 고민하지 않았다. 그의 생각으로는 사람이 이 세상에 태어난 이상 때로는 감옥에 들어가는 일도 있고, 또 때로는 종이 위에 동그라미를 그려야 할 때도 있는 것이다. 다만 동그라미가 동그랗게 그려지지 않은 것만은 그의 행장行狀 상의 하나의 오점이라고 생각했다. 그러나 오래지 않아 그것도 곧 잊어버렸다. 아무짝에도 쓸모 없는 놈이라야만 동그란 동그라미를 그릴 것이라고 그는 생각했기 때문이다. 그래서 그는 그냥 잠들어버리고 말았다.

그러나 이날 밤 거인 영감은 잠을 잘 수가 없었다. 그는 대장과 말다툼을 한창 하고 있던 중이었다. 거인 영감은 잃어버린 물건을 찾는 것이 가장 중요하고 시급하다고 주장했고, 경비대장은 죄인을 본보기로 징계하는 것이 먼저라고 주장했다. 대장은 요즘 거인 영감 정도는 전혀 마음에 두지 않고 있었다. 그래서 그는 책상을 탁탁 치면서 신경질적으로 말했다.

　　"한 사람을 벌하여 만인을 훈계하자는 겁니다. 내가 혁명당이 된 지 20일도 채 안 되는데 강도 사건은 벌써 10여 건에 이르고 범인은 모두 미궁에 빠져있으니, 내 체면은 뭐가 된단 말이오? 기껏 잡아놓으면 당신은 또 엉뚱한 소리나 하고 말입니다. 안 돼요! 이건 내 권한이니까!"

　　거인 영감은 매우 난처했으나 그래도 여전히 자기 주장을 굽히지 않았다. 그리하여 만약 잃어버린 물건을 찾지 못하면 자기는 즉각 민정 협조의 직무를 사임하겠다고 말했다. 그러자 대장은 태연하게 말했다.

　　"마음대로 하시오!"

　　그날 밤 거인 영감은 한잠도 잘 수 없었지만 그렇다고 다음날 사임한 것도 아니었다.

　　아Q가 세 번째로 끌려 나온 것은 거인 영감이 한숨도 못 잔 바로 다음날 오전이었다. 그는 대청으로 끌려나왔다. 상좌에는 역시 예전의 노인이 와 앉아 있었다. 아Q도 역시 전처럼 꿇어앉았다.

　　노인은 여전히 부드럽게 물었다.

　　"무슨 할 말이 없는가?"

　　아Q는 생각해 보았으나 특별히 할 말이 없었다.

　　"없습니다."

별안간 긴 두루마기를 입은 여러 사람과 짧은 옷을 입은 사람들이 그에게 달려들어 무명으로 만든 등거리를 입혔다. 거기에는 어떤 검은 글자가 씌어 있었다. 아Q는 기분이 상당히 나빠졌다. 왜냐하면 그것은 마치 상복처럼 느껴졌다. 상복을 입는다는 것은 아무래도 불길한 일이기 때문이었다. 그러나 그와 동시에 그의 양손은 뒤로 묶여졌고 곧장 관청 밖으로 끌려나갔다.

아Q는 포장 없는 수레에 태워졌다. 짧은 옷을 입은 몇 사람이 그와 함께 수레에 올랐다. 수레는 곧 움직이기 시작했다. 앞에는 총을 멘 경사와 자경 단원들이 있고, 길 양 옆으로는 많은 구경꾼들이 수군거리고 있었다. 뒤는 어떤지 아Q는 돌아보지 않았다. 그러나 그는 순간 아Q의 머리를 스쳐가는 생각이 있었다. 지금 나는 목을 잘리러 가는 것이 아닐까. 그러자 갑자기 눈앞이 캄캄해지고 귓속이 멍해져 정신을 잃을 것 같았다. 그러나 그는 정신을 잃지 않았다. 순간적으로 조급해지기도 했으나 한편으로는 도리어 태연해졌다. 그는 사람이 태어나 살다보면 때에 따라서는 목을 잘릴 수도 있다고 생각했다.

그는 형장으로 가는 길을 알고 있기 때문에 좀 이상하다고 생각했다. 수레는 왜 형장으로 가지 않는 걸까? 그는 이것이 본보기로서 거리에 끌고 다니는 것임을 전혀 눈치 채지 못했다. 그러나 알았다 해도 결국 마찬가지였을 것이다. 사람이 살다보면 때로는 본보기로 거리에 끌려 다닐 수도 있다고 생각했을 테니까.

마침내 그는 깨달았다. 지금은 멀리 돌아서 형장으로 가는 길이다. '댕강' 하고 목을 잘릴 것임에 틀림없다. 그는 넋을 잃은 사람처럼 멍하니 좌우를 둘러보았다. 사람들이 줄줄이 따라오는 게 마치 개미떼처럼 보였다. 뜻밖에도 길가의 인파 속에서 오씨 아줌마의 모습을 발견했다. 정말 오랜만이다. 그녀는 성안에서 일하고 있었던 것이다. 아Q는 갑자기 자기가 배짱이 없어 노래한 곡도 부르지 못한 것이 퍽 부끄럽게 느껴졌다.

그의 생각은 마치 회오리바람처럼 머리 속을 휘저었다 — '청상과부의 성묘'는 무게가 없고, '용호상쟁' 중의 '후회해도 소용없다'도 힘차지 않다. 역시 '이놈, 내 쇠채찍을 들고 네놈을 때려눕힐 테다'로 하자 — 그와 동시에 손을 쳐들려고 했으나 비로소 손이 묶여 있음을 깨달았다. 그래서 '쇠채찍……'도 부르지 않았다.

"20년만 지나면 다시 태어나……."

아Q는 이것저것 생각하던 중 이제까지 한 번도 입 밖에 내 본 일이 없는 틀에 박힌 사형수의 문구가 저절로 입에서 튀어나왔다.

"잘한다!"

군중 속에서 마치 이리가 울부짖는 듯한 소리가 들려 왔다.

수레는 쉬지 않고 계속 전진했다. 아Q는 박수 갈채 속에서 눈동자를 굴려 오씨 아줌마 쪽을 바라보았으나 그녀는 조금도 그에게 신경을 쓰지 않고, 그저 병사들이 메고 있는 총만을 정신없이 바라보고 있었다. 그래서 아Q는 다시 갈채를 보내고 있는 사람들을 죽 둘러보았다. 그 순간 그의 사념은 또다시 회오리바람처럼 머리 속을 휘저었다.

4년 전, 그는 산기슭에서 굶주린 이리 한 마리를 만났었다. 이리는 가까이 오지도 멀리 떨어지지도 않은 채 어디까지나 그의 뒤를 쫓으며 그를 잡아먹으려 했다. 그는 그 때 너무나 무서워서 죽을 것만 같았다. 다행히 손에 도끼한 자루를 들고 있었기에 힘을 내어 간신히 미장으로 돌아왔지만, 그 때 그 이리의 눈빛만은 영원히 잊을 수가 없다. 그것은 매우 불길하고도 무서웠으며 반짝반짝 도깨비불처럼 빛나는 것이 멀리서 그의 살을 꿰뚫을 것만 같았다.

그런데 그는 여태껏 보지 못했던 더욱 두려운 눈을 본 것이다. 그것은 둔하고 날카로워 이미 그의 말을 씹어 삼켰을 뿐 아니라 또 그의 육체 이외의 것까지도 집어삼키려는 듯 멀지도 가깝지도 않게 언제까지고 그의 뒤를 따라오는 것이었다. 이런 눈동자들이 하나로 합쳐지나 싶더니 벌써 그의 영혼을 물어뜯고 있었다.

"사람 살려……!"

그러나 아Q가 그 말을 하기 전에, 그는 이미 눈앞이 캄캄해지고 귓속은 멍해져 마치 전신이 작은 티끌같이 날아서 가루처럼 산산이 흩어지는 듯함을 느꼈다.

그런데 당시 가장 큰 영향을 받은 사람은 오히려 거인 영감이었다. 왜냐하면 끝내 잃어버린 물건을 찾지 못했으므로 그의 온 집안은 모두 울음바다가 되었기 때문이다.

그 다음은 조씨 집이었다. 수재가 성안으로 고소하러 갔다가 악질 혁명 당원에게 변발을 잘렸을 뿐 아니라 20냥의 포상금까지 빼앗겼기 때문이다. 이날부터 그들은 점차 왕조가 망하던 전시대 유신의 모습으로 변해갔다.

루쉰의 「아Q정전」은 '아Q'라는 인물의 행적과 죽음을 다룬 소설로서, 총 아홉 개의 장으로 구성되어 있습니다.

먼저 제1장은 서문의 역할을 하는 '서序'인데, 아Q를 가까운 거리에서 관찰한 듯한 작중 화자가 글을 쓴 목적, 아Q의 정체, 본적 등에 관해 말하고 있습니다. 이 서문에 의하면 아Q는 사람들이 그를 부르는 말일 뿐 정식 이름은 아닙니다. 또 그의 본적도 알아낼 수가 없습니다. 일면 무척 무책임한 서문처럼 보이지만, 실상 이 서문의 목적은 아Q의 정체를 알리자는 것이 아니라 아Q라는 사람이 실제로 있었다는 사실을 말하기 위해서입니다. 즉 이 허구의 풍자소설이 사실의 기록처럼 보이도록 하여 사실감을 획득하기 위한 것이죠.

〈우승의 기록〉이라는 소제목을 달고 있는 2장은 어리석고 성질 고약한 인물인 아Q의 이른바 '정신적 승리법'에 얽힌 일화를 담고 있습니다. 가난하고 무능한 주제에 아Q는 자존심이 무척 셉니다. 게다가 그에게는 사람들의 비웃음을 살 만한 신체적인 결함, 바로 '부스럼으로 생긴 대머리'가 있습니다. 아Q 스스로도 이를 부끄럽게 여겨 이와 발음이 비슷한 말을 하는 사람이 있으면 그것이 고의로 한 짓이거나 무심코 한 짓이거나 불문하고 대머리 전부가 빨개지도록 성을 내며, 말을 더듬는 놈이면 비아냥거리는 욕설을 뱉고 힘이 약한 놈이면 때렸습니다.

그러나 대개 거꾸로 제가 두들겨 맞았고, 아Q는 이내 방침을 바꿔 눈으로 흘겨보기만 했습니다. 이를 안 사람들은 아Q를 잡아 약 올리고, 심지어 그의 머리를 벽에 탕탕 부딪히게 합니다. 그러나 이런 굴욕적인 짓을 당하고도, 아Q는 그들이 가 버리고 나면 '나는 자식 놈한테 맞은 셈이다. 요즘 애들은 정말 돼먹지 않았어'라고 자위하며, 10초도 지나지 않아 스스로 만족하여 의기 양양하게 도박판으로 향하곤 합니다. 이런 아Q의 '정신적 승리법'을 잘 보여 주는 한 사건이 있습니다. 어느 날 아Q는 도박에서 큰 돈을 땄습니다. 그러나 어느 순간 왁자지껄한 싸움이 일어나면서, 아Q는 번쩍이던 은화도 모두 빼앗기고 몹시 두들겨 맞았습니다. 끝없이 처절한 심정으로 이번만큼은 자식 놈한테 빼앗겼다고 말해 보아도, '나는 벌레다'라고 말해 보아도 기분이 나아지지 않습니다.

그러나 역시 그에게는 '정신적 승리법'이라는 묘책이 있었습니다. 아Q는 오른손을 들어 힘껏 자기 뺨을 두세 차례 때립니다. 때린 것도 자신이고 맞은 것도 자신이나, 아Q는 자신은 그저 때리기만 했고 맞은 것은 다른 사람이라고 생각해 버립니다. 이 '정신적 승리법'으로 아Q는 다시 만족하고 의기양양해집니다.

3장은 2장의 연속으로, 〈속續 우승의 기록〉이라는 제목의 이야기입니다. 이 이야기에서 아Q는 조영감의 친척행세를 하다 조영감에게 따귀를 맞습니다. 그런데 조영감이 워낙 동네의 유명인사라 따귀를 맞은 아Q도 덩달아 유명해지는데, 아Q는 이를 알고는 우쭐해합니다.

그렇게 우쭐해하던 어느 봄, 술을 한 잔 걸친 아Q가 길을 걷다 담장 아래서 이를 잡고 있는 왕털보를 만납니다. 자신도 이를 잡아 볼까 하여 웃옷을 벗었지만, 평소 하찮게 여기던 왕털보보다 이가 훨씬 적었습니다. 불쾌해진 아Q는 왕털보에게 욕을 하며 시비를 걸고, 먼저 주먹을 휘두릅니다. 그러나 도리어 왕털보에게 머리채를 잡히고 두들겨맞게 됩니다. 한참 골이 난 상태에서 길을 걷는데 저쪽에서 전영감의 장남, 머리채도 없는 '가짜 양놈'이 오는 것이었습니다. 평소에는 그저 '중대가리' 하고 속으로 생각하고 말았지만, 기분이 퍽 안 좋은 상태라 그만 그 말을 입 밖에 내어버립니다. 이 말을 들은 가짜 양놈은 니스를 칠한 단장으로 아Q의 머리를 두들깁니다. 다른 사람한테 한 말이라고 변명해 봐도 소용없었습니다.

그러나 이 굴욕적인 사건도 아Q 특유의 정신적 승리법에 의해 곧 잊혀지고, 아Q는 금세 유쾌하고 의기양양한 사내로 돌아갑니다. 그런데 술집 문간까지 오자 한 여승이 보였습니다. 아Q는 평소 그 여승을 무시해 왔는데, 마침 굴욕적인 일을 당하고 난 후라 여승에게 다가가 장난을 치게 됩니다. 이 장난에 사람들이 웃자, 아Q는 더욱 신이 나 여승을 괴롭힙니다. 결국 여승은 울며 도망쳐 버리고 맙니다. 이처럼 아Q는 자신보다 강한 상대에게는 온갖 변명을 대며 빠져 나가려 하고, 자신보다 약한 상대에게는 고약하게 구는 못된 사내인 것입니다.

〈연애의 비극〉이라는 제목이 붙은 제 4장은, 3장의 마지막 부분에서 장난 삼아 여승의 뺨을 꼬집은 일에서 시작됩니다. 여승을 골려 준 후 거처로 돌아온 아Q는 이상한 기분에 잠을 이루지 못합니다. 엄지손가락과 집게손가락이 평소보다 이상하게 매끄럽다는 것을 느꼈기 때문입니다. 여자의 피부를 그렇게 만져 본 적이 없었기에, 아Q는 자신이 느끼고 있는 그 달뜬 감정이 무엇인지 잘 몰라 한참을 고민합니다.

그러다 결국 아Q는 자식을 가져야겠다고 결정을 내립니다. 문제는 자식을 낳아 줄 사람이었습니다. 정신없이 여자 생각만 하던 아Q는 앞에 앉아 넋두리하던 조영감 댁의 하녀 오씨에게 갑자기 달려들어 같이 자자고 말해 버립니다. 당연히 오씨는 울며 밖으로 뛰쳐나가고, 사람들에게 고자질합니다. 아

Q는 겨우 조영감 댁에서 도망쳤지만, 하루도 채 지나지 않아 지보地保 향촌에 상
주하는 치안계. 에게 붙잡혀 곤욕을 당합니다.

〈생계 문제〉라는 제목이 붙어 있는 5장으로 접어들면서, 이제 아Q에게는
안 좋은 일이 연속해서 일어납니다. 그 중 하나로, 이제껏 아Q가 도맡아 해
왔던 마을의 허드렛일이 애송이인 소D에게 넘어간 사건을 들 수 있습니다.
아Q는 분노하여, 소D를 만나면 혼내 주려고 다짐합니다. 그러던 어느 날 둘
은 마주칩니다. 소D는 몸도 작고 힘도 없는 말라깽이라, 자신보다 약한 상대
에게는 가차없이 덤벼드는 성격의 아Q는 다짜고짜 그에게 덤벼듭니다. 그러
나 그간 아Q는 배를 주려, 둘의 위세가 엇비슷해져 있었습니다. 둘은 서로 머
리채를 붙잡고 팽팽하게 맞선 상태로 반 시간 동안이나 사람들의 이목을 끌
다가, 결국 승부를 내지 못하고 헤어집니다. 배가 더 고파진 아Q는 절에 들어
가 무를 훔쳐 먹습니다.

제 6장은 〈중흥中興에서 말로末路까지〉라는 제목입니다. 굶주림에 지쳐 성
안에 갔다 한참 후 돌아온 아Q는 새 겹옷을 입고 있었으며 아무 데서나 돈 자
랑을 합니다. 아Q는 온 성내에 단 하나뿐인 거인擧人 영감 댁에서 일을 거들어
주고 있었다는 말로 더욱 사람들의 기를 죽여 놓습니다. 아Q는 비단치마며
모슬린 홑옷 등의 물건을 사람들에게 팔았고, 그래서 사람들은 아Q에게 굽실
거립니다. 그러나 곧 아Q가 어디서 그 물건들을 얻었는지, 돈은 어디서 생겼
는지가 밝혀집니다.

사실 아Q는 좀도둑 패거리의 일원으로 주역도 못되는 일개 단역이었고,
주역을 맡은 도둑이 붙잡히자 도망쳐 나왔던 것입니다. 이 사실이 알려지자
사람들은 더욱 아Q를 무시하게 됩니다. 그는 다시는 도둑질을 하지 않으려

는 도둑에 불과하니, 그야말로 두려워할 존재가 못되는 것입니다.

　제 7장 〈혁명〉에 들어서면서부터 이야기는 아Q 개인에서 시대적 상황으로 확대됩니다. 한밤중에 조씨 댁 도선장에 닿은 거인 영감의 배로 인해 마을 사람들은 불안에 휩싸입니다. 흰 갑옷을 입은 혁명당이 성내로 들어왔다는 소문과 관련이 있을 것이라 생각했기 때문입니다.

　그 와중에도 아Q는 엉뚱한 생각을 하게 됩니다. 평소 혁명당이란 모반謀反
국가나 군주를 배반하여 군사를 일으킴. 지금의 내란죄에 해당.이고, 모반은 자신을 곤란하게 만들 것이라 생각해 왔지만, 천하의 거인 영감이 혁명당을 그토록 두려워하는 것을 보고는 혁명도 꽤 좋은 것이고, 자신도 항복하여 혁명당이 되어야겠다고 결심한 것입니다. 아Q가 사방팔방으로 모반하겠다고 떠들고 다니자 사람들은 그를 두려워하게 됩니다.

　이윽고 밤이 되자 아Q는 사당에 누워 소D와 왕털보, 조영감, 수재, 가짜 양놈 등을 죽여 버리는 상상을 합니다. 또 그들의 재산을 마음껏 약탈하고 여자들을 겁탈하는 꿈을 꿉니다. 그러다 다음날 늦게 일어난 아Q는 여승이 있는

더 알아두기

작품 속의 '혁명'은 신해혁명 辛亥革命입니다. 신해혁명은 1911년에 일어난 중국의 민주주의 혁명으로, 제1혁명 또는 민국혁명이라고도 합니다. 소수 민족인 만주족이 세운 청나라가 쇠퇴하자 중국인의 대다수를 이루는 한민족을 중심으로 모반이 일어났습니다. 이 모반이 점차 체계와 조직을 갖추어 혁명으로 발전하는데, 이로 인해 청나라가 멸망하여 2천 년 동안 계속된 전제정치가 끝나고 중화민국이 탄생하게 됩니다.

정수암으로 가 '혁명'을 하겠다고 선언합니다. 눈이 퉁퉁 부은 여승은 이미 조수재와 가짜 양놈 둘이 와 '혁명'을 해 버렸다고 말합니다. 아Q는 그들이 자신을 부르러 오지 않은 것에 대해 괘씸하게 생각합니다.

〈혁명 불허〉라는 제목을 달고 있는 제 8장에서 아Q는 혁명당 흉내를 내려고 고군분투합니다. 혁명당 사람들처럼 머리를 틀어 올리고, 끝없이 무시당함에도 불구하고 혁명당 사람들과 교제하려 여기저기 다닙니다. 그러다 조영감 댁이 약탈당하는 현장에 있게 됩니다. 아Q는 약탈에 전혀 참여하지 못했는데, 그 이유를 가짜 양놈이 자신을 끼워주지 않았기 때문이라고 생각한 아Q는 그들을 고소해 목이 잘리게 하겠다고 앙심을 품게 됩니다. 이처럼 아Q에게 있어서 '혁명'이란 남의 물건을 훔치고, 남에게 해코지를 하는 능력을 갖게 되는 것 이상의 의미가 없었던 것입니다.

9장은 〈대단원〉이라는 제목을 달고 있습니다. 약탈 현장에서 돌아와 잠을 자던 아Q는 밤중에 체포되어 연행됩니다. 아Q는 머리를 빡빡 깎고 상좌에 앉아 있던 노인으로부터 심문을 받는데, 현장에 있었을 뿐 약탈에 전혀 참여하지 못했기에 노인이 묻는 말에 제대로 답변을 못합니다.

노인은 본보기로 아Q에게 사형을 언도하고, 조리를 돌립니다. 사람들은

 더 알아두기

루쉰은 '중국 문학의 아버지'로 평가되고 있습니다. 뛰어난 소설문학 창작은 물론 고골리의 「죽은 넋」을 번역하는 등 외국문학을 연구, 번역했으며 《맹아萌芽》, 《대중문예大衆文藝》, 《북두北斗》, 《문학文學》, 《역문譯文》, 《작가作家》 등의 잡지와 관련된 일을 했습니다.

조리돌림을 당할 때 아Q가 창 한수도 읊지 않은데 대해, 또 아Q의 목을 자르지 않고 총살시킨데 대해 재미없었다고 불만을 터뜨립니다.

전체적으로 보자면 「아Q정전」은 '아Q라는 인물의 됨됨이 설명', '아Q가 살아가는 방식', '혁명 속의 아Q', 이렇게 세 부분으로 나눌 수 있습니다.

1장은 아Q라는 인물의 됨됨이를 설명한 부분이고, 2장에서 6장까지는 아Q가 살아가는 방식을 보여 주는 부분입니다. 그리고 마지막으로 7장부터 9장까지는 혁명의 물결에 휩쓸린 아Q의 사고와 행동, 그리고 처형을 담고 있습니다. 이렇게 세 부분으로 나눠 보면 이 소설의 전체적인 구조가 한결 선명해집니다.

이상에서 보듯 아Q는 사회에 도움이 되기는커녕 해나 끼치는 인물입니다. 또 공허한 영웅심에 빠져 있는 동시에 절망적인 패배감에 노출되어 있는 어리석은 사람입니다. 작가 루쉰은 그런 아Q의 비극적인 생애와 이른바 '정신적 승리법'을 통해 현실을 똑바로 보지 못하고 자기만족으로 살아가는 중국인의 나태와 자기애, 민족적 위기에 빠져 있으면서도 대국의식을 버리지 못하는 낡은 지식인들을 통렬히 조롱하고 각성을 촉구한 것입니다.

● 아Q란 인물의 특징을 상세히 설명해 보세요.

● 아Q는 어리석은 인물임에 틀림없습니다만, 그 주위의 여러 인물들도 현명하거나 슬기롭다고 보기는 힘듭니다. '거인영감', '조영감', '전영감', '조수재'와 '가짜 양놈' 등으로 불리는 인물들도 마찬가지인데, 특히 이들의 사회적 위치와 관련지어 이들을 비판해 봅시다.

● 소설에 나타난 '혁명'이 일반 민중에게 미친 영향은 무엇일까요?

작품의 마지막 점검

구성	발단	서문과 아Q에 대한 설명, 그리고 그의 정신 승리법.
	전개	아Q의 비굴하고 비열한 삶.
	절정	혁명과 관련된 아Q의 부적절한 인식과 처신.
	결말	아Q의 처형.
핵심정리	주제	우매한 중국민중에 대한 조롱과 질책.
	소재	공허한 영웅심과 비굴한 패배감에 물든 한 어리석은 사내의 삶과 죽음.
	갈래	중편소설
	시점	3인칭 관찰자 시점
	배경	신해혁명 당시의 중국 소도시.
작중 인물의 성격	아Q	약한 자에게는 무섭게 굴고, 강한 자에게는 비굴하게 구는 사람. 많은 사람들에게 조롱을 당해도 개의치 않고, 자기만의 세계에서 희희낙락거리며 살아감. 개화되기 전의 우매한 중국 민중을 상징하고 있음.
	그 외 주변 인물들	조영감, 조영감의 아들 조수재, 전영감, 전영감의 아들 가짜 양놈, 지보, 추칠 아줌마, 여승, 왕털보, 소D, 조영감 댁 하녀 오씨, 거인 영감, 사당지기 노인.

넌 무식쟁이, 난 유식쟁이!

일상 생활에서 글을 쓸 때나 대화를 나눌 때, 은유나 비유를 위해 자주 쓰는 표현 중에 하나가 바로 한자성어죠. 한자성어를 써서 적절하고 알맞은 표현을 하면 유식해 보이기도 하는데요, 하지만 적절한 우리말 표현이 있는데도 굳이 한자성어를 쓰거나 남용하는 것은 좋지 않답니다. 유식한 척하려다가 오히려 무식한 사람이 되지 말고, 이왕에 한자성어를 사용하려면 그 뜻을 정확히 알고 올바르게 쓰자구요.

산수갑산 ✕ ⋯▶ 삼수갑산 ○

'삼수갑산에 가더라도 우선 먹고나 보자.'는 말을 흔히 들을 수 있는데요, 여기서 '삼수三水'와 '갑산甲山'은 둘 다 함경도에 있는 지역의 이름입니다. 두 곳은 모두 유배지로 알려진 험한 곳이지요. 그래서 최악의 상황에 처했을 때를 일컬어 '삼수갑산에 가는 한이 있어도'라고 말하기도 하죠. 하지만 많은 사람들이 '삼수'를 '산수山水 경치.가 수려하다.'라고 할 때의 '산수'로 잘못 알고 사용하는 경우가 있답니다.

야밤도주 ✕ ⋯ 야반도주 ○

야반도주夜半逃走는 '한밤중에 도망하는 것' 을 이르는 한자성어죠. 여기서 '야반夜半' 은 우리말 '밤중' 과 같은 뜻의 말입니다. 한데 흔히들 '야밤도주' 라고 말하는 것은 똑같은 뜻의 한자말과 우리말, 밤을 나타내는 한자 '야夜' 와 우리말 '밤' 을 겹쳐서 사용하는 잘못된 경우랍니다.

전입가경 ✕ ⋯ 점입가경 ○

'들어 갈수록 아주 재미가 있어짐' 을 뜻하는 점입가경漸入佳境을 전입가경으로 잘못 알고 있는데요, 그 이유는 발음상의 오류에서 비롯됩니다. 점입가경을 [저밉가경]이라 읽지 않고 [저닙가경]이라고 읽기 때문이죠. 올바르게 발음하는 것도 중요하겠죠?

동병상린 ✕ ⋯ 동병상련 ○

동병상련同病相憐의 '憐' 을 '린' 으로 잘못 읽어 '동병상린' 이라 말하는 경우가 많은데, 이런 표현은 바로잡아야 하겠죠!

변신

✽ 읽기 전에 생각하기

프란츠 카프카는 현대문학사에서 대단히 중요한 위치를 차지하고 있는 작가입니다. 「성」, 「심판」, 「유형지에서」, 「아메리카」 등 몇 편 되지 않는 그의 작품들은 이미 모두 고전의 반열에 올라 있습니다. 그의 모든 작품은 현실을 초월한 세계를 탐구하고 표현하고 있습니다. 이러한 사조를 초현실주의라고 하는데, 특히 카프카는 이성과 논리가 통하지 않는 악몽과도 같은 세상을 그려내어 제2차 세계대전 이후 전쟁으로 말미암아 노출된 인간 존재의 본질적인 취약성을 예언적인 시각으로 통찰한 작가입니다. 그러므로 그의 작품은 오늘날 유행하고 있는 호기심 위주의 엽기 · 잔혹 소설과는 당연히 구분되어야 할 것입니다.

Kafka, Franz

● 프란츠 카프카

기괴하고 수수께끼 같은 작품세계로 끊임없이 상상력의 나래를 펴게 하는, 신비하고도 난해한 현대문학을 대표하는 작가. (1883~1924)

프란츠 카프카는 오스트리아·헝가리 제국에 소속된 보헤미아 왕국오늘날의 체코의 수도 프라하에서 1883년 7월 3일 유대계 상인의 아들로 태어났습니다. 1848년 프란츠 요세프 1세에 의해 도시로의 유대인 이주를 허용하는 '유대인 해방령'이란 것이 내려졌는데, 카프카의 아버지 헤르만과 어머니 율리에 뢰비는 이 시기에 열심히 일하여 프라하 상류사회로 갓 진입한 사람들이었습니다. 카프카의 아버지는 사업의 성공에 몰두한 지독한 일벌레였고 어머니 또한 아버지의 사업을 도와야 했기 때문에 어린 카프카는 유모, 보모, 식모, 가정교사 등 줄곧 남의 손에 의해 키워졌습니다.

상인으로 성공한 카프카의 아버지는 카프카에게서 상인의 기질을 찾을 수 없었다고 합니다. 그래서 그는 카프카를 실업학교로 진학시키는 대신 인문 중·고등학교인 프라하의 황실 부설 중·고등학교에 입학시켰습니다. 이곳에서 카프카는 평생을 두고 교우하는 몇 명의 중요한 친구들을 만나게 됩니다. 그들은 바로 카프카에게 사회주의적 지식을 전수해 준 루돌프 일로비, 시오니스트 후고 베르크만, 훗날 노동재해 보험국에 카프카를 추천해 준 보험국 사장의 아들 에발트 펠릭스 프리브람, 그리고 오스카 폴락입니다. 특히 나이에 비해 조숙했던 오스카 폴락은 외부 세계와 단절한 채 살았던 카프카와 외부를 잇는 다리역할을 하며 그의 예술과 철학에 깊은 영향을 주었습니다.

1901년 프라하 대학으로 진학한 카프카는 주로 문학과 예술사 강의를 들었지만 전공은 독문학에서 부모님이 원하는 법학과로 바꿉니다. 카프카는 아버지의 요구로 모든 교육을 독일어로 받고 독일어로 작품을 쓰기는 했지만 그가 소설에서 사용하는 독일어의 어휘가 풍부하다거나 생동감 넘치는 문장이라는 평은 받지 못합니다.

그를 둘러싼 가족, 시대의 억압은 그를 내면의 세계로 깊이 빠져들게 했습니다. 카프카는 프라하의 상층부를 장악하고 있던 독일인에게는 유대인이라는 이유로, 같은 유대인들로부터는 시오니즘 zionism 세계 각지에 흩어져 있던 유대인이 그들 선조의 땅인 팔레스타인에 조국을 재건하려던 운동. 에 반대한다는 이유로 배척받았습니다. 자연스레 카프카는 사회의 억압적인 구조를 혐오했고, 그것을 악몽으로 여겼으며, 평생 억압이 없는 이상사회를 꿈꾸게 되었습니다. 더불어 노동계급의 권익 향상을 위한 성명서를 만들고, 아나키즘 anarchism 무정부주의. 의 원조인 크로포트킨의 저서를 읽고, 사회주의 서클에서 활동하기도 했습니다. 그 후 1906년 6월 18일 프라하 대학 법학박사 학위를 받은 카프카는 민사재판소에서 법무실습을 하면서 법관과 작가 사이에서 자신의 진로를 고심하였습니다. 그러다가 결국 이듬해 일반 보험회사에 취직하고 평생 이곳에서 근무하게 됩니다.

그는 힘든 직장생활을 하면서도 글을 쓸 시간을 얻기 위해 엄격한 자기 절제의 생애를 보냈습니다. 오전 8시부터 오후 2시까지 보험국의 일을 마치고 귀가해서 3시부터 7시 반까지 잠을 잤습니다. 그리고는 친구들과 혹은 혼자서 한 시간 동안 산책을 하고 가족들과 저녁식사를 했습니다. 그런 다음 밤 11시경에 글을 쓰기 시작해서 새벽 2시나 3시 혹은 좀더 늦게까지 작업을 했습니다. 또한 카프카는 출장을 통해 자본주의 세계의 내면을 속속들이 꿰뚫어 보는 경험도 하게 되었습니다. 그리고 그는 시위운동에도 참가하고, 사회혁명가의 집회 믈라디찌 클럽에 참여하기도 했습니다. 이러한 성향 때문에 클라우스 바겐바흐는 카프카를 서민대중 편에 선 그 시대 유일의 작가라고 말하고 있습니다.

　1912년 펠리체 바우어를 알게 된 카프카는 그녀와의 무수한 편지 왕래 속에 창작 의욕을 부추기게 되는 계기를 갖게 되지만 동시에 결혼이라는 억압의 제도 사이에서 갈등합니다. 부활절 휴가를 맞아 카프카는 처음으로 베를린의 펠리체를 방문했고, 성령 강림절 때의 두 번째 방문시에는 그녀의 가족을 소개받았습니다. 이처럼 카프카는 펠리체와의 결혼을 진지하게 고려했으나, 결국 자신은 문학과 괴리된 삶을 영위할 수도 없고 본성이 폐쇄적이고 사교성이 없다고 고백함으로써 사실상 결혼을 포기했습니다. 그러나 이후에도 카프카와 펠리체의 어정쩡한 상태는 계속되었습니다.

　그 사이에 카프카는 정체가 알려지지 않은 스위스 여인에게 잠시 빠지기도 하고, 펠리체와 비공식적인 약혼식을 올리기도 합니다. 하지만 유능한 아버지 헤르만과 스스로를 비교해서인지, 카프카는 자기 자신이 무기력하고 무능하다고 생각하고 그렇기 때문에 자신은 사랑이나 결혼을 통해 구원될 수 없다고 여깁니다. 이러한 이유로 그는 펠리체와의 결혼을 족쇄로 느끼고 결국 약혼 6주 만에 파기합니다. 1917년 7월 다시 약혼을 하지만 자신이 폐결핵에 걸렸다는 것을 알자 다시 파혼한 카프카는 그 해 9월 동생 오틀라의 농장이 있는 취라우로 떠납니다. 카프카는 취라우에서의 생활을 통해 약혼녀 펠리체, 직장, 프라하, 부친 등 그를 둘러싸고 있던 모든 일상의 세계와 결별하고자 했던 것입니다.

　1922년 카프카는 건강상의 이유로 보험국을 퇴직하고 여동생 엘리와 함께 발트 해의 뮈리츠로 휴가를 떠납니다. 그는 이 곳에서 그의 마지막 생애를 함께 할 여인을 만나게 되는데 그가 바로 도라 디아만트라는 스무 살의 아가씨입니다. 도라에게 흠뻑 빠진 카프카는 그녀와 함께 베를린으로 가서 살았는데, 제1차 세계대전 패전 후 독일의 살인적인 인플레이션에도 불구하고 매우 행복해했다고 합니다. 카프카는 주위의 온갖 반대를 물리치고 그의 생애를 통틀어 처음이자 마지막으로 자신의 가정을 꾸몄습니다. 이 때에도 역시 카프카는 많은 작품을 집필했는데 대부분은 카프카의 요청으로 도라가 소각하였고, 나머지는 훗날 비밀경찰에 의해 압수되었습니다. 도라와의 베를린 생활은 행복했지만 이 시기 카프카의 병세는 더욱 악화되었습니다. 극심한 생활고로 영양부족에 시달렸던 것이 그의 병세를 치명적인 상태로 몰았기 때문입니다.

이를 염려한 외가쪽 친척들에 의해 다시 프라하로 옮겨진 카프카는 요양을 위해 비엔나 근교의 뷔너발트 요양소로 옮겨졌고, 다시 비엔나 대학 부속병원으로, 그리고 1924년 4월 말경에는 키에를링의 호프만 박사의 요양소로 옮겨졌습니다. 도라는 그의 곁을 밤낮으로 지키며 간호했지만 1924년 6월 3일, 카프카는 자신의 41세 생일을 한 달 남겨 놓고 세상을 등졌습니다. 프란츠 카프카는 6월 10일, 프라하의 신 유대인 묘지에 묻혔습니다.

1

그레고르는 흉측한 벌레
가 되어 버린 자신을 보았다. 악몽에서 막 깨어난 순간이었다. 갑옷처럼 딱딱
한 등이 느껴졌다. 머리를 살짝 들자 둥글게 부풀어오른 복부로 시선이 갔다.
몇 줄기로 갈라진 골이 움푹 들어가 있었다. 복부에 걸린 이불이 금방이라도
미끄러져 내릴 것 같았다. 불안하게 꿈틀거리는 다리는 여러 개였지만 몸통
에 비해 비참할 정도로 가늘었다.

'도대체 무슨 일일까?' 하지만 꿈이 아니었다. 주위를 둘러보았다. 비좁긴
하지만 인간이 사는 방, 분명 그의 방이었다. 벽도 눈에 익은 그대로였다. 테
이블 위에는 옷감 샘플들이 어지럽게 널려 있었다. 며칠 전에 화보를 보다가
오려서 금박 액자에 넣어 걸어 둔 그림도 여전히 테이블 옆 벽에 걸려 있었

다. 모피 모자에 모피 목도리를 두르고 커다란 모피 토시에 양팔을 푹 집어넣어 앞으로 내민 채 단정한 자태를 뽐내는 귀부인의 초상화였다.

이번엔 창 밖을 내다보았다. 음산한 공기가 기분을 더 우울하게 했다. 곧이어 양철판을 두드리는 빗방울 소리가 들렸다. '잠이나 자 두자. 이런 멍청한 생각은 그만두고.' 하지만 불가능했다. 오른쪽으로 돌아누워야 잠이 드는데, 지금 같은 몸으로는 그럴 수가 없었던 것이다. 아무리 애써 봤자 몸만 흔들리다가 결국은 원래 누웠던 자세가 되고 말았다. 백 번도 넘게 시도하는 동안 눈은 꼭 감아 버렸다. 수많은 다리들이 허우적대는 걸 보고 싶지 않았던 것이다. 그때 옆구리에서 낯선 통증이 느껴졌다. 결국 오른쪽으로 돌아눕겠다는 의지를 접어야 했다.

'젠장! 어쩌다 이렇게 힘든 일을 시작했을까! 눈만 뜨면 출장이다. 사무실 근무도 귀찮긴 마찬가지지만, 외판은 훨씬 고되다. 게다가 출장을 다니다 보면 고생이 이만저만이 아니다. 항상 열차 시간을 염두에 둬야 할 뿐더러, 식사는 불규칙하고 조잡하기 이를 데 없다. 온갖 사람들을 다 만나야 하는 건 또 어떻고. 한 사람을 지속적으로 만나는 게 아니라 모든 만남이 일회적이다 보니 마음을 열고 친해지는 사람은 하나도 없다. 생각만 해도 지긋지긋하다.'

복부의 불룩 튀어나온 부분이 가려웠다. 머리를 좀 쳐들려고 드러누운 채 몸을 위쪽으로 밀었다. 한참을 애쓴 덕에 가려운 자리가 보였다. 조그만 점들이 복부 가득 하얗게 붙어 있었다. 다리 하나를 움직여 만져 보려고 하다가 이내 움츠리고 말았다. 다리가 슬쩍 닿는 순간 소름이 끼쳤던 것이다.

몸을 끌고 처음 누웠던 자리로 돌아갔다. '너무 일찍 일어나는 바람에 이런 꼴을 당한 거야. 사람은 원래 잠을 푹 자야 하는 거라고. 다른 판매사원들을 봐. 다들 후궁의 시녀들처럼 지내잖아. 내가 아침 일찍 나가서 한 건을 끝내고 오전 중에 돌아와서는 주문 받은 걸 정리하고 기입할 때쯤 되면 그들은 겨우 아침을 먹기 시작한다. 내가 그랬다가는 당장 해고당할 것이다. 그렇게 여유를 부리며 살고 싶은 건 나도 마찬가지다. 부모님만 아니면 진작에 사표를 던졌을 것이다. 당당하게 사장실 문을 열고 들어가 맘속에 있는 말을 다 쏟아버리면 그는 놀라서 책상 밑으로 굴러 버리고 말 것이다. 사장이 책상에 걸터앉아 어깨너머로 내려다보며 얘기하는 건 정말 고약한 버릇이다. 게다가 귀까지 어두워서 아주 가까이 다가가지 않으면 안 된다. 하지만 희망이 없는 건 아니다. 5,6년은 걸리겠지만, 어쨌든 부모님 빚만 갚으면 그렇게 하고야 말 것이다. 내 인생이 달라지는 순간이 되리라. 하지만 그건 나중 일이고, 지금은 우선 일어나야 한다. 새벽 5시 기차를 타야 한다.'

다음 순간 서랍장 위에서 째깍거리는 자명종 시계를 쳐다보았다.

6시 30분을 지나 45분에 가까워지고 있었다. 알람이 울렸을 텐데. 4시 정각에 울리도록 맞춰 놓은 걸 확인했다. 그렇다면 분명 울렸을 것이다. 방 안 가득 울렸을 텐데 편안히 잤다는 게 믿어지지 않았다. 어쩌면 밤새 푹 잔 게 아닐 수도 있었다. 계속 뒤척이다가 곯아떨어진 후에 시계가 울렸을지도 모른다. '그건 그렇고 이제 어쩐단 말인가? 7시 기차라도 타려면 미친 듯이 서둘러야 할 텐데.' 아직 샘플 포장조차 못한 상태였다. 게다가 활기차고 유쾌한 기분도 아니었다.

'어떻게든 기차를 탄다고 해도 사장의 불벼락은 고스란히 내 몫이다. 나를 기다리던 사환 아이가 이미 사장에게 일러바쳤을 테니까. 사장에게 붙어 아첨이나 하는 줏대도 이해심도 없는 놈이니 그러고도 남을 것이다. 몸이 아프다고 하면 어떨까? 결국은 더없이 괴로운 일이 될 것이다. 수상쩍어할 게 틀림없다. 지난 5년 동안 한 번도 아픈 적이 없었는데, 순순히 믿어 주겠는가. 설령 믿는다면 당장 의사를 데려올 테고, 가정 교육을 어떻게 시킨 거냐고 부모님을 닦아세울 것이다. 게다가 의사에게 진찰을 받는 날엔 모든 게 끝장이다. 일하기 싫어서 꾀병을 부리는 거라고 단정지어 버릴 것이다. 그렇다고 의사를 탓할 일은 아니다.'

사실 그레고르는 한잠 푹 자고 나면 피곤이 완전히 가시진 않아도 개운해지면서 입맛이 돌곤 했다.

상념에서 깨어나 그만 일어나야겠다고 결심하는 순간 시계 바늘이 6시 45분을 가리켰다. 이어서 침대 머리맡 쪽에 있는 문을 조심스럽게 두드리는 소리가 들렸다.

"그레고르야!" 어머니가 부르는 소리였다. "6시 45분이다. 출근 안 하니?" 부드러운 목소리였다.

다음 순간 그레고르는 어머니한테 대답하는 목소리를 듣고 깜짝 놀랐다. 분명 자기 목소리였다. 그런데 어떻게 해볼 수도 없을 만큼 괴로운 듯한 소리가 찍찍거리며 섞여 나오는 거였다. 처음에 튀어나온 소리는 또렷하게 들렸지만 찍찍거리는 소리가 섞이면서 말끝이 흐려져 버려 어머니가 제대로 알아들었을지 의아했다. 그레고르는 차분하게 설명하려고 했지만 겨우 이렇게 대답할 뿐이었다. "네! 네! 어머니 고맙습니다. 지금 일어납니다." 나무 판자로 만든 문이라서 아들의 목소리가 변했다는 것도 모를 터였다.

어머니는 안심이 됐는지 다리를 끌며 가 버렸다. 그 바람에 다른 가족들도 그레고르가 아직 출근 전이라는 걸 알고 말았다.

| 프란츠 카프카 | Kafka, Franz |

과연 다른 쪽 문을 두드리는 아버지의 목소리가 들렸다. "그레고르, 그레고르! 도대체 무슨 일이냐?" 얼마 동안 기다리다가 목소리를 낮추어 재촉했다. "얘야, 그레고르!"

맞은편 문 밖에서는 여동생이 걱정스럽게 애원했다. "오빠, 어디 아파요? 웬일인지 모르겠군요."

그레고르는 양쪽을 향해 외쳤다. "이제 다 준비했어요." 한 마디 한 마디를 정성껏 발음하면서 말과 말 사이에 간격을 두어 목소리가 울리지 않게 하려고 애썼다.

아버지는 아침을 드시려고 돌아갔지만 여동생은 여전히 문 뒤에 남아 애원했다. "오빠, 문 좀 열어 주세요. 제발요."

그는 문을 열 수가 없었다. 출장을 다니던 습관대로 잠들기 전에 문을 잠가 둔 게 다행이었다.

혼자 조용히 일어나서 옷을 챙겨 입은 다음 일단 아침부터 먹은 뒤에 다음 일을 생각하기로 결정했다. 이불 속에서 고민해 본들 뾰족한 수가 없다는 걸 깨달았던 것이다. 가만히 생각해 보니 자다가 몸이 결리거나 해서 일어나 보면 아무렇지도 않았던 적이 꽤 있었다. 잠자리가 불편했거나 잠버릇이 험했던 것이다. 어쩌면 오늘 일도 별것 아닐 거라고 생각하며 긴장감을 가지고 자신을 지켜보았다. 목소리가 변해 버린 것도 감기 때문이라고, 출장을 다녀야 하는 판매사원의 고질적인 직업병 때문이라고 넘겨 버리고 싶었다.

이불을 걷어 버리는 건 아주 쉬웠다. 숨을 살짝 들이마셨다가 배를 부풀리면 그대로 굴러 떨어졌다. 하지만 다음 일이 어려웠다. 몸이 너무 넓었던 것이다. 몸을 일으키려면 팔과 손의 도움이 필요한데, 그 팔과 손 대신에 수많은 다리들이 제멋대로 움직여댈 뿐이었다. 그나마 다리조차도 마음대로 움직여 주지 않았다. 다리 하나를 구부리려고 하면 길게 뻗어 버리기 일쑤였다. 어찌 어찌 그 다리를 가지고 움직이면, 그 사이에 다른 다리들이 해방을 맞은 것처럼 요란스럽게 꿈틀거렸다. 그레고르는 혼잣말로 중얼거렸다. "침대 속에서 뒹굴어 봤자 아무것도 해결되지 않는다."

우선 하반신부터 침대 밖으로 내보내는 게 낫겠단 생각이 들었다. 하지만 그는 눈으로 볼 수도 없었고, 또 하반신이 어떤 모양인지 짐작조차 할 수 없었으므로 하반신을 마음대로 움직인다는 건 불가능했다. 그러다 보니 시간도 한참 걸리고 여간 힘든 게 아니었다. 결국은 온힘을 다 쏟아 하반신을 무조건 앞으로 밀고 갔다. 그런데 방향을 잘못 잡는 바람에 침대 기둥에 꽝 하고 부딪혀 버렸다. 불에 데인 듯 화끈거렸다. 통증을 느끼고 나니 하반신이야말로 감각이 가장 예민한 부분이라는 걸 깨달을 수 있었다.

결국 상반신 먼저 내보내기로 마음먹고 머리를 살살 움직여 침대 가장자리로 돌렸다. 별로 힘들이지 않고도 가능했다. 몸집이 흉측하게 거대하고 무거웠지만 머리를 따라 천천히 움직이기 시작했다. 그런데 막상 침대 밖으로 나가려니까 불안감이 고개를 쳐들었다. 이런 식으로 침대를 내려가다가는 자칫 그대로 굴러 떨어질 테고, 결국 기적이 일어나지 않는 한 머리가 온전하지 못할 터였다. 이런 상황일수록 마음을 다잡아 정신을 차리는 게 무엇보다 중요했다. 차라리 침대에 있는 게 나았다.

하지만 아까만큼 애쓴 후에야 한숨을 쉬면서 처음 누웠던 자리로 돌아올 수 있었다. 그리고 조금전보다 더 악에 받친 듯 뒤엉켜 싸우는 다리들을 보는 순간 아수라장 같은 이 상황을 진압할 만한 방법은 없다고 결론 내렸다.

그는 또다시 중얼거렸다. "이대로 누워만 있을 수는 없어. 침대를 내려갈 길이 없다 해도 모든 걸 감수하고라도 벗어날 거야." 그래도 될 대로 되라는 식보다는 깊이 생각해서 결정하는 편이 낫지 않을까 싶기도 했다. 그러는 와중에도 이따금씩 날카로운 시선을 창 쪽으로 돌렸다. 그래 봤자 아침 안개가 좁은 골목에 늘어선 집들을 완전히 뒤덮어 버려서 바깥을 쳐다봤자 자신감이나 상쾌함은 전혀 없었다. 자명종이 7시를 알리는 소리를 듣다가 또 중얼거렸다. "7시가 됐는데도 저렇듯 안개가 자욱하다니." 그리고는 가만히 있다 보면 인간의 모습으로 돌아갈지도 모른다 싶어 숨을 고르며 조용히 누웠다.

생각을 또 바꿔 보았다. "어떻게 해서든 7시 15분까지는 이곳을 빠져나가야 한다. 더 이상 참지 못하고 회사에서 사람을 보냈을 것이다. 7시 전에 이미 근무를 시작하지 않는가."

이번에는 전체적인 균형을 잡아 옆으로 흔들면서 나아가 한 번에 떨어져 내릴 생각이었다. 머리나 하반신이 먼저 떨어지지 않도록 온몸으로 한 번에 떨어지면서 순간적으로 머리를 쳐들면 안전하게 침대를 벗어날 거라 생각했다. 등껍질이 단단하니까 카펫에 떨어져도 별탈은 없을 것이다. 걱정되는 일이 있다면 떨어질 때 꽝 소리가 나는 거였다. 경악은 아니더라도 무슨 일이 생겼나 싶어 가족들이 불안해할 것이다. 물론 부득이한 일이었다. 무슨 일이 있어도 침대를 벗어나야 했다.

침대 밖으로 몸을 절반쯤 내밀고 보니 누가 와서 조금만 도와주면 아주 간단히 내려갈 것 같았다. 노력하고 말 것도 없는 게 아이들 장난치는 정도밖에 안 되는 일이었다. 몸을 양옆으로 조금씩 흔들면서 굴러가면 되는 거였다. 그러니 두 사람 정도면 충분했다. 그는 아버지하고 가정부를 생각했다. 둘이서 둥글게 솟아오른 그의 등 밑에다 팔을 집어넣고 침대에서 들어 올려 방바닥에 내려놓으면 간단히 끝나는 거였다. 그리고 그가 방바닥에서 몸을 뒤집을 때까지 조금만 기다려 주면 되는 것이다. 그럴 수만 있으면 이 조그만 다리들도 의미를 가질 텐데. '문을 잠그지 않았더라면 도와 달라고 해볼 수 있었을 텐데.' 이런 곤경 속에서도 그런 생각이 들자 웃음이 쏟아져 나왔다.

어느새 몸을 너무 세게 흔들다가 균형을 잃는 통에 침대에서 굴러 떨어지기 직전이었다. 우물거릴 여유가 없었다. 뭔가 결론을 내려야 했다. 5분 후면 벌써 7시 15분이었다. 그때 벨소리가 울렸다. "회사에서 찾아왔나 보군." 몸이 굳어져 버리는 느낌이었다. 그 와중에도 다리들은 더욱 산만하게 허우적거렸다. 하지만 집 안에서는 아무 소리도 들리지 않았다. "가족들이 문을 열어 주지 않는 모양이군." 그레고르는 부질없는 희망에 매달렸다. 하지만 얼마 안 있어 가정부가 씩씩하게 걸어나가 문을 열어 주었다.

그레고르는 인사하는 소리만 듣고도 누군지 알았다. 지배인이었다. 조금만 늦거나 게으름을 부려도 그냥 놔두지 않는 회사에 다녀야 하는 자신의 운명이 한스러울 뿐이었다. 판매사원이라면 무조건 빈둥대기만 하는 게으름뱅이로 취급하는 것도 억울했다. 어쩌다 오전 근무를 두세 시간만 못해도 안절부절못하다 몸져눕는 직원도 있는데 말이다. 무슨 일이 생긴 건지 걱정돼서 온 거라면 사환을 보내도 충분할 것이다. 아무리 생각해도 지배인이 직접 나타날 이유는 없는 것 같다. 그가 출근하지 않은 사건을 알아보는 데 꼭 지배인을 보내서 죄 없는 가족들을 불안하게 만들어야겠는가 말이다.

그레고르는 있는 힘을 다해 몸을 굴려 침대에서 내려왔다. 그만큼 확고한 결단을 내렸다기보다는 너무 흥분한 나머지 힘이 솟구쳤던 것이다. 쿵 소리가 났다. 소리만큼 크게 울리지는 않았다. 카펫 덕분에 식구들이 놀랄 만큼 둔탁한 소리도 나지 않았고, 등껍질도 상상했던 것보다 탄력이 있었다. 다만 머리를 쳐들지 않은 탓에 바닥에 살짝 찧고 말았다. 분노와 통증을 함께 느끼며 아픈 머리를 카펫에 문질렀다.

"저 방에서 떨어지는 소리가 난 것 같군요." 지배인이었다.

그레고르는 지배인도 언젠가는 이 참담한 일을 당하지 않을까 상상했다. 아무도 장담할 수 없는 일이었다. 그런데 그레고르의 상상에 대답하려는 듯 옆방에서 지배인의 에나멜 부츠가 삐걱거렸다.

동시에 오른쪽 방에서 여동생이 속삭였다. "오빠, 지배인님이 오셨어요."

"알고 있어." 대답한다고 중얼거렸지만 여동생이 알아듣지 못할 만큼 작게 새어나올 뿐이었다. 목소리를 높일 수가 없었다.

"그레고르야." 이번에는 왼쪽 방에서 아버지의 목소리가 들렸다. "지배인이 오셔서 네가 왜 새벽 기차를 안 탔는지 묻는구나. 어떻게 대답해야 좋겠니? 어쨌든 너를 만나러 왔으니 문부터 열어라. 방이 좀 어수선해도 이해하지 않겠니?"

"이보게, 잠자 군." 지배인이 더 이상 참지 못하고 끼여들었다.

"우리 애는 지금 아파요." 아버지가 그레고르를 설득하는 동안 어머니가 변명을 해댔다. "몸이 불편하다고요. 지배인님, 믿어 주세요. 이유 없이 기차를 놓칠 아이가 아닙니다. 머릿속이 온통 일뿐인 걸요. 머리도 식히고 기분도 바꿀 겸 외출 좀 하라고 성화를 댈 정도니까요. 이번에도 벌써 일주일째 시내에 있으면서 퇴근하면 집에만 틀어박힌답니다. 차를 마시면서도 신문을 읽지 않으면 기차 시간표를 확인하는 걸요. 소일거리라면 톱을 가지고 이것저것

만드는 것뿐이에요. 지난번에는 사흘 내내 매달리더니 조그만 액자를 만들었더군요. 아주 훌륭해요. 자기 방에 걸어 두었으니까 문을 열면 들어가서 한번 보세요. 이렇게 직접 오셔서 정말 다행입니다. 지배인님 아니면 방문을 열지 못했을 겁니다. 그레고르는 고집불통이거든요. 조금 전까지만 해도 괜찮다고 했지만 많이 아픈 모양이에요."

"금방 나갑니다." 그레고르는 조심스럽게 말했다. 그러면서도 바깥 얘기를 놓치지 않으려고 가만히 있었다.

"저도 그렇게 생각합니다, 부인. 달리 어떻게 생각하겠습니까?" 또다시 지배인이었다. "큰 병은 아닐 겁니다. 그런데 한 가지만 말씀드리죠. 장사꾼에게는 물건 파는 일이 가장 중요합니다. 감기몸살쯤은 참아내야 한다는 말입니다."

"어떠냐, 이제 지배인께서 들어가도 되겠니?" 아버지가 더 이상은 못 참겠다는 듯 말하며 문을 두드렸다.

"안 돼요!" 왼쪽 방에서는 어색한 침묵이 흘렀다. 오른쪽 방에서는 여동생이 훌쩍거리기 시작했다.

여동생은 왜 오른쪽 방에 혼자 있는 걸까? 늦잠을 자다가 방금 일어나는 바람에 아직 옷을 갈아입지 않은 모양이었다. 그런데 왜 우는 걸까? 내가 일어나지도 않으면서 지배인에게 방문을 열어 주지도 않아서 우는 걸까? 그러다 내가 해고당하면 어쩌나 두려운 걸까? 그렇게 되면 사장이 옛날에 꿔준 돈을 갚으라고 부모님을 괴롭힐까 봐 우는 것일까? 지금으로서는 쓸데없는 걱정일 뿐이다. 나는 지금 이 자리에 꿋꿋하게 있으며, 가족들을 저버릴 생각은 눈곱만큼도 없다.

그레고르는 카펫 위에 편안히 누웠다. 그가 어떻게 변했는지 안다면 지배인에게 문을 열어 주라고 요구할 사람은 없을 것이다. 물론 예의가 아닌 줄은 알았다. 하지만 나중에 간단히 설명하면 되는 일이지 당장 그레고르를 해고할 거라고는 상상도 할 수 없었다. 그러니 매달리며 애원하는 것보다는 그대로 내버려두는 게 현명하다고 생각했던 것이다.

"잠자 군." 지배인은 아까보다 목소리를 높였다. "어찌 된 일인가? 방에 틀어박혀서 대답만 하는 줄 알았더니 네, 아니오 뿐이잖은가? 부모님이 얼마나 걱정하시겠는가? 말이 나온 김에 하는 말인데, 자네는 정말 독특한 방법으로 게으름을 부리는군. 자네 부모님과 사장님을 대신해서 말하는데 지금 당장 명백한 설명을 해보게. 대단하군. 지금까지는 차분하고 성실한 사람이라고 믿었는데, 이렇듯 갑자기 변덕을 부리다니, 아예 작정한 것 아닌가? 사장님은 생각이 다르다네. 오늘 아침 나를 불러 얘기해 주셨는데, 자네에게 수금한 돈을 맡겨 놓았다고 하더군. 나는 사장님이 자네의 성품을 모르고 지레짐작한 거라고 넘겨 버렸네. 하지만 자네가 이렇게 고집을 부린다면 나도 더 이상 감싸줄 수만은 없어. 게다가 자네의 자리라는 게 결코 안전하지 않다는 걸 알아두게. 이런 말은 단 둘이 하려고 했는데, 자네가 시간을 허비하는 바람에 자연히 부모님도 알고 말았네. 사실 요즘 자네의 판매 실적이 신통치 못한 건 인정하겠지? 계절적으로 실적이 좋을 수가 없는 건 알지만 그렇다 해도 한 건도 올리지 못하는 계절이란 있을 수 없는 걸세. 잠자 군, 알아듣겠나?"

"잠깐만요, 지배인님!" 그레고르는 정신없이 소리쳤다. 너무 흥분해서 생각나는 게 없었다. "당장 문을 열겠습니다. 정말입니다. 기분이 언짢은데다 현기증까지 일어나서 움직일 수가 없었습니다. 사실은 아직도 잠자리에 있어요. 하지만 많이 좋아졌습니다. 침대에서 나가는 중이니까 제발 기다려 주십시오. 상태가 좋아진 건 아닙니다만 괜찮습니다. 갑자기 병이 난 겁니다. 어젯밤까지만 해도 멀쩡했거든요. 부모님도 잘 알아요. 아니, 말하다 보니 어젯밤에 좀 이상하긴 했습니다. 조금만 신경 써서 봤더라면 이상하다는 걸 눈치 챘을 겁니다. 회사에 미리 알릴 걸 그랬어요. 하지만 막상 집을 나서면 문제없을 거라고 넘겨 버렸습니다. 지배인님, 제발 부모님께는 아무 소리도 말아 주세요. 그리고 방금 하셨던 말들은 당치도 않습니다. 그런 비난은 들어 본 적도 없습니다. 며칠 전에 보여 드린 주문서를 제대로 검토하신 건가요? 어쨌거나 8시 기차로 출발하겠습니다. 두어 시간 쉬었더니 기운이 납니다. 지배인님, 제발 돌아가 주십시오. 저도 곧 출발하겠습니다. 아무쪼록 사장님께 잘 말씀드려 주세요. 부탁드립니다."

그레고르는 이런 얘기를 단숨에 지껄이면서도 무슨 말을 했는지 조차 몰랐다. 침대 위에서 연습한 방법으로 옷장을 향했다. 옷장에 매달려 일어설 생각이었다. 문을 열어서 자신의 모습을 보여 준 뒤 지배인하고 얘기할 작정이었던 것이다. 지금은 자신을 만나고 싶어 안달이지만 막상 변해 버린 모습을 보면 무슨 말을 할지 궁금하기도 했다. 그들이 놀라 기절하더라도 그레고르의 책임은 아니니까 가만히 있으면 되는 거였다. 예상을 깨고 전혀 놀라지 않는다면 역으로 달려가 8시 기차를 타면 되는 거였다.

처음엔 옷장이 반들거려서 계속 미끄러졌지만 결국은 간신히 일어설 수 있었다. 하반신이 불에 덴 것처럼 화끈거렸지만 신경 쓰지 않았다. 이번에는 옆에 있던 의자 등받이에 몸을 던진 다음 가느다란 다리들을 이용해 등받이 끝에 매달렸다. 마침내 자제력이 생겨 끊임없이 지껄이던 걸 멈출 수 있었다.

지배인의 말이 귀에 들어오기 시작했던 것이다.

"당신들은 단 한 마디라도 알아들었습니까?" 지배인이 소리쳤다. "설마 우리를 놀리는 건 아니겠죠?"

"천만에요." 어머니는 벌써 울먹이며 외쳤다. "큰 병에 걸린 게 분명해요. 그런데도 괴롭히고만 있었으니. 그레테야, 그레테!" 이번에는 여동생을 불렀다.

"부르셨어요, 어머니?" 여동생이 반대쪽에서 대답했다. 그레고르의 방을 가운데에 두고 소리치는 거였다. "당장 가서 의사를 불러오너라. 그레고르가 아프단다. 빨리 불러와. 너도 그레고르가 얘기하는 걸 들었지?"

"짐승이 울부짖는 소리였어." 지배인이 낮은 목소리로 말했다.

"안나, 안나!" 아버지가 손뼉을 치며 주방을 향해 외쳤다. "어서 가서 열쇠가게 주인을 불러오너라."

처녀들은 치맛자락을 펄럭이며 달려나갔다. 여동생은 언제 옷을 갈아입은 건지 놀라울 정도로 빠른 솜씨였다. 현관문이 닫히는 소리가 안 들린 걸 보면 열어 놓은 채 나가 버린 모양이었다. 큰일이라도 벌어진 것처럼.

그레고르는 마음을 가라앉혔다. 과연 그가 내뱉은 말들을 알아들은 사람은 없었다. 그에게는 분명하게 들리는데도. 그만큼 귀에 익숙해진 모양이었다. 어쨌거나 다른 사람들은 그에게 문제가 생겼다고 판단하여 바쁘게 움직이기 시작하는 듯했다. 기분이 한결 좋아졌다. 사람이 사는 세계와 자신이 다시 연결된 기분이었다. 의사와 열쇠가게 주인을 구별할 수는 없지만 두 사람이 기적을 만들어 줄 거라고 믿었다. 운명의 시간이 다가오면 분명하게 발음하기 위해 헛기침을 하며 목을 가다듬었다. 애써 낮은 기침 소리를 내보았다. 인간의 헛기침 소리처럼 들리지 않을까 봐 그랬던 것이다. 그는 이미 자신의 목소리가 어떤지 판단할 수 없는 처지였던 것이다. 어느새 옆방은 아주 조용했다. 부모님하고 지배인이 마주 앉아 조용히 얘기하는 중이거나, 세 사람이 모두 문에 붙어서 그가 뭐라고 하는지 엿듣는 중일 것이다.

그레고르는 의자를 밀고 가서 방문에 몸을 붙인 뒤 똑바로 섰다. 다리 끝마다 액체가 분비되어 몹시 끈적거렸다. 게다가 잠시였지만 무리하게 움직이느라 지쳐서 몸이 고단했다. 다만 얼마라도 쉬어야 했다. 기운을 좀 차린 뒤에 입으로 열쇠 구멍에 꽂아 놓은 열쇠를 돌리려고 했다. 그런데 이가 하나도 없었다. 그렇다면 열쇠는 어떻게 돌려야 하는가! 방법은 있었다. 이가 없는 대신 턱이 아주 강했다. 턱으로 열쇠를 돌렸다. 그 와중에 상처를 입은 것도 모를 정도였다. 입에서 누르스름한 액체가 흘러 나와 열쇠에 머물렀다가 방바닥에 뚝뚝 떨어지고 있었다.

"저 소리를 들어 보세요." 이번에도 지배인이었다. "열쇠를 돌리는 모양입니다."

그 말을 듣는 순간 힘이 불끈 솟았다. 다같이 힘내라고 응원해 주면 좋을 텐데. 아버지도 어머니도. '그레고르야, 어서 힘내라.' 정도는 해줄 법한데 말이다. '힘내라. 자물쇠를 꼭 붙잡아.' 하고. 모두들 그를 지켜본다는 생각에 혼신의 힘을 다하여 열쇠를 물고 매달렸다. 마침내 열쇠가 돌아가면서 자물쇠 주위를 춤추듯 돌았다. 그는 턱으로만 버텨내고 있었다. 열쇠에 매달리기도 하고 온몸으로 내리눌러 열쇠를 아래쪽으로 돌리기도 했다. 어느 순간 맑은 소리가 들렸다. 자물쇠가 열린 것이다. 그레고르는 이제야 정신이 드는 느낌이었다. 안도의 한숨을 내쉬었다. "열쇠가게 주인을 불러오지 않아도 되겠군." 이번에는 문을 활짝 열려고 손잡이에다 머리를 올렸다.

　힘겹게 애쓴 끝에 문이 열렸다. 하지만 안쪽으로 열리는 바람에 그가 문에 가려지고 말았다. 그래서 방문을 따라 천천히 앞으로 돌아 나와야만 했다. 아주 조심스럽게 움직여야 했다. 자칫 잘못하면 문 앞에서 벌렁 넘어질 우려가 있었다. 얼마나 흉한 모습이겠는가. 그런 모습을 안 보이려고 얼마나 몰두했는지 미처 다른 사람들에게 주의를 기울이지 못하고 말았다. 지배인이 "악!" 하고 비명을 지르고 나서야 고개를 돌릴 수 있었다. 지배인이 문에서 가장 가까이 서 있던 탓에 그를 발견했던 것이다. 그는 두 손으로 벌어진 입을 가린 채 천천히 뒷걸음치기 시작했다. 눈에 보이지 않는 힘에 떠밀려 가는 듯 보였다.

　어머니는 잠자리에 들던 모습 그대로 머리 손질조차 안 한 상태였다. 손님이 왔는데도 말이다. 그런 모습으로 양손을 깍지 끼고 아버지 쪽을 흘끗 보더니 이내 그레고르 쪽으로 다가서다가는 허물어지듯 주저앉았다. 주름 치마가 넓게 펼쳐지고 얼굴은 가슴에 파묻혀 버렸다. 아버지는 증오심에 불타는 눈빛으로 주먹을 쥐었다. 그레고르를 당장 방안으로 밀어 넣을 줄 알았는데 불안한 표정으로 거실을 두리번거릴 뿐이었다. 그러다가 양쪽 눈을 가린 채 퉁퉁한 가슴을 들썩거리며 울부짖기 시작했다.

　그레고르는 방문에 기대 서 있었기 때문에 몸의 절반과 비스듬히 기울인 머리만 보이는 상태였다. 비스듬히 기울인 머리로 다른 사람들을 엿보고 있었다. 어느새 주위가 환해져서 도로 건너편의 기다란 회색 건물이 선명하게 보였다. 병원이었다. 도로 쪽 벽에는 일정한 간격을 두고 창이 나 있었다. 하늘에서는 굵은 빗방울이 쏟아져 내렸다.

아침 먹은 자리가 너저분했다. 아버지는 아침 식사를 중요시했다. 그래서 식사가 끝나도 이 신문 저 신문 다 읽는 동안 두세 시간씩 그대로 앉아 있었다. 마침 마주 보이는 벽에 그레고르의 사진이 보였다. 육군소위로 복무할 때 찍은 거였다. 군도를 잡고 자연스럽게 미소짓는 모습이었다. 누구든지 존경심을 표하게 만드는 모습이었다. 현관 옆의 문간방으로 통하는 문은 활짝 열려 있었다. 거실 문도 열어 놓아서 거실을 지나 현관과 그 밑으로 통하는 계단 입구까지 다 보였다.

"그럼." 그레고르는 지금 이성적으로 판단할 수 있는 사람은 자기 혼자뿐이라는 걸 의식하면서 말했다. "곧 옷을 입고 샘플을 챙겨 출발하겠습니다. 출발해도 되겠지요, 지배인님? 보시다시피 저는 고집불통도 아닐 뿐더러 일을 좋아합니다. 출장이 고된 건 사실이지만, 그래도 출장 없이 살아갈 수는 없다고 생각할 정도니까요. 자, 이제 어디로 갈 겁니까, 지배인님? 회사로 들어가겠죠, 그럴 테죠? 이 모든 일을 사실대로 보고하겠지요? 살다 보면 불가피한 일이 생겨 잠시 일을 못할 때가 있는 겁니다. 하지만 평소에 성실한 사람이라면 건강을 되찾는 즉시 두 배로 일하지 않겠습니까? 사실 저는 사장님의 은혜를 많이 입은 사람입니다. 지배인님도 잘 알 겁니다. 그뿐입니까? 부모님과 여동생은 또 어쩌고요. 지금은 제 처지가 이렇습니다만 어떻게든 이 난관을 헤쳐나갈 겁니다. 그러니 더 이상 저를 몰아세우지 마세요. 회사가 제 편이 되어 도와줄 때입니다. 판매사원이란 게 그다지 인기 있는 편이 아니라는 건 저도 압니다. 대개는 큰돈을 벌어서 흥청망청 쓰며 산다고들 생각하겠죠. 물론 제가 나서서 편견을 뜯어고치겠다는 건 아닙니다. 그럴 만한 계기가 있는 것도 아니고요. 하지만 지배인님, 지배인님만큼은 회사 사정을 잘 알지 않습니까? 이 자리에서 말씀입니다만, 사장님보다도 잘 알 겁니다. 사장님은 회사의 주인이라는 입장 때문에 직원에게 불리한 판단을 내리기도 하니까요. 번거롭게 강조할 필요도 없는 말씀입니다만, 1년 내내 여기저기 돌아다니는 판매사원은 온갖 루머에 휘말리기도 하고 예기치 않은 사고도 당할 뿐더러 툭하면 비난의 화살을 맞아야 합니다. 그렇다고 해서 어떻게 해볼 도리가 있는 것도 아닙니다. 사실 그런 비난을 받을 땐 아무것도 귀에 들어오지 않는 법이죠. 출장을 마치고 서둘러 돌아오면 그제야 귀찮은 결과들이 맞아주는 거죠. 지배인님, 돌아가기 전에 제 말이 조금은 맞는다고 해주십시오."

하지만 지배인은 그레고르가 서너 마디쯤 내뱉었을 때 이미 몸을 돌리고 입술을 내민 채 벌벌 떨면서 어깨너머로 그레고르 쪽을 돌아볼 뿐이었다. 그러다가 그레고르가 얘기하는 사이에 시선을 떼지 않은 채 슬금슬금 걸어 나갔다. 마치 금족령을 어기고 나가는 사람처럼. 마침내 그는 현관에 다다랐고, 발뒤꿈치에 화상이라도 입은 것처럼 번개같이 빠르게 뛰쳐나갔다. 그리고 계단을 향해 오른팔을 힘껏 내뻗었다. 절대자가 내미는 구원의 손길이라도 잡을 것처럼.

이대로 지배인을 돌려보낼 수는 없었다. 해고당하지 않으려면 그를 설득해야 했다. 부모님은 그런 사정을 몰랐다. 워낙 오랫동안 근무한 만큼 그레고르는 평생 문제없을 거라는 확신이 있는데다, 지금 당장 눈앞에 닥친 일 때문에 장래까지 걱정할 여유가 없었던 것이다. 하지만 그레고르는 바로 그 장래가 걱정스러웠다. 지배인을 붙잡아 진정시킨 다음 호의를 가질 때까지 설득하지 않으면 곤란했다. 그레고르 자신과 가족의 장래가 그에게 달려 있었다. 이럴 땐 여동생이 있어야 했다. 여동생은 아주 영리했다. 조금전 그레고르가 넘어져 있을 때도 그를 위해 울어 주었다. 게다가 지배인은 여자한테 맥을 못 추니까 여동생이라면 설득할 수 있을 것이다. 여동생이라면 거실문을 꼭 닫은 뒤 현관에서 그를 진정시킬 수 있을 것이다. 하필이면 이런 때 여동생이 없다니. 그레고르 자신이 해야 했다. 그레고르는 자신의 몸을 움직이는 방법조차 모르며, 얘기를 해봤자 상대방이 알아듣지도 못할 터였다.

그레고르는 그런 것들을 미처 생각할 여유도 없이 방문에서 떨어져 천천히 문지방을 넘었다. 지배인 쪽으로 방향을 잡을 생각이었다. 그런데 지배인이 계단 난간을 잡고 우스꽝스럽게 매달려 있는 것이 아닌가. 그레고르는 몸을 지탱할 만한 걸 찾아 허우적대다가 비명을 지르며 넘어지고 말았다. 그 순간 처음으로 몸이 편안해지는 것을 느꼈다. 수많은 다리들이 이제야 비로소 꼿꼿하게 마룻바닥을 밟았으며 그레고르의 뜻대로 움직여 주었다. 그는 몹시 기뻤다. 다리들은 그가 가고 싶어하는 곳으로 옮겨 보려고 애썼다. 비로소 아침 내내 시달리던 고통에서 벗어날 거란 믿음이 생겼다.

마룻바닥에 털썩 주저앉아 있는 어머니 옆에서 움직이고 싶은 걸 꾹 참으며 몸을 흔들고 있는데, 어머니가 갑자기 일어나 두 팔을 높이 쳐들고 흔들며 외쳐댔다. "사람 살려요!" 어머니는 그레고르를 자세히 보려는 것처럼 고개를 숙이는 듯했으나, 정신없이 뒷걸음쳐 달아나는 것이었다. 등뒤에 아침 식탁이 있는 걸 까맣게 잊은 채 뒷걸음치다 식탁에 엉덩이를 부딪치고 말았다. 그 바람에 커다란 커피포트가 뒤집어져 카펫 위로 커피가 쏟아져 내렸다. 하지만 어머니는 전혀 모르고 있었다.

"어머니, 어머니." 그레고르는 나직하게 부르면서 어머니를 올려다보았다. 지배인은 머릿속에서 사라진 지 이미 오래였다. 커피를 보는 순간 자꾸만 입맛을 다셨다. 그것을 본 어머니는 또다시 비명을 지르며 식탁에서 뛰어내려 가까이 달려온 아버지 품안에 쓰러졌다. 하지만 그레고르는 부모님을 신경 쓸 수가 없었다. 지배인이 벌써 계단 위에 서 있었던 것이다.

지배인은 난간 위에 턱을 내밀고 마지막으로 한 번 돌아보았다. 그레고르 는 반드시 따라잡겠다는 의지로 달리기 시작했다. 하지만 지배인은 한 번에 두세 계단씩 뛰어내려 자취를 감춰 버렸다. 계단 밑에서 "휴!" 하고 내쉬는 한 숨소리가 들려 왔다. 그 바람에 애써 침착해하던 아버지가 무척 혼란스러워 진 모양이었다. 지배인을 직접 쫓아가거나, 혹은 한 발자국 양보해서 지배인 을 뒤쫓아가려는 그레고르를 내버려두기는커녕 지배인의 모자와 외투, 그리 고 의자에 내팽개치고 간 지팡이를 오른손에 움켜쥐었다. 왼손으로는 식탁 위에 놓인 두툼한 신문지를 말아 쥐고는 발을 구르며 지팡이와 신문지를 휘 둘러 그레고르를 방으로 몰아넣으려고 했다.

아무리 사정해도 소용없었다. 사실 사정하는지 어쩐지 이해하지도 못하는 듯했다. 다소곳이 고개를 숙여 봤자 아버지는 점점 더 무섭게 발을 굴러댈 뿐 이었다. 한쪽에서는 어머니가 이 추운 날씨에 창 밖으로 몸을 내밀고는 두 손 으로 얼굴을 감싸고 있었다. 골목길과 계단 사이에 난 통풍로로 세찬 바람이 불어와 커튼이 휘날리고, 식탁 위의 신문지가 바스락거리다가 마룻바닥으로 떨어졌다. 아버지는 야만인처럼 씩씩거리면서 그레고르를 방으로 몰아넣으 려고 했다.

그런데 그레고르는 아직 뒷걸음을 칠 줄 몰라서 굼뜨게 움직일 수밖에 없 었다. 방향을 바꿀 줄만 알아도 어렵지 않게 돌아갈 텐데 너무 느리게 움직여 서 아버지가 흥분할까 봐 걱정스러웠다. 게다가 지팡이에 얻어맞아 목숨을 잃을지도 모르는 상황이었다. 방향을 바꾸는 것 말고는 다른 방법이 없었다. 뒷걸음으론 방향을 잡아 나갈 수 없기 때문이었다. 결국 아버지를 힐끗거리면서 가능한 빠르게 방향을 바꾸기 시작했다. 실제로는 아주 느렸지만. 그레고르의 마음을 알았는지 아버지도 그를 방해하는 대신 지팡이 끝으로 방향을 알려주었다.

쉿쉿거리는 소리만 없어도 살 것 같았다. 귀에 거슬리는 정도가 아니라 아예 이성을 잃어버리는 거였다. 방향을 거의 틀었는데도 아버지가 쉿쉿 소리를 내는 통에 정신을 빼앗기고 그만 제자리로 되돌아가기도 했다. 어쨌든 간신히 머리를 틀어놓으면 몸통의 폭이 너무 넓어서 문을 통과할 수 없는 지경이 되었다. 아직 열지 않은 쪽 문을 열어 준다면 몸통을 들여놓을 수 있을 테지만, 황망해하는 아버지가 깨달을 리 없었다. 가능한 한 빨리 그레고르를 방으로 쫓아 보내겠다는 생각뿐이었다.

기어서 들어가는 게 도저히 불가능하다면 일어선 자세로 들어가야 하는데, 그러자면 또 번거로운 사전 준비가 필요했다. 험악한 분위기로 보아 아버지에게 부탁하는 건 무리였다. 아버지는 그레고르의 한계를 무시한 채 더욱 큰 목소리로 몰아댔다. 등뒤에서 들려 오는 그 소리는 이 세상에 단 하나뿐인 아버지가 아니었다. 이제 웃을 일이 아니었다.

그레고르는 포기하는 심정으로 무작정 몸통을 밀어 넣었다. 한 쪽이 문에 낀 채 위로 올라갔다. 방문에 비스듬히 걸린 신세가 된 거였다. 한쪽 옆구리가 심하게 벗겨지면서 하얀 문에 얼룩이 묻어 버렸다. 또다시 옴짝달싹도 할 수 없는 신세였다. 더 이상 어떻게 해볼 도리가 없었다. 한쪽 다리들은 허공에서 바르르 떨었으며 다른 쪽 다리들은 방바닥에 짓눌려서 몹시 아팠다. 그

때 아버지가 다가와 힘껏 밀어 주었다. 그레고르는 방안으로 날 듯이 빠져 들어왔다. 온몸이 피투성이가 된 채. 뒤이어 지팡이로 방문을 닫는 소리가 들렸다. 그리고 주위가 조용해졌다.

2

해질 무렵에야 잠에서 깨어났다. 마치 혼수 상태에서 깨어나는 기분이었다. 사실 특별한 일이 없더라도 눈을 떠야 할 때였다. 충분히 쉬고 잠도 푹 잤으니까. 그러나 바쁘게 오가는 발자국 소리와 문간방으로 가는 문을 조심스럽게 여닫는 소리에 깬 듯했다. 파란 가로등 불빛이 흘러 들어와 천장과 가구를 비췄지만 그레고르가 있는 방바닥은 어두웠다. 무슨 일인지 궁금했다. 그제야 서툴게나마 촉각을 세우면서 천천히 문 쪽으로 향했다. 이제야 비로소 촉각이 필요한 이유를 깨달으면서. 왼쪽 허리에 기다란 상처가 생겨서 팽팽하게 당기며 불쾌했다. 그 바람에 양쪽 다리를 절면서 기어가야 했다. 게다가 다리 하나는 상처가 아주 심했다. 아침에 있었던 소란을 생각하면 다친 다리가 하나뿐이라는 게 기적이었다. 힘이 쭉 빠진 채 질질 끌듯이 기어갔다.

그를 문 앞까지 기어가게 만든 게 뭔지 정체를 알 것 같았다. 바로 음식 냄새였다. 우유 위에 잘게 썬 흰 빵을 둥둥 띄워 놓은 그릇이 놓여 있는 거였다. 그레고르는 너무 기뻐서 큰소리로 웃고 싶었다. 아침나절은 비교도 안 될 만큼 허기져 있었던 것이다. 그는 우유에 눈이 잠길 정도로 머리를 집어넣었다. 하지만 곧 목을 움츠리고 말았다. 왼쪽 허리가 아파서 먹기가 힘들기도 했지만 아무 맛도 없었던 것이다. 물론 애를 쓰면 먹을 수 있을 테고, 평소에 즐기던 거라서 여동생이 일부러 넣어 준 거였는데 지금은 입에 넣기도 싫었다. 소름이 오싹 돋을 정도였다. 결국 우유 그릇을 포기하고 방 한가운데로 돌아왔다.

문틈으로 거실의 가스등 불빛이 들어왔다. 아버지가 어머니나 여동생에게 석간 신문을 읽어 주는 시간인데 지금은 아무 소리도 없었다. 어쩌면 요즘 들어 아버지의 신문 낭독이 아예 폐지된 건지도 모른다. 사실 집 안에 아무도 없지는 않을 텐데 조용해도 너무 조용했다.

"왜 이렇게 조용할까?" 그렇게 혼잣말을 하면서 눈앞의 어둠을 지켜보았다. 부모님과 여동생을 위해 이렇게 훌륭한 집을 마련한 자신이 대견했다. 이렇듯 행복하고 안락하고 만족스런 생활이 지금 이대로 끝나 버린다면 어떻게 될까? 그런 상념에 시달리느니 차라리 몸을 움직이는 편이 낫다 싶어 이리저리 방안을 기어다녔다.

긴 어둠이 계속되는 동안 옆문이 한 번, 맞은편 문이 한 번 살짝 열렸다가 이내 닫혔다. 방에 들어오려다 망설이는 모양이었다. 그레고르는 거실로 나가는 문 옆에 바짝 붙어서 방안으로 들어오게 하든가, 적어도 누가 들어오려는 건지 정도는 알아보려고 했다. 그러나 문은 더 이상 열리지 않았다. 기다려 봤지만 소용없었다. 모든 문이 잠겨 있었던 아침에는 서로들 들어오려고 성화였는데, 지금은 아니었다. 그 정도가 아니었다. 문마다 밖에서 자물쇠까지 채워 놓았다.

한밤중이 되어 거실이 깜깜해진 뒤에야 부모님과 여동생이 아직 잠들지 않은 걸 알았다. 조용히 멀어지는 세 사람의 발자국 소리를 분명히 들었던 것이다. 모두들 자러 갔으니까 날이 밝을 때까지 그레고르의 방을 찾지 않을 터였다. 그레고르는 아무에게도 방해받지 않고 앞날을 계획할 작정이었다.

그런데 그가 납작하게 엎드려 있는, 천장이 높은 이 방이 묘한 불안감 속으로 몰아넣었다. 까닭을 알 수가 없었다. 5년이나 지내 온 방인데. 그레고르는 무의식적으로 방향을 바꿔 소파 밑으로 들어갔다. 등허리가 약간 눌리고 고개를 들기도 힘들었지만 아주 편안하고 아늑했다. 몸이 너무 커서 완전히 들어갈 수 없는 게 유감이었다.

그레고르는 소파 밑에 엎드린 채 꾸벅꾸벅 졸다가 배가 너무 고파서 그만 깨기도 하고, 또 걱정과 막연한 희망에 사로잡히기도 하면서 그 긴 밤을 보냈다. 하지만 아무리 생각해도 결론은 하나였다. 지금 당장은 소란을 피우지 말아야 한다는 것과, 가족들이 느낄 갖가지 불쾌감을 견딜 수 있도록 해주어야 한다는 거였다. 이렇게 변한 모습이 가족들에게 혐오감을 줄 수밖에 없기 때문이었다.

그레고르는 날이 채 밝기도 전에 그 결심을 시험해 볼 수 있었다. 벌써 옷을 갈아입은 여동생이 문간방에서 방안을 들여다본 것이다. 그녀는 긴장된 표정으로 한참만에 오빠를 찾아 내곤 몹시 놀랐다. 그렇게 놀랄 일도 아닌데 말이다. 날아서 도망칠 수도 없는 노릇이니 방안 어딘가에 있는 건 당연하지 않은가. 어쨌든 그녀는 어찌할 줄 몰라 하다가 문을 닫아 버렸다. 하지만 자신의 행동이 부끄러웠는지 이번에는 발끝으로 걸어서 들어왔다. 마치 중병 환자나 낯선 사람의 방에 들어오듯이.

그레고르는 소파 가장자리까지 목을 내밀고 여동생을 바라보았다. 우유를 마시지 않은 이유를 알까 싶었다. 아직 시장기가 안 돌아서 그런 게 아닌데.

입맛에 맞는 걸로 주면 안 될까? 부탁하기 전에 알아서 해준다면 얼마나 좋을까? 여동생에게 그걸 알려주느니 차라리 굶어 죽는 게 쉬울 것이다. 하지만 소파 밑에서 뛰어나와 동생의 발 밑에 몸을 던지며 애원하고 싶었다. 맛있는 것 좀 달라고. 여동생은 알 수 없다는 표정으로 처음 그대로 놓여 있는 우유 그릇을 쳐다보았다. 그리고 우유 흘린 걸 발견한 듯 곧 그릇을 집어들었다. 그것도 걸레 조각을 대고 집어든 다음 가지고 나갔다.

우유 대신 다른 걸 갖다 줄 거라고 기대하며 두근거리는 마음으로 이런저런 상상을 해보았다. 하지만 여동생이 가져온 걸 보는 순간 말문이 막히고 말았다. 오빠가 뭘 좋아하는지 알아볼 심산으로 음식을 한꺼번에 가지고 와서 헌 신문지 조각에다 늘어놓는 것이었다. 절반은 썩어 버린 푸성귀에다 저녁 때 먹다 남긴 가장자리에 흰 소스가 말라붙은 뼈다귀, 건포도와 복숭아, 그레고르가 바로 이틀 전에 이런 걸 먹어도 되냐고 했던 치즈, 식빵 조각과 버터를 바른 빵, 버터를 바르고 소금까지 뿌린 빵, 그리고 물대접까지 잊지 않았다. 그레고르를 위해 준비한 모양이었다. 여동생은 음식을 늘어놓는 즉시 나가서 방문을 잠가 버렸다. 자기가 보는 데서는 입도 대지 않을 거라고 생각한 모양이었다. 자물쇠를 채운 것도 보는 사람이 없으니까 마음놓고 먹으라는 배려였다.

먹을 걸 향해 다리들이 움직이기 시작했다. 어느새 상처도 다 나았는지 통증이 전혀 없었다. 그 순간 몹시 놀라지 않을 수가 없었다. 한 달 전에 벤 손가락이 어제까지도 욱신욱신 쑤셔댄 걸 생각하면 말이다. '아무래도 감각이 둔해진 모양이군.' 그런 생각을 하며 치즈를 먹어대기 시작했다. 갑자기 입맛을 당긴 게 바로 이 치즈였다. 다음으론 푸성귀, 그리고 소스를 눈 깜짝할 사이에 먹어 치우는 동안 너무 기뻐서 눈물이 나올 지경이었다. 신선할수록 맛이 없었다. 무엇보다도 냄새를 견딜 수가 없어서 먹고 싶은 것만 한쪽으로 끌어가서 먹을 정도였다.

배불리 먹어 치운 뒤 원래 있던 곳으로 기어가서 한가하게 뒹굴고 있는데 천천히 열쇠 돌리는 소리가 들렸다. 물러가라는 신호였다. 설핏 잠이 들고 있었는데도 깜짝 놀라 소파 밑으로 기어 들어갔다. 여동생이 방안에 머무는 짧은 순간이지만 아주 고역이었다. 배불리 먹은 몸으로 그 비좁은 곳에 있자니 갑갑해서 숨도 못 쉴 지경이었던 것이다. 하지만 여동생은 그런 사정을 알 리 없었다. 느긋한 손놀림으로 먹다 남긴 찌꺼기뿐만 아니라 입도 대지 않은 것까지 빗자루로 쓸어모았다. 이 방에 들여놓았으니 입을 대지 않은 거라도 버려야 한다는 듯이. 마지막으로 통 속에 쓸어 넣고는 나무 뚜껑을 닫은 후에 들고 나갔다. 그레고르는 질식할 듯한 상태에서 살짝 튀어나온 눈으로 여동생을 바라보았다. 여동생이 등을 보이며 돌아서는 즉시 소파 밑에서 기어 나와 기지개를 켤 수 있었다.

끼니때마다 이런 식이었다. 아침 식사는 부모님과 가정부가 아직 잠자리에 있을 때, 점심 식사는 가족들이 다 먹은 다음에 갖다 주었다. 부모님은 점심 식사 후에 꼭 낮잠을 잤고, 가정부는 여동생의 심부름으로 시장을 보러 나가기 때문이었다. 그레고르를 굶겨 죽이려는 사람은 아무도 없었지만, 다들 그를 피하고 싶은 거였다. 여동생에게 듣는 걸로 충분하다고 생각했던 것이다. 여동생 입장에서는 가능한 한 가족들의 고통을 조금이라도 줄여 주고 싶었던 것이다. 가족들 모두 너무나 깊은 고통 속에 있었던 것이다.

그레고르는 첫날 아침에 달려왔던 의사와 열쇠가게 주인을 어떻게 돌려보냈는지 기억나는 게 전혀 없었다. 아무리 떠들어 봤자 상대방이 알아듣지 못했고, 또 그들은 그레고르가 자신들의 얘기를 정확히 이해할 거라고 생각하지 않았던 것이다. 여동생 역시 그레고르의 방에서도 한숨을 쉬거나 하느님을 부르며 기도하는 것 말고는 입을 열지 않았다. 그레고르 역시 그 정도로 만족해야 했다.

여동생은 시간이 흘러 어느 정도 익숙해지고 나서야 비로소 혼잣말처럼 말을 붙이기 시작했다. 가령 그레고르가 남김없이 먹어 치우면 "어머나, 꽤 먹을 만했던 모양이군요." 하고 좋아했고, 대개는 "통 먹지를 않으니 어쩌죠?" 하고 안타까워하는 거였다. 불행하게도 후자의 경우가 반복되기 시작했지만.

새로운 사실들을 전해 주는 사람이 없었으므로 옆방에서 흘러나오는 얘기 소리에 귀를 기울였다. 사람의 목소리가 들린다 싶으면 그대로 기어가서 문에 바짝 붙었다. 처음 며칠은 늘 그의 얘기뿐이었다. 이틀 연속 식탁에만 앉으면 앞으로 어떻게 할 것인가를 의논했다. 그런데 가만히 들어 보니 식사시간이 아닌데도 같은 얘기를 하는 거였다. 다들 자기 혼자만 집에 남는 걸 꺼리는 눈치였다. 만일의 경우에 대비하여 집을 비울 수는 없는 노릇이었으므로 적어도 두 사람은 남아야 했던 것이다.

다만 가정부가 사실을 얼마나 눈치채고 있는지는 알 도리가 없었다. 중요한 건 첫날 어머니 앞에 무릎을 꿇고 당장 그만두고 싶다고 했고, 15분쯤 후에 집을 나갔다는 거였다. 큰 은혜라도 입은 것처럼 눈물을 흘리며 고마워하더니 부탁하지도 않았는데 비밀을 지키겠노라고 굳게 맹세하고 떠났던 것이다.

이제 부엌일은 어머니와 여동생 몫이 되었다. 물론 대단히 힘든 일은 아니었다. 모두들 입맛을 잃어버려 아무것도 먹으려 들지 않았던 것이다. 서로 먹으라고 권할 뿐 막상 먹을 걸 입에 넣는 사람은 없었다. "고마워요, 벌써 많이 먹었어요." 하는 정도 외에는 아무 대답도 하지 않았다. 그레고르는 그런 식의 대화를 자주 들었다.

그렇다고 술을 마시는 것도 아닌 듯했다. 여동생이 맥주를 권하는 소리가 종종 들렸다. "아버지, 제가 가져올게 한잔하세요." 하고 말을 꺼내 보지만 아버지는 묵묵부답이었다. 여동생은 소문날까 봐 그러는 거라고 짐작하여, 문지기 여자에게 부탁하면 된다고 안심시키지만, 아버지는 큰소리로 "안 마시겠다." 하고 말을 잘라 버렸다. 맥주 이야기는 거기서 끝났다.

아버지는 첫날 당장 어머니와 여동생을 불러놓고 집안 형편과 앞으로 살아갈 일을 털어놓았다. 설명을 하는 중간에 작은 금고로 걸어가 문서나 장부 따위를 가져오기도 했다. 금고는 5년 전 파산했을 때 간신히 건져낸 거였다. 복잡한 자물쇠를 열고 필요한 걸 꺼낸 뒤에 다시 잠그는 소리가 들렸다. 아버지의 설명이 조금이나마 위로가 된 건 사실이었다. 아버지가 파산한 뒤로 무일푼인 줄 알았던 것이다. 아버지가 말해 준 적도, 그가 직접 물어 본 적도 없었으니까.

그 당시 그레고르로서는 가족들을 절망의 구렁텅이로 몰아넣은 불행한 사건을 하루빨리 지워 버리는 것 말고는 아무것도 염두에 없었다. 그래서 남보다 열심히 일했고, 그 결과 보잘것없는 일개 점원에서 판매사원으로 하루아침에 뛰어오를 수 있었던 것이다. 판매사원이 되고 나서는 돈을 버는 방법들이 다양해졌으며, 그 결과는 수표나 현금의 형태로 바뀌었다. 가족들은 기쁨과 경탄의 눈길로 그를 바라보았다.

정말 신명나는 날들이었다. 시간이 지나 한 가정을 넉넉히 꾸려 나갈 정도의, 그리고 지금처럼 집안을 유지하는 데 충분한 돈을 벌었지만, 그 신명나던 날들은 또다시 돌아오지 않을 것이다. 가족들도 그레고르도 타성에 젖어 버려서 돈을 받는 기분과 내놓는 호기에는 변함이 없었지만, 이미 훈훈한 정은 존재할 자리가 없었다. 여동생만이 오빠에게 각별한 애정을 쏟을 뿐이었다.

여동생은 그레고르하고 달라서 음악을 아주 좋아했다. 특히 바이올린 실력이 탁월했으므로 내년에는 음악 학교에 보내겠다는 계획을 세워 둔 상태였다. 큰돈이 들겠지만 그 정도는 어떻게든 마련할 자신이 있었던 것이다. 종종 음악 학교를 화제에 올리곤 했지만 여동생은 현실에선 이룰 수 없는 아름다운 꿈으로만 여기는 듯했다. 부모님은 얼굴부터 찌푸리곤 했다. 그러나 그레고르는 빈틈없는 계획을 세워 놓았다가 크리스마스 이브에 선언하려고 마음먹었던 것이다.

그레고르는 꼿꼿하게 일어서서 문에 기댄 채 귀를 기울이는 동안에도, 지금은 생각해 봤자 아무 소용이 없는 그런 일들을 떠올려 보곤 했다. 너무 허기지는 바람에 엿듣느라 귀를 기울이는 것도 힘들어져 무의식중에 문에 머리를 부딪치는 일도 있었다. 그럴 때면 재빨리 문을 붙들었다. 그런 작은 소리라도 들리면 모두들 입을 다물어 버리기 때문이었다. 아버지는 잠시 사이를 두었다가 문 쪽을 향해서 "또 무슨 짓을 하는 모양이군." 하면서 중단했던 대화를 다시 시작했다.

그레고르는 그들의 대화를 충분히 알아들었다. 한 번 설명한 걸 계속 반복하는 아버지의 버릇 덕분이었다. 그런 얘기를 해본 지 오래된데다가 어머니역시 한 번만 듣고도 이해하는 게 불가능했기 때문이었다. 아버지의 설명을 엿들은 덕에 분명하게 알아낸 사실들이 마음을 편안하게 해주었다.

우선은 이런저런 타격을 받았지만 옛날 재산을 완전히 탕진한 건 아닌데다 그 동안 한 푼도 건드리지 않았기 때문에 조금이나마 이자도 붙었던 것이다. 게다가 매월 그레고르가 내놓은 돈도 전부 써버린 게 아니라 열심히 모아서 조금은 모아 놓았던 것이다. 사실 그레고르 자신은 용돈으로 2,3굴덴을 썼을 뿐이었다.

그레고르는 열심히 고개를 끄덕이며 아버지의 예상치 않은 준비성과 근검 절약을 기뻐했다. 여유돈이 있다는 걸 알았다면 진작에 아버지의 빚을 갚아 버리고 홀가분하게 직장을 그만두었을 것이다. 이제 와 생각하면 아버지의 판단이 아주 현명했던 것이다.

모아 놓은 돈이 있다고는 하지만 그 정도의 이자로 한 집안을 꾸려 나갈 수는 없을 터였다. 1년이나 기껏해야 2년 정도면 바닥날 게 뻔했다. 결국 손을 대서는 안 될 돈이었다. 만일의 경우를 대비하여 남겨 두어야 할 금액에 불과했다. 생활비를 벌어야 했다.

그런데 누가 번단 말인가. 아버지는 정정한 편이었지만 나이도 많은데다 5년 동안 쉬었기 때문에 자신을 잃은 상태였다. 더욱이 아무 보람도 없이 고생만 했던 평생에서 처음 쉬었던 5년 동안 살이 찌는 바람에 몸을 움직이기도 쉽지 않았다. 그렇다면 어머니는 어떤가. 천식 때문에 집 안을 왔다갔다하는 것도 힘에 부쳐서 이틀에 한 번씩은 창문을 열어 놓은 채 소파에서 지내야 하는 형편이었다. 다음은 여동생이었다. 하지만 이제 겨우 열일곱 살짜리 소녀가 아닌가. 집에서 제 몸이나 꾸미고 심심하면 자다가 기껏해야 부엌 심부름이나 하고, 백화점 구경이나 다니고, 무엇보다도 바이올린 켜는 일이나 하면서 살아온 철부지였다. 이 어린 것이 어떻게 한 집안을 책임지겠는가? 옆방의 대화가 여기에 이르면 천천히 기어서 문 바로 옆에 있는 차디찬 가죽 소파에 몸을 내던졌다. 치욕스러움과 비통함에 온몸이 달아오르는 것이었다.

그레고르는 소파의 가죽을 쥐어뜯으며 밤을 새우는 일이 잦아졌다. 때로는 힘든 것도 잊은 채 의자를 밀고 가서 창턱을 기어오르거나, 과거에 창 밖을 바라보면서 느꼈던 해방감을 떠올리며 창에 기대어 있기도 했다. 날마다 그렇게 바라보고 있노라니 아주 가까이 있는 것도 그 윤곽이 차츰 희미해져 갔다.

그의 집이 한적하지만 시내 한복판인 샤를로테 가에 있다는 사실을 떠올리지 못했다면, 창 밖의 전망이 잿빛 하늘과 잿빛 대지가 뒤섞여 버린 황야라고 해도 의심치 않았을 것이다. 여동생은 의자가 창가에 놓여 있는 걸 두 번 정도 발견한 뒤로 청소를 끝내면 그 자리에 의자를 갖다 놓았고, 안쪽 창문까지 열어 주었다.

여동생하고 말이 통해서 그런 마음 씀씀이가 고맙다고 표현할 수 있었으면 좀더 편안하게 받아들였을 것이다. 아무것도 표현할 수 없다는 사실이 너무 괴로웠다. 여동생은 고통을 삭이려고 애쓰는 모습이 역력했다. 시간이 흐를수록 점점 나아지는 듯 보이기도 했다. 그레고르 역시 모든 걸 점점 정확하게 관찰할 수 있었다.

이제는 여동생이 들어오기만 해도 겁부터 났다. 그 동안은 가능한 다른 사람에게 보이지 않으려고 했으나, 이제는 방에 들어서기가 무섭게 문도 닫지 않고 창가로 달려갔다. 질식할 지경이라는 듯이 창문부터 열어제치고는 숨을 깊이 들이마시는 거였다. 문을 열기 무섭게 창가로 달려가는 소리와 덜거덕거리는 창문 소리 때문에 하루에 두 번씩 겁을 집어먹는 날들이 이어졌다. 결국 여동생이 들어오면 소파 밑에 들어가 떨어야 했다. 물론 여동생을 이해하는 건 어렵지 않았다. 창문을 닫고도 청소할 수 있다면, 이런 고통을 줄 리가 없었다.

그레고르가 변신한 지 한 달쯤 지난 어느 날이었다. 이제 여동생은 그레고르를 보아도 놀라지 않았다. 그날 따라 여동생이 평소보다 빨리 왔기 때문에 그레고르가 꼿꼿이 선 채로 조용히 창 밖을 내다보는 모습을 들키고 말았다. 여동생은 기겁을 했다. 그레고르가 창가에 서 있으면 창문부터 열 수가 없기 때문에 여동생이 들어오지 않은 게 당연했다. 그런데 뒷걸음을 치다가 아예 문을 닫아 버리는 게 아닌가. 모르는 사람이 보았다면, 그레고르가 조용히 기다리다가 덤벼들려 했다고 생각했을 것이다. 그레고르는 얼른 소파 밑으로 몸을 숨겼지만, 여동생은 정오가 되어서야 다시 들어왔다. 어찌할 바를 몰라하는 불안한 모습이었다. 그리고 보면 오빠의 모습을 본다는 게 여전히 견딜 수 없는 노릇일 터였다. 그리고 이런 상태는 앞으로도 계속될 것이다. 사실 소파 밑에 숨는다 해도 몸통을 완전히 가릴 순 없었다. 여동생 입장에서는 몸이 조금만 보여도 도망치고 싶을 텐데 참아내는 거였다. 자신을 얼마나 통제하고 있는지 알 것 같았다.

하루는 여동생을 위해 가급적이면 몸을 가려 보려고 이불을 등에 올린 채 소파로 올라갔다. 꼬박 4시간이 걸려서야 몸통이 보이지 않게, 여동생이 몸을 숙인다 해도 보이지 않게 이불 속에 자리잡을 수 있었다. 만에 하나 여동생이 이 이불을 거슬려한다면 당연히 치워 버릴 것이다. 하지만 이런 식으로 몸을 가리며 숨바꼭질을 하는 게 아니라는 것쯤은 알아줄 것 같았다. 아니나다를까 여동생은 이불을 건드리지 않았다. 오히려 고마워하는 눈치였다.

변신한 지 2주일이 지날 때까지도 부모님은 들어올 엄두를 내지 못했다. 하지만 오빠 방을 드나들며 돌봐주는 여동생을 보며 기특하게 여겼다. 아무 짝에도 쓸모 없는 딸자식이라고 생각하여 툭하면 화를 내곤 했는데. 이제는 여동생이 그레고르의 방을 청소하는 동안 문 밖에서 기다리다가, 방안은 어떻고 그레고르는 뭘 먹었는지, 뭘 하고 있는지, 혹시 나아질 기미는 안 보이는지 궁금한 것들을 물었고, 여동생은 본 대로 느낀 대로 자세하게 들려 주었다. 어머니는 하루빨리 그레고르를 만나려고 했지만 아버지하고 여동생이 이런 저런 이유를 들며 말렸다. 그레고르가 듣기에도 맞는 말이었다.

처음에는 어머니도 쉽게 받아들이는 것 같더니 결국은 아버지와 여동생이 어머니의 팔을 붙잡고 사정하는 지경이 되고 말았다. 어머니는 큰소리로 외쳤다. "이거 놔요. 그레고르를 봐야겠어요. 누가 뭐래도 내 아들이에요. 가엾은 녀석. 당신도 알잖아요? 내가 가봐야 한다고요."

날마다는 힘들겠지만 일주일에 한 번 정도는 괜찮지 않을까. 여동생보다는 어머니가 편했다. 아무래도 이해심이 넓으니까 말이다. 기특하고 고맙긴 하지만 여동생은 아직 어리고, 어리기 때문에 소녀다운 단순한 기분에서 어렵고 귀찮은 일도 떠맡을 수 있는 것이니까.

오래 기다리지 않아서 그레고르의 바람은 이루어졌다.

부모님을 위해 한낮에는 창가에 가지 않기로 했다. 하지만 3평방미터밖에 안 되는 방바닥을 기어다니는 건 정말 따분했다. 가만히 엎드려 있는 건 밤만으로도 충분했다. 게다가 먹는 일도 시큰둥해졌기 때문에 벽이나 천장을 이리저리 기어다니며 기분 전환을 하고 있었다.

그 중에서도 천장에 달라붙어 있는 게 가장 즐거웠다. 방바닥에 엎드려 있는 것하고는 완전히 달랐다. 숨쉬는 것도 편한데다 온몸에 가벼운 진동이 일었다. 천장에 달라붙으면 행복에 겨워 방심하다가 종종 방바닥에 떨어지기도 했다. 하지만 지금은 몸을 마음대로 움직일 수 있어서 떨어져 봤자 크게 다치지도 않았다.

여동생은 그레고르의 새로운 취미를 금방 알아차렸다. 그가 벽이나 천장에 점액 자국을 남겼던 것이다. 여동생은 그가 마음껏 기어다닐 수 있도록 옷장이나 책상 따위를 치워 주려고 했다. 하지만 혼자서 할 수도 없고, 아버지를 부를 수도 없었다. 새로 온 가정부가 있지만 여간해서는 도와줄 리 만무했다. 이 열여섯 살짜리 가정부는 잘 참는 편이었지만, 항상 주방문을 잠가 놓고는 특별히 그녀를 부를 일이 있을 때만 문을 열기로 했던 것이다.

결국 아버지가 외출했을 때 어머니를 부르는 것 말고는 방법이 없었다. 어머니는 몹시 기뻐하며 달려왔다. 하지만 그레고르의 방 앞에서 입을 다물어 버렸다. 물론 여동생은 그레고르의 방에 특별한 일은 없는지 미리 챙겨본 후에야 어머니를 들어오라고 했다. 그레고르는 재빨리 이불을 뒤집어썼다. 평소보다 주름을 많이 잡아서 깊이 숨었다. 언뜻 보면 소파에 이불을 던져 놓은 것처럼 보일 정도였다. 하지만 이불 속에서 슬쩍 엿보는 건 잊지 않았다. 그런데 갑자기 마음이 달라지는 거였다. 어머니가 와준 것만으로도 기뻤다.

"괜찮아요. 들어오세요, 어머니. 보이지 않아요." 여동생의 목소리였다. 어머니의 손을 끌어당기는 모양이었다.

잠시 후 연약한 여자 둘이서 꽤 무거운 옷장을 밀어내는 소리가 들려 왔다. 그 다음 일은 여동생 혼자 하는지 어머니는 무리하지 말고 조심하라고 걱정하고, 여동생은 아랑곳 않고 부지런히 움직이는 소리가 들려 왔다.

15분은 지났다고 생각될 무렵 어머니의 목소리가 들렸다. "이건 역시 그대로 두는 게 좋겠구나. 이렇게 무거운데 아버지가 돌아오시기 전에 치울 수 있겠니? 그냥 방 한가운데에다 이대로 내버려두면 그레고르가 다니기 불편할 테고. 무엇보다도 가구를 치워 버리면 그레고르가 어떻게 생각할지 걱정이다. 그레고르는 원하지 않을지도 모르잖아. 가구를 치워 버리니까 벽이 텅 비어서 어쩐지 견디기 힘든 기분이 드는구나. 어쨌거나 5년 가까이 이 방에서 살았는데 갑자기 다 치워 버리면 버림받았다고 생각하지 않을까? 아무래도 안 되겠구나." 어머니는 목소리를 아주 작게 낮추었다.

어머니는 사실 처음부터 속삭이듯 말했다. 그레고르가 어디에 숨었는지 알 수 없었지만, 당신의 목소리가 울리는 것조차 들려 주고 싶지 않은 것 같았다. 그레고르가 사람의 말을 알아들으리라고는 상상도 할 수 없었던 것이다. "가구를 치워 버리면 우리가 완전히 포기했다고 생각하지 않겠니? 그레고르가 어찌되든 더 이상 상관 않겠다는 의미로 비추지 않겠냐고? 내 생각은 좀 다르구나. 그냥 이대로 두어야 그레고르가 병이 나았을 때 방이 조금도 달라지지 않은 걸 보고 그 동안의 악몽을 좀더 쉽게 잊지 않겠니?"

어머니의 얘기를 듣는 순간 그레고르는 퍼뜩 깨달아지는 게 있었다. 사람들하고 얘기를 나눌 수도 없고, 방에서 한 걸음도 나갈 수 없는 생활이 계속되는 두 달 사이에 머리가 돌아 버린 거라고. 사실은 텅 비어 버린 방이 더 편했던 것이다. 돌아 버린 게 아니라면 조상 대대로 내려오는 가구가 놓인 포근한 방을 마다하고 동굴처럼 텅 빈 방을 좋아할 수 있겠는가 말이다. 가구를 전부 치워 버리면 마음껏 기어다닐 수는 있겠지만, 인간으로 살아온 과거를 잊어 버릴 것이다. 벌써 많은 부분을 잊지 않았는가. 모처럼 어머니의 목소리를 들은 까닭에 잠시 제정신을 찾은 거였다. 어머니 말대로 이 방은 그대로 두는 게 나았다. 모든 게 제자리에 있어야 했다. 그나마 버틸 수 있는 것도 가구 덕이었다. 기어다니는 데 거치적거리긴 하겠지만 더 큰 도움을 주는 셈이었다.

하지만 여동생은 그렇게 생각하지 않았다. 그레고르가 어떤 상황인지 부모님보다 훨씬 잘 알았고, 또 깊이 이해하는 입장이었다. 처음에는 옷장하고 책상만 치울 생각이었지만 어머니의 충고를 듣고는 꼭 필요한 소파만 빼고 전부 다 치우자고 고집을 부렸다. 그 나이 또래 소녀들의 반항심이나 갑작스런 불행을 뒤치다꺼리하느라 생긴 자부심 때문은 아니었다.

그레고르가 마음껏 기어다니려면 방이 넓어야 했고, 따라서 가구들은 거추장스러울 뿐이라는 걸 깨달았던 것이다. 물론 그 또래 소녀다운 맹목적인 열정도 있었을 것이다. 그 열정을 쏟아내고 싶은 마음이 그레고르의 처지를 더욱 비참하게 만들고 있었다. 지금 그레테는 오빠를 위해 헌신하겠다는 열정에 한껏 고조되어 있었던 것이다. 그레고르가 사방의 벽 말고는 아무것도 없는 텅 빈 방에 혼자 남으면, 그레테 말고는 아무도 들어오지 못할 게 아닌가.

여동생은 조금도 물러설 기미가 없어 보였다. 게다가 어머니는 그레고르의 방에 있는 것만으로도 초조하고 불안한 모양이었다. 결국 입을 다문 채 여동생을 돕기 시작했다. 그런데 옷장은 몰라도 책상까지 치우는 건 곤란했다. 여자 둘이 젖 먹던 힘까지 써가며 옷장을 밀고 나가자마자 그레고르는 소파 밑에서 고개를 내밀었다. 그리고 들키지 않고 막을 수 있는 방법을 궁리하기 시작했다. 그런데 일이 꼬이려고 그러는지 어머니가 먼저 들어오는 거였다.

그레테는 아직도 옷장에 매달린 채 이리저리 움직여 보려고 했다. 물론 옷장은 조금도 움직이지 않았다. 그런데 어머니는 그레고르를 자세히 본 적이 없어서 자칫 병이 날 수도 있었다. 그레고르는 걱정이 앞선 나머지 소파 끝으로 뒷걸음쳐 갔다. 그러느라고 이불이 살짝 들춰져 버렸다. 말할 필요도 없이 어머니의 눈에 띄고 말았다. 어머니는 문득 멈춘 채 한순간 그대로 서 있다가 옆방의 그레테에게 달려갔다.

대단한 사건이 일어난 것도 아니었다. 가구 두세 점을 옮기는 것뿐이었다. 그렇게 자위했지만 두 사람이 드나들고, 서로를 부르고, 또 바닥에 가구 끌리는 소리가 요란한 음향처럼 사방에서 밀려 왔다. 그는 목이며 다리를 잔뜩 움츠린 채 바닥에 납작 엎드려 있었지만, 참을성도 한계가 있는 법이었다.

지금 어머니와 여동생은 그의 방을 텅 비어 놓을 작정인 것이다. 평소 아끼던 물건들을 전부 다 들어 낼 태세였다. 실톱이 들어 있는 공구함은 이미 끌어 낸 뒤였다. 그리고 책상 차례였다. 초등학교 때부터 상과 대학을 다닐 때까지 내내 함께 했던 손때 묻은 책상이었다. 더 이상은 가만히 참을 수가 없었다. 다 자신을 위해서 그러는 거라고 이해하는 것도 불가능했다. 어느새 두 사람의 존재를 잊어버릴 지경이었다. 두 사람이 너무 지치는 바람에 말할 기운도 없어 입을 꾹 다물고 일만 했으므로, 그에게는 무거운 발자국 소리만 들렸던 것이다.

그레고르는 도저히 봐줄 수가 없었다. 결국 소파 밑에서 기어 나오고 말았다. 두 사람은 마침 옆방에 있었다. 책상에 기대어 잠시 숨을 돌리는 참이었다. 그는 남겨 놓을 가구를 결정하지 못한 채 기어 가다가 방향을 네 번이나 바꾸었다. 이미 텅 비어 버린 벽에서 유일하게 눈에 띄는 게 있었다. 모피를 입은 여인의 초상화였다. 그는 재빨리 기어올라 유리에 달라붙었다. 유리에 닿자 복부가 시원한 게 기분이 그만이었다. 온몸으로 감춰 버린 이 그림만은 끝까지 지키겠다고 다짐했다. 그리고 어머니와 여동생을 감시하기 위해 고개를 들어 거실 쪽 문을 바라보았다.

두 사람은 금방 돌아왔다. 그레테는 어머니의 몸을 껴안듯 부축하고 들어왔다.

"자, 이번엔 뭘 내갈까요?" 그레테가 어머니한테 물어보며 주위를 살폈다. 한순간 벽에 달라붙은 그레고르의 시선과 마주쳤다. 여동생은 어머니를 의식하여 흥분하지 않으려고 애쓰면서 얼굴을 어머니 쪽으로 숙이고 말했다. 어머니가 주위를 둘러보지 못하게 하려는 거였다. "어머니는 잠깐 거실로 나가는 게 좋겠어요!" 목소리가 떨렸다. 사실 앞뒤 생각도 않고 내뱉은 말이었다.

그레고르는 여동생의 속내를 분명히 알 수 있었다. '어머니를 피신시킨 다음 나를 제자리로 보내려는 거겠지. 좋아, 쫓아낼 수 있으면 한번 해보라지.' 그림만큼은 절대로 넘겨주지 않을 작정이었다. 차라리 그레테의 얼굴로 뛰어내릴 참이었다.

그런데 그레테가 한 말이 오히려 긁어 부스럼이 되었다. 어머니는 그레테의 말이 어딘지 부자연스럽게 들렸으므로 불안한 마음에 옆으로 물러서다가 꽃무늬 벽지에 붙어 있는 거대한 갈색 반점을 발견하고 말았던 것이다. 그리고 미처 그레고르라는 걸 의식하기도 전에 소리부터 질러댔다. "아악! 저게 뭐야? 사람 살려!" 어머니는 모든 걸 포기한 사람처럼 두 팔을 벌린 채 소파에 쓰러져 버렸다.

"오빠!" 여동생은 주먹을 불끈 쥐고 그레고르를 날카롭게 쏘아보았다. 변신한 후로 여동생이 그에게 건넨 첫마디였다.

여동생은 진정제를 가지러 옆방으로 달려갔다. 그레고르 역시 뭔가 해주고 싶었다. 그림을 구할 시간도 번 셈이었다. 그러나 액자 유리에 너무 세게 붙어 버린 탓에 떨어지느라 몹시 애를 먹어야 했다. 떨어지자마자 재빨리 옆방으로 들어갔다. 예전처럼 여동생에게 충고라도 해줄 것처럼. 하지만 여동생 뒤에서 가만히 서 있는 것 말고는 할 수 있는 일이 없었다. 작은 병들을 뒤지던 여동생은 뒤를 돌아보고 기절할 듯 놀랐다. 그 순간 병 하나가 굴러 떨어지는 바람에 유리 조각이 그레고르의 얼굴까지 튀어 그만 상처를 입고 말았다. 확실히 알 수는 없지만 부식제 같은 약물이 그레고르 옆으로 흘러내렸다. 그레테는 멈칫거릴 새도 없이 병들을 가득 안아들고 나가면서 발로 문을 닫았다.

결국 그레고르는 어머니하고 격리되었다. 어머니는 그레고르 때문에 쓰러진 거였다. 이 문을 열면 안 되는 일이었다. 어머니 곁에는 여동생이 있어야 했다. 그가 들어가서 그녀를 내몰 수는 없었다. 이곳에서 조용히 기다리는 게 최선이었다. 그는 자책감과 불안감을 이기지 못하고 기어다니기 시작했다. 벽에서 가구, 다시 천장으로 옮겨갔다. 그를 중심 축으로 온 방안이 빙글빙글 도는 순간 그레고르는 절망에 몸부림치며 천장에서 테이블 한가운데로 떨어지고 말았다.

시간이 얼마나 흘렀을까, 그레고르는 축 늘어진 채 엎드려 있었으며 주위는 조용했다. 좋은 징조였다. 그때 현관벨이 울렸다. 가정부는 주방에 틀어박혀 나올 줄 몰랐으므로 당연히 그레테가 나가야 했다.

"도대체 무슨 일이냐?" 아버지의 첫마디였다. 그레테를 보는 순간 이미 짐작한 듯했다. 그레테의 목소리가 먹먹하니 잘 들리지 않는 걸로 보아 아버지의 가슴에 얼굴을 묻은 모양이었다.

"어머니가 잠깐 쓰러지셨어요. 지금은 기운을 차렸지만요. 오빠가 기어 나왔거든요."

"그럴 줄 알았다." 아버지는 나무라듯 말했다. "그렇게 일렀는데도 여자들이란 어쩔 수가 없구나. 도대체 내 말을 귓등으로도 들으려 하지 않는단 말이야." 아버지는 그레테의 말만 듣고 지레짐작해서 그레고르가 난폭하게 굴었다고 단정짓는 것 같았다. 결국 그레고르는 아버지를 진정시켜야만 했다. 그런데 앞뒤 사정을 설명할 시간도 없고 능력도 없었으므로 자기 방 앞으로 도망쳐 문에다 몸을 바싹 붙였다. 아버지가 현관에서 들어오다가 보고는 그레고르는 방으로 돌아갈 테니까 굳이 나서서 쫓아 보낼 필요 없이 방문만 열어 주면 된다는 걸 깨달을 것이다. 그레고르의 생각이었다.

불행하게도 아버지는 그레고르의 세심한 마음씀씀이를 헤아릴 기분이 아니었다. 다짜고짜 소리부터 질렀다. "그래!" 분개와 희열이 뒤섞인 묘한 목소리였다. 그레고르는 머리를 돌려 아버지를 쳐다보았다. 눈앞에 우뚝 서 있는 아버지는 상상도 못했던 모습이었다. 요즘 들어 기어다니는 방법을 새롭게 터득하는 바람에 거기에 정신이 팔려서 집안일에 무관심했던 건 사실이었다. 그런 만큼 집안 사정이 달라졌다 해도 놀라지 말아야 했다.

그렇다 해도 눈앞에 있는 사람이 아버지라고 믿을 수가 없었다. 그레고르가 새벽같이 집을 나서는데도 잠 속을 헤매고, 출장에서 파김치가 되어 돌아와도 잠옷 차림으로 안락 의자에 앉은 채 맞이하는 아버지였다. 일어서는 것도 힘에 부쳐하고 아무리 기뻐도 두 팔만 치켜들던 아버지, 쉬는 날을 골라 1년에 두세 번 온 가족이 산책을 나가면 원래 걸음이 느린 그레고르와 어머니 사이에서 낡은 외투가 무거워 보일 만큼 느리게 지팡이를 짚으면서 걷던 아버지, 할말이 있을 땐 걸음을 멈추고 두 사람을 가까이 부르던 아버지, 그 아버지가 지금 눈앞에 서 있는 사람이란 말인가?

아버지는 단정하게 똑바로 서 있었다. 은행 수위처럼 금단추가 달린 감색 제복을 입었는데, 몸에 잘 맞았다. 빳빳하게 세운 재킷의 깃 위로 두 턱진 모습이 근엄해 보였다. 짙은 눈썹과 잘 어울리는 까만 눈은 신중하면서도 활기차게 반짝였다. 항상 엉켜 있던 백발도 단정하게 빗질해서 보기 좋았다.

아버지는 은행 이름의 이니셜을 금실로 수놓은 모자를 벗어 침대에 던졌다. 그리고 기다란 옷자락을 젖힌 뒤 양손을 바지 주머니에 찔러 넣고는 아주 불쾌한 표정을 지으며 걸어왔다. 아버지 자신도 무슨 생각으로 다가가는지 모르는 것 같았다. 어쨌든 발을 높이 쳐들면서 걸었다. 그레고르는 아버지의 구두 밑창이 위협적으로 크다는 걸 느끼며 깜짝 놀랐다. 하지만 어쩔 도리가 없었다.

사실 아버지는 첫날부터 엄격해지기로 작정한 듯했다. 당연한 일이었다. 그래서 아버지가 다가오면 쫓기듯이 도망치고, 아버지가 멈추면 따라서 멈췄다. 아버지가 살짝만 움직여도 재빨리 도망쳤다. 그렇게 방안을 빙빙 돌았다. 다행히 아버지가 느렸기 때문에 그레고르를 해치려는 몸짓으로 보는 사람은 없었다. 벽이나 천장으로 도망치면 악의가 있다고 오해할까 봐 그냥 마룻바닥에 있기로 했다. 하지만 마룻바닥을 기어다니는 것도 계속할 수는 없었다. 아버지가 한 걸음 옮길 때 그레고르는 수많은 다리를 한꺼번에 움직이느라 힘에 부쳤던 것이다. 변신하기 전에도 폐가 튼튼한 편은 아니었다. 어느새 숨이 턱까지 차올랐다.

아버지를 피하느라고 온힘을 다해 기어다니는 동안 눈은 뜰 수도 없는 지경이 되었다. 마룻바닥을 기어서 도망치는 것 말고는 아무것도 떠오르지 않았다. 자유롭게 벽을 기어오를 수도 있을 텐데 그런 사실조차 잊은 상태였다.

게다가 정성껏 조각한 가구들 때문에 벽에는 톱니 모양으로 뾰족하게 튀어나온 곳이 많았다. 그 순간 그레고르의 옆에서 날아와 다시 앞으로 굴러가는 게 보였다. 사과였다. 연이어 또 날아왔다. 그레고르는 깜짝 놀라 멈췄다. 더 이상 도망쳐 봤자 헛수고였다. 아버지가 결심을 굳혔던 것이다. 주머니 가득 사과를 채우고는 무작정 던지기 시작했던 것이다. 빨간 사과는 리모컨으로 조종되는 것처럼 마룻바닥을 굴러다니면서 부딪쳤다. 그레고르는 몸에 살짝 스치는 걸 용케도 피하다가 결국은 등 한복판을 제대로 맞고 말았다.

그레고르는 이 갑작스러운 통증을 잊어버리려는 듯 다시 도망치려고 했다. 그러나 못에 박힌 듯한 통증 때문에 모든 감각이 마비된 채 그 자리에 뻗어 버렸다.

마지막으로 눈을 감는 순간 자신의 방문이 열리는 걸 간신히 보았다. 뭐라고 외쳐대는 여동생 뒤에서 어머니가 달려나왔다. 속옷 바람이었다. 기절했을 때 호흡을 편하게 해주려고 여동생이 옷을 벗겼던 것이다. 어머니는 곧장 아버지에게 달려갔다. 그 와중에 치마가 벗겨져 마룻바닥으로 흘러내렸다. 어머니는 그 치마에 발이 걸리면서도 달려가 아버지를 부둥켜안고 아들을 살려 달라고 매달렸다. 그러나 그레고르는 이미 눈을 감은 뒤였다.

3

이 깊은 상처는 한 달 넘게 그를 괴롭혔다. 아무도 뽑아낼 엄두를 못 내는 바람에 사과는 마치 기념품처럼 여전히 살 속에 박혀 있었다. 그 모습은 그레고르가 참담하고 징그럽게 변했지만 분명 한 가족이므로 원수 대하듯 하면 안 된다는 걸 일깨워 주었다. 아버지도 느낀 게 있었는지 혐오감은 접어 두고 묵묵히 참는 게 가족의 의무라고 생각했다.

하지만 그레고르는 더 이상 자유롭게 움직일 수 없는 듯 보였다. 방까지 가는 데도 한참 걸렸다. 마치 부상당한 노병 같았다. 벽이나 천장을 기어오르는 건 상상도 할 수 없었다. 하지만 꼭 나쁜 일만은 아니었다. 나름대로 만족스런 면도 있었다. 해질녘부터 새벽까지 거실과 그레고르의 방을 가로막았던 문이 열린 것이다. 방문이 열리기 한두 시간 전부터 그쪽만 뚫어져라 쳐다보는 게 일상이 되었을 정도였다. 거실에서는 어두운 방안에 있는 그가 안 보였지만, 그레고르 쪽에서는 환한 가스등 불빛을 받으며 테이블 주위에 모여 있는 가족들이 보였다. 가족들이 나누는 얘기를 편안하고 자유롭게 들을 수 있는 것이다.

출장 때마다 삼류 호텔의 눅눅한 침대에 지친 몸을 뉘어야 했던 시절이 있었다. 그럴 때면 거실에 모여 이야기꽃을 피우는 가족들을 그리워하곤 했다. 하지만 지금은 그토록 그리던 단란한 모습이 아니었다. 그냥 조용히 시간만 흐를 뿐이었다. 아버지는 식탁에서 일어나는 즉시 안락 의자에 앉아 잠이 들었고, 어머니와 여동생은 가끔씩 시선을 나누며 조용히 앉아 있었다. 어머니는 등불 밑에 자리를 잡고 앉아 의상실에서 받아 온 일감을 펼쳐놓았다. 고급 속옷을 바느질하는 일이었다. 점원으로 취직한 여동생은 좀더 나은 직장을 구해 보려고 밤마다 속기와 프랑스어를 공부했다. 아버지는 가끔씩 눈을 뜨고는 언제 잠들었냐는 듯 어머니에게 "날마다 잠도 못 자고 일하는군!" 하고는 다시 잠들었다. 그러면 어머니와 여동생은 힘없는 미소만 주고받았다.

아버지는 좀처럼 수위 제복을 벗지 않았다. 지금도 은행에 있는 것처럼, 혹은 상사의 명령을 기다리는 것처럼 제복을 입은 채 잠들어 있었다. 어머니와 여동생이 제복을 열심히 손봐주었지만, 처음 지급 받았을 때부터 새 옷이 아니었으므로 항상 지저분해 보였다. 그레고르는 저녁 내내, 금단추는 항상 닦아서 번쩍번쩍 빛나지만 받을 때부터 얼룩투성이였던 아버지의 제복을 바라보면서 지냈다. 노인은 이 옷을 단정하게 입고 매우 불편한 모습으로, 그러나 조용히 잠들어 있었다.

어머니는 10시가 되면 나직한 목소리로 아버지를 깨웠다. 그리고 침대까지 데려가느라 진땀을 흘렸다. 그런 자세로 자면 몸이 불편할 뿐만 아니라 푹 잘 수 없기 때문에 6시에 출근하려면 침대에서 편히 자둬야만 했다. 그러나 수위가 되면서부터 고집불통이 되어 버린 아버지는 그대로 두라고 우기다 그냥 잠들어 버렸다. 안락 의자에서 침대로 잠자리를 옮기는 건 여간 힘든 일이 아니었다. 어머니와 여동생이 아무리 애원해도 아버지는 고개만 가로 저을 뿐 도무지 일어날 줄을 몰랐다. 요지부동으로 점점 더 안락 의자 속으로 파묻혀 버렸다.

"이것이 인생이다. 내 황혼의 안식처란 말이다." 여자들이 아버지를 옮기려고 겨드랑이 밑에 손을 넣으면 겨우 눈을 뜨고 입버릇처럼 내뱉는 말이었다. 그리고는 양쪽에서 부축을 받으며 힘겹게 몸을 일으켰다. 아버지 자신도 무거운 몸이 거추장스럽다는 듯한 모습이었다. 아버지는 문 앞까지 가서야 혼자서 움직였다. 하지만 어머니는 바느질감을 치우고 여동생은 펜을 던져 놓고는 아버지의 잠자리를 봐주었다.

모두들 피곤에 지쳤으므로 정성을 다해 그레고르를 보살펴 줄 여유가 없었다. 집안 형편도 점점 어려워져서 가정부도 내보내야 했다. 그 대신 백발이 성성해도 몸집이 좋은 할머니가 아침저녁으로 드나들며 힘든 일만 거들어 주었다. 대부분은 어머니가 바느질을 하는 틈틈이 해냈다. 그런 노력에도 불구하고 결국은 어머니와 여동생이 친목회나 축하 모임에 갈 때면 자랑스럽게 걸치던 장신구들까지 팔아야 했다. 그레고르는 가족들이 모여서 얼마나 받고 팔 것인가를 의논하는 걸 듣고 그 사실을 알았다.

뭐니뭐니해도 문제는 집이었다. 지금 처지로는 너무 컸지만 이사할 엄두가 나지 않았다. 그레고르를 옮길 방법이 없었던 것이다. 꼭 그레고르를 배려하느라고 이사를 주저하는 건 아니었다. 상자를 찾아서 숨구멍 서너 개만 뚫어 놓으면 문제없었다. 선뜻 이사를 결정하지 못하는 건 캄캄한 앞날과 사상초유의 불행을 겪고 있다는 열등감 때문이었다.

사실 가족들은 가난한 사람들이 겪어야 하는 고통을 충분히 감내하고 있었다. 아버지는 은행의 말단 직원들에게 아침까지 날랐으며, 어머니는 빨랫감을 받아다 손이 부르트도록 일했고, 여동생은 고객의 비위를 맞추느라 종종거렸다. 그러나 다들 한계에 이르고 있었다.

어머니와 여동생은 아버지를 침대에 뉘고 거실로 돌아왔다. 두 사람은 일감도 밀어 놓은 채 바싹 다가앉아 얘기를 나누기 시작했다. 어머니는 그레고르의 방을 가리키며 "그레테야, 저 문 좀 닫으렴." 하고 말했다. 그레고르는 또다시 어둠 속에서 혼자 남았다. 거실에서는 어머니와 여동생이 눈물을 흘리다가 눈물조차 메말라 버리면 테이블만 뚫어져라 쳐다보며 앉아 있었다. 그럴 때면 등의 상처가 다시 아프기 시작했다.

그레고르는 밤이나 낮이나 불면증에 시달렸다. 또다시 방문이 열리면 옛날처럼 집안을 책임지겠단 생각도 해보았다. 오랜만에 회사 사장이나 지배인, 사원과 견습 사원들, 아둔한 사환, 장사를 시작한 친구들이 떠올랐다. 시골 호텔의 가정부, 즐거운 추억들, 진지하게 청혼했지만 너무 늦어 버렸던 모자 가게 처녀의 모습도 눈앞에 펼쳐졌다. 그러한 모습들은 낯선 사람이나 이미 잊어버린 사람들과 함께 뒤섞여 나타났다. 하지만 그들은 그레고르나 가족들을 도와주기엔 너무 멀리 있었다. 그들의 모습이 다시 사라지자 오히려 기분이 좋기도 했다.

반대로 가족들 걱정은 이제 그만 하고 싶을 때도 있었다. 자신을 학대하는 가족들에게 화가 치밀 뿐이었다. 무엇을 먹어야 입맛이 돌지 전혀 짐작도 안 되고 배가 고픈 것도 아니었지만, 주방에 가서 먹을 만한 걸 찾아볼 생각도 해보았다. 요즘 들어 여동생은 그레고르의 입맛 따위는 관심도 없다는 듯 외출하기 전에 아무 거나 내놓았다. 그나마 허둥거리며 발끝으로 그레고르의 방에 밀어 넣는 거였다. 그리고 집에 돌아오면 그가 입을 댔거나 말았거나 신경도 쓰지 않고 빗자루로 쓸어 버렸다.

방청소는 저녁마다 하는 일인데도 너무 한다 싶게 대충 해치워 버렸다. 벽마다 더러운 자국이 찌들었으며, 여기저기 먼지와 쓰레기가 나뒹굴었다. 처음에는 일부러 지저분한 데를 골라 엎드려 있었다. 하지만 아무리 웅크리고 있어 봤자 여동생은 조금도 달라지지 않았다. 분명히 쓰레기 뭉치들을 봤을 텐데 굳게 작정한 것처럼 못 본 체했다. 그러면서도 누가 대신 치워 줄까 봐 신경을 곤두세워 계속 주시하는 거였다.

한번은 어머니가 그레고르의 방을 청소한 적이 있었다. 양동이에 물을 서너 번이나 길어올 정도의 대청소였다. 그 바람에 방이 온통 물바다가 되었고,

그레고르는 화가 솟구쳐서 꼼짝도 않은 채 소파에 엎드려 있었다. 결국 어머니는 그 값을 톡톡히 치러야 했다. 여동생이 그레고르의 방을 확인하자마자 거실로 달려가 온몸을 비틀며 목놓아 울었던 것이다. 안절부절못하며 달래는 어머니를 흘겨보면서 말이다. 아버지가 안락 의자에서 벌떡 일어난 건 당연한 수순이었다. 하지만 그칠 줄 모르고 울부짖는 딸에게 질려서 두 분 다 가만히 지켜볼 뿐이었다.

하지만 전후 사정을 들은 아버지가 딸에게 맡기지 않은 어머니를 책망했고, 왼쪽에 있는 그레테에게는 다시는 이런 일이 없도록 하겠다고 소리쳤다. 어머니는 당황해하며 너무 흥분해서 정신을 못 차리는 아버지를 침실로 데려갔다. 그레테는 여전히 몸을 떨면서 조그만 주먹으로 테이블을 두드리며 울부짖었다. 방문만 닫으면 이 안타까운 모습을 안 볼 수 있을 텐데 아무도 닫아 줄 생각을 못했다. 그레고르 역시 격분한 나머지 큰소리로 쉿 하는 소리를 냈다.

하루종일 손님들에게 시달리다 돌아오면 그레고르를 돌보는 일이 짜증나기도 하겠지만, 그렇다고 어머니가 대신 할 필요는 없었다. 그레고르로서도 굳이 방치될 이유가 없었다. 파출부 할머니가 있지 않은가. 긴 세월의 무게를 단단한 몸뚱이 하나로 버텨낸 까닭에 처음부터 그레고르를 두려워하지 않았다. 우연히 그레고르의 방을 들여다보기도 했다. 물론 호기심 때문은 아니었다. 그레고르는 너무 놀란 나머지 쫓기는 것처럼 기어다니기 시작했다. 하지만 파출부 할머니는 양손을 깍지 낀 채 가만히 서서 그레고르를 바라볼 뿐이었다.

그 후론 아침저녁으로 슬그머니 문을 열고는 잠깐씩 들여다보았다. 처음에는 "말똥벌레야, 이리 오렴" 이라든가 "어머나! 다 늙은 말똥벌레잖아" 라고 정답게 말을 붙였다. 그레고르에게 말이라도 붙여 보고 싶은 마음이었던 것이다. 하지만 그레고르는 완전히 묵살해 버린 채 문이 열린 것조차 모른 체하며 꼼짝도 하지 않았다. 사실 그런 무의미한 심심풀이 대신 매일 방청소나 좀 해주었으면 싶었다.

어느 날 이른 아침이었다. 세찬 빗방울이 유리창에 들이치는 걸로 보아 봄이 가까워진 모양이었다. 그날도 파출부 할머니는 그레고르의 방문을 열고 놀리기 시작했다. 그레고르는 몹시 화를 내며 덤벼들 듯 느리게 몸을 돌렸다. 공격할 힘도 없으면서 말이다. 상대방은 겁을 먹기는커녕 문 옆에 있던 의자를 높이 쳐들었다. 입을 쩍 벌리고 선 모습으로 보아 당장이라도 의자를 휘둘러 그레고르의 등을 내리칠 것만 같았다. "에게, 겨우 그거냐!" 파출부는 그레고르가 후퇴하는 걸 보며 의자를 조용히 내려놓았다.

요즘 들어 통 먹을 수가 없었다. 가끔씩 넣어 주는 음식 옆을 지나갈 때면 장난 삼아 입에 넣고 우물거려 보지만 결국은 뱉어 버렸다. 식욕이 없는 건 방이 너무 참담하기 때문이라고 생각했으나 사실은 방이 변할 때마다 쉽게 적응했다. 가족들 역시 습관적으로 쓸모 없는 물건들은 이 방에다 넣어 버렸다. 그런데 생각보다 꽤 많이 쌓인 편이었다. 방 한 칸을 비워 하숙생들을 들였던 것이다.

그레고르가 문틈으로 내다보니 셋 다 수염을 기르고 있었다. 그런데도 몹시 까다롭게 굴며 청결을 강조했다. 하숙생이라 해도 이 집에서 함께 사는 이상 온 집안이, 특히 주방이 깨끗해야 된다고 성화를 부렸다. 필요 없는 물건이나 지저분해진 잡동사니들이라면 가차없었다. 더구나 자기들이 쓸 가구나 소품들을 전부 챙겨오는 바람에 불필요한 물건들이 많아졌던 것이다. 그 물건들은 좀처럼 팔리지도 않으면서 버리기엔 아까웠다. 그래서 그레고르의 방에 처박아 놓은 것이다. 재를 치우는 상자며 주방에서 쓰던 쓰레기통까지도 그레고르의 방으로 옮겨졌다.

파출부 할머니는 항상 바쁘게 설쳐대는 성격이라 지금 당장 필요하지 않은 건 뭐가 됐든 닥치는 대로 끌어다 그레고르의 방에 쌓아 두었다. 그나마 다행인 건 그레고르의 눈에는 물건과 그 물건을 들고 있는 손밖에 보이지 않는다는 점이었다. 언제 기회를 봐서 다시 가져가거나 한꺼번에 내다버릴 생각이었겠지만, 결국은 처음에 던져 둔 대로 뒹굴고 있었다.

그레고르는 그 잡동사니 때문에 맘대로 돌아다닐 수가 없었다. 기어다니는 통로를 만들려면 직접 치워 버려야 했다. 한참을 치우고 나면 죽을 만큼 피곤하기도 하고 공연히 슬퍼져서 한참을 움직일 수가 없었다. 하지만 잡동사니를 옮기는 게 점점 재미있어졌다.

하숙생들은 가끔씩 거실에서 저녁을 먹곤 했는데, 그럴 때는 항상 거실 쪽 문을 닫아 버렸다. 하지만 별로 고통스러워하지 않았다. 문을 열어 놓는 밤에도 집안 사람들 눈에 띌까 봐 어두운 방구석에 잠자코 엎드려 있었던 것이다.

한번은 파출부 할머니가 거실 쪽 문을 살짝 열어 놓은 적이 있었다. 해질 무렵이 되어 하숙생 셋이 들어왔다. 그리고 거실의 불을 켰지만 문은 그대로 열려 있었다. 그들은 테이블 윗자리에 앉았다. 부모님과 그레고르가 앉던 자리였다. 냅킨을 펼치고 나이프와 포크를 들고 있노라니 어머니가 고기 접시를 들고 들어왔다. 곧이어 여동생이 수북하게 담은 감자 대접을 받쳐들고 따라 들어왔다. 음식 냄새가 진하게 풍기는 가운데 김이 모락모락 솟아올랐다.

하숙생들은 입맛을 다시며 접시 위로 몸을 숙였다. 가장 연장자로 보이는 남자가 고기를 한 조각 잘랐다. 고기가 연한지 어떤지, 그러니까 주방으로 돌려보내지 않아도 괜찮은지 맛을 보려는 것이었다. 그가 만족한 표정을 짓자, 어머니와 여동생도 긴장을 풀고 안도의 숨을 내쉬면서 미소지었다.

가족들은 주방에서 먹었다. 아버지는 거실부터 들러서 모자를 들고 머리를 숙여 보인 다음에 테이블을 한바퀴 돌았다. 하숙생들도 일어서서 뭐라곤가 중얼거렸다. 그리고는 완전한 침묵 속에서 마저 먹었다. 그때마다 그레고르에겐 이상한 소리가 들렸는데, 알고 보니 아삭아삭 씹는 소리였다. 음식을 먹으려면 이가 필요하며, 제아무리 훌륭한 입도 이가 없으면 소용이 없다는 걸 그에게 가르쳐 주려는 듯했다.

그레고르는 걱정스럽게 중얼거렸다. "나도 먹고 싶다. 저런 음식은 말고. 저들처럼 먹었다가는 그 자리에서 죽어 버리고 말 거야."

바로 그날 밤이었다. 주방 쪽에서 바이올린 소리가 들렸다. 변신한 뒤로 처음 듣는 소리였다. 하숙생들은 식사를 끝내고 신문을 나눠 보는 중이었다. 의자 깊숙이 파묻혀 신문을 읽으면서 담배도 피웠다. 그들 역시 바이올린 소리를 듣고는 놀랍다는 듯 의자에서 일어나 현관 쪽으로 걸어가서는 주방 앞에 모여 섰다.

주방에서 그들의 발소리를 들었는지 아버지가 말했다. "시끄러우면 말씀하세요. 그만두라고 하겠습니다."

"천만에요." 연장자가 대답했다. "괜찮다면 이쪽으로 나와서 연주하시는 게 어떨까요? 훨씬 유쾌할 것 같군요."

"그럽시다." 아버지는 당신이 바이올린을 연주하는 것처럼 흔쾌히 대답했다. 하숙생들은 거실로 돌아가서 기다렸다. 잠시 후 아버지는 악보대를, 어머니는 악보를, 여동생은 바이올린을 들고 거실로 나왔다. 여동생은 침착하게 연주 준비를 끝마쳤다. 부모님은 하숙이 처음이라 무조건 깍듯하게 대해야 한다는 생각에 의자에 앉지도 못했다. 아버지는 문에 기대서서 오른손을 제복의 단추들 사이에 찔러 넣고 있었다. 어머니는 하숙생이 하도 권하는 통에 의자에 앉았는데, 우연히 구석자리였지만 그대로 있었다.

마침내 여동생의 연주가 시작되었다. 아버지와 어머니는 딸의 손놀림을 주의 깊게 지켜보았다. 그레고르는 연주 소리에 끌려 자신도 모르는 사이에 조금씩 나아가다 보니 어느새 고개를 거실로 내밀고 있었다. 요즘 들어 집안 돌아가는 일에 영 무관심했지만, 이제는 그런 자신이 이상할 것도 없었다. 집안 일에 관심 갖는 걸 자랑스러워하던 그였는데. 사실 지금은 남의 눈을 피하고 싶은 게 당연했다.

방안이 온통 먼지투성이여서 조금만 움직여도 먼지가 일어나다 보니 온몸에 먼지를 흠뻑 뒤집어쓴 꼴이었다. 먼지뿐이 아니었다. 등하며 옆구리에 실밥, 머리카락, 음식 찌꺼기 따위를 덕지덕지 붙인 채 기어다녔다. 예전 같으면 방바닥에 벌렁 누워 카펫에다 몸을 비볐을 테지만 바깥일에 무관심해지자 그것마저도 시큰둥했다. 그 지저분한 몸을 끌고 종이 조각 하나 떨어져 있지 않은 거실로 기어 나오면서도 조금도 켕기지 않았다.

물론 그가 기어 나온 걸 눈치 챈 사람은 아무도 없었다. 가족들은 바이올린 연주에 흠뻑 빠져 있었던 것이다. 하숙생들은 바지 주머니에 손을 찔러 넣고 서서 악보대 뒤에 자리를 잡았는데, 세 사람 모두 마음만 먹으면 들여다볼 수 있는 자리였다. 그 바람에 여동생은 연주를 하면서도 꽤 신경 쓰였을 것이다.

하지만 그들은 고개를 숙인 채 조용히 얘기를 하더니 창가로 자리를 옮겼다. 아버지가 근심스럽게 쳐다보았다.

훌륭하고 감미로운 바이올린 연주를 기대했을 텐데 전혀 아니니까 금방 싫증난 모양이었다. 예의상 억지로 듣는 게 분명했다. 특히 코와 입으로 담배 연기를 내뿜는 모습은 몹시 초조해 보였다. 하지만 여동생은 정말 아름다운 모습으로 연주에 몰두했다. 얼굴을 한쪽으로 기울인 채 무언가를 음미하는 듯 슬픈 눈으로 악보를 더듬어 내려가고 있었다.

그레고르는 좀더 기어 나갔다. 그리고 머리를 수그려 마룻바닥에 들러붙듯이 엎드렸다. 여동생 눈에 띄기를 기다리는 거였다. 바이올린 선율에 이토록 매료당하는 곤충도 있단 말인가. 그레고르는 정신적인 자양분을 얻는 기분이었다. 그는 여동생 옆으로 가서 치맛자락을 물었다. 바이올린을 들고 자기 방으로 와 달라는 의미였다. 사실 여동생의 수고를 그레고르만큼 따뜻하게 위로해 줄 사람은 없었다.

여동생이 방으로 들어온다면 다시는 내보내지 않을 작정이었다. 적어도 그가 살아 있는 동안은. 흉악하게 생긴 덕을 톡톡히 볼 것이다. 잠시도 방심 말고 모든 문들을 지켜야 한다. 침입자가 있으면 괴성을 지르며 달려들 것이다. 물론 여동생을 강제로 잡아 두는 건 곤란하다. 그녀의 마음이 중요하다. 소파에 나란히 앉아서 머리를 기댈 수 있게 해주는 것이다. 그리고 무슨 일이 있어도 음악 학교에 보내 주겠다고 말하자. 이렇게 변신하는 일만 아니었어도 크리스마스 때 가족들 앞에서 발표할 작정이었다고 털어놓는 것이다. 그 크리스마스는 이미 지나가 버렸지만. 마침내 여동생은 감동을 받아 울음을 터뜨릴 것이다. 그러면 여동생의 어깨 위로 올라가서 목에 입을 맞추리라. 여동생은 출근한 뒤부터 리본도 깃도 달지 않은 채 목을 드러내 놓고 다녔으니까.

"잠자 씨!" 가장 나이 들어 보이는 하숙생이 갑자기 아버지에게 소리쳤다. 그리곤 더 이상 아무 말도 못하고 집게손가락으로 그레고르를 가리켰다. 천천히 기어 나오고 있는 그레고르를. 바이올린 소리가 멈췄다. 하숙생은 머리를 흔들면서 다른 친구들에게 살짝 미소를 던지더니 다시 그레고르를 쳐다보았다. 아버지는 그레고르를 쫓아 버리는 것보다는 하숙생들을 진정시키는 것이 먼저라고 생각하는 것 같았다. 그러나 하숙생들은 조금도 흥분하지 않았다. 바이올린 연주보다는 그레고르 쪽이 더 흥미로운 듯 보였다. 아버지는 하숙생들에게 다가가서 팔을 크게 벌린 채 방으로 돌려보내려고 했다. 그러는 와중에도 온몸으로 그레고르를 가로막았다.

하숙생들은 가볍게 화를 냈다. 아버지의 태도 때문인지, 그레고르 같은 존재가 옆방에 산다는 사실을 이제야 발견한 것 때문인지는 전혀 알 수가 없었다. 어쨌든 아버지에게 해명을 요구하고 초조하게 수염을 꼬면서 천천히 물러갔다. 그 사이 여동생은 잠시 어리둥절해하다가 정신을 차리고는 축 늘어뜨렸던 양손에 바이올린과 활을 들었다. 그리곤 연주를 계속하려는 듯 악보를 들여다보다가 갑자기 몸을 일으켰다. 호흡 장애로 가슴을 들먹거리며 앉아 있는 어머니의 무릎에 바이올린을 내려놓고는 옆방으로 달려갔다. 하숙생들은 아버지에게 쫓겨서 급하게 방으로 들어가는 중이었다. 여동생은 익숙한 솜씨로 침대의 베개며 이불을 탁탁 털어 잠자리를 깨끗이 정리했다. 하숙생들이 들어오기 전에 침대 정돈을 끝내고 살짝 빠져 나왔다. 아버지는 고집스럽게 하숙생들을 밀어붙일 뿐이었다. 평소 그들에게 보여 주던 친절을 완전히 잊은 듯했다.

연장자가 문 앞에서 쾅 하고 발을 구르자 아버지는 그 자리에 멈춰 서고 말았다.

"지금 이 자리에서 선언해 두겠는데." 그는 한쪽 손을 쳐들고 눈으로 어머니와 여동생의 모습을 찾으며 말했다. "나는 이 집과 당신 가족들의 불행한 형편을 고려하여." 순간적으로 결심한 듯 마룻바닥에 침을 뱉었다. "방을 해약하겠소. 물론 밀린 하숙비는 한 푼도 낼 수 없소. 오히려 진지하게 생각하여 손해 배상을 청구할 작정이오." 그리곤 마치 무엇인가를 기다리는 것처럼 똑바로 앞만 쳐다보았다.

과연 나머지 친구들도 입을 열었다. "우리도 해약하겠소."

연장자는 그제야 요란스럽게 문을 닫았다.

아버지는 손으로 더듬으며 비틀비틀 돌아와서는 의자에 털썩 주저앉았다. 평소처럼 앉아서 저녁잠을 자는 모습이었지만, 머리를 불안정하게 끄덕이는 걸 보면 결코 잠든 게 아니었다.

그 동안 그레고르는 하숙생들에게 발각된 자리에서 조용히 웅크리고 있었다. 계획에 실패했다는 실망과 오랜 굶주림 때문에 너무 쇠약해져서 움직일 수가 없었다. 당장이라도 온갖 잡동사니들이 자신을 향해 무자비하게 쏟아져 내릴 것만 같은 두려움 속에서 그 순간을 기다리고 있었다. 그때 어머니의 무릎에서 바이올린이 미끄러지는 바람에 큰소리를 냈지만, 그는 전혀 놀라지 않았다.

"아버지, 어머니." 여동생은 얘기를 꺼내면서 테이블을 세게 쳤다. "더 이상 이렇게 살 수는 없어요. 두 분은 모르겠지만 저는 알아요. 이 짐승은 오빠가 아니에요. 이쯤에서 없애 버려야 한다고요. 지금까지 보살피고 참아내기 위해 인간으로서 할 수 있는 일은 다했잖아요. 그 누구도, 또 저 짐승 자신도 우리를 비난하진 못할 거예요."

"저 아이 말이 옳아." 아버지가 혼잣말을 했다.

하지만 아직도 숨이 가라앉지 않은 어머니는 정신이 나간 눈으로 기침을 쏟아내기 시작했다. 여동생은 달려가서 이마를 짚어 주었다. 아버지는 딸의 이야기를 듣고 생각이 정리되었다는 듯이 똑바로 앉아서 하숙생들이 먹고 난 자리에 있는 모자를 만지작거렸다. 그리고 이따금씩 꼼짝도 않는 그레고르 쪽으로 시선을 던졌다.

"그만 없애 버려야 해요." 여동생은 다시 한 번 강조했다. 어머니는 기침을 하느라 알아듣지 못한 듯했다. "결국 아버지와 어머니를 돌아가시게 만들 거라고요. 암, 그렇고 말고요. 이렇게 고생해서 일하지 않으면 안 되는 처지에 어떻게 저런 골칫거리를 책임질 수 있겠어요? 이제 더 이상 참을 수가 없어요."

여동생은 울음을 터뜨렸다. 눈물이 어머니의 얼굴에 떨어지자 여동생은 기계적으로 손을 움직여 그 눈물을 닦아주었다.

"애야." 아버지가 안타까운 표정을 지으면서 다정하게 말했다. "그러면 우리가 어떻게 해야 좋겠니?"

여동생은 어깨를 움츠렸다. 생각해 보지 않는 모양이었다. 우는 동안 단호했던 마음이 누그러졌으므로 어떻게 해야 좋을지 알 수가 없는 것이다.

"그가 우리 마음을 알아준다면." 아버지가 문득 애길 꺼냈지만 여동생은 울면서 그런 일은 있을 수 없다는 듯이 격렬하게 한쪽 손을 내저었다. "저것이 우리 마음을 조금이라도 알아준다면." 아버지는 같은 말을 되풀이하고는 그런 일은 있을 수도 없다는 딸의 확신을 받아들이려는 듯 두 눈을 감아 버렸다. "그렇게만 된다면 저놈하고 타협하는 것도 전혀 불가능한 일은 아닐 텐데…… 그런데 이 꼴이니."

"내쫓아 버리는 거예요." 여동생이 단호하게 말했다. "다른 방법이 없어요, 아버지. 저걸 오빠라고 생각하니까 힘든 거예요. 지금까지 그렇게 믿은 게 우리의 불행이었어요. 생각해 보세요, 저 짐승이 어떻게 그레고르 오빠란 말인가요? 실제로 오빠였다면, 인간이 자기 같은 짐승하고 한 집에 살 수 없다는 것쯤은 벌써 알고 스스로 나가 버렸을 거예요. 틀림없이. 그랬다면 우리끼리 어떻게든 살아 남아서 오빠를 추억할 수 있었을 거예요. 그런데 저 짐승은 우리들을 쫓아다니고 하숙생들을 내쫓는 걸로 모자라 이 집을 몽땅 점령해서 우리를 길거리로 몰아낼 거예요. 네, 저것 좀 보세요, 아버지!" 여동생은 갑자기 소리를 질렀다. "벌써 시작했어요!"

여동생은 어머니가 앉은 의자에서 멀리 물러났다. 그레고르 옆에 있으니 어머니를 포기하겠다는 표정이었다. 아버지는 등뒤로 도망쳐 온 딸을 보호하겠다는 듯 양팔을 쳐들며 같이 흥분했다.

사실 그레고르는 아무도, 특히 여동생을 불안하게 만들 생각은 전혀 없었다. 방으로 돌아가기 위해 몸을 회전하기 시작한 것에 불과했다. 상처를 입었기 때문에 어렵게 회전하려면 머리에 힘을 주어야 했다. 결국 몇 번이나 고개를 쳐들었다가 마룻바닥을 내려치고 말았다. 가족들은 그 이상한 동작을 보며 의아해하기도 하고 놀라기도 했다. 그는 잠시 멈추고 주위를 둘러보았다. 그가 가족들을 힘들게 할 생각이 없다는 건 겨우 인정한 듯했다. 모두들 순간적으로 놀란 것뿐이었다. 가족들은 입을 다문 채 슬픈 얼굴로 그레고르를 지켜보았다. 어머니는 의자에 앉은 채 두 다리를 앞으로 쭉 뻗었지만 너무 지쳐서 눈꺼풀이 감길 지경이었다. 여동생은 팔로 아버지의 목을 껴안고 있었다.

'이제 다시 시작해 볼까.' 그레고르는 다시 회전하기 시작했다. 힘에 부치는 일이라 호흡이 거칠어졌으므로 가끔 숨을 돌려야 했다. 그래도 쫓아내려는 사람은 없었다. 모든 걸 그에게 맡겨 두었다. 회전이 끝나자 방으로 기어가기 시작했다. 방까지 가는 길이 이렇게 멀다는 사실이 놀라울 뿐이었다. 이먼 거리를 어떻게 기어 나올 수 있었는지 의아했다. 이 쇠약한 몸으로, 그것도 멀다는 느낌을 전혀 갖지 않고 말이다. 빨리 기어가야 한다는 생각뿐이었기 때문에 가족들의 말 한 마디나 외치는 소리에 전혀 방해받지 않았다는 사실을 깨닫지 못했던 것이다.

문 앞까지 다다랐을 때에야 비로소 뒤를 돌아보았다. 물론 고개를 완전히 돌린 건 아니었다. 그는 목이 굳고 있다는 걸 느꼈다. 그래도 뒤쪽에서는 조금전과 달라진 게 없다는 것만은 겨우 확인할 수 있었다. 그 사이에 여동생이 일어섰을 뿐이었다. 그레고르의 마지막 시선이 어머니를 스쳤다. 어머니는 완전히 잠들어 있었다.

그레고르가 방안으로 들어서자마자 문이 닫히고 빗장이 걸렸다. 이제 그는 완전히 갇혀 버렸다. 그 바람에 너무 놀라서 다리가 휘청거리며 꺾였다. 여동생 짓이었다. 일어서서 기다리다가 그레고르가 들어가자마자 총알같이 달려왔던 것이다. 그레고르는 발자국 소리조차 못 들었는데.

"이제 됐어요, 됐어!" 여동생은 열쇠를 돌리면서 소리쳤다.

"자, 그러면?" 그레고르는 자신에게 물으며 어둠을 둘러보았다. 이제 조금도 움직일 수 없는 처지였다. 하지만 이상한 일도 아니었다. 이 가느다란 다리로 여기까지 기어왔다는 게 신기할 뿐이었다. 그것 말고는 기분이 좋은 편이었다. 온몸이 아프기는 했지만, 곧 가라앉기 시작하더니 이내 통증이 사라졌다. 등에 붙은 썩은 사과 조각 때문에 염증이 생긴 것도 느껴지지 않았다. 그는 애정을 가지고 가족들의 문제를 다시 한 번 생각해 보았다.

그만 사라져 주어야 한다는 건 여동생보다 그 자신이 훨씬 더 강했다. 공허하고 편안한 명상에 빠져 있는데 새벽 3시를 알리는 교회 종소리가 들려 왔다. 얼마나 지났을까, 창 밖이 훤하게 밝아 오기 시작한다는 걸 어렴풋이 느낄 수 있었다. 문득 고개가 폭 수그러졌다. 그리고 콧구멍에서 마지막 숨이 희미하게 새어나왔다.

아침 일찍 파출부 할머니가 잠깐 그의 방을 들여다보았지만 별다른 걸 발견하지는 못했다. 사실 할머니는 아침에 발을 들여놓기 무섭게 문을 여닫기 때문에 가족들이 늦잠을 잘 수가 없었다. 제발 참아 달라고 애원해 봤지만 헛일이었다. 그날도 할머니는 그레고르가 기분이 상해서 꼼짝도 않고 누워 있다고 생각했다. 그레고르를 처음 봤을 때부터 그가 모든 걸 분별할 수 있다고 믿었던 것이다. 마침 긴 빗자루를 들고 있었으므로 문 밖에서 그를 간질이려고 했다. 그래도 반응이 없자 화를 내면서 그레고르의 몸을 슬쩍 밀어 보았다.

그레고르가 저항 한 번 안 하고 미는 대로 밀리는 걸 보는 순간 할머니는 비로소 올 것이 왔다는 걸 알았다. 두 눈을 동그랗게 뜨고 자신도 모르게 휘파람을 불었다. 그리곤 잠자 부부의 침실문을 활짝 열고 어둠 속을 향해 외쳤다. "이리 나와 봐요. 마침내 뻗었어요. 저기요!"

잠자 부부는 침대에서 벌떡 일어났다. 그리곤 기겁을 하여 뛰어 내려왔다.

잠자 씨는 담요로 어깨를 감싸고, 잠자 부인은 잠옷 차림으로 나와 그레고르의 방으로 들어갔다. 그 사이에 거실문도 열려 있었다. 그레테는 하숙생을 들인 후로 거실에서 잤는데, 한숨도 못 잤는지 옷차림이 단정했다. 얼굴이 창백한 걸 보면 못 잔 게 분명했다.

"죽었어요?" 잠자 부인은 확인하려는 듯이 할머니를 쳐다보았다. 직접 확인해 볼 수도 있고, 확인할 필요도 없이 그냥 봐도 알 일이었지만.

"죽은 것 같아요." 할머니는 증명이라도 하려는 듯 멀찍이 서서 빗자루로 그레고르의 시체를 밀어 보았다. 부인은 말리려는 듯 보였으나 실제로 말리지는 않았다.

"하느님께 감사 기도를 드려야겠군." 잠자 씨가 성호를 긋자 여자들도 그를 따라서 성호를 그었다.

그때까지 시체를 지켜보던 그레테가 입을 열었다. "어쩌면 저렇게 야위었을까. 그 동안 통 먹지를 않았으니 그랬을 테지. 먹을 걸 넣어 줘도 입도 대지 않았거든요."

사실 그레고르의 몸은 납작하게 말라 있었다. 다리가 몸통을 받쳐 주지도 못했다. 사람들의 주의를 끌 만한 게 모두 없어져 버린 지금에야 비로소 그 사실을 발견한 것이다.

"그레테야, 잠깐 따라오너라." 잠자 부인이 슬픈 미소를 지으며 말했다.

그레테는 자꾸만 시체 쪽을 돌아보면서 부모님을 따라 침실로 들어갔다. 할머니는 문을 닫고 창문을 활짝 열어젖뜨렸다. 이른 새벽인데도 상쾌한 공기 속에 뭔지 모를 온기가 감돌고 있었다. 어느새 3월도 다 지나가고 있었다.

하숙생들은 눈을 휘둥그렇게 뜨고 아침 식사를 찾았다. 하지만 그들을 챙겨주는 사람은 없었다. "아침 식사는 어디에 차려 놓았지요?" 연장자가 불쾌한 듯이 물었다.

할머니는 손가락을 입에 대고 빨리 그레고르의 방으로 가 보라는 시늉을 했다. 세 사람은 시키는 대로 낡은 재킷 주머니에 손을 찌르고는 이제는 환하게 밝아진 방안에서 그레고르의 시체를 둘러싸고 섰다.

그때 침실문이 열리며 제복 차림의 잠자 씨가 한쪽 팔은 아내에게 또 한쪽 팔은 딸에게 부축을 받으며 나왔다. 세 사람 다 눈물 자국이 보였다. 그레테는 아버지의 팔에 얼굴을 묻기도 했다.

"당장 이 집에서 나가 주시오!" 잠자 씨는 여전히 부축을 받은 채 현관 쪽을 가리켰다.

"무슨 말씀인지요?" 연장자가 놀라는 표정을 지으며 다정한 미소를 지었다. 나머지 둘은 뒷짐을 진 채 손을 비비고 있었다. 자신들에게 유리해진 게임이 시작되는 걸 즐겁게 기다리는 태도였다.

"방금 말한 대로요." 잠자 씨는 아내와 딸을 동반하고 하숙생들 앞으로 다가갔다.

연장자는 조용히 서서 사태를 새롭게 정리하려는 듯이 방바닥을 내려다보았다. "정 그렇다면 나가겠습니다." 이윽고 잠자 씨를 쳐다보며 말했다. 갑자기 겸손해져서 상대방의 허락을 구한다는 태도였다.

잠자 씨는 눈을 크게 뜬 채 고개를 끄덕여 보였다. 연장자는 곧장 문간방을 향해 걸어갔고, 나머지 두 사람은 가만히 귀를 기울이다가 그를 쫓아 달려갔다. 잠자 씨가 문간방으로 가서 그들과 연장자 사이를 가로막을까 봐 두려워하는 모습이었다. 세 사람은 옷걸이에서 모자를, 단장통에서 지팡이를 뽑아

들고 무뚝뚝하게 작별 인사를 한 뒤 사라져 버렸다. 아무 근거도 없는 불신감을 품고. 근거가 없다는 건 곧 알았다.

잠자 씨는 아내와 딸을 거느리고 현관 계단 앞으로 나가서 난간에 기대섰다. 하숙생들이 긴 계단을 내려가면서 층계참에서 한순간 사라졌다가 다시 모습을 나타내는 걸 바라보았다. 그들이 계단을 내려갈수록 잠자 가족의 관심도 사라져 갔다. 그때 푸줏간의 심부름꾼 아이가 그들을 지나쳐 머리에 짐을 이고 거드럭거리면서 계단을 올라왔다. 잠자 씨는 그제야 무거운 짐을 내려놓은 듯한 홀가분한 기분으로 들어왔다.

잠자 씨 가족은 오늘 하루를 산책이나 하며 쉬기로 했다. 쉬어야 할 이유가 충분했다. 잠자 씨는 감독 앞으로, 잠자 부인은 주문자 앞으로, 그리고 그레테는 상점 주인 앞으로 각자 결근계를 썼다. 그때 할머니가 와서 아침 일이 끝났으니 돌아가겠다고 했다. 세 사람은 얼굴도 들지 않고 머리만 끄덕거렸다. 하지만 할머니가 돌아갈 생각이 없는 걸 깨닫고는 불쾌하게 얼굴을 쳐들었다.

"무슨 할말이라도?" 잠자 씨가 물었다.

할머니는 엷은 웃음을 띠고 문 앞에 서 있었다. 반가운 소식을 알려 주고 싶은데, 캐묻지 않는다면 입을 열 수 없다는 태도였다. 할머니의 모자 위에서 작은 타조 깃털이 가볍게 흔들리고 있었다. 잠자 씨는 이 깃털이 못 마땅했다.

"대체 무슨 일이에요?" 잠자 부인이 물었다.

할머니는 가족들 중에서 잠자 부인을 가장 존경했다. "네." 겨우 대답했으나 다정하게 웃느라고 곧바로 다음 말이 이어지지 않았다. "옆방에 있는 물건은 이제 걱정하지 않아도 됩니다. 완벽하게 처리했으니까요.”

잠자 부인과 그레테는 쓰다 만 것을 계속 쓰려는 듯이 테이블 위로 다시 몸을 구부렸다. 잠자 씨는 할머니가 일의 전말을 설명하고 싶어하는 걸 눈치 채고 그만두라는 몸짓을 해 보였다. 할머니는 입을 다물지 않을 수 없자, 몹시 바쁜 몸이라는 걸 상기하고는 노골적으로 불쾌한 기분을 드러냈다. “그럼, 안녕히들 계셔요.” 그리곤 휙 돌아서더니 요란스러운 소리를 내며 문을 닫고 돌아갔다.

“저녁에 또 오면 내보냅시다.” 잠자 씨가 말했으나 아내도 딸도 아무런 대답이 없었다. 이제 겨우 마음의 안정을 찾았는데 파출부 할머니 때문에 다시 깨뜨릴까 봐 두려웠던 것이다. 모녀는 창가로 자리를 옮겨 서로 껴안았다.

잠자 씨는 의자에 앉은 채 몸을 돌려 잠시 두 사람을 바라보다가 이윽고 말했다. “자, 그만 이리 와요. 지난 일은 잊어버려요. 이제는 내 생각도 좀 해줘야지.”

모녀는 방안으로 돌아와서 잠자 씨를 위로하고는 서둘러 결근계를 끝냈다.

그들은 함께 집을 나섰다. 수개월 만에 처음 있는 일이었다. 전차를 타고 교외로 나갔다. 전차 안에는 그들뿐이었다. 따뜻한 햇살이 비쳐 들었다. 느긋하게 등을 기대고 앉아 앞날을 의논하기 시작했다. 잘 생각해 보면 앞날이 그렇게 어두운 것만은 아니었다. 세 사람 다 괜찮은 직업을 찾았고, 서로 대놓고 물어본 적은 없지만 장래가 밝은 편이었다.

지금으로서 가장 빠르고 효과적으로 환경을 바꾸는 건 두말 할 것도 없이 이사였다. 그레고르가 장만한 지금의 집 대신 작고 집세가 싸지만 위치가 좋고, 무엇보다도 살기 편한 집이 필요했다. 그런 이야기를 나누는 동안 차츰 생

기를 되찾는 딸을 보고, 잠자 부부는 딸이 안색이 나빠질 정도로 고생했음에
도 불구하고 아름답고 탐스러운 숙녀로 성장해 있음을 깨달았다.

　잠자 부부는 말없이 시선을 주고받으며 딸아이를 시집 보낼 때가 되었다는
걸 인정했다. 마침내 목적지에 도착하자 잠자 양이 가장 먼저 일어나 싱싱한
팔다리를 쭉 뻗었다. 잠자 부부의 눈에는 그들의 새로운 꿈과 아름다운 미래
로 보였다.

작품 해설 → 어느 날 아침, 주인공 그레고르가 잠에서 깨어나 한 마리 흉측한 벌레로 변해 있는 자신을 발견하는 괴기스러운 장면으로 이 소설은 시작됩니다. 그것은 꿈도 아니고 공상도 아니었습니다. 건조한 보고서체의 문장, 상황을 담담히 수용하는 등장인물들에 의해 그것은 도피하고 싶은, 그러나 견딜 수 없게 옥죄어오는 현실의 비참한 일면이 됩니다.

주인공의 가족에게 그레고르의 위치는 '돈을 벌어오는 존재' 입니다. 아버지는 실패한 사업의 빚을 아들에게 의지해 갚아 나가려 합니다. 그나마 여동생은 가족 중 가장 그레고르를 이해하고 따르긴 하지만, 그녀 또한 음악학교에 갈 돈이 오빠에게서 나온다는 것을 잘 알고 있습니다. 또한 주인공이 다니는 직장의 상사는 그레고르를 회사의 부속품으로 생각합니다. 그레고르는 가족과 직장 상사에게 꽤 유용한 인간이었음에 분명합니다. 가족들은 그레고르가 벌어오는 돈으로 생활하는 것을 예사로 생각했습니다. 그러나 한번도 게으름을 부려 본 적이 없는 착한 아들이자 성실한 영업사원인 그레고르는 한 마리 흉측한 벌레로 변하는 순간, 그 동안의 사회적 위치, 가정에서의 위치를

 더 알아두기

카프카의 문학적 근거는 초현실주의, 즉 쉬르리얼리즘Surrealism으로 알려져 있습니다. 초현실주의란 현실을 초월한 세계를 탐구하고 표현함을 목적으로 하는 문예사조입니다. 때로는 현실을 그대로 묘사하는 방법, 즉 리얼리즘Realism보다는 악몽이나 초현실적으로 그리는 방법이 실제 상황을 효과적으로 설명하고, 현실의 치부를 적나라하게 보여 줄 수 있답니다.

비참할 정도로 절감하게 됩니다.

이 작품에서 그레고르를 더욱 왜소하게 만드는 것은 '의사소통의 단절'입니다. 그레고르는 회사 지배인, 가족들의 말을 모두 알아듣지만, 그 자신은 기괴한 신음소리만 낼 뿐 말을 할 수 없습니다. 말을 할 수 없으니 자신의 의사를 전할 수가 없고, 가족들의 추측과 오해에 의해 자신이 원치 않는 상황에 처하는 것을 막지 못합니다. 그레고르는 모든 것을 알아듣고 생각할 수 있음에도 자신을 둘러싼 모든 것에 의견을 제시할 수가 없는 것입니다. 이러한 상황은 3장의 초반에 상징적으로 드러납니다. 그레고르는 어두운 방 안에서 열린 문을 통해 가스등이 환히 켜진 거실을 바라봅니다. 그곳에는 가족들이 탁자에 앉아 담소를 나누고 있습니다. 그러나 그쪽에서는 그레고르가 보이지 않습니다. 그리고 굳이 그레고르를 보려 하지도 않습니다. 한때 집안의 살림을 꾸려 나가는 가장이었지만, 이제는 아무 도움도 되지 않는 거추장스러운

 더 알아두기

펠리체와 헤어진 카프카는 체코인 여성 밀레나와의 교제를 시작합니다. 활달하고 개방적인 여성이었던 기혼녀 밀레나는 카프카에게 적극적이었지만 카프카는 밀레나에게서도 멀어져 갔습니다. 카프카는 밀레나에게 자신의 일기와 작품을 맡기는 등 그녀를 전적으로 신뢰하긴 했지만, 신분과 그녀와의 이질성 등으로 인해 결코 맺어질 수 없다고 생각했던 것입니다. 밀레나와 헤어진 카프카는 그 상처를 잊기 위해서인지 창작에 더욱 몰두했습니다. 밀레나는 카프카를 적극적으로 잡지 못한 것을 후회했지만 당시 이 두 사람은 결별하는 것 이외의 방법을 알지 못했다고 합니다. 훗날 밀레나는 아우슈비츠 수용소에서 희생당하지만, 카프카가 맡긴 작품과 편지들은 우여곡절 끝에 빌리 하스에게 넘겨져 『밀레나에게로의 편지』란 제목으로 출판되었습니다.

존재이기 때문입니다.

그레고르가 흉측한 벌레로 변하는 부분이 소설의 발단이라면, 세 든 하숙인이 그레고르를 발견하는 부분은 소설의 절정입니다. 그레고르를 발견한 세 하숙인은 무례하게도, 마치 그레고르 가족의 반사회적이고 수치스러운 비밀이라도 발견한 것처럼 굽니다. 그들은 이제까지의 하숙비를 내지 않는 것은 물론, 손해 배상 청구를 요구할 수도 있다고 협박합니다. 결국 그레고르 가족은 최악의 상황에 내몰리고, 그동안 그나마 그레고르를 돌봐 주었던 여동생 그레테마저 '이 짐승은 오빠가 아니에요'라며 '없애 버려야만 해요'라고 말합니다. 그리고 이어 그레테는 오빠를 죽음으로까지 몰아갈 말, 즉 '저 흉측한 벌레는 오빠가 아니며, 만일 오빠라면 남아 있는 가족을 위해 스스로 나가 버렸을 것'이라는 말을 해 버립니다.

간신히 기어서 방으로 돌아온 그레고르는, 누이동생의 말을 곰곰이 되씹습니다. 그리고 자신이 없어져야 한다는 생각을 하게 됩니다. 이런 생각을 하고 난 그레고르는 고개를 숙인 채 그대로 죽어버립니다.

다음날 그레고르의 시체를 발견한 파출부 할머니는 그레고르의 부모에게

 더 알아두기

도라 디아만트는 카프카에게 있어 마지막 여인입니다. 1923년부터 사귀기 시작한 그들은 베를린에서 함께 생활했지요. 당시 카프카는 5년 동안이나 두통과 불면증에 시달렸는데요, 각혈이 시작되어 병원에 찾아간 카프카에게 의사는 폐결핵이라는 진단 결과를 알려줍니다. 하지만 그는 발병 사실을 오히려 홀가분하게 맞이했다고 합니다. 결국 1924년 도라 디아만트는 카프카의 최후를 지켜보게 되었답니다.

달려가 '마침내 뻗었다' 고 고합니다. 이제 사건은 모두 끝난 것입니다. 그레고르의 시체는 제대로 먹지 못해 뱃가죽이 등에 달라붙어 있었습니다. 할머니는 그레고르의 시체도 스스로 알아서 치워버립니다. 하지만 그것은 할머니의 실수였습니다. 이제 죽었으므로, 그레고르는 다시 가족의 소중한 장남으로 돌아온 것입니다. 가족은 서로 부둥켜안고 슬퍼합니다. 그 눈물이 마를 즈음, 가족들은 이제 새로운 삶을 살 희망에 부풀게 됩니다.

이 작품의 주인공 '그레고르' 는 매우 평범한 사람입니다. 자신의 꿈보다는 가족의 행복을 우선시하고 바쁜 와중에 사랑의 감정에 흠뻑 빠지기도 하고, 틈이 생긴다면 어떻게든 조금쯤은 쉬고 싶어하는, 우리 주위에서 흔히 볼 수 있는 그런 젊은이지요. 그렇기 때문에 그의 변신과 그로 인해 생긴 일련의 비극은 그 사건의 기괴함에도 불구하고 묘한 설득력을 갖고 있는 것입니다.

 더 알아두기

슈테판 츠바이크가 자신이 아끼던 작가 브로트에게 언제 작품을 출판할 것인지를 묻자, 브로트는 자신의 작품이 문제가 아니라 자신보다 굉장한 작가를 발견했다며 카프카를 추천했다는 일화가 있습니다. 카프카의 첫 작품집은 이런 우여곡절 끝에 로볼트 출판사에서 800권 한정판으로 간행되었습니다.
그러나 1913년에 「화부」, 1915년에 「변신」, 1916년에 「선고」 등 카프카의 거의 모든 저작이 1천 내지 2천 부 정도 인쇄되었고, 실제로 거의 팔리지 않았던 것으로 보입니다. 「관찰」은 800권이 인쇄되었는데, 10여 년 후에도 언제나 구매가 가능했다고 전해지고 있습니다.

- 하숙인들에 의해서 그레고르가 발견되었다는 점이 주는 의미는 무엇일까요?
- 가족 구성원으로서의 '나'의 생각과 태도에 대해 이야 기해 봅시다.
- 의사소통의 단절을 상징적으로 보여 주는 대목을 찾아 봅시다.

작품의 마지막 점검			
구성	**발단**	벌레가 되어 버린 그레고르.	
	전개	그를 대하는 가족들과 직장 상사의 싸늘한 시선.	
	절정	따뜻한 정이 그리워 나왔다가 세 하숙인에게 들켜 버린 그레고르와 그로 인해 곤경에 처한 가족들. 누이의 심한 원망의 말을 들은 그레고르의 죄책감과 죽음.	
	결말	그레고르의 죽음을 계기로 일상으로 돌아온 가족이 교외로 나들이 감. 이제 새로운 희망에 부풀게 됨.	
핵심정리	**주제**	인간 소외.	
	소재	하루아침에 벌레로 변신한 청년과 그 가족.	
	갈래	중편소설	
	시점	3인칭 전지적 시점	
	배경	20세기 초, 그레고르의 집.	
작중 인물의 성격	**그레고르**	이 소설의 주인공으로 성실하고 꿈이 많은, 그러나 부양해야 할 가족 때문에 고단해하는 청년임. 어느 날 아침에 갑자기 벌레로 변신한 것을 알고는 흉측한 자신의 모습에 괴로워하지만 이내 어떻게든 살아보려고, 그리고 자신의 존엄성을 지키려고 노력함. 그러나 가족에게조차 외면을 받자, 조용히 죽어감.	
	어머니	그레고르에게 도움이 되고자 하나 그의 모습을 정면에서 볼 용기가 없음. 동일인인 흉측한 벌레와 자신의 소중한 아들을 애써 구분함.	
	아버지	벌레로 변한 아들에게 매정하게 대함. 그에게 있어 아들은 가정에 돈을 가져다주는 존재였음. 그런데 그레고르가 벌레가 되자 가정의 행복이 그로 인해 깨졌다고 생각함. 아들에게 사과를 던져 상처를 입힘.	
	그레테	그레고르의 여동생. 오빠에게서 많은 도움을 받았기에 초반에는 벌레로 변한 오빠를 도맡아 도와줌. 그러나 시간이 흐르면서 지쳐가고, 결국 오빠를 죽음으로 몰아넣게 되는 말을 하게 됨.	

| 작중 인물의 성격 | 파출부 할멈 | 그레고르의 가정 일을 도와주기 위해 온 할머니. 누구보다도 그레고르에게 스스럼없이 대하나, 그것은 처음부터 그레고르를 무시했기 때문으로 후에 판명됨. 그레고르가 죽자 그 시신을 아무렇게나 처리해 버림. |
| | 세 하숙인 | 곤경에 처한 그레고르의 집에 하숙을 드는 사람들로 벌레가 된 그를 발견하고는 마치 그레고르 가족의 수치스러운 비밀이라도 발견해 낸 것처럼 비열하게 행동함. 밀린 하숙비를 내지 않겠다고 하며, 심지어는 손해배상까지 요구함. |

문단의 뒷이야기

우정과 사랑이 어우러진 청춘의 한 페이지

카프카는 고등학교 시절부터 문학에 마음을 두고 있었기 때문에, 대학시절 독서 및 연설 서클인 독일 대학생 강연 낭독회가 개최하는 강연과 시인의 낭독회에 자주 참석했습니다. 카프카의 절친한 친구이자 충고자였던 막스 브로트를 처음 만나게 된 것도 바로 그 낭독회 자리였지요. 사후 모든 작품을 불태워 없애달라는 카프카의 부탁을 거절하여 오늘날 우리가 카프카를 읽을 수 있도록 해 준 사람이 바로 막스 브로트입니다.

또한 카프카의 생애에 있어서 가장 중요한 여인이었던 펠리체 바우어. 카프카는 그토록 말 많고 우여곡절 많은 연애의 시작인 펠리체 바우어를 만나면서 본격적인 작가의 길로 들어서게 되는데요, 그 운명의 여인을 처음 만난 곳도 바로 막스 브로트의 집이죠. 처음 펠리체를 만난 1912년부터 1917년까지, 카프카는 무려 500여 통에 이르는 편지 왕래를 했다고 합니다. 그는 펠리체를 만난 처음 3개월 동안에만 무려 100통의 편지를 썼습니다. 더불어 펠리체 바우어와의 만남을 통해 창작의 의욕을 북돋우게 되었는지 이 시기 이후 여러 편의 작품을 쓰기 시작합니다. 역시 사랑의 힘은 대단하다는 걸 새삼 느끼게 되는군요.

어린 왕자

✻ 읽기 전에 생각하기

「어린 왕자」는 화자인 '나'가 6년 전 사막에서 만난 어린 왕자에 대한 이야기를 들려 주는 형식으로 되어 있습니다. '나'가 들려 주는 이야기 속에는 어린 왕자의 여행 이야기가 담겨져 있지요. 이러한 구성을 액자구성이라고 합니다. 액자구성이란 간단히 말해 외부 이야기 속에 내부 이야기가 포함되어 있는 구성 방식을 일컫습니다. 이때 외부 이야기는 액자의 역할을 하고, 내부 이야기가 핵심 이야기가 됩니다. 액자에 해당하는 부분은 내부 이야기를 도입하고, 또 그것을 객관화하여 이야기의 신빙성을 더해 주는 기능을 합니다.

Antoine De Saint-Exupéry

● 생텍쥐페리

프랑스 리옹에서 출생한 비행가이자 소설가이다. 그의 행동주의 문학은 위험한 상황 속에서도 빛을 발하는 높은 인간성과 연대책임 등을 주된 테마로 내세워 문학에서 신선한 영역의 창출에 기여했다. (1900~1944)

생텍쥐페리는 1900년 6월 29일 프랑스의 리용에서 태어나고 그곳에서 유년시절을 보냈습니다. 그리고 8세 때부터 몽떼 쌩 바르떼르미 학교에서 초등교육을 받았습니다. 어린 시절에 특기할 만한 사건이라면 12세에 처음으로 비행기 타는 경험을 했는데, 그 때부터 조종사가 될 소질을 보여 주었다는 것입니다. 이후로 그는 비행기 조종사라는 꿈을 키우게 됩니다. 동시에 그는 작가가 되는 꿈도 가지고 있었습니다.

1915년부터 동생과 함께 스위스의 프리부르에 있는 마리아니스트 수도회의 기숙 학원에서 생활을 했고, 그 후에 보쉬에 고등학교와 쌩 루이 고등학교를 거쳐 해군학교 입학시험에 응시했습니다. 하지만 면접시험에서 떨어져 불합격했습니다. 해군학교에 들어가지 못한 대신에 생텍쥐페리는 파리 예술대학교 건축과에 들어가게 되었습니다. 그가 「어린 왕자」에 직접 삽화를 그릴 수 있었던 것도 어쩌면 이때의 공부 덕분이라고 볼 수 있겠죠.

그 후 1921년에는 군에 입대하여 스트라스부르의 제2전투기연대에서 병역 근무를 합니다. 처음에는 수리 공장에 배속되었는데 후에 전속 민간비행 면허를 취득하면서 정식 조종사가 되었습니다. 이리하여 생텍쥐페리는 어려서부터 꿈꾸어 오던 비행사의 꿈을 이루게 됩니다. 그리고 얼마 후에는 사관 생도로 모로코의 카사블랑카에 파견되어 1922년까지 머물고, 군 복무 2년째는 부르제에 있는 제33비행연대의 전투비행단에서 복무했습니다.

하지만 그는 불행히도 그토록 원하던 비행사가 되었지만 23세에 부르제 비행장에서 사고를 당하여 두개골이 파열되는 큰 부상을 입었습니다. 그 후 생텍쥐페리는 1923년 3월에 소위로 제대하고 툴루즈와 카사블랑카, 카사블랑카와 다카르 간 정기우편 비행회사의 회사원이 되었습니다. 또 한편으로는 어릴 때의 마음속 꿈이었던 글 쓰는 일을 게을리 하지 않았습니다. 그 결과 생텍쥐페리는 28세에 『남방 우편기 Courrier Sud』를 발표하게 됩니다.

또한 비행사라는 직업에 대단한 열의를 가지고 있던 생텍쥐페리는 29세에 브레스트에서 해군의 고등 비행 기술을 훈련받은 후 그 해 10월에 아르헨티나 항공 우편 회사의 지배인이 되어 부에노스아이레스에 부임합니다. 그러면서 그는 다음 해부터 『야간비행 Vol de nuit』을 집필하기 시작했습니다. 그 후 31세가 되던 해 신문 기자의 미망인이었던 꽁쉬엘로 성생과 결혼하고 프랑스와 남미를 연결하는 항공 우편 사업에 종사합니다. 그리고 그 해 말에 두 번째 작품인 『야간비행』으로 페미나 문학상 Prix Femina 을 수상하는 쾌거를 이루었습니다.

1934년에 에어 프랑스에 입사한 생텍쥐페리는 선전부원으로 외국 출장을 자주 다녔으며, 그 해 7월에는 사이공에 파견되기도 했습니다. 후에 35세에는 일간지 《파리 스와르》의 특파원이 되어 소비에트를 여행했습니다. 같은 해 12월 29일에 파리와 사이공 간의 비행 기록 경신을 세우기 위해 기관사 프레보와 함께 출발했던 그는 리비아 사막에 불시착하게 되었습니다. 닷새 동안을 걸으며 갈증과 배고픔으로 죽음의 문전에 이르렀을 때, 마침 지나가던 상인들에게 발견되어 기적적으로 살아났습니다. 하지만 이런 죽을 고비를 넘기는 사건을 겪고 나서도 생텍쥐페리는 비행하고자 하는 의지를 굽히지 않았습니다.

그는 이 사건 이후로 뉴욕과 남미 대륙 최남단에 회고선을 연결하는 장거리 비행을 계획하는 한편 몇 년 동안 조종사로 일하며 틈틈이 써 놓았던 「인간의 대지 Terre des hommes」를 1938년에 발표합니다. 다음 해에 제2차 세계대전이 발발하자 생텍쥐페리는 대위로 소집되어 공군 지도자 양성 책임을 맡았습니다. 그리고 같은 해 8월에 북대서양 횡단 비행을 하면서 「어린 왕자 Le Pétit Prince」를 집필했으며 11월에는 오르꽁드의 2-33정찰 비행 대대에 배속되어 알제리에 파견되었습니다.

그의 나이 40세에는 「성채 Citadelle」를 집필하면서, 미국 망명을 결심하고 12월에 뉴욕으로 출발합니다. 그곳에 도착한 그는 위기에 처한 프랑스를 위한 원조를 호소하는 동시에 집필을 계속하여 1943년에는 「어린 왕자」가 출판되었습니다. 같은 해 알제리에 위치한 라 마르사 기지의 미 제7군에 소속된 채 2-33정찰 비행대로 복귀한 생텍쥐페리는 1944년 7월 31일 리트닝 기지를 출발하여 프랑스 본토로 정찰을 떠난 후 돌아오지 않았습니다. 그리고 44세라는 나이에 요절한 이 작가를 위해 프랑스 정부는 수훈장을 추서했습니다.

레옹 베르트에게

이 책을 어떤 어른에게 헌정하는 것에 대해 먼저 어린이들에게 용서를 구한다. 나에게는 그럴 만한 중요한 이유가 있다. 우선 그는 이 세상에서 나의 가장 좋은 친구이다. 그리고 그는 무엇이든지 이해할 수 있으며 심지어 어린이들을 위한 책들까지도 이해한다. 마지막으로 그는 프랑스에서 굶주림과 추위에 떨며 살므로 위로해 줄 필요가 있다. 만일 이 모든 이유로도 충분치 않다면, 기꺼이 이 책을 어린 시절의 그에게 바치고 싶다. 어른들은 누구나 아이였던 적이 있으니 말이다(그러나 그 사실을 기억하는 어른들은 별로 없다). 그래서 나는 바치는 글을 이렇게 고쳐 쓴다.

'어린아이였을 때의 레옹 베르트에게'

1

내가 여섯 살이었을 때, 정글에서 실제로 일어난 일들을 적은 『체험한 이야기들』이라는 책에서 멋진 그림을 본 적이 있다. 그것은 맹수를 삼키는 보아구렁이의 그림이었다. 위의 그림이 바로 그 그림을 베껴 그린 것이다.

그 책에는 이렇게 쓰여 있었다.

"보아구렁이는 먹이를 씹지도 않고 통째로 꿀꺽 삼킨다. 그러고 나면 더 이상 움직일 수 없어서 그 먹이가 소화될 때까지 6개월 동안 잠을 잔다."

그때 나는 정글에서 일어나는 일에 대해 많이 생각했고, 내 나름대로 색연필로 첫 번째 그림을 그려내는 데에 성공했다. 내 그림 제1호는 이렇다.

나는 내 걸작을 어른들에게 보여 주고 혹시 무섭지 않느냐고 물어보았다. 그러자 어른들은 대답했다.

"모자가 뭐가 무섭니?"

내가 그린 것은 모자가 아니었다. 그것은 코끼리를 소화시키고 있는 보아구렁이였다. 그래서 나는 어른들이 알아볼 수 있도록 보아구렁이의 속모양을 그렸다. 어른들에게는 언제나 설명을 해주어야 한다. 내 그림 제2호는 이랬다.

그러자 어른들은 밖이건 안이건 보아구렁이 그림 따위는 집어치우고 차라리 지리나 역사, 수학이나 국어를 공부하라고 충고했다. 그래서 나는 여섯 살의 나이에 화가라는 멋진 꿈을 포기해야만 했다. 내가 처음으로 그린 그림이 이해받지 못했기 때문이다.

어른들은 혼자서는 아무것도 이해하지 못한다. 그래서 어른들에게는 항상 설명을 해주어야 하는데, 그것이 아이에게는 여간 피곤한 일이 아니다.

나는 할 수 없이 다른 직업을 택해야만 했고, 그래서 비행기 조종하는 법을 배웠다. 비행기 조종사가 된 나는 온 세계를 닥치는 대로 날아다녔다. 그때 지리 공부가 확실히 도움이 되었다. 처음 갔을 때에도 한눈에 중국과 애리조나를 구분할 수 있었으니까. 특히 밤에 길을 잃었을 때에는 더욱 유익했다.

나는 이처럼 살면서 수많은 진지한 사람들과 만남을 가졌다. 오랜 세월을 어른들과 생활하면서 그들을 아주 가까이에서 지켜보았지만, 그들에 대한 내 생각은 달라지지 않았다.

조금 명석해 보이는 어른을 만나면, 나는 언제나 지니고 다니던 내 그림 제 1호를 가지고 실험을 하곤 했다. 그 어른이 정말 이해력이 있는지 알고 싶었던 것이다. 그러나 항상 대답은 똑같았다.

"이건 모자로군."

그러면 나는 더 이상 그에게 보아구렁이나 정글, 또는 별에 관한 이야기를 꺼내지 않았다. 그저 그 사람이 이해할 수 있는 수준에 맞는 말만 했다. 카드 놀이나 골프, 정치나 넥타이 등에 관한 말을 하면, 그는 사리 분별을 할 줄 아는 사람을 알게 되었다고 기뻐하곤 했다.

2

이처럼 나는 정말로 마음을 터놓고 이야기를 나눌 만한 사람도 없이 혼자

살았다. 그러다 6년 전 비행기의 엔진이 고장나 사하라 사막 한가운데에 불시착하게 된 것이다. 정비사도 승객도 없었기에 나는 혼자서 그 어려운 수리 작업을 해야 했다. 그것은 사느냐 죽느냐 하는 문제였다. 마실 물도 고작 일주일분뿐이었다.

첫날 밤 나는 사람들이 사는 곳으로부터 수천 마일 떨어진 사막에서 혼자 잠이 들었다. 나는 망망대해 한가운데에서 배가 난파되어 뗏목에 의지하고 있는 사람보다 더 고립되어 있었다. 따라서 동이 틀 무렵, 잠을 깨우는 이상한 목소리에 내가 얼마나 놀랐는지 여러분은 상상할 수 있을 것이다. 그 목소리는 이렇게 말하고 있었다.

"저기 있잖아요, 양 한 마리만 그려 줘!"

"으잉!"

"양 한 마리만 그려 줘……."

나는 마치 벼락이라도 맞은 듯 벌떡 일어났다. 그리고 두 눈을 비비고 사방을 둘러보았다. 매우 이상하게 생긴 꼬마가 나를 빤히 내려다보고 있는 게 보였다. 나중에 그린 것이지만 내가 그 꼬마의 모습을 가장 잘 그린 것이 바로 이 그림이다. 물론 실제 모델이 내가 그린 그림보다 훨씬 더 매력적이긴 하지만. 물론 그것은 내 잘못이 아니다. 어른들 때문에 여섯 살의 나이에 화가로서의 나의 인생이 좌절된 뒤, 보아구렁이의 겉과 속을 그린 것 외에는 어떠한 그림도 그린 적이 없었기 때문이다.

그래서 난 놀라 휘둥그레진 눈으로 갑자기 나타난 그 아이를 바라보았다. 아까도 말했듯이 나는 사람들이 사는 곳과는 동떨어진 곳에 있었다는 사실을 여러분은 잊지 말기 바란다. 그런데 나의 꼬마 친구는 전혀 길을 잃은 기색이 아니었고, 죽도록 피곤하다거나, 배가 고파 죽을 지경이라거나, 목말라 죽을 지경이라거나, 아니면 무서워 죽겠다거나, 하는 기색이 전혀 아니었다. 겉으로 보기에는 사막 한가운데에서 길을 잃은 아이라고는 전혀 생각할 수 없었다. 한참 만에 나는 가까스로 물었다.

"대체…… 너, 여기서 무엇을 하고 있니?"

그러자 아이는 대단히 중대한 일이라도 되는 양 매우 천천히 조금 전의 말을 되풀이했다.

이 그림은 훗날 내가 그를 그린 그림 중에서 가장 잘된 것이다.

"저기 있잖아요, 양 한 마리만 그려 줘……."

너무나 이상한 일을 당하게 되면 감히 그것을 거역하지 못하는 법이다. 사람들이 사는 곳에서 너무나 멀리 떨어진 곳, 죽음을 코앞에 둔 상황에서 나는 도저히 말도 안 된다고 느꼈지만 호주머니에서 종이 한 장과 만년필을 꺼냈다. 하지만 그 순간 나는 지리와 역사, 수학과 국어 공부만 했다는 사실이 떠올라 그 아이에게 그림을 그릴 줄 모른다고─약간은 기분 나빠하며─말했다. 그런데도 아이는 나를 졸라댔다.

"괜찮아. 양 한 마리만 그려 줘."

한 번도 양을 그려본 적이 없는 나는 전에 그렸던 단 두 장의 그림들 중 하나를 다시 그려 주었다. 그것은 보아구렁이의 겉모양이었다. 그런데 나는 그

꼬마가 대답하는 소리를 듣고 깜짝 놀랐다.

"아냐! 아냐! 내가 언제 코끼리를 잡아먹은 보아구렁이를 그려 달라고 했어? 보아구렁이는 매우 위험해. 그리고 코끼리는 너무 거추장스럽고. 내가 사는 곳은 아주 작으니까, 작은 양 한 마리만 그려 줘."

그래서 나는 서툴게 양을 그렸다.

꼬마는 주의 깊게 내 그림을 들여다보더니 말했다.

"아냐! 이건 너무 병들었잖아. 다른 양을 그려 줘."

나는 정성껏 다시 그림을 그려서 보여 주었다. 그러자 나의 어린 친구는 너그럽게 봐 준다는 듯 생긋 웃으며 말했다.

"아저씨도 알겠지만, 이건 양이 아니라 염소야. 뿔이 있잖아……."

그래서 다시 그림을 그렸지만 또다시 거절당하고 말았다.

"이 녀석은 너무 늙었어. 난 오래 살 수 있는 양을 원해."

마침내 인내심의 한계에 다다른 나는 엔진 분해도 서둘러야 했으므로 아무렇게나 휘갈겨 그림을 그려 주었다. 그리고 말을 툭 던졌다.

"이건 상자야. 네가 원하는 양은 그 안에 들어 있단다."

그러자 뜻밖에도 내 어린 친구의 얼굴이 환하게 밝아졌다.

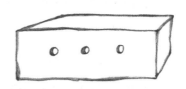

"그래, 이게 내가 바라던 거야! 그런데 아저씨, 이 양에게 풀을 많이 줘야 할 것 같아?"

"그런 걸 왜 묻니?"

"왜냐하면 난 아주 작은 곳에서 살거든."

"그런 걱정은 하지 않아도 돼. 내가 그려 준 것은 아주 작은 양이니까."

아이는 고개를 숙여 그림을 들여다보았다.

"그렇게 작지는 않은데……. 이런! 양이 잠들었네."

이렇게 해서 나는 어린 왕자를 알게 되었다.

3

어린 왕자가 어디서 왔는지 알기까지는 오랜 시간이 걸렸다. 어린 왕자는 내게 많은 것들을 묻곤 했지만 내가 묻는 말은 전혀 귀담아 듣지 않았다. 그래서 어린 왕자가 우연히 하는 한두 마디의 말을 통해 나는 그에 관해 알게 되었다. 예를 들면 어린 왕자가 내 비행기를 처음 보고―비행기를 그리지는 않겠다. 그리기에는 너무나 복잡하니까―, 물은 것들 말이다.

"저 물건은 뭐야?"

"저건 물건이 아니라 하늘을 나는 비행기야. 내가 타고 온 비행기지."

나는 우쭐해하며 내가 하늘을 난다는 사실을 가르쳐 주었다. 그러자 어린 왕자가 소리쳤다.

"저런! 아저씬 하늘에서 떨어졌구나!"

"그래."

나는 겸손하게 대답했다.

"햐! 그거 참 재미있는데!"

그리고는 어린 왕자는 아주 천진난만하게 웃음을 터뜨렸고 나는 그 웃음소리에 무척 화가 났다. 나는 사람들이 나의 불행을 비웃는 것이 싫었다. 그런데 어린 왕자가 덧붙였다.

"그럼, 아저씨도 하늘에서 왔구나! 아저씬 어느 별에서 왔어?"

나는 어린 왕자의 신비한 정체를 밝힐 수 있는 한 줄기 섬광이 언뜻 스치는 것을 보았다. 그래서 곧바로 다그쳐 물었다.

"그럼 넌 다른 행성에서 왔구나?"

그러나 어린 왕자는 아무런 대답도 하지 않았다. 다만 내 비행기를 보며 가볍게 고개를 끄덕일 뿐이었다.

"하긴 이걸 타고 왔다면 멀리서 온 것은 아니겠네⋯⋯."

그러더니 어린 왕자는 한참 동안을 생각에 잠겨 있었다. 그리고 나서 호주머니에서 내가 그려 준 양을 꺼내 보물이라도 되는 양 오랫동안 바라보았다.

여러분은 '다른 행성들'이라고 하는 이 믿을 수도, 그렇다고 안 믿을 수도 없는 말에 내가 얼마나 호기심이 동했는지 상상이 갈 것이다. 그래서 나는 보다 더 자세히 알고자 애를 썼다.

"얘야, 넌 어디서 왔니? 네가 사는 곳은 어디니? 내가 그려 준 양을 어디로 데려 갈 거니?"

어린 왕자는 말없이 생각에 잠겨 있더니 대답했다.

"아저씨가 그려 준 상자가 좋은 점은 밤에는 양의 집으로 쓸 수 있다는 거야."

"물론이지. 만일 네가 착하게 군다면, 낮 동안에는 매어 둘 수 있도록 고삐랑 말뚝도 그려 줄게."

하지만 이 제안에 어린 왕자는 충격을 받은 것 같았다.

"양을 매어 둔다고? 희한한 생각도 다하네!"

"양을 매어 두지 않으면 양이 금세 길을 잃어버릴 텐데."

그러자 내 친구 어린 왕자는 또다시 웃음을 터뜨렸다.

"도대체 그 양이 어딜 간다는 거야!"

"아무 데든지. 곧장 앞으로 갈 수도 있고……."

그러자 어린 왕자는 진지하게 말했다.

"괜찮아. 내가 사는 곳은 매우 작으니까!"

그리고 왠지 약간 서글픈 어조로 덧붙였다.

"앞으로 곧장 간다고 해도 그리 멀리 가지는 못할 거야……."

4

나는 이렇게 해서 매우 중요한 두 번째 사실을 알아냈다. 그것은 이 어린 왕자가 태어난 행성이 겨우 집 한 채의 크기만 하다는 것이다! 그러나 그러한 사실에 나는 별로 놀라지 않았다. 나는 지구, 목성, 화성, 금성처럼 이름이 붙여진 커다란 혹성들 이외에, 천체 망원경으로도 식별할 수 없을 만큼 아주 작은 수백 개의 다른 행성들이 있다는 것을 잘 알고 있었다. 천문학자가 그런 행성들 중 하나를 발견하게 되면, 그 행성에 이름 대신 번호를 붙인다. 예를 들면 '소혹성 325'라고 부르는 것이다. 어린 왕자가 떠나 온 행성이 '소혹성 B 612'일 것이라고 내가 믿는 데에는 그럴 만한 이유가 있다. 그 소혹성은 1909년 한 터키 천문학자에 의해 천체 망원경으로 딱 한 번 관찰된 적이 있다.

그래서 그는 국제천문학회에서 자신의 발견을 대대적으로 증명해 보였다.

그러나 그의 옷차림 때문에 아무도 믿지 않았다. 어른들은 늘 그런 식이다.

그런데 소혹성 B 612의 명예를 되찾기 위해서는 참으로 다행한 일이 일어났다. 터키의 독재자가 백성들에게 유럽식 의상을 입으라는 명령을 내린 것이다. 만일 이것을 어기면 사형에 처한다고 엄포를 놓았다. 결국 그 천문학자는 1920년 매우 우아한 옷차림으로 자신의 발견을 증명해 보였다. 그러자 이번에는 모든 사람들이 그의 의견에 동조했다.

내가 이처럼 소혹성 B 612에 관해 상세하게 이야기하며 또 그 번호까지 밝히는 이유는 어른들 때문이다. 어른들은 숫자를 좋아한다. 만일 여러분이 어른들에게 여러분의 새 친구에 대해 이야기하면, 어른들은 중요한 것에 대해서는 결코 묻지 않는다.

"걔의 목소리가 어떻니? 걔가 좋아하는 놀이는 뭐지? 그 애는 나비를 수집하니?" 등은 묻지 않고, "나이가 몇이니? 걔는 형제가 몇이니? 몸무게는 얼마나 나간대? 걔 아빠는 돈을 얼마나 버시니?" 등을 묻는다. 그리고 그러한 것들로 친구에 관해 모두 안다고 믿는다.

만일 여러분이 어른들에게, "매우 아름다운 장밋빛 벽돌집을 보았어요. 창문에 제라늄이 피어 있고 지붕 위에 비둘기들이 앉아 있는……" 이라고 말한다면, 어른들은 그 집이 어떤지 머릿속에 잘 떠올리지 못한다. 그럴 때는 이렇게 말해 주어야 한다. "시가 10만 프랑인 집을 보았어요"라고. 그러면 어른들은 "얼마나 훌륭한 집일까!" 하고 감탄할 것이다.

그러므로 만일 여러분이 어른들에게 "어린 왕자가 매우 매혹적이고, 방글방글 웃으며 양 한 마리를 원했어. 이것이 어린 왕자가 존재한다는 증거야"라고 말한다면, 어른들은 어깨를 으쓱 하고는 여러분을 어린애 취급할 것이다.

　반면에 "어린 왕자가 온 행성은 소혹성 B 612이야"라고 말한다면, 어른들은 아무것도 묻지 않은 채 금세 그 사실을 이해할 것이다. 어른들이란 모두 그렇다. 그렇다고 어른들을 원망해서도 안 된다. 아이들은 어른들에 대해서 매우 관대해야 하니까.

　사실 삶을 이해하고 있는 사람들은 숫자 같은 건 대수롭지 않게 생각한다. 그래서 나도 이 이야기를 동화처럼 시작하고 싶었다. 이를테면 이런 식으로 말이다.

　"한때 자기보다 조금 클까 말까 한 행성에 살고 있는 어린 왕자가 있었습니다. 그 어린 왕자는 친구가 필요했습니다……."

　이렇게 이야기하는 것이 삶을 이해하는 사람들에게는 훨씬 더 사실처럼 보였을 것이다.

　왜냐하면 난 사람들이 내 책을 가볍게 읽어 넘기는 것을 좋아하지 않기 때문이다.

　내가 어린 왕자와의 추억들을 이야기하는 것은 참으로 슬픈 일이다. 어린 왕자가 양을 데리고 떠나가 버린 지 벌써 6년이 흘렀다. 그런데도 내가 이처럼 글을 쓰는 것은 그 친구를 잊지 않기 위해서이다. 친구를 잊는다는 것은 슬픈 일이므로. 또한 모든 사람들에게 진실한 친구가 있는 것은 아니며, 또한 내가 어린 왕자를 잊어버린다면 오로지 숫자에만 관심을 쏟는 어른들처럼 될지도 모르기 때문이다. 바로 그런 이유 때문에 난 그림물감과 연필을 샀다.

　여섯 살 때에 보아구렁이의 겉과 속을 그린 것 이외에 아무것도 그리지 않은 내가 이 나이에 다시 그림을 시작한다는 것은 무척 어려운 일이었다! 물론 가능한 한 나는 어린 왕자의 모습과 가장 비슷하게 그리려고 시도할 것이다.

그렇지만 과연 잘 그려낼지 자신이 없다. 어떤 그림은 그런 대로 괜찮지만 또 어떤 그림은 어린 왕자와 전혀 닮지 않았다. 어린 왕자의 키도 여기서는 너무 클 수도 있고, 또 저기서는 너무 작을 수도 있다. 물론 옷 색깔이나 모양도 다를 수 있다.

이처럼 더듬거리며 그려 나가다 보면 아주 중요한 부분을 잘못 그릴 수도 있다. 그러나 그 점에 대해서는 너그러이 용서하기를 바란다. 내 친구는 결코 내게 설명을 해준 적이 없었으니까 말이다. 어쩌면 어린 왕자는 내가 자기와 비슷할 것이라 생각했을지도 모르겠다. 그렇지만 불행히도 나는 상자 속의 양들을 꿰뚫어 볼 수는 없었다. 나도 어쩌면 조금은 어른들과 닮았나 보다. 아마 나도 어쩔 수 없이 늙었나 보다.

5

나는 날마다 조금씩 행성, 출발, 여행에 관한 것을 알게 되었다. 그런 것은 이런저런 생각을 하다 보면 아주 조용히 다가오곤 했다. 그렇게 해서 사흘째 되던 날, 나는 바오밥나무 소동을 알게 되었다.

그것 역시 양 덕택이었다. 그날 어린 왕자는 마치 심각한 의문에 사로잡힌 듯 느닷없이 내게 질문을 던졌다.

"양이 작은 나무를 먹는다는 것이 사실이야? 정말 그래?"

"그래, 사실이야."

"아! 그럼 잘됐네!"

나는 양이 작은 나무를 먹는다는 것이 왜 그리 중요한 일인지 이해하지 못했다. 그런데 어린 왕자가 다시 물었다.

"그렇다면 바오밥나무들도 먹겠네?"

나는 어린 왕자에게 바오밥나무는 작은 나무가 아니라 교회처럼 커다란 나무이며, 설령 코끼리 떼를 몰고 간다 하더라도 그 코끼리 떼가 바오밥나무 한 그루조차도 다 먹어치우지는 못할 것이라고 일러주었다.

어린 왕자는 코끼리 떼라는 말에 웃음을 터뜨렸다.

"그럼 코끼리들을 차례차례 포개 놓아야겠네……."

그러나 총명하게도 이렇게 지적했다.

"바오밥나무들도 자라기 전에는 조그맣잖아."

"맞는 말이야. 하지만 넌 왜 너의 양이 바오밥나무들을 먹어치우길 바라니?"

어린 왕자가 마치 당연한 일인 양 대답했다.

"마땅히 그래야지!"

나는 혼자서 그 문제를 이해하기 위해 한참 동안 머리를 짜내야 했다.

사실 어린 왕자의 행성에는 모든 행성들에 다 그러하듯 좋은 풀과 나쁜 풀이 있었다. 그 결과 좋은 풀에서는 좋은 씨앗들이 생겼고 나쁜 풀에서는 나쁜 씨앗들이 생겼다. 그러나 씨앗들은 눈에 보이지 않는다. 그것들은 땅 속 은밀한 곳에 잠들어 있다가 어느 날인가 그것들 중 하나가 문득 잠에서 깨어날 생각을 한다. 그러면 기지개를 켜고 처음에는 태양을 향해 작고 매력적이며 순하디순한 어린 싹을 조심스럽게 내밀게 된다. 만일 그것이 무나 장미의 싹이라면 자라고 싶은 대로 자라도록 내버려두어도 된다. 그러나 만일 그것이 나

뺀 식물의 싹이라면 알아차리는 즉시 뽑아 버려야 한다.

그런데 어린 왕자의 행성에도 아주 끔찍한 씨앗들이 있었다. 그것은 바오밥나무의 씨앗들이었다. 행성의 토양에 그 씨앗들이 들끓고 있었던 것이다. 그런데 바오밥나무는 조금이라도 늦게 손을 대면 아무리 애를 써도 없애 버릴 수가 없게 된다. 금세 행성 전체를 뒤덮어 버리기 때문이다. 만일 너무나 작은 행성에 바오밥나무만 번성해진다면 행성은 바오밥나무로 인해 산산조각이 날 것이다.

나중에 어린 왕자가 내게 이렇게 말했다.

"그건 규율의 문제야. 아침에 일어나서 세수를 한 뒤 정성들여 별을 가꾸어야 해. 아주 어릴 때에는 바오밥나무와 장미가 무척 많이 닮아서 함부로 뽑을 수가 없어. 하지만 정기적으로 살펴보아 둘이 구분되는 즉시 바오밥나무들을 뽑아 버려야 해. 그건 매우 지겨운 일이기는 하지만 힘든 일은 아니야."

어느 날 어린 왕자는 내게 내가 사는 곳의 어린이들이 잘 이해할 수 있도록 그림을 한 장 그리라고 재촉했다. 그는 내게 이렇게 말했다.

"아이들이 언젠가 별나라 여행을 할 때 많은 도움이 될 거야. 그리고 나중으로 미루어도 괜찮은 일이 있지. 하지만 바오밥나무에 대해 그랬다가는 엄청난 재난을 당하게 될 거야. 난 어떤 게으름뱅이가 사는 별을 알고 있는데, 그 사람은 아직 작으니까 하면서 바오밥나무 세 그루를 그냥 내버려두었다가……."

그래서 나는 어린 왕자가 일러주는 대로 그 행성을 그렸다. 나는 훈계조의 말투를 좋아하지 않지만, 바오밥나무의 위험은 잘 알려져 있지 않은데다 또한 소혹성에서 헤매게 될 사람이 겪게 될 위험이 너무나 크기 때문에 이번 경우는 예외로 하기로 한다.

"모두 바오밥나무를 조심하라!"

오래 전부터 나와 마찬가지로 내 친구들을 아슬아슬하게 비껴 갔던 위험들, 그러면서도 그것이 위험인 줄 몰랐던 위험들을 알리기 위해 나는 이 그림에 매우 공을 들였다. 그러나 이 교훈이 헛되지만 않는다면 만족할 것이다. 여러분은 어쩌면 이런 생각을 할지도 모른다. 왜 이 책에는 바오밥나무 그림만큼 훌륭한 그림들이 없을까? 대답은 간단하다. 난 무척 애를 썼지만 마음대로 그림이 그려지지 않았다. 다만 내가 바오밥나무 그림을 그렸을 때는, 그게 매우 시급한 일이라는 생각에 사로잡혀 있었던 것이다.

6

아, 어린 왕자여! 나는 이렇게 해서 너의 짧고 우울한 생을 조금씩 이해하게 되었다. 오랫동안 네게 벗이라고는 다정스런 석양밖에 없었지. 어린 왕자를 만난 지 나흘째 되는 날 아침, 비로소 너의 이러한 말에 그 사실을 알게 되었다.

"나는 석양이 좋아. 석양을 보러 가자……."

"하지만 기다려야 하잖아."

"기다리다니, 무엇을?"

"뭐긴, 해가 지는 것을 기다려야지."

넌 처음에는 무척 놀란 기색이더니 곧 스스로를 비웃었지. 그리고 내게 말했어.

"난 내가 집에 있는 줄 알았어!"

사실 그래. 누구나 아는 일이지만 미국이 낮 12시일 때 프랑스에는 해가 져. 단숨에 프랑스로 갈 수만 있다면 석양을 볼 수 있겠지. 하지만 불행히도 프랑스는 너무 멀리 있단다. 네 작은 행성에서는 그저 의자를 몇 걸음 당기기만 하면 되는데. 그래서 너는 원할 때마다 그렇게 석양을 보곤 했지…….

"어느 날은 해가 지는 것을 마흔네 번이나 보았어!"

그리고 잠시 후 넌 덧붙였지.

"아저씨, 아저씨도 몹시 슬퍼지면 석양을 사랑하게 될 거야."

"그럼 마흔네 번이나 석양을 본 날, 넌 무척이나 슬펐구나?"

그러나 어린 왕자는 아무런 대답을 하지 않았다.

7

다섯째 날, 나는 양 덕분에 어린 왕자의 비밀을 알게 되었다. 어린 왕자는 마치 오랫동안 깊이 생각해 온 문제의 결실인 양 밑도끝도없이 갑작스럽게 물었다.

"양은 작은 나무들을 먹으니까 꽃들도 먹겠지?"

"양은 닥치는 대로 다 먹는단다."

"가시가 있는 꽃까지도?"

"그래, 가시가 있는 꽃까지도."

"그럼 가시가 무슨 소용이 있어?"

그건 나도 알지 못했다. 그때 나는 엔진에 너무 꽉 조여진 나사를 푸느라 정신이 없었다. 고장이 무척이나 심각한 것으로 보이기 시작한 터여서 매우 걱정스러웠을 뿐만 아니라 마실 물도 점점 줄어 최악의 상황이 벌어지지 않을까 두려웠다.

"가시가 무슨 소용이 있느냐고?"

어린 왕자는 한번 질문을 던지면 절대로 포기하는 법이 없었다. 나는 나사 때문에 화가 나서 아무렇게나 대답했다.

"가시 따위는 아무 짝에도 쓸모없어. 순전히 꽃들의 심술일 뿐이야!"

"오!"

그러나 잠시 침묵하던 어린 왕자는 복수라도 하는 양 툭 내뱉었다.

"난 그 말 안 믿어! 꽃들은 여리고 순진하단 말야. 그래서 두려움을 떨치려고 하는 거야. 가시가 있으면 자신들이 무시무시해 보일 거라고 생각하는 거라고."

나는 아무 대답도 하지 않았다. 다만, '이 나사가 꼼짝도 하지 않으면, 망치로 쳐서 뽑아 버려야지' 하는 생각을 하고 있었다.

어린 왕자는 또다시 내 생각을 방해했다.

"아저씨는 그렇게 생각해? 꽃들이……."

"아니, 아니야! 난 아무 생각 없이 아무렇게나 대답한 거야. 나는 지금 중요한 일을 하고 있거든!"

어린 왕자는 아연실색해서 나를 바라보았다.

"중요한 일이라고?"

어린 왕자는 기름때로 온통 새까맣게 된 손가락으로 망치를 든 채, 자기가 보기엔 지저분하기 짝이 없는 물건에 몸을 기울이고 있는 내 모습을 바라보았다.

"아저씨도 다른 어른들처럼 말하는구나!"

그 말을 듣자 나는 약간 부끄러웠다. 그러나 잔인하게도 어린 왕자는 덧붙였다.

"아저씨는 모든 것을 혼동하고 있어. 세상을 온통 뒤죽박죽으로 만든다고!"

어린 왕자는 정말로 화가 나 있었다. 눈부신 금발이 바람결에 휘날리고 있었다.

"나는 얼굴이 시뻘건 사람이 사는 행성을 알고 있어. 그는 한 번도 꽃 향기를 맡거나 별을 바라본 적이 없어. 물론 누구를 사랑한 적도 없지. 그가 하는 일이라고는 오로지 덧셈뿐이야. 그는 아저씨와 같은 말만 되풀이하곤 하지. '나는 중요한 일을 하고 있다! 나는 중요한 일을 하는 사람이다!' 하면서 우쭐해졌지. 하지만 그는 더 이상 사람이 아니라 버섯이었어!"

"뭐라고?"

"버섯이라고!"

어린 왕자는 이제 얼굴이 창백해질 정도로 화를 내고 있었다.

"수백만 년 전부터 꽃들은 가시를 만들어 왔어. 그런데도 수백만 년 전부터 양들은 꽃들을 먹어치우고 있지. 그렇다면 아무 짝에도 쓸모없는 가시들을 만들어 내느라 왜 꽃들이 그토록 고생을 하는지, 그것을 이해하려 하는 것이 왜 중요치가 않지? 양들과 꽃들의 전쟁이 중요치 않냔 말야? 그게 시뻘겋고 뚱뚱한 사람이 덧셈하는 것보다 중요치 않다고? 만일 이 세상 어디에도 존재하지 않고 내 별에만 존재하는 단 하나의 꽃을 어느 날 양이 단번에 먹어치울 수도 있다는 것을 내가 알고 있다면, 그게 중요한 일이 아니란 말야?"

어린 왕자는 얼굴을 붉히며 말을 이었다.

"만일 누군가가 수백 수천만 개의 별들 중에서 오직 하나의 별에만 존재하는 꽃을 사랑한다면, 그 별들을 바라보는 것만으로도 그는 행복할 거야. 아마 그는 '내 꽃이 저기 어딘가에 있다……' 라고 생각하겠지. 그런데 양이 그 꽃을 먹어 버린다면, 그 사람에게는 모든 별들이 갑자기 빛을 잃는 것 같을 거야. 그런데 그게 중요한 일이 아니란 말야?"

어린 왕자는 더 이상 말을 잇지 못하고 별안간 흐느껴 울기 시작했다. 이미 어둠이 깔린 후였고, 나는 손에 들고 있던 연장들을 떨어뜨렸다. 그 순간 망치나 나사 따위는 안중에도 없었고 갈증이나 죽음마저 하찮게 여겨졌다.

하나의 별, 하나의 행성, 나의 행성인 지구에 위로해 주어야 할 어린 왕자가 있었다. 어느 새 나는 어린 왕자를 꼭 껴안고 달래며 이렇게 말했다.

"네가 사랑하는 꽃은 괜찮아……. 내가 너의 양에게 부리 망을 그려 줄게……. 그리고 네 꽃에는 울타리를 그려 주고……, 그리고……."

나는 더 이상 무슨 말로 위로해야 할지 몰랐다. 내 자신이 무척 서툴다는 느낌이 들었다. 어떻게 해야 어린 왕자의 슬픔을 달랠 수 있는지, 어떻게 해야 그의 마음과 내 마음이 서로 통할 수 있는지 나는 몰랐다. 참으로 눈물의 나라는 신비롭기만 했다!

8

나는 곧 그 꽃에 대해 더 자세히 알게 되었다. 어린 왕자가 사는 행성에는 전부터 홑겹으로 된 꽃들이 있었는데, 그 꽃들은 많은 공간을 차지하지도 않았고 사람들에게 거치적거리지도 않았다. 풀숲에서 자라는 그 꽃들은 아침이면 피었다가 저녁이면 지곤 했다.

그러던 어느 날 어디에서 실려 왔는지 모를 씨앗 하나로부터 싹이 텄고, 어린 왕자는 다른 어린 가지들과 생김새가 다른 그 어린 가지를 자세히 살펴보았다. 그것은 새로운 종류의 바오밥나무일 수도 있었다. 그러나 그 작은 나무는 곧 성장을 멈추고 꽃을 피울 준비를 하기 시작했다. 커다란 꽃봉오리가 자리잡는 것을 본 어린 왕자는 거기서 놀라운 꽃이 피어나리라는 것을 예감했으나, 그 꽃은 자신의 초록색 방에 숨어 하염없이 아름다워질 준비만 할 뿐이었다. 꽃은 정성스레 자신의 색깔들을 골랐다. 그리고 하나하나 꽃잎을 달며 서서히 옷을 입었다. 그녀는 양귀비꽃처럼 쭈글쭈글 구겨진 채 바깥 세상으로 나오고 싶어하지 않았다. 오로지 자신의 아름다움이 가장 찬연히 빛날 때 나타나고 싶었던 것이다. 그래, 그렇다! 그 꽃은 진정 내숭을 부리는 꽃이었던 것이다! 그녀의 신비스러운 몸단장은 여러 날을 두고 계속되었다. 그러다 어느 날 아침, 해가 떠오를 무렵에 맞추어 그녀는 모습을 드러냈다.

그런데 그토록 정성을 들여 몸단장을 한 꽃은 피어나자마자 하품을 하며 말했다.

"아! 이제서야 겨우 잠이 깼네……. 어머, 죄송해요. 아직 머리 손질을 하지 못했는데……."

어린 왕자는 감탄을 금할 수 없었다.

"당신은 참으로 아름답군요!"

"그럼요, 저는 태양과 함께 태어났거든요."

어린 왕자는 그녀가 그리 겸손하지 않다는 것을 알아차리긴 했지만, 그래도 그 꽃은 너무나 흥분해 있었다! 꽃은 곧 덧붙여 말했다.

"아침식사 시간이 된 것 같네요. 저에게도 뭔가 주시지를 않겠어요?"

그러자 어린 왕자는 뜻밖의 요구에 당황했지만 물뿌리개를 찾아 꽃에게 신선한 물을 주었다.

그러자 꽃은 허영심과 자만심에 가득 차 이내 어린 왕자를 괴롭히기 시작했다. 어느 날, 그 꽃은 자신이 지닌 네 개의 가시 이야기를 하면서 어린 왕자에게 이렇게 말했다.

"발톱이 달린 호랑이들이 올지도 모르겠어요!"

"내 행성에는 호랑이가 없어요. 게다가 호랑이는 풀을 먹지 않는답니다."

어린 왕자가 반박하자 꽃은 달콤한 목소리로 대꾸했다.

"저는 풀이 아니랍니다."

"아, 미안……."

"호랑이가 무서운 것은 아니에요. 하지만 바람은 질색이에요. 혹시 바람막이를 가지고 계시나요?"

어린 왕자는 생각했다.

'바람을 두려워하다니……. 식물이 그러하다니 정말 가여운 일이야. 이 꽃은 정말 까다롭네.'

"저녁마다 제 위에 유리 덮개를 씌워 주세요. 당신이 사는 곳은 정말 춥군요. 아무래도 자리를 잘못 잡았어요. 제가 살던 곳은……."

그러나 꽃은 더 이상 말을 잇지 못했다. 그 꽃은 그때 아직 씨앗의 모습을 하고 있었던 것이다. 그래서 다른 세상들에 대해 아는 게 있을 리가 없었다. 그처럼 뻔한 거짓말을 하려다 들켜 버린 것이 부끄러워서 꽃은 어린 왕자를 고통스럽게 하려고 두세 번 기침을 했다.

"바람막이는 어떻게 되었나요?"

"막 찾으려 가려던 참인데 당신이 말을 하길래……."

그러자 꽃은 어린 왕자에게 양심의 가책을 느끼게 하려고 억지로 기침을 했다.

그래서 어린 왕자는 자신의 사랑에서 우러나온 선의에도 불구하고 곧 꽃을 의심하게 되었다. 그는 꽃이 하는 사소한 말까지도 진지하게 받아들였고, 그로 인해 매우 불행해졌다.

어느 날 어린 왕자는 내게 털어놓았다.

"그녀의 말을 듣지 말았어야 했어. 꽃들의 말에는 절대로 귀기울이지 말아야 해. 그저 바라보고 향기만 맡아야지. 내 꽃은 내 행성 전체를 향기롭게 했지만, 난 그걸 누릴 수가 없었어. 나를 그토록 성가시게 했던 그 발톱 이야기에도 감동했어야 했는데……."

어린 왕자는 또 이런 말도 했다.

"나는 그때 아무것도 몰랐어! 말이 아니라 행동으로 판단했어야 했는데. 그 꽃은 나에게 향기를 주었고 나를 환히 빛나게 했지. 결코 도망치지 말아야 했어. 그 보잘것없는 속임수 뒤에 숨은 애정을 알아차렸어야 했는데. 꽃들은 너무 모순이 많아! 하지만 나는 너무나 어려서 꽃을 사랑하는 법을 몰랐던 거야!"

9

나는 어린 왕자가 철새의 이동을 이용해 별을 떠났으리라고 생각한다. 떠나는 날 아침 어린 왕자는 자신의 행성을 깔끔하게 정돈했다. 그는 정성껏 자신이 가진 활화산들의 분화구 청소도 했다.

어린 왕자에게는 두 개의 활화산이 있었는데, 아침식사를 데우기에는 안성맞춤이었다. 그는 사화산도 하나 가지고 있었다. 그것 역시 폭발하지 않으리라는 법은 없었으므로 정성을 다해 청소했다. 화산들은 청소만 잘해 주면 부드럽게 그리고 규칙적으로 연기를 토해 낼 뿐 폭발하지 않는 법이다. 화산의 분출은 마치 굴뚝으로 솟아오르는 불길과도 같다. 분명한 것은 우리가 너무 작아 이 땅의 화산들을 청소해 줄 수 없다는 것이다. 그런 까닭에 화산들은 우리에게 그토록 많은 불안을 안겨 주는 것이다.

어린 왕자는 약간은 울적해하며 가장 최근에 돋아난 바오밥나무의 싹들을 뽑아 냈다. 이제 두 번 다시 돌아오지 않을 작정이었던 것이다. 그러나 그날 아침의 그 일상적인 일들은 유난히 정겹게 느껴졌다. 그래서 마지막으로 꽃에게 물을 주고 유리 덮개로 덮어 잘 감싸주는 일을 하면서 그만 눈물을 터뜨릴 뻔했다.

"이젠 영원히 안녕."

어린 왕자가 꽃에게 말했다.

하지만 꽃은 아무런 대답도 하지 않았다.

"잘 있어."

그는 다시 한 번 작별 인사를 했다.

꽃은 기침을 했다. 그러나 그것은 감기 때문이 아니었다. 마침내 꽃이 말문을 열었다.

"제가 어리석었어요. 미안해요. 그리고 행복해야 해요."

어린 왕자는 비난이 전혀 섞이지 않은 것을 보고 놀랐다. 그래서 유리 덮개를 들고서 멍하니 있었다. 차분하면서도 다정한 모습을 이해할 수 없었다.

꽃이 어린 왕자에게 말했다.

"그래요, 전 당신을 사랑해요. 당신은 그걸 전혀 몰랐지요. 다 제 잘못이에요. 이제 그런 것은 상관없어요. 당신 역시 나 못지 않게 어리석었지요. 부디 행복해야 해요……. 그리고 유리 덮개 따위는 없어도 돼요."

"하지만 바람이 불어오면……."

"그 정도로 감기가 심한 것은 아니에요. 오히려 신선한 밤 공기가 제게는 좋을 거예요. 전 꽃이니까요."

"하지만 벌레들이……."

"만일 나비를 맞이하려면 두세 마리의 애벌레 따위는 견뎌 내야 하겠지요. 그건 정말 아름다운 일일 거예요. 그렇지 않으면 누가 절 찾아 주겠어요. 당신도 멀리 가 버릴 텐데. 커다란 짐승들이 와도 저는 두렵지 않아요. 저에게도 가시가 있으니까요."

그러더니 꽃은 천진난만하게 네 개의 가시를 보여 주었다. 그리고 덧붙여 말했다.

"이렇게 질질 끌지 말아요. 떠나기로 마음먹었으니까 어서 가세요……."

꽃은 자신이 우는 모습을 어린 왕자에게 보이지 않으려고 그렇게 말했다. 정말 자존심이 강한 꽃이었다…….

10

어린 왕자가 사는 별의 이웃에는 소혹성 325, 326, 327, 328, 329, 그리고 330이 있었다. 그래서 우선 그곳들을 방문한 뒤 일자리를 찾고 정착할 생각이었다.

첫 번째 소혹성에는 왕이 살고 있었다. 그 왕은 자줏빛 천과 흰 바탕에 검은 반점 무늬가 있는 옷을 입고 매우 간소하면서도 위엄 있는 옥좌에 앉아 있었다.

"오! 신하가 왔구나!"

왕은 멀리서 어린 왕자를 보고 소리쳤다. 그래서 어린 왕자는 속으로 '날 한 번도 본 적이 없는데 어떻게 알아보았을까!' 하고 생각했다.

왕에게 세상은 아주 단순화되어 있어서 모든 사람들이 다 신하들이라는 사실을 어린 왕자는 모르고 있었던 것이다.

"짐이 더 잘 볼 수 있도록 가까이 오너라."

왕은 이제야말로 왕 노릇을 제대로 할 수 있게 된 것을 무척 자랑스러워하며 말했다.

어린 왕자는 둘러보며 앉을 곳을 찾아보았지만, 흰 바탕에 검은 무늬가 박힌 왕의 멋진 망토가 행성 전체를 온통 덮고 있었다. 어쩔 수 없이 서 있어야 했던 어린 왕자는 금세 피곤해져서 하품을 했다. 그러자 왕이 말했다.

"왕의 면전에서 하품을 하다니, 무례하구나. 짐은 하품하지 말 것을 명령하노라."

어린 왕자는 당황해하며 대답했다.

"그렇지만 하품이 나오는 것은 어쩔 수 없어요. 전 오랜 시간 동안 여행하느라 잠을 자지 못했거든요……."

"그렇다면 그대에게 하품할 것을 명령하노라. 짐은 하품하는 사람을 보지 못한 지 벌써 여러 해가 되었도다. 그래서 하품은 짐에게 좋은 구경거리니라. 자, 어서! 또 하품을 하거라. 이는 명령이니라."

"하지만 겁이 나서 하품이 나오지 않는군요……."

어린 왕자가 얼굴을 붉히며 대답했다.

"어험! 어험! 그렇다면 그대에게 명령하노니 때때로 하품을 하고 때때로……."

왕은 뭐라고 중얼거렸지만 약간 기분이 언짢은 듯했다. 왕이란 원래 권위를 중요하게 여기기 때문이다. 그는 자신의 명령에 복종하지 않는 걸 참지 못했다. 절대 군주였으니 말이다. 그러나 그는 매우 선량한 왕이었기 때문에 무리한 명령을 내리지는 않았다.

왕은 거침없이 말했다.

"만일 짐이 명령을 내린다면, 그러니까 어떤 장군에게 바닷새로 변하라, 하고 명령을 내린다면, 그리고 그 장군이 짐의 명령에 따르지 않는다면, 그것은 장군의 잘못이 아니라 짐의 잘못일 것이다."

"앉아도 될까요?"

어린 왕자가 조심스럽게 물었다.

"그대에게 앉을 것을 명령하노라."

왕이 대답하며 자줏빛 망토의 한자락을
위엄 있게 끌어당겼다.

그러나 어린 왕자는 이상한 생각이 들었
다. 행성이 매우 작았던 것이다. 대체 이
왕은 무엇을 다스린단 말인가? 어린 왕
자는 왕에게 물었다.

"폐하, 한 가지 여쭈어 볼 것이 있습니
다."

"짐은 그대에게 질문할 것을 명령하노라."

왕이 위엄있게 말했다.

"폐하……, 폐하께선 무엇을 다스리시는지요?"

"모든 것을 다스린다."

왕은 매우 간단하게 답했다.

"전부라고요?"

왕은 조심스런 몸짓으로 자신의 별과 다른 별들, 그리고 떠돌이 행성들을
죽 가리켰다.

"저 모든 것을 다 말씀하시는 겁니까?"

어린 왕자가 물었다.

"그래, 이 모든 것이란다……."

왕이 대답했다.

왕은 절대 군주일 뿐만 아니라 우주의 군주이기도 했기 때문이다.

"별들이 폐하의 명령에 따르는지요?"

"물론이다. 별들은 즉각 짐의 명령에 따르지. 짐은 불복종을 용서하지 않는다."

어린 왕자는 그런 대단한 권력을 가진 왕에게 감탄했다. 만일 자신에게 그러한 권력이 있다면 의자를 당길 필요도 없이 하루에 44번뿐만 아니라 72번이나 100번 아니 200번씩이나 해가 지는 것을 바라볼 수 있었을 텐데! 그는 자신이 버려 두고 온 작은 행성에 대한 기억 때문에 약간 슬퍼져서 대담하게도 왕에게 간청했다.

"저는 석양을 보고 싶습니다……. 제 소원을 들어 주세요. 해에게 지라고 명령을 내려 주세요."

"만일 짐이 어떤 장군에게 나비처럼 이 꽃 저 꽃으로 날아다니라고 한다거나 또는 비극을 한 편 쓰라고 명령을 한다거나 또는 바닷새로 변하라고 명령을 내렸는데, 그 장군이 따르지 않는다면 누구에게 잘못이 있겠느냐? 그 장군이냐 아니면 짐이냐?"

"그야 폐하시지요."

어린 왕자는 당돌하게 대답했다.

"바로 그러하다. 각자에게 그 사람이 할 수 있는 것만을 요구해야 하느니라. 권위란 무엇보다도 이성에 기초해야 하는 것이다. 만일 그대가 그대 백성에게 바다에 가서 빠져 죽으라고 한다면, 백성들은 혁명을 일으킬 것이다. 짐이 복종을 강요할 수 있는 권한을 가진 것은 짐의 명령들이 합당한 것이기 때문이다."

"그렇다면 석양을 보여 주실 수는 없나요?"

일단 질문을 던지면 절대로 잊는 법이 없는 어린 왕자가 다시 물었다.

"그대는 석양을 보게 될 것이다. 짐이 그것을 명령하겠노라. 하지만 짐의 통치 철학에 따라 적당한 여건이 갖추어질 때까지 기다리도록 하라."

"그게 언제쯤 될까요?"

어린 왕자가 물었다.

"어험! 어험!"

왕이 헛기침을 하며 커다란 달력을 들추었다.

"어험! 어험! 그건, 그건 말이다. 음……, 오늘 저녁 7시 40분경이 될 것이다. 그때가 되면 짐의 명령을 따르는 것을 보게 될 것이야."

어린 왕자는 하품을 했다. 석양을 보지 못하게 된 것이 못내 아쉬웠고, 약간은 지겨워지기 시작했다. 그래서 왕에게 말했다.

"여기에서는 더 이상 할 일이 없군요. 저는 여행을 떠나야겠습니다!"

"떠나지 말거라."

신하를 두게 되어 너무 자랑스러웠던 왕이 말했다.

"떠나지 말거라. 짐이 그대에게 장관을 시켜 주마!"

"무슨 장관인데요?"

"그러니까…… 음, 법무부장관을 시켜 주지."

"하지만 재판을 받을 사람이 아무도 없는 걸요."

"그건 모르는 일이지. 짐은 아직도 짐의 왕국을 다 돌아보지 못했다. 짐은 너무나 늙었고, 수레를 끌고 다닐 사람도 없다. 그렇다고 걸어다닌다는 것은 너무나 피곤한 일이지."

"오! 하지만 전 이미 다 보았는 걸요."

어린 왕자는 그렇게 말하고 몸을 기울여 다시 한 번 행성의 반대편으로 눈길을 던졌다.

"저 건너편에는 아무도 살지 않아요……."

"그럼 그대 자신을 심판하려무나. 그게 가장 어려운 일이지. 남을 심판하기보다는 자기 자신을 심판하는 것이 훨씬 더 어려운 일이니라. 만일 그대가 자신을 심판할 수 있다면, 그대는 진정한 현자일 것이다."

"전 어디에서나 제 자신을 심판할 수 있어요. 그러니 여기에서 살 필요는 없답니다."

"어험! 어험! 짐의 생각에는 짐의 행성 어딘가에 늙은 쥐 한 마리가 있노라. 밤마다 그 쥐의 소리가 들리거든. 그대는 그 늙은 쥐를 재판하도록 하려무나. 가끔 사형 선고를 내리는 거야. 그러면 그 쥐의 생명은 그대의 판결에 달려 있는 셈이 되지. 그렇지만 그 쥐를 아껴 두기 위해 매번 사면을 해주거라. 한 마리밖에 없으니 말이다."

"저는 사형 선고를 내리는 걸 좋아하지 않아요. 그러니 아무래도 전 가야겠어요."

"아니, 가지 말라."

왕이 말했다.

떠날 채비는 다 갖추었지만 어린 왕자는 늙은 왕의 가슴을 아프게 할 생각은 추호도 없었다.

"만일 폐하의 명령이 이행되기를 바라신다면, 제게 이를테면 1분내에 떠나라고 명령하실 수도 있으실 텐데. 제가 보기엔 조건이 다 갖추어진 것 같습니다……."

왕이 아무 대답도 하지 않자, 어린 왕자는 잠시 머뭇거리다가 마침내 한숨을 내쉬고 출발했다……. 그러자 왕은 황급히 소리쳤다.

"짐은 그대를 짐의 대사로 임명하노라!"

왕은 당당하고 권위 있는 모습으로 명령했다.

'어른들은 참으로 이상해.'

어린 왕자는 속으로 이런 생각을 하며 여행을 떠났다.

11

두 번째 행성에는 허영심이 많은 사람이 살고 있었다.

"아! 아! 저기 나의 팬이 찾아오는군!"

어린 왕자를 보자마자 멀리서부터 허영심이 가득한 사람은 그렇게 소리쳤다.

왜냐하면 허영심이 많은 사람에게 다른 사람들은 전부 팬이기 때문이다.

"안녕하세요? 참 재미있는 모자를 쓰셨군요."

어린 왕자가 말을 걸었다.

"이건 인사하기 위한 것이란다. 사람들이 내게 갈채를 보낼 때 인사를 하기 위한 것이야. 그렇지만

불행히도 이곳으로 지나가는 사람이 아무도 없구나."

"아, 그래요?"

어린 왕자는 대답은 했지만 무슨 말인지 도무지 이해할 수가 없었다.

"두 손을 서로 마주쳐 보렴"

허영심이 많은 사람이 어린 왕자에게 시켰다.

어린 왕자는 두 손을 마주쳤다. 그러자 허영심이 많은 사람은 모자를 벗으며 공손히 인사를 했다.

'이건 왕을 방문한 일보다 더 재미있는 걸.'

어린 왕자는 속으로 생각했다. 그리고 다시 손뼉을 치기 시작했다. 그러자 허영심이 많은 사람도 다시 모자를 벗어 들고 공손히 인사했다.

5분 동안 그렇게 하자, 어린 왕자는 이 단순한 놀이에 싫증이 났다.

"그런데 모자가 떨어지게 하려면 어떻게 해야 하나요?"

어린 왕자가 물었다.

그러나 허영심이 많은 사람은 어린 왕자의 말을 귀담아 듣지 않았다. 허영심이 많은 사람들의 귀엔 언제나 칭찬만 들리기 때문이다.

"너는 정말 나를 진심으로 숭배하는 거냐?"

허영심이 많은 사람이 물었다.

"숭배한다는 말이 무슨 뜻인데요?"

"숭배한다는 말은 내가 이 행성에서 가장 잘생기고, 가장 옷을 잘 입으며, 가장 부자이고, 가장 똑똑하다는 것을 인정한다는 뜻이야."

"하지만 이 행성에는 아저씨 혼자뿐이잖아요!"

"나를 기쁘게 해 다오. 어쨌든 그래도 날 숭배해 주렴!"

"아저씨를 숭배해요. 하지만 그것이 아저씨랑 무슨 상관이 있나요?"

어린 왕자는 어깨를 으쓱하며 그곳을 떠났다.

"어른들은 참으로 이상해."

어린 왕자는 속으로 중얼거리며 다시 길을 떠났다.

12

다음 행성에는 술꾼이 살고 있었다. 이 방문은 매우 짧았지만 어린 왕자를
대단히 울적하게 만들었다.

"거기서 무얼 하고 계세요?"

술이 가득 든 병 한 무더기와 빈 병 한 무더기를 앞
에 쌓아 두고 말없이 앉아 있는 술꾼을 본
어린 왕자가 물었다.

"술을 마시고 있단다."

침통한 기색으로 술꾼이 대답
했다.

"술은 왜 마시나요?"

어린 왕자가 물었다.

"잊으려고 마시지."

술꾼이 대답했다.

"무얼 잊으려고요?"

술꾼에 대해 측은한 마음이 든 어린 왕자가 물었다.

"부끄러움을 잊기 위해서."

술꾼은 고개를 푹 숙이며 털어놓았다.

"뭐가 부끄러운데요?"

어린 왕자는 그의 마음을 달래주고 싶었다.

"술을 마시는 것이 부끄러워 그렇단다."

술꾼은 말을 맺더니 완전히 침묵속으로 잠겨 버렸다.

어린 왕자는 당황해하며 그곳을 떠났다.

'어른들은 정말이지 너무 너무 이상해.'

어린 왕자는 그런 생각을 하며 여행을 계속했다.

13

네 번째 행성에는 사업가가 살고 있었다. 그 사람은 너무나 바빠서 어린 왕자가 다가갔는데도 고개조차 들지 않았다.

"안녕하세요? 담뱃불이 꺼졌네요."

어린 왕자가 말을 붙였다.

"3 더하기 2는 5, 5 더하기 7은 12, 12 더하기 3은 15, 안녕! 15 더하기 7은 22, 22 더하기 6은 28, 다시 불을 붙일 틈도 없구나. 26 더하기 5는 31, 휴우! 그러니까 5억 162만 2731이로군."

"뭐가 5억인가요?"

"응? 너 아직 안 갔

니? 5억하고, 그야……

너는 알 것 없다. 난 너무

나 일이 많아! 난 중요한 일

을 하는 중이야. 시시한

이야기를 하며 노닥거

리는 것을 좋아하지

않는단 말야! 2 더

하 기   5는   7이

고……."

"뭐가 5억 100만이라는 거예요?"

여태껏 한번 한 질문은 결코 포기하는 법이 없는 어린 왕자가 다시 물었다.

사업가가 고개를 들었다.

"내가 이 행성에 산 지 54년이 되었는데, 방해를 받은 적은 딱 세 번뿐이다. 첫 번째는 22년 전 어디서 떨어졌는지 알 수 없는 풍뎅이 때문이었지. 그 놈의 풍뎅이가 어찌나 끔찍한 소리를 내던지 덧셈을 하다 네 군데나 틀렸어. 두 번째는 11년 전 관절염이 심해졌을 때야. 난 운동 부족이거든. 한가하게 어슬렁 거리고 다닐 시간이 없단 말씀이야. 난 말이다, 중요한 일을 하거든. 세 번째 가…… 바로 지금이야! 그러니까 내가 말하던 것이 5억 100만이라고 했지?"

"뭐가 그런데요?"

사업가는 조용히 일하기는 일찌감치 글렀다는 것을 깨달았다.

"때때로 하늘에서 볼 수 있는 수백만 개의 작은 것들이란다."

"파리인가요?"

"아니란다. 반짝이는 작은 것들이야."

"벌인가요?"

"아니. 황금빛의 조그만 것들인데 게으름뱅이들은 그걸 보고 꿈을 꾸지. 하지만 난 중요한 일을 하는 사람이야. 꿈꿀 시간이 없지."

"아! 별이군요?"

"바로 그거란다. 별들이지."

"그럼 그 5억 개의 별들로 무얼 하는데요?"

"5억 162만 2731개란다. 난 말이다, 중요한 일을 하는 사람이야. 계산이 정확하지."

"아니, 그 많은 별들을 가지고 무얼 하는데요?"

"내가 그걸로 뭘 하느냐고?"

"네."

"아무것도 안 해. 난 그것들을 소유하지."

"별들을 소유한다고요?"

"그래."

"하지만 내가 왕을 한 명 보았는데, 그는……."

"왕들은 소유하지 않아. 그들은 '다스릴' 뿐이지. 그건 아주 다른 거야."

"그럼 별들을 소유해서 뭘 하려고요?"

"별들을 소유하면 난 부자가 되는 거야."

"부자가 되어서 뭘 하는데요?"

"다른 별들을 사는 거지. 만일 누군가가 다른 별을 발견한다면 말야."

어린 왕자는 속으로 생각했다.

'어쩐지 이 사람은 술 취한 사람하고 비슷하게 얘기하는군.'

그렇지만 그는 몇 가지 질문을 더 던졌다.

"어떻게 하면 별들을 소유할 수 있어요?"

"별들이 누구 것이니?"

사업가가 짜증스러운 듯 되물었다.

"모르겠는데요. 누구의 것도 아니지 않나요?"

"그러니까 내 것이야. 왜냐하면 내가 가장 먼저 그 생각을 했거든."

"그걸로 끝이에요?"

"물론이지. 만일 네가 어느 누구의 것도 아닌 다이아몬드를 찾아 냈다고 하자. 그럼 그건 네 것이야. 만일 네가 어느 누구의 것도 아닌 섬을 찾아 냈다고 하면, 그것도 네 것이야. 네가 어떤 생각을 처음으로 해내면 그 생각을 특허를 내는 거야. 그러면 네 것이 되지. 그래서 난 별들을 소유하게 되었어. 나보다 먼저 그것들을 소유하겠다는 생각을 한 사람이 아무도 없으니까."

"맞는 말이군요. 그러면 그것들로 뭘 하는데요?"

어린 왕자가 물었다.

"나는 그 별들을 관리한단다. 별들을 세어 보고 또 세어 보면서 말이다. 그건 어려운 일이지만, 난 중요한 일을 하는 걸 좋아한단다!"

어린 왕자는 도무지 이해할 수가 없었다.

"만일 내게 목도리가 있다면 그것을 목에 두를 수 있어요. 그리고 꽃을 소유하고 있다면 꺾어서 가지고 다닐 수 있고요. 하지만 아저씨는 별들을 따지는 못하잖아요!"

"그건 안 되지. 하지만 난 그것들을 은행에 맡길 수 있단다."

"그게 무슨 말이에요?"

"무슨 뜻이냐 하면 조그만 쪽지에 내 별의 개수를 적어 놓는 거야. 그리고 그 종이를 서랍 속에 넣고 자물쇠로 잠그면 되지."

"그럼 다 된 거예요?"

"그래, 그걸로 끝이야!"

어린 왕자는 생각했다.

'그것 참 재미있군, 꽤 시적이기도 하고. 하지만 썩 중요한 일 같지는 않은데.'

어린 왕자는 중요한 일에 대해서 어른들과는 매우 다른 생각을 가지고 있었다.

그래서 어린 왕자는 이렇게 말했다.

"나는요, 꽃이 한 송이 있는데요, 매일 물을 주고 있거든요. 그리고 3개의 화산을 가지고 있는데 일주일마다 분화구 청소를 해요. 혹시 몰라서 휴화산도 청소를 하고요. 내가 화산이나 꽃을 갖고 있는 이유는 그들에게 조금이라도 도움을 줄 수 있기 때문이에요. 그러나 아저씨는 별들에게 아무 소용이 없네요……."

사업가는 무슨 말인가를 하려고 입을 열었지만 끝내 할말을 찾지 못했다. 그래서 어린 왕자는 곧 그곳을 떠났다.

'어른들은 정말로 완전히 이상해.'

어린 왕자는 속으로 이렇게 생각하며 여행을 계속했다.

14

다섯 번째 행성은 매우 흥미로웠다. 그곳은 행성 중에서 가장 작은 행성이었다. 겨우 가로등 하나와 가로등에 불을 켜는 사람만 있을 수 있을 정도로 아주 작았다. 어린 왕자는 하늘 어느 곳인가 집도 없고 사람도 없는 곳에 가로등 하나와 그 가로등에 불을 켜는 사람이 무슨 소용이 있는지 이해할 수가 없었다. 그렇지만 속으로 이렇게 생각했다.

'아마도 이 사람은 바보일 거야. 그렇지만 왕이나 허영심이 많은 사람, 사업가나 술꾼보다는 덜 어리석군. 이 사람이 가로등에 불을 켜면 마치 별 하나가 더 태어나거나 꽃 한 송이가 더 피어나는 것과 같지. 그가 가로등을 끄면 꽃이나 별이 잠드는 것이고 말야. 아주 멋진 직업이군. 멋지니까 정말 쓸모 있는 직업이기도 하고.'

어린 왕자는 행성에 도착하자 가로등 켜는 사람에게 정중하게 인사를 했다.

"아저씨, 안녕하세요. 왜 방금 가로등을 껐어요?"

"지시 사항이니까. 안녕, 좋은 아침이구나."

가로등지기가 대답했다.

"지시 사항이란 게 뭐예요?"

"그건 내 가로등의 불을 끄는 것

이지. 안녕, 잘 자거라."

그리고 그는 다시 가로등의 불을 켰다.

"그런데 왜 다시 불을 켜세요?"

"지시 사항이니까."

가로등지기가 대답했다.

"무슨 말인지 도통 모르겠어요."

어린 왕자가 말했다.

"모를 게 뭐가 있어? 지시 사항이 지시 사항이지. 안녕, 좋은 아침이구나."

그는 다시 가로등을 껐다.

그러고 나서 그는 빨간색 바둑판 무늬 손수건으로 이마의 땀을 닦았다.

"내가 이곳에서 하는 일은 무척 힘든 일이란다. 예전에는 그럴 듯했지. 아침이면 불을 끄고 저녁이면 불을 켜곤 했거든. 그러면 나머지 낮 시간에는 쉬고 나머지 밤 시간에는 잠을 자곤 했지……."

"그런데 그 이후에 지시 사항이 바뀐 거예요?"

"지시 사항은 바뀌지 않았어. 문제는 바로 그거란다. 해가 거듭될수록 행성이 빨리 돌기 시작했는데 지시 사항은 바뀌지 않았다는 것!"

"그래서요?"

어린 왕자가 물었다.

"그래서 지금은 행성이 1분에 한 바퀴씩 돌기 때문에 1초도 쉴 수가 없어. 매분마다 한 번씩 불을 켰다가 껐다가 하지!"

"그것 참 재미있는데요! 아저씨 별은 하루가 1분이군요!"

"전혀 재미있지 않아. 우리가 이야기를 나눈 지 벌써 한 달이 되었다고."

가로등지기가 말했다.

"한 달이라고요?"

"그래, 30분이니까 30일이 되는 거야! 안녕, 잘 자거라."

그리고 그는 다시 가로등을 켰다.

어린 왕자는 그를 지켜보았고, 지시 사항을 그토록 충실히 지키는 그 가로등지기가 좋아졌다. 어린 왕자는 예전에 자신이 의자를 조금씩 움직이면서 석양을 보려고 했던 일이 생각났다. 그래서 이 친구를 도와주고 싶었다.

"저…… 아저씨가 쉬고 싶을 때 쉴 수 있는 방법을 제가 아는데요……."

"난 항상 쉬고 싶단다."

가로등지기가 말했다.

하긴, 아무리 열심히 일을 하는 사람이라도 한편으로는 게으름을 피우고 싶은 법이니까.

어린 왕자는 계속 말했다.

"아저씨 행성은 아주 작으니까요, 아저씨가 세 걸음만 성큼성큼 걸으면 한 바퀴를 돌게 돼요. 그러니까 항상 해를 보고 있으려면 천천히 걷기만 하면 되지요. 쉬고 싶으면 걸으세요. 그러면 아저씨가 바라는 만큼 낮이 계속될 테니까요."

"그건 내게 별로 도움이 되지 않을 것 같구나. 내가 가장 좋아하는 것이 있다면 그건 잠자는 것이니까."

가로등지기가 대답했다.

"안됐군요."

어린 왕자가 말했다.

"안됐지. 안녕, 좋은 아침이구나."

가로등지기가 그렇게 말하고 가로등을 껐다.

어린 왕자는 좀 더 먼 곳으로 여행을 계속하며 생각했다.

'왕이나 허영심이 많은 사람, 술꾼, 사업가 등 다른 사람들은 저 사람을 비웃겠지. 그렇지만 내가 보기엔 저 사람이야말로 유일하게 우스꽝스럽게 보이지 않는 사람이야. 어쩌면 그건 자기 자신보다 다른 것에 열중하기 때문이지.'

그는 안타까운 듯 한숨을 쉬고 속으로 이런 생각도 했다.

'저 사람은 내가 친구로 삼을 수 있는 유일한 사람이야. 그렇지만 저 사람이 사는 행성은 정말로 너무나 작아. 둘이 있을 자리가 없지…….'

어린 왕자가 차마 고백하지 못한 것이 있다면, 그것은 무엇보다도 24시간 동안 무려 1,440번이나 석양을 볼 수 있는 그 축복받은 행성을 그리워한다는 것이었다!

15

여섯 번째 행성은 먼젓번보다 열 배나 더 큰 행성이었다. 그 행성에는 엄청나게 큰 책을 쓰고 있는 노인이 살고 있었다.

"이런! 탐험가가 오셨구먼!"

그는 어린 왕자를 보자 대뜸 소리를 질렀다.

어린 왕자는 탁자 위에 앉아 잠시 가쁜 숨을 골랐다. 벌써 그만큼 여행을 많이 했던 것이다.

"넌 어디서 왔니?"

노인이 그에게 물었다.

"이 두꺼운 책은 뭐예요? 여기서 뭐하시고 계셔요?"

어린 왕자가 물었다.

"난 지리학자란다."

노인이 대답했다.

"지리학자가 무엇인데요?"

"지리학자란 바다와 강, 도시와 산, 사막이 어디에 있는지 알아내는 학자란다."

"그것 참 흥미롭군요. 그것이야말로 진짜 일이겠네요!"

어린 왕자가 말했다. 그리고 그는 주변을 둘러보며 지리학자의 행성을 살펴보았다. 이처럼 장엄한 행성은 일찍이 본 적이 없었다.

"할아버지의 행성은 참으로 아름다워요. 바다도 있나요?"

"내가 그걸 알 수야 없지."

지리학자가 대답했다.

"아! 그럼 산들은 있나요?

어린 왕자는 실망했지만 다시 물었다.

"내가 그걸 알 수야 없지."

지리학자가 그렇게 대답했다.

"그럼 도시, 강, 사막은요?"

"그것 역시 내가 알 수가 없지."

지리학자가 대답했다.

"하지만 할아버지는 지리학자잖아요!"

지리학자가 대답했다.

"그건 그래. 하지만 난 지리학자지 탐험가가 아니거든. 도시, 강, 산, 바다, 사막의 등을 세러 다니는 것은 지리학자가 하는 일이 아냐. 지리학자는 어슬렁거리며 돌아다니기엔 너무나 중요한 일이 많아. 그래서 서재를 떠나지 못하고 탐험가들을 맞아들이지. 즉, 지리학자는 탐험가들에게 질문을 하고 그들의 이야기를 기록한단다. 그러다가 탐험가들 중에 흥미로운 이야기를 하면 사람을 시켜 그의 도덕성에 관해 조사한단다."

"그건 왜요?"

"왜냐하면 탐험가가 거짓말을 한다면 지리학자의 책이 엉뚱하게 될 테니까. 그리고 술을 너무 많이 마시는 탐험가도 마찬가지란다."

"그건 또 왜요?"

어린 왕자가 물었다.

"술 취한 사람들 눈에는 모든 것이 둘로 보이거든. 그래서 산이 하나밖에 없는데도 두 개 있다고 기록하게 되지 않겠니?"

어린 왕자가 말했다.

"그럼 제가 아는 어떤 사람도 좋은 탐험가가 될 수 없겠군요."

"그럴 수도 있지. 그래서 지리학자는 탐험가가 진실한 사람인지 먼저 알아보고 나서 그가 발견한 곳을 조사한단다."

"그럼 직접 가서 보나요?"

"아니. 그건 너무 복잡한 일이야. 그 대신 탐험가에게 증거를 제시하라고 요구를 한단다. 예를 들어 그가 커다란 산을 발견했다고 가정하면 커다란 돌멩이들을 가져오라고 요구하지."

지리학자는 갑자기 흥분해서 말했다.

"아참, 너도 멀리서 왔으니 훌륭한 탐험가이겠구나! 내게 네가 살던 행성 이야기를 해주렴!"

그러더니 지리학자는 노트를 펼치고 연필을 깎았다. 탐험가들의 이야기들은 처음에는 연필로 기록해 두었다가 나중에 탐험가가 증거를 제시하면 잉크로 기록한다는 것이다.

"자, 이야기해 보렴."

지리학자가 말했다.

"오! 제가 사는 곳은 말이지요, 별로 얘기할 거리가 없어요. 아주 작거든요. 제겐 화산이 세 개 있어요. 두 개는 활화산이고 하나는 휴화산이에요. 하지만 언제 폭발할지 모르는 일이지요."

"그래, 모르는 일이지."

지리학자가 맞장구쳤다.

"꽃도 한 송이 있어요."

"우리는 꽃에 관해서는 기록하지 않는단다."

"왜요? 얼마나 예쁜 꽃인데요!"

"왜냐하면 꽃들은 덧없는 것들이니까."

" '덧없다' 는 것이 무슨 뜻이죠?"

"지리책은 모든 책들 중에서 가장 중요한 책이란다. 결코 시대에 처지는 법이 없어. 산이 자리를 옮기는 일은 거의 없지. 또한 바다에 물이 다 빠져 버리는 일도 거의 없고. 그렇듯 우리는 영원한 것들에 관해 쓴단다."

어린 왕자가 지리학자의 말을 가로챘다.

"하지만 잠자는 화산도 언젠가 깨어날 수 있잖아요."

"화산이 자고 있건 깨어 있건 그건 우리 같은 사람들에게는 마찬가지란다. 우리에게 중요한 것은 산이야. 산은 변하는 법이 없거든."

"그런데 '덧없다' 는 말이 무슨 뜻이죠?"

살아오면서 한 번 질문을 던지면 결코 포기해 본 적이 없는 어린 왕자가 다시 물었다.

"그건 무슨 뜻이냐 하면 '머지않아 사라져 없어진다' 는 뜻이란다."

"그럼 내 꽃도 머지않아 사라진다는 말씀이세요?"

"물론이지."

지리학자의 말에 어린 왕자는 생각했다.

'내 꽃이 덧없는 것이라고? 세상에 맞서 스스로를 보호할 것이라고는 겨우 네 개의 가시밖에 없는데! 그런데 내 행성에 홀로 내버려두었다니!'

처음으로 어린 왕자는 후회라는 것을 했다. 그러나 곧 용기를 되찾았다.

"제게 가 보라고 권할 만한 곳이 있나요?"

어린 왕자가 물었다.

"지구를 가 보려무나. 아주 유명한 곳이라고 소문이 났으니 말이다."

지리학자가 대답했다.

그래서 어린 왕자는 남겨 두고 온 꽃을 생각하며 그곳을 떠났다.

16

그리하여 찾아간 일곱 번째 행성이 바로 지구였다. 지구는 아무렇게나 볼 수 있는 행성이 아니었다! 그곳에는 111명의 왕들—물론 흑인 왕들을 빼먹지 않았을 때—, 7,000명의 지리학자, 90만 명의 사업가, 750만 명의 술꾼들, 3억 1,100만 명의 허영심이 많은 사람들, 즉 대략 잡아 20억의 어른들이 살고 있었다.

여러분이 지구의 크기를 짐작할 수 있도록 하기 위해, 전기가 발명되기 전에는 6개 대륙 전체를 통틀어 진정한 군대라 할 수 있는 약 46만 2,511명의 가로등지기들이 유지되어야 했다는 점을 말해 두는 바이다.

약간 멀리 떨어져서 보면 그것은 정말로 장관이었다. 그 가로등지기 군대의 움직임은 마치 오페라의 발레처럼 질서정연했다. 가장 처음은 뉴질랜드와 오스트레일리아의 가로등지기들의 차례였다. 이들이 가로등에 불을 밝히고 나서 잠을 자러 가면 중국과 시베리아의 가로등지기들이 이어 무대에 올랐다. 그리고 그들이 무대 뒤로 다시 모습을 감추고 나면, 러시아와 인도의 가로등지기가 나왔다. 다음은 아프리카와 유럽, 그 다음은 남아메리카의 차례, 그리고 그 다음이 북아메리카 가로등지기들의 차례였다. 그들은 한 번도 무대에 등장하는 순서를 혼동하지 않는데, 그건 정말로 대단한 일이었다.

북극과 남극에는 각각 단 한 명의 가로등지기가 있었는데, 그들만이 한가롭고 무료하게 생활을 할 뿐이었다. 왜냐하면 그들은 1년에 두 번만 일을 하면 되었으니까.

약간 재치 있게 얘기를 하려다 보면 거짓말도 조금은 하게 되는 법이다. 나는 여러분에게 가로등지기들의 이야기를 하면서 솔직하게 말하지는 않았다. 그래서 이 행성에 관해 잘 모르는 사람들에게는 잘못된 생각을 불어넣어 줄 우려도 있다. 사실 사람들이 이 지구에서 차지하고 있는 공간은 그리 넓지 않다. 만일 지구를 차지하고 있는 20억의 인구가 회의 모임에서처럼 약간 빽빽하게 선다면, 가로 2,000미터, 세로 2,000미터의 광장에 충분히 들어갈 수 있을 것이다. 또 그런 식으로 해서 인류 전체를 태평양의 가장 작은 섬에 다 몰아 넣을 수도 있을 것이다.

어른들은 물론 이 말을 믿지 않을 것이다. 자신들이 많은 자리를 차지하고 있다고 생각하니 말이다. 어른들은 자신들이 바오밥나무들처럼 커다랗다고 생각한다. 그렇다면 어른들에게 계산을 해 보라고 하라. 어른들은 숫자를 좋아하니까 기뻐할 것이다. 그러나 여러분은 그런 지루하고 쓸데없는 일에 시간을 허비하지는 말라. 그저 내가 하는 말을 믿으면 된다.

맨 처음 지구에 도착한 어린 왕자는 사람이 하나도 보이지 않아 깜짝 놀랐다. 그는 벌써부터 자신이 혹시 행성을 잘못 찾아온 것은 아닌지 겁이 나기 시작했다. 바로 그때 모래 속에서 달빛 색깔의 똬리가 움직였다.

"안녕."

어린 왕자는 무턱대고 인사를 했다.

"안녕, 좋은 밤이야."

뱀이 대답했다.

"내가 떨어진 이곳이 무슨 행성이니?"

어린 왕자가 물었다.

"지구야. 지구의 아프리카란다."

뱀이 대답했다.

"아, 그렇구나! 지구엔 사람이 살지 않니?"

"여기는 사막이란다. 사막에는 사람들이 살지 않아. 지구는 넓거든."

뱀이 말해 주었다.

어린 왕자는 돌 위에 앉아서 눈을 들어 하늘을 쳐다보면서 말했다.

"나는 별들이 저토록 빛나는 것은 누구나 자기 별을 찾을 수 있도록 하기
위해서라고 생각해. 내 별을 보렴. 바로 우리 위에 있어. 하지만 얼마나 멀리
있는지!"

"정말 아름답구나. 그런데 넌 무엇을 하러 이곳에 왔니?"

뱀이 물었다.

"꽃하고 좀 싸웠거든."

어린 왕자가 대답했다.

"그랬구나!"

그들은 한참 동안 아무 말도 하지 않았다.

마침내 어린 왕자가 다시 입을 열었다.

"사람들은 어디 있니? 사막은 좀 쓸쓸하구나."

"사람들이 사는 곳도 쓸쓸한 건 마찬가지야."

뱀이 대답했다.

어린 왕자는 한참 동안 뱀을 바라보았다. 그리고 마침내 말을 건넸다.

"넌 참 기묘하게 생긴 짐승이구나. 손가락처럼 가늘고……."

"그렇지만 난 왕의 손가락보다도 더 세고 강하단다."

뱀이 말하자 어린 왕자는 미소를 지었다.

"넌 그렇게 강할 것 같지 않아. 넌 다리도 없어서 여행을 할 수도 없겠는 걸."

"나는 배를 타고 가는 것보다 더 멀리 너를 데려 갈 수 있어."

뱀이 이렇게 대꾸하고는 마치 황금 팔찌처럼 어린 왕자의 발목을 감았다. 그리고 다시 말했다.

"나는 날 건드린 사람은 누구든지 자기가 태어난 땅으로 돌려보내지. 그렇지만 넌 순수하고 또 다른 별에서 왔으니까……."

어린 왕자는 아무 대답도 하지 않았다.

"여리디여린 심성을 가진 네가 이렇게 거칠고 돌투성이인 지구에 떨어지다니, 불쌍하구나. 만일 네가 네 별이 몹시 그리워 돌아가고 싶다면 내가 도와줄게. 내가 할 수 있는 것은……."

"아! 알았어. 그런데 넌 왜 항상 수수께끼 같은 말만 하니?"

"난 그 수수께끼들을 다 풀 수 있단다."

뱀이 말했다.

그리고 그들은 더 이상 아무 말도 하지 않았다.

18

어린 왕자는 사막을 건너다가 꽃 한 송이를 만났다. 그건 꽃잎이 세 개 달린 아주 볼품없는 꽃이었다.

"안녕."

어린 왕자가 말을 건넸다.

"안녕."

꽃이 대답했다.

"사람들은 어디에 있니?"

어린 왕자는 공손하게 물어 보았다.

어느 날인가 사막의 대상 무리를 본 적이 있는 꽃이 대답했다.

"사람들? 예닐곱 명쯤이 여러 해 전에 이곳을 지나갔어. 하지만 어딜 가야 그들을 찾을 수 있을지는 모르겠어. 바람이 그들을 데리고 가니까. 사람들은 뿌리가 없으니까 무척 불편할 거야."

"잘 있어."

어린 왕자가 인사했다.

"너도 안녕."

꽃이 인사했다.

19

어린 왕자는 높은 산에 올라가 보았다. 그가 이제까지 보았던 산이라고는 그의 무릎께까지 오는 세 개의 화산뿐이었다. 게다가 그는 불이 꺼진 화산을 발 받침용 의자로 사용하곤 했던 것이다. 어린 왕자는 높은 산을 보고 이렇게 생각했다.

　'이처럼 높은 산에서 보면 행성 전체와 모든 사람들을 한눈에 다 볼 수 있을 거야.'

　그러나 그의 눈에 띄는 것은 바늘처럼 뾰족 솟은 날카로운 바위들뿐이었다.

　"안녕."

　어린 왕자는 아무 곳에나 대고 인사했다.

　"안녕…… 안녕…… 안녕……."

　메아리가 대답했다.

　"당신은 누구신가요?"

　어린 왕자가 말했다.

　"당신은 누구신가요…… 당신은 누구신가요…… 당신은 누구신가요……?"

　메아리가 이번에도 똑같이 대답했다.

　"내 친구가 되어 주세요. 저는 외롭답니다."

　어린 왕자가 다시 말했다.

　"저는 외롭답니다…… 저는 외롭답니다…… 저는 외롭답니다……."

　역시 메아리가 대답했다.

　그러자 어린 왕자는 이상한 생각이 들었다.

　'참 이상한 행성이네! 모든 게 메마르고, 뾰족하고, 지저분해. 그래서 사람들은 상상력이 부족한가 봐. 남들이 하는 말만 따라 하니……. 내가 사는 곳에는 꽃이 한 송이 있었어. 그 꽃은 항상 먼저 내게 말을 걸었었는데…….'

모래와 바위와 눈을 밟으며 한참 동안 헤맨 끝에 어린 왕자는 마침내 길을 하나 발견했다. 그리고 길이란 모두 사람들이 사는 곳으로 통하게 되어 있는 법이다.

"안녕."

어린 왕자가 말했다.

그곳은 장미꽃이 활짝 피어 있는 정원이었다.

"안녕."

장미꽃들이 인사했다.

어린 왕자는 장미꽃들을 바라보았다. 모두들 자신의 꽃과 닮아 있었다.

"너희들은 누구니?"

어리둥절해진 어린 왕자가 물었다.

"우리는 장미야."

장미꽃들이 대답했다.

"아, 그래!"

어린 왕자가 짤막하게 말했다.

어린 왕자는 자신이 몹시 불행하게 느껴졌다. 그의 꽃은 자신이 이 우주 전체에 있는 자신의 종에서 유일하게 남은 꽃이라고 말했었다. 그런데 여기 단한 곳의 정원에만도 비슷비슷한 꽃들이 5,000송이나 있었다!

어린 왕자는 생각했다.

'만일 이걸 본다면 내 꽃은 무척이나 기분이 상할 거야. 엄청나게 기침을 해댈 테고, 또 웃음거리가 되지 않으려고 죽어가는 시늉을 하겠지. 그러면 난 또 어쩔 수 없이 꽃을 돌보아 주는 척해야 하고. 그렇게 하지 않으면 내게 상처를 주려고 진짜 죽어 버릴지도 몰라…….'

그리고 또 이렇게도 생각했다.

'나는 내가 단 한 송이밖에 없는 꽃을 가졌으니 부자라고 생각했는데, 가진 것이라고는 평범한 꽃 한 송이뿐이로구나. 그 꽃과 내 무릎께에 오는 세 개의 화산, 그 중 하나는 어쩌면 영원히 꺼져 버린 것일지도 모르고, 그런 것을 가지고는 정말 위대한 왕자는 되지 못할 거야…….'

그래서 어린 왕자는 풀숲에 쓰러져 엉엉 울었다.

21

바로 그때 여우가 나타났다.

"안녕."

여우가 먼저 인사했다.

"안녕."

어린 왕자가 공손하게 대답하며 뒤돌아보았지만 아무것도 보이지 않았다.

"난 여기 있어, 사과나무 아래에……."

조금 전의 목소리가 들려 왔다.

"너는 누구니? 넌 참 예쁘게 생겼구나!"

어린 왕자가 물었다.

"나는 여우야."

"이리 와서 나와 함께 놀자. 난 지금 너무나 슬프거든."

어린 왕자가 제안했다.

"나는 너랑 같이 놀 수 없어. 길들여지지 않았거든."

여우가 말했다.

"그래! 미안해."

어린 왕자는 깊이 생각해 보더니 덧붙였다.

" '길들이다' 는 말이 무슨 뜻이니?"

"너는 이곳에 살지 않는구나. 넌 무엇을 찾고 있는 중이지?"

여우가 물었다.

"나는 사람들을 찾고 있어. 그런데 '길들이다' 는 말은 무슨 뜻이니?"

어린 왕자가 말했다.

"사람들은 총을 가지고 사냥을 해. 그건 여간 불편한 일이 아냐! 사람들은 또 암탉들도 길러. 그게 사람들의 유일한 낙이지. 너도 암탉들을 찾고 있니?"

"아니. 난 친구들을 찾고 있어. 그런데 '길들이다' 는 말이 무슨 뜻이니?"

어린 왕자가 다시 물었다.

"요즘엔 많이 잊혀진 말인데, '관계를 맺는다' 는 뜻이야."

"관계를 맺는다고?"

"그래. 너는 내게 있어 수십만 명의 소년들 중 한 명일 뿐이야. 그리고 난 네가 없어도 상관이 없어. 너도 마찬가지로 내가 없어도 상관이 없고. 나도 네게 있어 수십만 마리의 여우들 중 하나에 지나지 않으니까. 그렇지만 네가 날 길들인다면 우리는 서로 떨어질 수 없는 존재가 될 거야. 너는 내게 있어 세상에 단 하나뿐인 존재가 되고, 나도 네게 있어 세상에 단 하나뿐인 존재가 되겠지…….”

“무슨 말인지 알 것 같구나.”

어린 왕자가 말했다.

“내가 사는 별에는 꽃 한 송이가 있는데, 그 꽃이 나를 길들였나 봐.”

“그럴지도 모르지. 지구에는 온갖 종류의 일들이 일어나니까…….”

“오! 그 꽃은 지구에 있지 않아.”

어린 왕자가 말했다.

여우는 몹시 의아해하는 것 같았다.

“그럼 다른 행성에 있니?”

“그래.”

“그 행성에도 사냥꾼들이 있니?”

“아니.”

“그것 참 재밌구나! 그럼 암탉들은?”

“없어.”

“완벽한 것은 없다니까.”

여우는 한숨을 내쉬며 다시 말했다.

“내 생활은 단조롭기 짝이 없어. 나는 암탉들을 쫓고, 사람들은 나를 쫓지. 모든 암탉들이 다 비슷하게 생겼고, 사람들도 모두다 비슷하게 생겼어. 그래서 조금은 싫증이 나. 그렇지만 네가 날 길들인다면 내 생활은 아주 환한 햇빛이 비추는 것 같을 거야. 난 다른 사람들의 발소리와는 다른 네 발소리를 알아듣게 될 거야. 다른 사람들의 발소리라면 난 땅 밑으로 숨겠지. 그렇지만 네 발소리는 마치 음악처럼 날 굴 밖으로 나오게 할 거야. 그리고 보렴! 저기 밀밭이 보이지? 난 빵을 먹지 않아. 그러니 밀은 내게 아무 소용도 없는 것이지. 밀밭을 보아도 난 아무 생각도 들지 않아. 그래, 그건 슬픈 일이야! 그런데 네 머리카락은 황금색이구나. 그러니 네가 날 길들인다면 그건 정말 근사할 거야! 황금빛 밀을 보면 네 생각이 날 테니 말야. 그리고 밀밭에 부는 바람소리조차도 좋아하게 되겠지."

여우는 입을 다물고 한참 동안 어린 왕자를 바라보다 말을 이었다.

"저기 있잖아……, 날 길들여 주렴!"

어린 왕자가 대답했다.

"나도 그러고 싶어. 하지만 내겐 시간이 많지 않아. 난 친구들도 사귀어야 하고 또 알아야 할 것들도 많거든."

"사람들은 무엇이든 자기가 길들이지 않으면 알 수 없어. 서로 배우거나 알 시간이 없거든. 그래서 사람들은 상점에서 이미 다 만들어져 있는 것들을 사지. 그렇지만 친구들을 만들어서 파는 상점은 없기 때문에 사람들은 더 이상 친구를 가질 수 없는 거야. 만일 네가 친구를 원한다면 나를 길들여 줘!"

"어떻게 해야 하는 건데?"

어린 왕자가 물었다.

"무척 참을성이 많아야 해. 우선 내게서 좀 멀리 떨어져서 앉아. 이렇게 풀밭에 말이야. 내가 널 곁눈으로 바라보아도 내게 아무 말을 하지 마. 말이란 가끔 오해를 낳기도 하니까. 그렇지만 날마다 넌 내게로 조금씩 더 가까이 오는 거야……."

다음날 어린 왕자는 여우에게 다시 갔다.

그러자 여우가 말했다.

"같은 시각에 왔으면 더 좋았을 걸. 예를 들어 네가 오후 4시에 온다면, 난 3시부터 행복해지기 시작할 거야. 그리고 시간이 갈수록 난 더 행복을 느끼다가 4시쯤 되면 안절부절못할 거야. 그래서 행복이 얼마나 소중한가를 깨닫게 되겠지! 그러나 네가 아무 때나 온다면 나는 몇 시에 마음의 준비를 해야 할지 결코 알 수가 없어……. 그러니 의식儀式이 필요한 거야."

"의식이 뭔데?"

어린 왕자가 물었다.

"그것 역시 사람들에게 너무도 많이 잊혀진 것이야."

여우가 말했다.

"그건 어느 하루를 다른 날들과 다르게, 어느 시간을 다른 시간들과 다르게 만드는 거야. 예를 들자면 나를 쫓는 사냥꾼들에게도 하나의 의식이 있어. 목요일마다 마을의 아가씨들과 춤을 추는 것이지. 그래서 목요일은 정말 신나는 날이 되는 거야! 나는 포도밭까지 산책을 갈 수 있어. 만일 사냥꾼들이 아무 때나 춤을 춘다면 나는 날마다 똑같을 테고 그러면 전혀 휴식이 없을 거야."

이렇게 해서 어린 왕자는 여우를 길들였다. 떠날 시간이 다가오자 여우는 말했다.

"아! 눈물이 나올 것 같아."

"그건 네 잘못이야. 나는 네게 상처를 줄 생각은 전혀 없었어. 하지만 넌 내가 널 길들이기를 원했잖아……."

"그래, 내가 그랬지."

여우가 대답했다.

"그런데 너는 울려고 하는구나!"

어린 왕자가 묻자 여우가 대답했다.

"그래, 맞아."

"그러니 네게 좋은 것은 아무것도 없잖아!"

"내게 좋은 것도 있어. 그것은 밀의 색깔 때문이야."

여우가 대답한 뒤 잠시 후에 덧붙였다.

"너도 다시 한 번 가서 장미꽃들을 보렴. 그럼 네 장미가 이 세상에서 유일한 꽃이라는 걸 깨닫게 될 거야. 그리고 내게 돌아와서 작별 인사를 하렴. 네게 선물로 비밀을 하나 알려줄 테니까."

어린 왕자는 장미꽃들을 다시 보러 갔다. 그리고 장미꽃들에게 말했다.

"너희들은 전혀 내 장미와 닮지 않았구나. 너희들은 아직 아무것도 아닌 꽃일 뿐이야. 아무도 너희들을 길들이지 않았고, 너희들 역시 아무도 길들이지 않았어. 너희들은 예전의 내 여우와 같아. 그때 그 여우는 수십만 마리의 다른 여우들과 같았지만 내가 친구로 삼은 거야. 그러자 이제 걔는 이 세상에 오로지 한 마리밖에 없는 여우가 된 거야."

어린 왕자의 말에 장미꽃들은 매우 계면쩍어했다. 어린 왕자는 장미꽃들에게 말을 계속했다.

"너희들은 아름답지만 속이 텅 비었어. 아무도 너희를 위해서 죽을 수는 없을 거야. 물론 그저 지나치는 행인이라면 내 장미와 너희들을 똑같이 여기겠지. 그렇지만 내 장미 하나가 너희들 모두보다 더 중요해. 왜냐하면 내가 물을 준 장미니까. 내가 유리 덮개를 씌워 준 바로 그 장미니까. 그리고 내가 바람막이로 보호해 준 장미이고, 또 내가 애벌레를 없애 준 장미니까—물론 나비가 되도록 두세 마리는 놔두었지만—. 또 불평을 늘어놓거나 허풍을 떠는 것도, 심지어는 때로 침묵을 지킬 때도 나는 지켜봐 주었어. 바로 내 장미니까 말이야."

그리고 나서 그는 여우에게로 돌아왔다.

"이제는 안녕."

어린 왕자는 여우에게 작별 인사를 했다.

"안녕."

그러자 여우가 말했다.

"내 비밀은 이거야. 아주 간단해. 마음으로 보아야만 잘 보인다. 본질적인 것은 눈에는 보이지 않는 법이니까."

"본질적인 것은 눈에는 보이지 않는 법이다……."

어린 왕자는 머릿속에 새겨 두기 위해 따라 했다.

"너의 장미꽃이 그토록 소중한 이유는 네가 그 꽃을 위해 시간을 바쳤기 때문이야."

"……그 꽃을 위해 시간을 바쳤기 때문……."

이번에도 어린 왕자는 잘 새겨 두기 위해 따라 했다.

"사람들은 언제나 이처럼 중요한 진리를 잊고 있어. 그렇지만 넌 그것을 잊어선 안 돼. 너는 언제나 네가 길들인 것에 대해 책임을 져야 해. 너는 네 장미에 대해 책임이 있는 거야."

"나는 내 장미에 대해 책임이 있다……."

어린 왕자는 머릿속에 새겨 두기 위해 다시 한 번 되풀이했다.

22

"안녕."

어린 왕자가 인사했다.

"안녕."

선로 변경 직원이 말했다.

"여기서 무얼 하고 계세요?"

어린 왕자가 묻자 선로 변경 직원이 대답했다.

"나는 승객들을 천 명씩 태운 열차들을 때로는 오른쪽으로, 때로는 왼쪽으로 보낸단다."

그때 불을 환하게 밝힌 급행 열차가 천둥소리처럼 으르렁거리며 선로 변경 사무소를 들썩거리게 했다.

"저 사람들은 정말 바쁜가 봐요. 저 사람들은 무엇을 찾고 있나요?"

어린 왕자의 물음에 선로 변경 직원이 대답했다.

"기관차를 모는 사람 자신도 그걸 모른단다."

이때 반대 방향으로 환히 불을 밝힌 또 한 대의 급행 열차가 굉음을 내며 지나갔다.

"아까 그 사람들이 벌써 돌아오는 건가요?"

어린 왕자가 물었다.

"같은 사람들이 아냐. 두 기차가 서로 엇갈리는 거지."

선로 변경 직원이 대답했다.

"그럼, 저 사람들은 자기가 있던 곳이 마음에 안 들었던가 보지요?"

"사람들은 결코 자신이 있는 곳에 만족하지 못한단다."

선로 변경 직원이 대답했다.

그러자 불을 밝힌 세 번째 급행 열차가 천둥소리를 내며 지나갔다.

"저 사람들은 첫 번째 승객들을 쫓아가는 거예요?"

어린 왕자가 물었다.

"저들은 누구를 쫓아가는 게 아니야. 저 안에서 잠을 자거나 하품을 하지. 다만 어린아이들만이 차창에 코를 박고 내다보고 있지."

선로 변경 직원이 대답했다.

"아이들만이 자신들이 무얼 찾는지 알고 있는 거예요. 아이들은 헝겊 인형을 가지고 노는 데에 시간을 보내고, 그 인형을 아주 소중하게 여기지요. 그래서 만일 그 인형을 빼앗기면, 아이들은 울 거예요."

어린 왕자가 말했다.

"그 아이들이 바로 행복한 사람들이지."

선로 변경 직원이 말했다.

23

"안녕."

어린 왕자가 인사했다.

"안녕."

상인이 인사했다.

그 상인은 갈증을 없애 주는 훌륭한 알약을 팔고 있었다. 일주일에 한 알만 먹으면 더 이상 갈증을 느끼지 않는다는 약이었다.

"왜 그런 약을 파는데요?"

어린 왕자가 물었다.

"이걸 먹으면 시간이 엄청나게 절약되거든. 전문가들이 계산을 해 봤는데, 일주일에 53분이 절약된대."

상인이 대답했다.

"그럼 사람들은 그 53분으로 무얼 하는데요?"

"자신이 하고 싶은 걸 하지……."

어린 왕자는 속으로 생각했다.

'만일 나한테 마음대로 쓸 수 있는 53분이 생긴다면, 난 천천히 샘으로 걸어갈 텐데…….'

24

내 비행기가 사막 한가운데에서 고장난 지 8일째가 되는 날, 난 지니고 있던 물의 마지막 한 방울을 마시며 그 상인의 이야기를 들었다. 나는 어린 왕자에게 말했다.

"네 추억담은 정말 아름답구나. 하지만 난 아직 내 비행기를 고치지 못했고, 이젠 마실 물도 없단다. 나 역시, 샘으로 천천히 걸어갈 수만 있다면 정말 행복할 텐데!"

"내 친구 여우가 말이야……."

어린 왕자가 다시 말을 꺼냈다.

"꼬마 친구야, 이제는 여우가 문제가 아니란다!"

"그건 왜요?"

"왜냐하면 우린 목말라 죽을 테니까……."

어린 왕자는 내 말을 전혀 이해 못했는지 이렇게 대답했다.

"친구를 가졌다는 것은 비록 지금 죽는다 하더라도 좋은 일이야. 난 여우라는 친구를 사귀었다는 것이 정말 기뻐."

'이 아이는 우리가 얼마나 큰 위험에 처했는지 아직 모르는군. 한 번도 허기나 갈증을 느끼지 못했으니 당연하지. 그저 약간의 햇빛만으로도 이 아이에게는 충분하니까…….'

나는 속으로 이런 생각을 했다.

그러나 어린 왕자가 날 바라보더니 마치 내 생각을 읽은 듯 말했다.

"나도 목이 말라. 함께 우물을 찾으러 가자……."

나는 싫은 기색을 내비쳤다. 이 방대한 사막에서 무턱대고 우물을 찾아 나선다는 것은 어리석기 짝이 없는 일이다. 그렇지만 우리는 걷기 시작했다.

그렇게 말없이 여러 시간을 걷는 동안 어느 새 어둠이 내리고 별들이 반짝이기 시작했다. 갈증으로 인해 약간 열이 오르던 나는 몽롱한 상태로 별들을 바라보았다. 어린 왕자가 한 말들이 내 기억 속에서 맴돌고 있었다.

"그러니까 너도 목마르다는 거야? 너도?"

나는 어린 왕자에게 물었다.

그러나 어린 왕자는 내가 묻는 말에는 아무 대답도 하지 않았다. 다만 이렇게만 말했을 뿐이다.

"물이 마음에도 좋을지 몰라……."

나는 어린 왕자의 말을 이해하지 못했지만 입을 다물고 있었다. 그에게 질문을 해 보았자 소용없다는 것을 잘 알고 있었기 때문이다.

어린 왕자는 지쳐서 주저앉았다. 나도 그의 곁에 앉았다. 잠시 침묵이 흐른 뒤, 어린 왕자가 다시 말했다.

"별들이 아름다운 건 눈에 보이지 않는 한 송이 꽃 때문이야……."

"그래, 그렇고말고."

나는 맞장구를 치고 나서 말없이 달빛 아래 주름진 것처럼 보이는 사막을 바라보았다.

"사막이 아름다워."

어린 왕자가 덧붙여 말했다.

그래, 그건 사실이었다. 난 언제나 사막을 좋아했다. 모래 언덕에 앉으면 아무것도 보이지 않고, 아무것도 들리지 않는다. 그렇지만 고요함 속에 무언가가 반짝인다…….

"사막이 아름다운 것은 사막 어딘가에 우물을 숨기고 있기 때문이야……."

어린 왕자가 말했다.

나는 그제야 모래의 그 신비스러운 빛이 무엇인지 깨닫고 깜짝 놀랐다. 내가 어린 시절 살았던 집은 아주 낡고 오래된 집이었다. 그런데 그 집 어딘가에 보물이 묻혀 있다는 말이 전해지고 있었다. 물론 그 보물을 찾아 낸 사람은 아무도 없었고, 또 실제로 찾아보려고 한 사람도 없었다. 그러나 보물이 있다는 것 때문에 그 집은 마법에 걸린 듯 아름다웠다. 그 낡은 집 깊숙한 곳에 찬란한 비밀을 간직하고 있었던 것이다…….

난 어린 왕자에게 말했다.

"그래, 집이건 별이건 아니면 사막이건, 그것들을 아름답게 하는 것은 눈에 보이지 않는 법이야!"

"난 기뻐. 아저씨가 내 여우와 같은 생각을 하다니 말이야."

어린 왕자가 말했다.

어린 왕자가 잠이 들었으므로 난 어린 왕자를 품에 안고 다시 길을 떠났다. 가슴이 벅차 올랐다. 지구상에서 이보다 더 연약한 것은 없으리라는 생각까지 들었다. 나는 달빛에 드러나는 창백한 이마와 감은 눈, 바람에 가늘게 떨리는 머리카락을 바라보며 생각했다.

'내 눈에 보이는 것은 오직 껍데기일 뿐이야. 가장 소중한 것은 눈에 보이지 않아…….'

반쯤 열린 어린 왕자의 입술이 어렴풋이 미소를 띠는 걸 보면서 나는 계속 생각을 했다.

'잠든 이 어린 왕자가 나를 그토록 감동시키는 것은 꽃 한 송이에 대한 그의 마음 때문이야. 그 꽃은 어린 왕자가 이처럼 잠들어 있을 때조차도 마치 등불처럼 마음속에서 환하게 빛나기 때문이야…….'

이러한 생각을 하자 나는 어린 왕자가 더더욱 여리게만 느껴졌다. 그래서 그 등불들을 잘 보호해 주고 싶었다. 한 줄기 바람만 불어도 꺼질 수 있으니까…….

이렇게 걸어가다가 동틀 무렵 나는 마침내 우물을 발견했다.

25

어린 왕자가 말했다.

"사람들은 서둘러 급행 열차에 몸을 싣지만, 자신들이 무엇을 찾는지 몰라. 그래서 그들은 분주히 움직이지만 제자리에서 맴돌 뿐이야……."

그리고 덧붙여 말했다.

"그건 아무 소용없는 짓인데……."

우리가 도착한 우물은 사하라 사막의 다른 우물들과는 달랐다. 사하라 사막에서 볼 수 있는 우물들은 그저 모래 속에 뚫어 놓은 단순한 구멍들이다. 그런데 우리가 발견한 우물은 사람 사는 마을에서나 볼 수 있는 우물이었다. 그러나 그곳에 마을은 전혀 없었다. 그래서 나는 꿈을 꾸는 게 아닌가 싶었다.

"이상하구나. 모든 것이 다 마련되어 있어. 도르래와 두레박, 그리고 밧줄도……."

나는 어린 왕자에게 말했다.

어린 왕자는 웃으며 두레박 밧줄을 잡아 도르래를 움직였다.

그러자 도르래는 마치 오랫동안 바람이 불지 않았던 낡은 풍차가 신음 소리를 내듯 삐걱거리는 소리를 냈다.

"아저씨, 들어 봐. 우리가 이 우물의 잠을 깨우니까 우물이 노래하는 거야……."

어린 왕자가 말했다.

나는 어린 왕자가 힘든 일을 하는 것을 원치 않았다.

"내가 하마. 네겐 너무 무거워."

서서히 나는 우물 가장자리 돌이 있는 곳까지 두레박을 끌어올렸다. 그리고 그것을 수직으로 잘 세웠다. 내 귓가엔 도르래의 노랫소리가 계속되었고, 아직까지 파문이 이는 물 속에 햇살이 일렁이는 것을 보았다.

"나 이 물을 마시고 싶어. 마실 물을 줘……."

어린 왕자가 말했다.

그제야 나는 어린 왕자가 무엇을 찾아 헤매었는지 깨달았다! 나는 두레박을 들어 어린 왕자의 입술에 갖다 댔다. 어린 왕자는 지그시 눈을 감고 물을 마셨다. 마치 축제인 양 달콤했다. 그 물은 보통 먹는 물과는 정녕 달랐다. 그 물은 별빛 아래의 행군, 도르래의 노래, 내 팔의 수고로 인해 태어난 것이었다. 그래서 선물처럼 마음을 기쁘게 해 주는 물이었다. 내가 어렸을 때, 크리스마스 트리의 불빛과 자정 미사의 음악 소리, 다정한 미소는 내가 받은 크리스마스 선물을 환히 빛나게 하곤 했다.

어린 왕자가 말했다.

"아저씨가 사는 곳의 사람들은 하나의 정원에 5,000그루나 되는 장미를 키우지. 그래서 그 사람들은 자신들이 정작 찾고자 하는 것을 찾지 못하는 거야."

"그래, 네 말이 맞아."

나는 대답했다.

"그렇지만 그들이 찾는 것은 단 한 송이의 장미꽃, 또는 한 모금의 물에서도 발견될 수 있어……."

"물론이지."

나는 대답했다.

그러자 어린 왕자가 말을 이었다.

"그렇지만 눈으로는 볼 수 없어. 마음으로 찾아야만 해."

나는 물을 마셨다. 그러고 나니 숨을 돌릴 수가 있었다. 동틀 무렵의 모래는 벌꿀빛이었다. 벌꿀빛의 사막을 행복한 기분으로 바라보았다. 내가 왜 그토록 고생을 했어야만 했는지…….

"아저씨, 약속을 지켜야 해."

어린 왕자는 또다시 내 곁에 앉아 나직이 말했다.

"무슨 약속?"

"내 양에게 부리 망을 씌워 준다는 약속 말야. 난 그 꽃에 대해 책임을 져야 하거든!"

나는 호주머니에서 스케치한 그림들을 꺼냈다. 어린 왕자는 그것을 보고 웃으며 말했다.

"아저씨가 그린 바오밥나무들은 어쩐지 양배추처럼 생겼어……."

"이런!"

난, 내가 그린 바오밥나무들을 자랑스럽게 여기고 있었던 것이다!

"그리고 그 여우 그림은……, 귀가 어쩐지 뿔처럼 보여. 그리고 너무 길어!

어린 왕자는 또다시 웃음을 터뜨렸다.

"너무하는구나, 꼬마야. 사실 난 지금까지 보아구렁이 겉모양과 속모양밖에는 그런 적이 없거든."

"그래도 괜찮아. 아이들은 알아볼 테니까."

어린 왕자가 말했다.

그래서 나는 부리 망을 그렸다. 그것을 건네주며 나는 가슴이 미어졌다.

"네가 무슨 생각을 하는지 모르겠구나……."

그러나 그 말에는 대꾸도 하지 않고 어린 왕자는 말했다.

"알지? 나 지구에 떨어진 거……, 내일이면 딱 1년이 되는 날이야……."

그리고 잠시 침묵에 잠기더니 다시 말을 이었다.

"난 여기서 아주 가까운 곳에 떨어졌었어……."

어린 왕자는 얼굴을 붉혔다.

그러자 또다시, 왜 그런지 알 수는 없지만 난 이상야릇한 슬픔을 느꼈다. 그때 갑자기 할말이 떠올랐다.

"그러니까 일주일 전 내가 널 처음 알게 된 그날 아침, 너는 그렇게 혼자, 사람이 사는 곳에서 수백 수천 킬로미터나 떨어진 곳에서 혼자 거닐고 있었던 거구나! 넌 네가 떨어진 곳으로 돌아가고 있던 중이었니?"

어린 왕자는 더욱더 얼굴을 붉혔다.

나는 머뭇거리다가 덧붙여 물었다.

"혹시 1년째 되는 날이기 때문에?"

어린 왕자는 다시 얼굴을 붉혔다. 그는 내가 묻는 말에는 조금도 대답을 하지 않았다. 하지만 얼굴을 붉힌다는 것은 '그렇다' 는 것을 의미하는 것이 아닌가?

"아! 난 두렵구나……."

내가 말했다.

그러자 어린 왕자가 이렇게 말했다.

"아저씨는 비행기를 고쳐야 하니까 비행기 있는 곳으로 돌아가. 난 여기 있을게. 그리고 내일 저녁에 다시 와……."

그러나 나는 마음이 놓이지 않았다. 어린 왕자가 말했던 여우 생각이 났다. 만일 길들여진다면 조금은 울게 될지도 모른다…….

26

우물가에는 낡아서 무너진 돌담이 있었다. 다음날 저녁 내가 일을 끝내고 돌아오는데, 멀리서 어린 왕자가 그 위에 앉아 다리를 늘어뜨리고 있는 것이 보였다. 그리고 이렇게 말하는 소리가 들렸다.

"넌 전혀 기억이 나지 않니? 분명히 이곳은 아니야!"

어린 왕자가 다시 대꾸를 하는 것으로 미루어보아 아마 누군가가 그에게 뭐라고 대답한 듯했다.

"아냐, 아냐! 날짜는 맞는데, 장소는 이곳이 아니야……."

나는 계속해서 돌담 쪽을 향해 걸어갔다. 여전히 아무도 보이지 않고 아무 목소리도 들리지 않았다. 그렇지만 어린 왕자는 또다시 대꾸를 했다.

"……물론이야. 모래 위에 내 발자국이 어디서 시작되는지 가서 봐. 넌 거기서 날 기다리기만 하면 돼. 오늘 밤에 내가 그곳으로 갈 테니까."

내가 돌담에서 20미터쯤 되는 거리에 이르렀는데도 여전히 눈에 띄는 것은 아무것도 없었다.

어린 왕자는 잠시 침묵을 지키다가 다시 말했다.

"넌 좋은 독을 가지고 있지? 날 오랫동안 아프게 하지 않을 자신이 있는 거지?"

나는 가슴이 답답해져서 걸음을 멈췄다. 그렇지만 여전히 무슨 일인지 알 수 없었다.

"이제, 가렴. 난 다시 내려가고 싶어!"

어린 왕자가 말했다.

그제야 담벼락 밑을 내려다본 나는 기겁을 하고 말았다! 거기에는 30초 만에 사람을 죽이는 누런 뱀 한 마리가 어린 왕자를 향해 머리를 빳빳이 세우고 있었던 것이다. 나는 권총을 꺼내려고 호주머니를 마구 뒤지며 달려갔다. 그러나 내 발자국 소리를 들은 뱀은 물이 스며들 듯 모래 속으로 스르르 미끄러져 들어가더니, 가벼운 쇳소리를 내며 돌 틈새 사이로 자취를 감추었다.

나는 가까스로 담벼락에 이르러 눈처럼 창백해진 내 꼬마 친구인 어린 왕자를 양팔로 받아 안았다.

"이게 도대체 무슨 일이니! 뱀하고도 이야기를 하다니!"

나는 어린 왕자가 항상 매고 다니던 황금색 머플러를 풀었다. 그리고 어린 왕자의 관자놀이를 물로 적셔 주고 물을 마시게 했다. 그러나 이제는 더 이상 어린 왕자에게 뭐라 물어볼 염두가 나지 않았다.

어린 왕자는 심각한 눈빛으로 날 바라보더니 두 팔로 내 목을 감싸 안았다. 나는 총에 맞아 죽어 가는 새의 가슴처럼 어린 왕자의 가슴이 콩닥거리는 것을 느꼈다. 어린 왕자가 내게 말했다.

"고장난 기계를 고치게 되어 기뻐. 이제 아저씨는 집으로 돌아갈 수 있겠네……."

"네가 그걸 어떻게 아니?"

사실 난 전혀 기대하지 않았지만 비행기를 고치게 되어 기뻐서 어린 왕자에게 알리려 온 것이었다.

어린 왕자는 내가 묻는 말에는 대답하지 않고 이렇게 말했다.

"나도 오늘 집으로 돌아가."

그리고 더욱 쓸쓸한 어조로 덧붙였다.

"그곳은 아저씨가 갈 길보다 훨씬 더 멀고, 훨씬 더 힘들어……."

나는 무엇인가 심상치 않은 일이 벌어지고 있다는 것을 느꼈다. 그래서 어린 아기를 안듯 어린 왕자를 꼭 안았다. 그렇지만 어린 왕자가 깊은 심연 속으로 곧장 빠져들어 가는데도, 내가 할 수 있는 일은 아무것도 없었다…….

어린 왕자는 진지한 눈빛으로 아득히 먼 곳을 바라보고 있었다.

"내겐 아저씨가 그려 준 양이 있어. 그리고 양을 위한 상자도 있고. 또 부리망도 있어……."

그리고 쓸쓸한 듯이 우울한 미소를 지었다.

나는 가만히 기다리고 있었다. 어린 왕자의 몸이 조금씩 뜨거워지고 있다는 걸 느꼈다.

"애야, 겁이 났었구나……."

어린 왕자가 겁을 냈었던 것은 틀림없다. 그렇지만 어린 왕자는 다정하게 웃었다.

"오늘 밤은 더욱 겁이 나겠지……."

영영 돌이킬 수 없다는 느낌에 나는 다시 등골이 싸늘해졌다. 그리고 다시
는 그 웃음소리를 듣지 못하리라는 생각만 해도 견딜 수 없다는 걸 깨달았다.
어린 왕자의 웃음소리는 내게 있어 사막의 샘과도 같은 것이었다.

"꼬마야, 네가 웃는 소리를 다시 듣고 싶구나……."

그러나 어린 왕자는 이렇게 말했다.

"오늘 밤으로 딱 1년이 돼. 오늘 밤에 내 별은 작년에 내가 내려왔던 바로
그 자리 위로 돌아올 거야……."

"애야, 뱀이니 약속이니 별이니 꽃이니 하는 이야기는 다 지어낸 이야기지?"

그러나 어린 왕자는 내 물음에 대답하지 않은 채 말을 이었다.

"소중한 것은 눈에 보이지 않아……."

"물론이지……."

"꽃도 마찬가지야. 만일 아저씨가 어느 별에 핀 꽃 한 송이를 사랑한다면,
밤마다 하늘을 바라보는 것이 감미로울 거야. 모든 별들이 다 꽃피어 있을 테
니까."

"그렇고말고……."

"물도 마찬가지야. 아저씨가 내게 마시라고 준 물은 도르래와 밧줄 때문에
퍼 올릴 때 마치 음악을 듣는 것 같았어. 아저씨도 생각나지? 물맛이 얼마나
좋았는데!"

"그래, 생각난다……."

"밤마다 별을 바라봐. 내가 사는 별은 너무나 작아서 어디 있는지 가르쳐
줄 수가 없어. 하지만 차라리 그게 더 나아. 아저씨는 많은 별들 중에 어느 한
별이 내 별이라고 생각하며 바라볼 테니까. 그럼 아저씨는 별들을 바라보는

게 좋아질 거야. 별들이 모두 아저씨의 친구가 되는 거지. 그리고 이제 아저씨에게 선물을 줄게⋯⋯."

어린 왕자는 다시 웃었다.

"아! 얘야, 내가 너의 그 웃음소리를 얼마나 좋아하는지 아니?"

"바로 그게 내 선물이야. 우리가 마셨던 물과 같은 거지⋯⋯."

"그게 무슨 말이니?"

"사람들은 별들을 가지고 있지만 사람마다 다 달라. 여행을 하는 사람들에게 별은 길잡이가 되지. 또 어떤 사람들에게는 그저 자그만 빛에 지나지 않아. 또 학자들에게는 연구 대상이고, 내가 만난 사업가에게는 별이 금이야. 그렇지만 그 모든 별들은 다 침묵하고 있어. 그러나 아저씨는 어느 누구도 갖지 못한 별들을 갖게 될 거야⋯⋯."

"그건 또 무슨 말이야?

"아저씨가 밤에 하늘을 쳐다볼 때마다 내가 그 별들 중 하나에 살고 있을 테니까. 내가 그 별들 중 하나에서 웃고 있을 테니까. 그럼 아저씨에겐 마치 모든 별들이 웃는 것과 같을 거야. 그러니까 아저씨는 웃을 줄 아는 별을 갖게 되는 거야!"

그리고 어린 왕자는 또다시 웃었다.

"슬픔이 가시면―슬픔은 언젠가는 가시게 마련이다―아저씨는 날 알게 된 것을 기쁘게 생각할 거야. 아저씨는 언제나 내 친구이니까, 나와 함께 웃고 싶겠지. 그리고 때로는 나하고 웃고 싶어서 그냥 창문을 열기도 하겠지. 그러면 아저씨 친구들은 아저씨가 하늘을 바라보며 웃는 것을 보고 무척이나 놀랄 거야. 그러면 그들에게 이렇게 말해 줘. '그래, 난 별들만 보면 웃음이 나와!'

하고 말이야. 그러면 친구들은 아저씨가 미쳤다고 생각할 거야. 그럼 나는 아저씨에게 못된 장난을 친 셈이 되겠지만……."

그리고 어린 왕자는 또다시 웃었다.

"마치 별 대신 웃을 줄 아는 조그만 방울들을 잔뜩 안겨 준 셈이네."

어린 왕자는 다시 웃고는 심각한 표정을 지었다.

"알겠지만, 오늘 밤에는…… 오지 마."

"난 널 떠나지 않을 거야."

"내가 아픈 것처럼 보일 거야. 조금은 죽어 가는 듯하겠지. 그런 거야. 그런 모습을 보러 오지는 마. 그럴 필요가 없어."

"난 널 떠나지 않을 거야."

그러나 어린 왕자는 수심에 잠겨 있었다.

"내가 이런 말을 하는 것은…… 그건 뱀 때문이야. 뱀이 아저씨를 물어서는 안 되니까……. 뱀들은 못됐어. 그저 장난 삼아 아저씨를 물지도 몰라……."

"어쨌든 난 널 떠나지 않을 거야."

그러나 무슨 생각이 들었는지 어린 왕자는 안심하는 듯했다.

"그래, 두 번째로 물 때는 분명 독이 남아 있지 않다고 말했어……."

그날 밤 나는 어린 왕자가 길을 떠나는 것을 보지 못했다. 발자국 소리조차 없이 사라져 버린 것이다. 내가 어린 왕자를 뒤쫓아 다행히 다시 만났을 때, 이미 생각을 굳힌 듯 걸음을 재촉하고 있었다. 어린 왕자는 그저 이렇게만 말했다.

"아! 아저씨 왔구나……."

어린 왕자는 내 손을 잡더니 걱정스러운 듯 말했다.

"오지 말지. 아저씨 마음이 아플 텐데. 내가 죽은 듯이 보이겠지만 사실은 그게 아냐……."

나는 입을 다물었다.

"아저씨는 이해할 거야. 내 별은 여기서 너무 멀거든. 그래서 내 몸을 가지고 갈 수가 없어. 너무 무거우니까."

나는 여전히 잠자코 듣고만 있었다.

"하지만 그건 버려진 낡은 껍데기일 뿐이야. 낡은 껍데기를 보고 슬퍼하진 않겠지……."

난 여전히 아무 말도 하지 않았다.

어린 왕자는 약간 풀이 죽은 듯했지만, 다시 기운을 내서 얘기했다.

"그렇게 하면 좋겠어. 알잖아. 나도 역시 별들을 바라볼 거야. 모든 별들이 녹슨 도르래가 달린 우물이 되어 내게 마실 물을 부어 줄 거야……."

난 아무 말도 하지 않은 채 잠자코 있었다.

"정말 재미있겠다! 아저씨는 5억 개의 방울을 가지게 되고, 난 5억 개의 우물을 가지게 되고……."

그리고 어린 왕자 역시 입을 다물었다. 울고 있었기 때문이다.

"저기, 이제 나 혼자서 한 발짝만 가도록 내버려 둬."

그러더니 어린 왕자는 겁에 질려 주저앉았다. 어린 왕자가 다시 말했다.

"알지…… 내 꽃…… 난 그 꽃에 대해 책임이 있어! 더구나 그 꽃은 너무도 연약해! 그리고 너무나도 순진하고. 하찮은 네 개의 가시를 갖고 세상에 맞서 스스로를 방어하려고 한단 말야……."

나도 더 이상 서 있을 수가 없어서 주저앉았다. 어린 왕자가 말을 계속했다.

"자…… 이제 다 끝났어……."

어린 왕자는 잠시 망설이더니 다시 몸을 일으켰다. 그리고 한 발짝을 내디뎠다. 나는 꼼짝도 할 수가 없었다.

어린 왕자의 발목께에서 노란빛이 한 줄기 반짝하고 빛났을 뿐이다. 어린 왕자는 한순간 꼼짝도 하지 않았다. 소리를 지르지도 않았다. 마치 나무가 쓰러지듯 어린 왕자는 조용히 쓰러졌다. 모래 때문에 소리조차 나지 않았다.

27

돌이켜보면 벌써 6년 전의 일이다……. 나는 이 이야기를 지금까지 한 번도 한 적이 없었다. 친구들은 내가 살아 돌아온 것을 보고 매우 기뻐했다. 나는 슬펐지만 그들에게는 '피곤해서 그래' 하며 핑계를 댔다.

이제 어느 정도 슬픔도 가셨다. 말하자면 슬픔이 완전히 가신 것은 아니라는 얘기다. 그러나 나는 어린 왕자가 자기 별로 돌아갔다는 사실을 안다. 왜냐하면 동틀 무렵에 보니 그의 몸이 보이지 않았기 때문이다. 그의 몸은 그렇게 무겁지는 않았다…….

나는 밤이 되면 별들의 소리를 듣는 것을 좋아한다. 마치 5억 개의 작은 방울들 같다…….

그런데 몇 가지 이상한 일들이 일어나고 있다. 내가 어린 왕자를 위해 그려준 양의 부리 망에 가죽끈을 덧붙이는 것을 잊었던 것이다! 어린 왕자는 결코 양에게 그 부리 망을 씌울 수 없었을 것이다. 그래서 나는 무척 궁금해한다.

'어린 왕자의 별에서는 무슨 일이 벌어졌을까? 어쩌면 양이 꽃을 먹어 치웠을지도 모르겠다……'

때로는 이런 생각도 한다.

'천만에! 어린 왕자는 매일 밤 유리 덮개로 꽃을 잘 덮어두거든. 게다가 자기 양도 잘 감시하고……'

그러한 생각을 하면 나는 행복해진다. 그리고 모든 별들이 정답게 웃는다.

때로는 이렇게도 생각한다.

'한두 번쯤은 한눈을 팔 수도 있어. 그럼 끝장인데! 어느 날 밤에는 어린 왕자가 유리 덮개 덮는 것을 잊거나 아니면 양이 소리 없이 밖으로 나갈 수도 있어……'

그러한 생각을 할 때는 모든 방울들이 눈물을 흘리고 있는 것 같다!

참으로 신비로운 일이다. 나에게 그렇듯이 어린 왕자를 사랑하는 여러분에게도 어딘지 모를 그 어느 곳에서 우리가 알지 못하는 양 한 마리가 장미꽃을 먹었느냐 먹지 않았느냐에 따라 우주 전체가 달라질 수도 있다는 사실이……

하늘을 보라. 그리고 그 양이 꽃을 먹었는가, 먹지 않았는가 자신에게 물어보라. 그러면 여러분은 모든 것이 변하는 것을 알게 되리라……

그런데 그것이 그토록 중요하다는 것을 어른들은 결코 이해하지 못할 것이다!

이것이 내게는 세상에서 가장 아름답고도 가장 슬픈 풍경이다. 앞의 그림과 똑같은 풍경이지만 여러분께 보여 드리기 위해 다시 한 번 그렸다. 바로 이곳에서 어린 왕자는 지상에 나타났다가 사라졌다.

이 그림을 주의 깊게 보아 두라. 만일 여러분이 어느 날 아프리카 사막을 여행하다 이 풍경을 보게 되면 알아볼 수 있도록. 그리고 행여 그곳을 지나게 되면, 제발 부탁하건대 서두르지 말라. 그리고 별 아래서 잠시만이라도 기다려라! 만일 그때 어린아이가 여러분에게 다가오면, 아이가 웃으면, 아이의 머리카락이 금빛이라면, 그리고 묻는 말에 대답을 하지 않는다면, 당신은 아이가 누구인지 짐작할 수 있으리라. 그럼 곧 내게 알려 주시길! 내가 마냥 슬픔에 잠겨 있도록 내버려두지 말고, 어린 왕자가 돌아왔노라고, 재빨리 내게 편지를 보내 주기를…….

작품 해설 ➛ 동화라고 하면 흔히 어린이를 위한 이야기라고 생각하게 되는데, 생텍쥐페리는 「어린 왕자」 서문에 자신의 글을 어른을 위한 동화라고 소개하고 있습니다. 어른을 위한 동화가 필요한 이유야 많겠지만 작가는 무엇보다도 어린이의 시선을 통해 어른들의 잘못된 시각과 비뚤어진 태도를 바로잡고자 하는 마음이 가장 컸을 것으로 생각됩니다.

「어린 왕자」는 어린이를 위한 책이 아닌 만큼 여느 동화처럼 단순한 방법으로 이야기하고자 하는 바를 전달하지 않습니다. 이 작품은 주의 깊게 읽지 않으면 그 의미가 무엇인지 모르고 넘어가기 쉬운 문장들을 포함하고 있는데 그것은 상징적인 언어와 시적인 묘사에서 비롯된 것입니다. 이러한 부분에 대해 깊이 생각해야만 「어린 왕자」를 쓴 작가의 의도를 정확히 파악할 수 있을 것입니다.

화자로 등장하는 '나'는 단독비행 도중 비행기 고장으로 사하라 사막에 불시착합니다. '사람이 사는 곳으로부터 수천 마일 떨어진 사막'에서 속수무책이 된 화자는 우연하고도 기이하게 어린 왕자를 만나게 됩니다. 사막에 불시착한 첫날 밤 '나'는 너무나 외로운 처지였습니다. 그런데 그 순간 어린 왕자가 갑자기 나타나서는 "양 한 마리를 그려 줘!"라고 말합니다. 이렇게 어린 왕자의 출현은 처음부터 누군가 혹은 무언가를 필요로 하는 상태에서 시작합니다. 그가 자신의 별에서 해지는 것을 보며 슬픔을 달래는 것도 이 외로움에 근거하는 것이지요. 그런데 어디서인가 날아온 꽃씨가 꽃을 틔우면서 어린 왕자는 자신의 장미꽃을 만나게 됩니다. 하지만 결국 그 장미꽃과 어떻게 지내야 하는지 모르는 채 여행을 떠나오고 맙니다.

어린 왕자와 화자를 연결하는 것은 그림입니다. 속이 보이지 않는 보아뱀과 속이 보이는 보아뱀 그림밖에는 그릴 줄 모르던 화자는 '그 사람이 정말 이해력이 있는 사람인가'를 시험하던 버릇으로 어린 왕자에게도 코끼리를 삼킨 보아뱀의 그림을 그려 줍니다. 어린 왕자는 한눈에 그 그림의 본질을 파악하지요. 어린이의 순수한 눈으로 그림을 보았기 때문입니다. 화자는 어린 시절에 마음껏 그림을 그릴 수 있었지만 어른들에 의해 그것을 제지당한 이후에는 그림을 그릴 수 없었습니다. 하지만 어린 왕자와의 만남을 통해 그는 다시 그림을 그리게 되지요. 여기서 우리는 어린 왕자가 순수성을 회복시켜 주는 존재임을 알 수 있습니다. 화자는 어린 왕자에게 양이 들어 있는 상자를 하나 그려 줍니다. 하지만 불행히도 화자는 상자 안에 들어 있는 양을 볼 수 없습니다. 그는 그림을 그릴 수는 있게 되었지만, 이미 '조금은 어른들과 비슷'해졌기 때문에 완전히 순수한 상태로 돌아가기는 어려웠던 것입니다.

어린 왕자는 자신이 여행을 하면서 느낀, 무엇이 정말 중요한 것인지 '혼동'하고 있는 어른들의 모습에 대해 들려 줍니다. 어린 왕자는 지구에 도착하기 전에 왕이 살고 있는 별, 허영심에 가득 찬 사람의 별, 술꾼의 별, 사업가의 별, 가로등지기가 있는 별, 지리학자의 별을 차례로 여행합니다. 그리고 이 여섯 개의 별을 지나오면서 '어른들은 정말 이상해'라고 생각하게 됩니다. 그가 만난 어른들은 쓸데없이 권위적이거나 허영에 차 있거나 혹은 술에 취하거나 지나치게 계산적이거나 또는 앉은 자리에서 많은 것을 취하려 합니다. 어른들은 자기 자신을 바오밥나무처럼 중요하게 생각하면서 자신이 세상의 중심이라고 여깁니다. 그들은 자기 자신을 버리고 다른 일에 골몰할 줄을 모릅니다. 그런 점에서 어린 왕자는 다섯 번째로 만났던 가로등지기만은 그의 친구가 될 수 있다고 생각합니다. 그가 '자기 자신보다 다른 것에 열중하는 사람' 이기 때문이지요.

지구에 도착한 어린 왕자는 뱀과 볼품없는 꽃, 메아리, 장미꽃들과 여우를 만납니다. 이 소설에서 뱀은 죽음의 상징입니다. 뱀은 자신은 수수께끼를 다 풀 수 있다고 말하면서 '나를 건드리는 사람은 누구든지 자신이 태어난 땅으로 돌려보내주지' 라는 얘기를 합니다. 여기서 우리는 뱀이 곧 수수께끼의 답이자 죽음이라는 것을 유추해 볼 수 있겠죠. 또한 어린 왕자는 '세상에 단 하나밖에 없는 아주 귀한 꽃을 가지고 있다고 생각' 했는데 그것이 지구에서는 '평범한 한 송이의 장미꽃' 일 뿐이라는 사실 때문에 슬퍼집니다.

이때 여우는 슬퍼하는 어린 왕자에게 길들임에 대한 이야기를 들려 주지요. 여우는 '길들여진다' 는 것은 '관계를 맺는다' 는 뜻이라고 일러 줍니다.

 더 알아두기

「어린 왕자」는 제2차 세계대전 당시에 출간되었습니다. 그 당시의 상황에 비추어 「어린 왕자」가 갖는 의미를 생각해 봅시다. 제2차 세계대전은 1939년 9월 1일 독일의 폴란드 침입과 이에 대한 영국 · 프랑스의 대독선전에서부터, 1941년의 독일 · 소련 개전, 그리고 태평양전쟁의 발발을 거쳐 1945년 8월 15일 일본의 항복에 이르는 기간의 전쟁을 일컫습니다. 이 전쟁은 각각 독자적 요인을 안고 발전했는데, 1939년 9월에 미국 · 영국 · 프랑스 · 소련 · 중국의 연합국과 독일 · 이탈리아 · 일본 동맹국 관계가 성립되면서 전쟁의 대항 관계가 뚜렷해집니다. 정리를 하면 2차 세계대전은 국수주의적이고 권위주의적이며 반공적 성격이 강했던 파시즘fascism 독재적인 전체주의.에 반대하고자 하는 전쟁이었다고 할 수 있습니다. 「어린 왕자」에 등장하는 왕이나 술꾼, 사업가, 지리학자 등의 모습은 당시의 파시즘적 성격을 상징하는 것으로 보면 어떨까요. 어린 왕자가 보았던 그들의 모습은 전쟁을 일으키는 사람들의 속성이 아니었을까요.

여우의 이야기를 통해 어린 왕자는 길들인다는 것은 누군가에게 '오직 하나밖에 없는 존재'가 되도록 만드는 것임을 깨닫습니다. 그리고 어린 왕자 자신도 그의 장미꽃에 길들여졌었다는 사실을 알게 되지요. 그렇게 어린 왕자와 여우는 함께 이야기를 나누고 시간을 보내면서 자연스럽게 친구가 됩니다. 그리고 여우는 길들이고 친구가 된다는 것의 의미가 어떤 것인지 알게 된 어린 왕자에게 또 하나의 비밀을 가르쳐 줍니다. 그것은 '소중한 것은 눈에 보이지 않는다는 것'입니다.

무언가를 소중하게 만드는 것은 그것을 위해 쓴 시간이고, 또 무언가를 길들였다면 그것에 대해 책임을 져야 하는데 사람들이 이것을 잊어버렸다고 지적합니다. 어떤 어린이는 헝겊 인형을 가지고 노느라 시간을 보냅니다. 그러는 동안 그 인형은 어린이에게 소중해지지요. 하지만 어른들에게는 그 헝겊 인형이 값지지도 중요하지도 않습니다. 그들은 그 인형과 시간을 함께하지 않았기 때문에 소중한 줄을 모르는 것입니다.

화자는 사막에서 비행기가 고장난 지 8일째 되던 날 마실 물이 떨어지자 갈증으로 몹시 힘들어집니다. 어린 왕자와 화자는 물을 찾아 떠나면서 별들이 아름다운 것은 눈에 보이지 않는 꽃 한 송이가 있기 때문이고, 사막이 아름다운 것은 어딘가에 샘을 숨기고 있기 때문이라는 진실을 마음으로 깨닫습니다. 그와 더불어 화자는 무언가를 '아름답게 하는 건 눈에 보이지 않는 법'이라는 소중한 삶의 비밀을 알게 됩니다.

어느덧 지구에 온 지 일 년이 되어 가는 어린 왕자는 자신의 별로 돌아가기로 작정합니다. 하지만 몸이 너무 무겁기 때문에 뱀의 도움을 받아야 하지요. 앞서도 말했듯이 그것은 죽음과 이어진 길입니다. 중요한 것은 눈에 보이는 것이 아니고, 그것이 끝이 아니라는 것을 알기 때문에, 화자는 슬픔을 참고 어린 왕자가 떠나는 길을 지켜봅니다.

화자는 어린 왕자가 겪은 이야기를 듣고 그 이야기를 6년이 지난 시점에서 들려 주고 있습니다. 이런 액자구성은 어떤 의미가 있을까요. 작가가 「어린 왕자」를 쓰던 무렵은 제2차 세계대전이 일어나 모든 것이 몹시 황폐한 때였습니다. 전쟁으로 많은 것이 부서졌지요. 그렇다면 왜 사람들은 전쟁을 할까요? 서로를 소중하게 여기는 관계를 맺지 않아서가 아닐까요? 어린이의 순수성을 잃고 자신만을 생각하면서 계산적으로 행동했기 때문일 수도 있겠지요. 이런 면에서 「어린 왕자」의 배경이 사막인 것은 그 시대를 반영한다고 할 수 있습니다. 사막과 같은 인간의 마음에 필요한 것이 무엇인지 일러주는 것이지요. 어린 왕자는 사람들이 급행열차에 올라타지만 정작 그들이 찾으러 가는 게 무엇인지를 몰라서 초조해하고 제자리를 맴도는 헛수고를 하고 있다고 생각합니다. 바꿔 말하면 정말로 중요한 것을 놓치고 있는 사람들에게 마음으로 소중한 것을 찾으라고 이야기해 주고 있는 게 아닐까요?

Open Book Test

- 화자는 왜 화가라는 직업을 포기하나요?
- 어린 왕자의 장미에게 가시는 어떤 의미인가요?
- 화자는 어린 왕자가 사는 별의 이름을 왜 소혹성 B612라고 부르기로 하나요?
- 여우는 '길들여지는 것'이 무엇이라고 이야기하나요?
- 어린 왕자가 결국 자신의 별로 돌아가는 이유는 무엇인가요?

구성	발단	보아뱀 그림을 통해 어른과 어린이의 세계가 다름을 알게 됨.
	전개	비행기 고장으로 사막에 떨어져 어린 왕자를 만남.
	위기	어린 왕자가 자신이 여행하면서 만난 어른들의 얘기를 들려 줌.
	절정	어린 왕자가 여우의 이야기를 듣고 자신의 별에 있는 장미에 대해 다시 생각하게 됨.
	결말	화자는 비행기를 고치고 어린 왕자는 자신의 별로 돌아감.
핵심정리	갈래	단편소설, 동화.
	배경	사하라 사막.
	주제	순수한 마음의 회복과 진정한 관계에 대한 책임감 역설.
	시점	일인칭 주인공 – 일인칭 관찰자 – 일인칭 주인공.
	구성	액자구성
	문체	간결체
작중 인물의 성격	나	어른이 되었지만 어린이의 순수한 마음을 잃지 않으려 함.
	어린왕자	세상과 어른들의 부정한 모습을 들려 주어 반성하도록 유도함.
	장미꽃	가시 네 개로 <u>스스로</u>를 보호할 수 있다고 믿지만 어린 왕자의 보호를 필요로 함.
	여우	어린 왕자에게 친구가 된다는 것의 의미를 가르쳐 주고 그의 친구가 되고 싶어함.

논술 대비 글쓰기

모파상 「목걸이」

1. 주인공 루와젤 부인이 갈망하는 물질의 가치와 의미에 대해 말해 봅시다.

    길라잡이_주인공 '루와젤 부인'은 '목걸이'라는 하나의 물질에 갇혀 평생의 삶을 불행하게 영위

해 갑니다. 과연 그것이 인간의 인생을 결정지을 만한 것인지 다시 한 번 생각해 봅시다.

2. 이 작품은 인간이 가지는 욕망이 얼마나 하찮고 부질없는 것인지를 '사실주의寫實主

義 realism' 기법을 통해 보여주고 있습니다. 국내 소설인 현진건의 「운수 좋은 날」과

비교하여 사실주의의 특성에 대해 이야기해 봅시다.

    길라잡이_「목걸이」이 주인공 '루와젤 부인'과 「운수 좋은 날」의 '김첨지'를 중심으로 살펴보면

쉽게 알 수 있겠죠.

오스카 와일드 「행복한 왕자」

1. 이 작품은 사랑의 존귀함을 호소하는 플라톤의 '이상주의理想主義 Idealism'가 잘 표현

된 아름다운 작품입니다. 작품에 나타난 '이상주의'를 찾아 이야기해 봅시다.

    길라잡이_이상주의란 인간은 그 이성과 양심을 바르게 쓰면 반드시 올바른 행동을 취할 수 있다

고 신뢰하며 인간의 진보, 발전, 완성의 가능성을 믿고 최고의 인격적 가치를 실현하려는 도덕적

지향과 초월적 세계에 의지하려는 세계관을 말합니다.

2. '행복한 왕자'가 눈물을 흘린 이유는 무엇일지 깊이 생각해 봅시다.

안톤 체호프 「귀여운 여인」

1. 작품의 주인공 올가는 인생을 살아가며 여러 가지 빛깔의 사랑을 경험합니다. 각각 의 사랑이 가지고 있는 특성에 대해 살펴봅시다.

   길라잡이_ 올가는 아버지와 숙모를 사랑하고, 프랑스어 선생님에게 풋사랑을 느끼고, 야외극장 주인인 꾸낀을 만나 결혼하고, 후에는 수의관과 그의 아들까지 사랑하는 등 한마디로 일생을 사 랑과 함께 영위해 갑니다. 하지만 그 속의 사랑은 각각 다른 모습인데요, 그 다양한 사랑 속에 숨 어 있는 의미를 생각해 봅시다.

2. 세계 문학사에 깊이 각인된 매력적인 주인공 중의 하나인 '올가' 와 입센의 희곡 「인형의 집」의 '노라' 를 비교하여 말해 봅시다.

   길라잡이_ 「인형의 집」의 주인공 노라는 매우 진취적인 여성입니다. 여성의 권위와 자유를 주창 하고 가부장 중심의 집안을 은연중에 비판하기도 하는데요, 일견 대담한 여성이라고 할 수 있습니 다. 인간으로서의 권위를 찾기 위해 남편을 사랑하면서도 집을 나가는 행동파이기 때문이죠.

오 헨리 「크리스마스 선물」

1. 작품 속에 등장하는 '델라' 의 시곗줄과 '짐' 의 머리빗이 가지는 상징적 의미에 대 해 말해 봅시다.

   길라잡이_ 서로에게 가장 좋은 선물을 해주고자 했던 평범하고 가난한 부부의 선물은 뜻밖의 결 과를 가져오게 됩니다. 그렇다면 이 두 가지 선물이 가지는 의미는 무엇인지 델라와 짐의 마음의 변화를 중심으로 살펴봅시다.

2. 오 헨리의 단편소설은 깔끔한 구성을 보여 주긴 하지만, 곰곰이 따져 보면 의외로 허술한 부분이 많습니다. 그 요소를 찾아보고 그 이유에 대해 말해 봅시다.

   길라잡이_ 예를 들어 일상생활의 필수품이나 자신에게 소중한 물건을 팔아서까지 크리스마스 선 물을 준비해야 할까요? 진심으로 사랑하는 사이라면 굳이 무리하게 물건을 사서 그 사랑을 표현 하지 않아도 서로 알 수 있지 않을까요?

오 헨리 「마지막 잎새」

1. 오 헨리 작품의 특징인 '반전'이 독자들에게 어떤 효과를 가져다 주는지 「크리스마스 선물」과 비교하여 말해 봅시다.

   길라잡이_폐렴에 걸린 수는 창 너머에 있는 담쟁이덩굴의 마지막 이파리가 떨어지는 순간 자신도 죽게 된다고 생각합니다. 그러다가 밤새 내린 차가운 비에도 떨어지지 않고 달려 있는 모습을 보고 삶에 대한 의지를 갖게 됩니다. 하지만 그 속에는 마지막 비밀이 있었죠.

2. 주인공들의 삶을 통해 드러난 '예술지상주의藝術至上主義'에 관해 살펴봅시다.

   길라잡이_작품에 등장하는 예술가 수, 잔시, 늙은 화가 베어먼 씨는 오직 그림을 그리기 위해 가난한 삶을 살아갑니다. 과연 이들의 삶에는 어떠한 의미가 있는지 생각해 봅시다.

루쉰 「아Q정전」

1. 이 작품에서 풍자되고 있는 중국 역사의 큰 사건, 신해혁명에 대해 이야기해 봅시다.

   길라잡이_주인공 아Q의 행로가 작품의 역사적 배경과 무관하지 않음은 작품 곳곳에서 찾을 수 있습니다. 아Q 라는 인물이 변화하는 시점이 어디부터인지 살펴보세요.

2. 작가가 아Q를 통해 말하고자 했던 중국인만이 가지고 있는 민족적 기질에 대해 생각해 봅시다.

   길라잡이_아Q는 사회에 해만 끼치는 인물이지만, 그 이면에는 중국인 모두가 가지고 있는 의식이 깊이 자리하고 있습니다. 이를 중심으로 찾아보세요.

프란츠 카프카 「변신」

1. 괴물로 변한 주인공의 모습을 통해 현대 사회의 인간성 상실에 대해 생각해 봅시다.

   길라잡이_괴물로 변하기 전과 변한 후의 그레고르를 대하는 주변 인물들의 태도를 중심으로 살펴보세요.

2. 이 작품의 특징인 '초현실주의', 즉 현실을 초월한 세계를 그리면서 얻게 되는 효과는 과연 무엇일까요?

길라잡이_ 이 작품의 그레고르처럼 인간이 하루아침에 벌레가 되는 일은 현실에서는 절대 일어나지 않는 일입니다. 하지만 우리는 이 작품을 읽으면서 주인공에 대한 연민과 또한 그 속에 투영되어 있는 자신의 모습을 느낄 수 있습니다. 이유는 무엇일까요?

3. 주인공 그레고르는 단지 외모가 흉측한 벌레로 변했다는 이유로 주위사람들로부터 심한 취급을 받습니다. 이 점을 현대사회에 만연해 있는 '외모 지상주의'와 연관지어 이야기해 봅시다.

길라잡이_ 그레고르는 외모만 변했을 뿐 그 안에 담겨져 있는 인성이나 내면세계에는 변한 것이 없습니다. 그렇지만 그는 외모의 변화로 많은 일을 겪게 되고 결국 스스로 목숨을 끊고 마는데요, 이를 통해 우리 사회에 널리 펴져 있는 외모를 중시하는 가치관에 대해 심각하게 생각해 보는 계기를 가져 봅시다.

생텍쥐페리 「어린왕자」

1. 여우가 말하는 '관계를 맺는다' 는 말의 진정한 의미에 대해 생각해 봅시다.

길라잡이_ "네가 오후 4시에 온다면 난 3시부터 행복해지기 시작할거야." 이 말의 참뜻은 과연 무엇일까요?

2. 작품 속에 등장하는 인물들의 성격을 통해 우리에게 가장 소중한 가치가 무엇인지 함께 생각해 봅시다.

길라잡이_ 어린왕자가 지구에 도착하기 전에 만났던 왕, 지리학자, 술꾼, 가로등지기, 사업가를 중심으로 살펴보세요. 그리고 작품에서 중요한 역할을 하는 장미, 여우와 뱀 그리고 화자에 대해서도 생각해 봅시다.